Wenn Amor zielt ...

MIRA® TASCHENBUCH
Band 25773
1. Auflage: Februar 2015

MIRA® TASCHENBÜCHER
erscheinen in der Harlequin Enterprises GmbH,
Valentinskamp 24, 20354 Hamburg
Geschäftsführer: Thomas Beckmann

Copyright © 2015 by MIRA Taschenbuch
in der Harlequin Enterprises GmbH

Titel der nordamerikanischen Originalausgaben:
Manhunting
Copyright © 1993 by Jennifer Crusie
erschienen bei: Harlequin Books, Toronto

Brazen
Copyright © 1999 by Karen Drogin
erschienen bei: Harlequin Books, Toronto

Published by arrangement with
Harlequin Enterprises II B.V./S.àr.l

Leseprobe:
Titel : „From This Moment On"
Copyright: 2012 by Oak Press, LLC
Übersetzer: Christiane Meyer
erschienen bei: MIRA Taschenbuch
in der Harlequin Enterprises GmbH, Hamburg

Konzeption/Reihengestaltung: fredebold&partner GmbH, Köln
Umschlaggestaltung: pecher und soiron, Köln
Redaktion: Mareike Müller
Titelabbildung: Thinkstock/Getty Images, München
Satz: GGP Media GmbH, Pößneck
Druck und Bindearbeiten: CPI books GmbH, Leck – Germany
Printed in Germany
Dieses Buch wurde auf FSC®-zertifiziertem Papier gedruckt.
ISBN 978-3-95649-050-7

www.mira-taschenbuch.de

Werden Sie Fan von MIRA Taschenbuch auf Facebook!

Jennifer Crusie

Ein Mann für alle Lagen

Roman

Aus dem Amerikanischen von
Johannes Heitmann

1. KAPITEL

*S*pring lieber nicht hinunter. Das Blut würde niemals wieder aus deiner Seidenbluse rausgehen."

„Ich sehe nur nach, wie das Wetter ist", erwiderte Kate Svenson geduldig und blickte weiterhin aus ihrem Apartmentfenster. Sie wusste, dass Jessie sich wieder ihrer Zeitung widmen würde, wenn sie, Kate, nicht weiter auf sie einging.

Draußen herrschte strahlendes Augustwetter. Dennoch fühlte Kate sich einsam und verzweifelt, daran konnte auch ihre beste Freundin Jessie am Frühstückstisch nichts ändern. Sie wandte sich ab und setzte sich wieder an den gedeckten Tisch. Obwohl sie versuchte, sich auf den Wirtschaftsteil der Sonntagszeitung zu konzentrieren, musste sie ständig darüber nachdenken, wie erbärmlich ihr Leben war.

Dabei geht es mir gar nicht mal schlecht, überlegte sie. Ich habe eine tolle Karriere in der Unternehmensberatung. Die Firma gehört zwar leider meinem Vater, und manchmal ist es langweilig, aber es ist eine ganz ordentliche Karriere.

Sie verdrängte ihren Beruf und dachte an die anderen guten Seiten ihres Lebens. Sie war gesund, besaß genug Geld und hervorragende Freunde. Dazu dieses schöne Apartment, das mit teuren französischen Antiquitäten möbliert war. Über den Rand der Zeitung hinweg musterte Kate ihre brünette Freundin, die gerade den Kopf hob.

„Was ist los?", fragte sie, als sie Kates Blick bemerkte.

„Nichts. Ich dachte an die guten Dinge in meinem Leben, und du gehörst zu den besten."

„Ich bin das Beste in deinem Leben, und das sagt viel darüber aus, wie mies es dir geht", erwiderte Jessie und las weiter.

Jessie trifft immer den wunden Punkt, dachte Kate. Da sitzt sie und sieht mit ihren dunklen Locken viel jugendlicher aus als ich. Dabei sind wir beide fünfunddreißig. Macht es ihr vielleicht nichts aus, dass ihr Leben vorüberzieht?

Aber im Gegensatz zu mir lebt Jessie ihr Leben aus, und sie ist mit ihrem Beruf vollkommen glücklich. Falls man das Verzieren von Torten als Beruf bezeichnen kann. Wie sie davon leben kann, werde ich nie verstehen. Vielleicht hätte ich auch einen anderen Beruf wählen sollen …

Hör auf, sagte Kate sich in Gedanken. Sie war eine sehr gute Unternehmensberaterin und verdiente damit viel Geld. Außerdem machte ihr das Privatleben viel mehr zu schaffen. Natürlich war Jessie glücklicher. Immerhin hatte sie nicht drei gescheiterte Verlobungen hinter sich, und ihr machte es auch nichts aus, mit fünfunddreißig nicht verheiratet zu sein. Hör auf zu jammern, sagte Kate sich, und genieße, was du hast.

Aufseufzend widmete sie sich wieder der Zeitung.

Jessie blickte auf und ließ nach kurzem Zögern die Zeitung auf den Tisch fallen. „Das alles ist nur die Schuld deines Vaters.“

Verblüfft blickte Kate auf. „Wovon sprichst du?“

„Das weißt du genau.“ Jessie verschränkte die Arme und blickte Kate prüfend an. Blond, gebildet, liebenswert – und todunglücklich, schoss es ihr durch den Kopf. „Du bist unglücklich“, stellte sie fest.

„Nein, bin ich nicht.“ Kate zwang sich zu lächeln. „Liest du etwa gerade die Kontaktanzeigen? Das bringt dich nur auf dumme Gedanken. Blättere lieber zum Sportteil weiter.“ Sie hob die Zeitung wie einen Schutzschild hoch.

Wie üblich gab Jessie nicht auf. „Du seufzt ständig. Wie soll ich mich da aufs Lesen konzentrieren?“

„Ich seufze nicht.“ Kate blickte nicht auf. „Das ist eine Erkältung.“

„Lüg nicht. Du denkst doch nicht etwa immer noch an diesen Mistkerl Derek, oder?“

„Nein.“ Kate schüttelte den Kopf. „Das wäre auch vollkommen sinnlos. Jetzt lies weiter.“

Jessie drückte mit einem Finger den Wirtschaftsteil der Zeitung nach unten, um ihrer Freundin ins Gesicht zu sehen. „Du willst heiraten“, stellte sie gnadenlos fest.

„Natürlich will ich das“, entgegnete Kate nüchtern. „Irgendwann. Also nimm bitte deinen Finger weg.“

„Du willst jetzt heiraten." Jessie blickte sie nachdenklich an. „Das muss mit deiner inneren Uhr zusammenhängen."

„Dein Nagellack ist zerkratzt", wich Kate aus. „Außerdem ist die Farbe hässlich, aber das sage ich nicht, weil es mich nichts angeht."

„Du warst in den letzten drei Jahren dreimal verlobt", stellte Jessie fest. „Und du hast diese Männer alle verlassen. Wieso verlobst du dich mit Männern, die du dann doch nicht heiraten willst?"

Kate atmete tief durch. „Derek wollte unbedingt einen Ehevertrag schließen, noch bevor wir überhaupt wussten, wann wir heiraten sollen. Paul empfand meinen beruflichen Erfolg als Bedrohung und verlangte von mir, nicht mehr so viel zu arbeiten, falls ich ihn wirklich liebe. Terence meinte, ich hätte als seine Ehefrau sowieso zu viel mit den gesellschaftlichen Verpflichtungen zu tun, um selbst noch zu arbeiten. Und du findest, ich hätte einen von ihnen heiraten sollen?"

„Offen gesagt finde ich, du hättest dich mit den dreien nicht einmal verabreden sollen. Dein Vater hat dir ganz merkwürdige Ansichten über das Leben, die Männer und die Ehe in den Kopf gesetzt. Und dein Unglück macht mich auch unglücklich. Deshalb werden wir etwas dagegen unternehmen."

Kate legte die Zeitung weg. „Nein, das werden wir nicht."

„Doch", widersprach Jessie. „Wir sorgen dafür, dass du ein bisschen mehr wie ich wirst."

„Ich will nicht wie du sein." Kate musste lachen.

„Moment mal." Jessie richtete sich auf. „Was hast du denn dagegen?"

„Zum einen verzierst du Torten", sagte Kate. „Zugegeben, es sind schöne Torten, aber …"

„Ich bin eine Künstlerin."

„Du bist eine Verrückte." Kate lachte wieder. Aber du bist meine Freundin, und deshalb ist mir das egal."

„Auch wenn ich verrückt bin, macht mir meine Arbeit Spaß und dir nicht. Erinnerst du dich, als du für die Behörden gearbeitet und kleinen Unternehmern auf die Beine geholfen hast?

Du hast mir immer erzählt, wie glücklich dich diese Arbeit macht."

„Ich habe damit kaum etwas verdient und hatte keine Aufstiegsmöglichkeiten." Kate wollte die Zeitung wieder aufnehmen, aber Jessie hielt ihren Arm fest.

„Erinnere dich an Mrs Borden und ihre Kindertagesstätte. Oder an diesen alten Mann mit seiner kleinen Schusterwerkstatt. Und an alle anderen Geschäfte, für die du den rettenden Engel gespielt hast."

„Du bist ja äußerst feinfühlig, Jessie. Aber ich mache heutzutage noch genau dasselbe." Auf Jessies skeptischen Blick hin fügte sie hinzu: „Wirklich. Es geht jetzt nur um größere Unternehmen und sehr viel mehr Geld. Ich helfe den Menschen immer noch."

„Du hilfst den reichen Unternehmern." Jessie stützte das Kinn auf die Hände.

So schnell ließ Kate sich nicht aus der Ruhe bringen. „Also gut. Ich habe an deinem Job etwas auszusetzen und du an meinem. Können wir es nicht dabei belassen?"

„Du hast mir damals geholfen mit meinem Job", widersprach Jessie.

„Ich konnte nicht anders, als du so jämmerlich in meinem Büro standest. Du hast in den schillerndsten Farben von deinen wundervollen Torten gesprochen." Lächelnd schüttelte sie den Kopf. „So jemanden hatte ich noch nie getroffen."

Jessie erwiderte das Lächeln. „Das ging mir genauso. Ich hatte noch nie eine so makellose Frau wie dich gesehen. Du sahst wie eine Statue aus. Ich dachte nur: Oh nein, ich bin beinahe bankrott, und eine Barbiepuppe im Designerkostüm soll mir helfen." Ihr Blick wurde dankbar. „Und dann hast du mein Geschäft gerettet."

„Es war es wert. Du machst wirklich die schönsten Torten der zivilisierten Welt."

„Und der unzivilisierten Welt. Damit sind wir beim Thema: Männer."

„Jessie", wandte Kate ein. „Du bist doch im Umgang mit

Männern noch unbeholfener als ich. Du triffst dich mit diesen ziellosen, antriebsarmen Männern, die jemanden brauchen, der sich um sie kümmert. Wie willst gerade du mir helfen?" Sie blickte wieder in die Zeitung.

„Hör zu", erklärte Jessie entschlossen. „Wir werden die Sache auf deine Art angehen."

„Auf meine Art?"

„Genau. Mit Verstand und Logik." Jessie verzog das Gesicht. „Davon halte ich zwar nicht viel, aber hier geht es schließlich um dich. Also, du willst heiraten, stimmt's?"

Kate sah sie misstrauisch an. „Stimmt."

„Also werden wir das tun, was du dein ganzes Leben lang getan hast, wenn du ein Ziel erreichen wolltest. Wir stellen einen Plan auf." Sie lehnte sich nachdenklich zurück. „Das wird der erste Plan sein, den ich aufstelle, aber das schulde ich dir. Immerhin hast du mein Geschäft gerettet."

„Wenn du meinem Plan für dich gefolgt wärst, wärst du mittlerweile eine reiche Frau. Was ist aus der Geschäftserweiterung geworden?"

„Alles braucht seine Zeit." Jessie winkte ab. „Nach deinem Plan hätte ich schon lange keine Freude an der Arbeit mehr, sondern würde die Torten in Rekordzeit und wie am Fließband herstellen." Triumphierend blickte sie Kate an, doch die schien nicht beeindruckt.

„Du willst einfach keinen Erfolg haben. Stattdessen spielst du mit Zuckerkram herum und amüsierst dich."

„Und du willst den Erfolg zu sehr. Es geht im Leben nicht nur ums Geldverdienen. Man muss sich auch amüsieren, und weil du das nicht tust, geht es dir im Augenblick so schlecht. Abgesehen davon spiele ich nicht herum. Ich bin eine Künstlerin."

„Jessie …" Doch Kate wurde von ihrer Freundin unterbrochen.

„Los jetzt. Wie fangen wir mit diesem Plan an?"

Aufseufzend fügte Kate sich in ihr Schicksal. Wahrscheinlich war es leichter, als sich gegen Jessie aufzulehnen. „Zuerst müssen wir die Ziele stecken."

„Okay." Jessie schnappte sich einen Zettel und Kates goldenen Füller. „Also was ist dein Ziel? Den Richtigen finden und heiraten, nicht?"

„Genau."

„Wie soll er denn aussehen, der Glückliche? Zunächst muss er reich sein."

„Muss er nicht", widersprach Kate. „Ich bin nicht geldgierig."

Geduldig blickte Jessie sie an. „Dein Vater ist reich, und es wäre sicher besser, wenn dein Zukünftiger mehr Geld besitzt, als du erben wirst. Schließlich soll er dich nicht wegen deines Vermögens nehmen."

„Wahrscheinlich erbt meine Stiefmutter ohnehin alles." Es sei denn, Daddy ist mit Janice als Ehefrau Nummer fünf auch nicht zufrieden, fügte sie im Stillen hinzu.

Jessie winkte ab. „Du bist nur eifersüchtig, weil sie zehn Jahre jünger ist als du. Weiter jetzt. Er muss älter sein als du. Ungefähr fünfzehn Jahre."

„Wieso?", fragte Kate verständnislos.

„Weil du ganz offensichtlich nach einer Vaterfigur suchst."

„Das stimmt nicht. Gib her." Kate nahm ihr den Zettel ab und strich die beiden Punkte wieder durch. „Zum Ersten muss er intelligent sein. Sehr intelligent."

„Das ist gut", stimmte Jessie lächelnd zu.

„Und zwar nicht nur im wissenschaftlichen Sinne. Er muss auch anspruchsvoll sein und Wert auf Qualität legen."

„Ein Mann in Designerkleidung?" Jessie verzog das Gesicht. „So sieht dein Traummann aus?"

„Und vornehm", fuhr Kate fort. „Gute Manieren. Jemand, der sich in der Oper wohlfühlt."

„Du hasst Opern."

Kate schüttelte missbilligend den Kopf. „Du weißt genau, was ich meine."

Jessie musste an Kates Vater und die drei Männer denken, mit denen sie verlobt gewesen war. Groß, schlank, gut aussehend und vornehm. Mit guten Manieren. „Ja, ich weiß, was du meinst."

„Und ehrgeizig. Er muss wissen, was er will, und zielstrebig darauf hinarbeiten."

„In Ordnung." Jessie dachte über Kates Vorstellungen nach. Was für ein Mist!

„Und erfolgreich. Er muss erfolgreich sein."

„Wer soll das entscheiden? Erfolg wird von verschiedenen Menschen unterschiedlich beurteilt", wandte Jessie ein.

„Er muss viel verdienen, und gute berufliche Aufstiegschancen besitzen", antwortete Kate wie aus der Pistole geschossen und konzentrierte sich wieder auf ihre Liste.

„Klingt, als hätte dir das dein Vater eingetrichtert. Kommen wir doch mal zu den guten Eigenschaften."

„Was denn noch?", fragte Kate nach.

„Na, Sinn für Humor, Gleichberechtigung der Frau in der Partnerschaft, fantastisch im Bett. Er muss dich wie verrückt lieben."

„Ja, richtig. Natürlich." Kate sah wieder auf die Liste. „Habe ich schon erfolgreich erwähnt?"

„Einige Male." Jessie nahm ihr den Zettel wieder ab. „Jetzt haben wir den Wundermann also beschrieben. Und was nun? Nun muss er noch gefunden werden, habe ich recht?"

„Ja, aber das wird nicht so leicht ..."

Jessie unterbrach sie. „Schon erledigt." Sie reichte Kate den Zettel zurück. „Behalte das. Und dann sieh dir dies hier an." Sie wies auf die Zeitung.

Kate blickte auf die Anzeige, die Jessie aufgeschlagen hatte. Ein gepflegter Mann stand mit einem Golfschläger auf einem Golfplatz, der aussah, als sei er mitten im Wald auf lauter Hügeln angelegt. „Komm in die Wildnis, und stell dich dem schwierigsten Golfplatz von ganz Amerika", hieß es in der Anzeige. „Komm nach ‚The Cabins'."

„Ein Golfplatz? In Kentucky?"

„Da gibt es noch mehr außer Golf", sagte Jessie. „Sie bieten auch Reiten, Wandern und andere Aktivitäten an. Es gibt sogar einen See. Du könntest nackt baden."

Verächtlich blickte Kate sie an.

Jessie zuckte mit den Schultern. „Okay, du nicht, aber jemand, der Spaß und Aufregung sucht, könnte es tun." Sie beugte sich vor. „Aber das wirklich Tolle ist der Golfplatz. Sogar ich habe schon davon gehört. Die Leute zahlen ein Vermögen, um dort zu spielen. Du kannst dir vorstellen, was für Leute dort herumlaufen." Schmunzelnd lehnte sie sich zurück. „Ich möchte dort nicht einmal begraben werden, aber dein Traummann müsste dort gleich im Dutzend vorhanden sein. Du kannst die Augen verbinden und blind in die Menge greifen."

„Tja, es klingt tatsächlich … interessant", gab Kate nachdenklich zu. „Aber ich …"

„Es ist ein Ziel und ein Plan", erwiderte Jessie. „Du hast bisher alles im Leben erreicht. Also wirst du das jetzt auch schaffen."

„Wie kommst du darauf, ich hätte alles erreicht?" Auf Jessies verdutzten Blick hin fuhr sie fort: „Wenn ich schon am Ziel meiner Wünsche wäre, würde ich mich nicht mehr so anstrengen. Ich bin zwar erfolgreich …"

„Ich weiß schon. Du verdienst gut und hast gute Aufstiegsmöglichkeiten." Jessie verdrehte die Augen.

„… aber ich bin nicht glücklich. Ich will …"

Kate verstummte, und Jessie blickte sie gespannt an. Sprich es aus, dachte sie. Was willst du?

„Ich möchte eine Beziehung mit einem Mann", sagte Kate schließlich.

„Beziehung klingt gut", stimmte Jessie zu. „Dann mal los."

Kate fand langsam Gefallen an der Vorstellung und sah sich bereits an der Seite eines Mannes, mit dem sie Hand in Hand einen riesigen Konzern aufbaute. „Ich möchte mit meinem Mann zusammenarbeiten, um ein Imperium zu gründen. Ich will …"

„Ein Imperium!" Jessie konnte ihren Abscheu nicht verbergen. „Vergiss das Geschäft. Denk an dein Privatleben."

„Das kann ich nicht. Ich kenne mich doch nur im Geschäft aus."

„Falsch." Jessie atmete tief durch. „Du bist warmherzig und fürsorglich. Du kümmerst dich um die Menschen. Wenigstens hast du das früher getan." Sie griff über den Tisch hinweg nach

Kates Arm. „Heute arbeitest du mit Leuten zusammen, die sich nur im dunklen Anzug wohlfühlen. Und deswegen gehst du immer allein nach Hause. Das ist doch unsinnig, und du hasst es." Aufseufzend lehnte sie sich zurück. „Ich kann nicht glauben, dass Geld und Erfolg dir so wichtig geworden sind."

„Tja, es war nett, mit dir zu frühstücken", sagte Kate. „Musst du nicht bald gehen?"

Jessie schloss einen Moment die Augen und versuchte es ein letztes Mal. „Kate, bitte hör mir zu. Fahr zu ‚The Cabins', such dir einen netten Kerl, der alle Forderungen deiner Liste erfüllt, und werde glücklich mit ihm. Du kannst es schaffen."

Der aufrichtig besorgte Tonfall gab Kate zu denken. „Das soll also alles sein", machte sie sich lustig. „Ich muss mir nur den Richtigen aussuchen."

Jessie nickte. „Ja."

Kate blickte wieder in die Anzeige. Der Mann auf dem Bild war zwar sicher ein Fotomodell, aber er sah perfekt aus. Bis zum Ende des Sommers wollte sie ohnehin noch Urlaub machen, und sie hatte seit Jahren kein Golf mehr gespielt.

Und sie war so einsam, dass es manchmal wehtat. „In Ordnung", sagte sie leise. „Ich werde dort hinfahren."

„Prima!" Jessie deutete auf das Telefon. „Dann ruf gleich an."

„Das mache ich später", erwiderte Kate. „Lass mich eine Weile darüber nachdenken."

„Nein." Jessie verschränkte die Arme vor der Brust. „Ich gehe nicht, bevor du nicht angerufen hast."

„Ich habe doch gesagt, dass ich fahre. Vertraust du mir nicht?"

„Nein", erwiderte Jessie nur. „Diesmal behalte ich dich im Auge, denn du schaffst es immer wieder, deinem Glück davonzulaufen. Ruf an. Jetzt!"

Dreihundert Kilometer von Kate entfernt saß Jack Templeton in einem großen Liegestuhl auf der hinteren Veranda des Anwesens seines Bruders in Kentucky. Er hatte die Füße auf das Geländer gelegt und beobachtete den Sonnenaufgang über dem See. Dabei gab er sich große Mühe, Zufriedenheit zu empfinden. Doch wie so oft in letzter Zeit plagte ihn dieses Gefühl, als fehle ihm irgendetwas.

In seiner Ehe, die lange zurücklag, hatte er das Verdrängen gelernt: Immerhin lebte er in einem schönen Land, ihm ging es gut, und er musste sich um nichts kümmern, als dass das grasbewachsene Land gewässert und gepflegt wurde. Ansonsten plagten ihn keine echten Sorgen. Natürlich fand er es nicht ideal, dass sein Bruder aus diesem guten Farmland ein Feriengelände gemacht hatte, wo sich die reichen Geschäftsleute erholten und amüsierten, aber diese Leute brachten viel Geld mit, und davon konnte die Dorfbevölkerung leben. Jake hatte nicht viel mit den Urlaubern zu tun.

Im Großen und Ganzen ging es ihm gut. Er zog sich den hellen Cowboyhut über die Augen und genoss die Aussicht. „Ich habe es geschafft", sagte er leise.

Mit zwei Bechern heißem Kaffee kam sein Bruder zu ihm heraus. Will trug bereits seinen Anzug, um die ersten Gäste zu begrüßen, die jeden Moment ankommen würden. Er betrachtete Jakes abgetragene Jeans und das verwaschene Baumwollhemd und schüttelte den Kopf. Jake blickte ihn an und lachte.

„Du bist schrecklich", stellte Will fest.

„Was habe ich jetzt schon wieder gemacht?", fragte Jake unbeteiligt.

„Es geht eher darum, was du nicht tust. Du könntest reich sein."

„Das war ich", stellte Jake richtig. „Dann habe ich alles dir gegeben, und du hast davon das Freizeitgelände aufgebaut."

„Immerhin gehört dir immer noch die Hälfte davon."

„Dann wirst du mich im Alter wohl durchfüttern müssen", erwiderte Jake lachend. „Ich bin schließlich nicht dumm."

Will schüttelte den Kopf. „Du bist Jurist und hast als Steuerberater gearbeitet, und das alles hast du aufgegeben, um für deinen kleinen Bruder Rasen mähen zu können. Schäm dich."

„Ich mähe den Rasen nicht, sondern sorge nur dafür, dass andere den Rasen mähen", stellte Jake richtig. „Ein toller Sonnenaufgang, findest du nicht?"

„Der Sonnenaufgang war vor ein paar Stunden. Jetzt ist es neun."

„So hoch steht die Sonne aber noch nicht." Jake ließ sich tiefer in den Stuhl rutschen. „Sie steigt immer noch, also ist noch Sonnenaufgang."

„Mir ist klar, dass ich das alles hier ohne dich nicht schaffen würde, aber du weißt so gut wie ich, dass du hier deine Zeit und deine Talente vergeudest. Seit fünf Jahren. Dafür kannst du nicht nur deine gescheiterte Ehe verantwortlich machen."

„Du nimmst das Leben viel zu ernst. Wenn ich geahnt hätte, dass du dich so sehr in die Arbeit stürzt, hätte ich dir das Geld niemals gegeben. Du bekommst bestimmt bald einen Herzinfarkt, und dann muss ich mich um alles hier kümmern."

„Na, einer von uns beiden muss sich ja wie ein Erwachsener benehmen. Hör mir zu, Jake, du warst immer mein …"

„Vorbild? Dein Held?", riet Jake.

„Sagen wir ruhig Vorbild", sagte Will. „Ich wollte immer wie du sein, weil du in jeder Hinsicht der Beste warst."

„Nein, das war ich nicht", widersprach Jake. „Das dachtest du bloß, weil du mein jüngerer Bruder bist."

„Jake, du hast seit fünf Jahren nichts mehr getan. Seit du hier bist." Jake wollte etwas sagen, aber Will ließ ihn nicht zu Wort kommen. „Ich weiß, dass du die Arbeitskräfte beaufsichtigst, doch das könntest du auch vom Bett aus. Und im Grunde tust du das ja auch."

„Moment mal", beschwerte Jake sich.

„Du bist mir eine große Hilfe, aber auch wenn es mir nicht gefällt, musst du zurück in die Stadt."

„Mein Leben hier gefällt mir", stellte Jake klar. „Glaub ja nicht, dass ich mich für dich und diesen Freizeitclub aufopfere. Ich bin gern hier und werde hier bleiben."

Will versuchte es anders. „Willst du nie wieder heiraten?"

„Nein. Wie kommst du jetzt darauf?"

„Wenn es hier in ‚Toby's Corners' eine Frau für dich gäbe, hättest du sie mittlerweile gefunden. Also ist das ein weiterer Grund für dich, in die Stadt zurückzukehren."

„Kannst du mir verraten, was eigentlich los ist?", fragte Jake verständnislos. „Spuck es schon aus. Vielleicht geht es dir dann besser."

„Mom macht sich um dich Sorgen." Will setzte sich auf einen zweiten Stuhl. „Und Valerie findet, dass ich dich ausnutze. Wenn es im Hotel manchmal drunter und drüber geht, denke ich: Zum Glück hat Jake dort draußen alles unter Kontrolle. Das meine ich ernst. Du hilfst mir sehr."

„Das weiß ich. Noch ein Grund mehr, um hier zu bleiben." Er trank einen Schluck Kaffee. „Valerie macht sich also Gedanken um mein Wohlergehen."

Will blickte ihn prüfend an. „Ja. Das kam mir auch etwas seltsam vor."

„Ich habe mich schon gefragt, wann sie zur Tat schreitet."

Fragend sah Will ihn an. „Wovon sprichst du?"

„Valerie sieht sich als deine Partnerin, was das Hotel angeht. Ich bin ihr im Weg."

„Das verstehe ich immer noch nicht", warf Will ein.

„Sie möchte, dass ihr beide zusammen den Mittleren Westen mit solchen Freizeitanlagen beherrscht."

„Nicht mit mir." Will wirkte nachdenklich. „Weißt du, diese Frau wird langsam zu einem Problem."

Jake lächelte bitter. „Wahrscheinlich kannst du das nicht klar beurteilen, weil sie mit dir zusammenwohnt und hervorragende Arbeit in der Hotelleitung leistet, aber sie ist genau seit dem Zeitpunkt ein Problem, als sie hier auftauchte."

„Tja, das Problem wird sich bald lösen", sagte Will. „Aber da ist noch Mom, und sie macht sich wirklich Sorgen um uns beide. Am meisten um dich, weil du schon älter bist."

„Ach komm", wehrte Jake ab. „Was will sie denn?"

„Sie will, dass wir heiraten und sie zur Großmutter machen."

Jake zuckte mit den Schultern. „Dann tu deine Pflicht."

„Ich bin nicht verheiratet, und das wird auch so bleiben."

„Valerie denkt da sicher anders."

Will schüttelte den Kopf. „Mit Valeries Zukunftsplänen habe ich zum Glück nichts zu tun. Eine große Hotelkette möchte sie gern einstellen. In der nächsten Zeit bekommt sie bestimmt ein hervorragendes Angebot, und dann ist sie weg."

Neugierig sah Jake seinen Bruder an. „Und das macht dir nichts aus?"

„Ich bin eher erleichtert. Valerie ist eine wunderbare Frau, und ich schätze die Arbeit, die sie hier geleistet hat, aber sie fängt an, mich zu nerven. Ich weiß nicht einmal, wie es dazu gekommen ist, dass wir zusammenwohnen."

„Ich aber", wandte Jake ein. „Durch Sex. Das ist eine mächtige Waffe, und Frauen wissen sie einzusetzen."

„Willst du deshalb nichts mehr von Frauen wissen?", fragte Will mitfühlend. „Das klingt fast nach Verfolgungswahn."

„Mit Wahn hat das nichts zu tun, wenn sie hinter dir her sind", sagte Jake. „Und offen gesagt, ich glaube, dass Valerie dich geschnappt hat. Und sie denkt das sicher auch."

„Niemand hat mich geschnappt", erwiderte Will. „Ich bin mit meiner Arbeit verheiratet."

Jake sah ihn an, als sei er verrückt geworden.

„Im Gegensatz zu dir habe ich beruflich noch Ziele, und außerdem bin ich noch nicht bereit für eine feste Bindung."

„Drei Jahre Zusammenleben ist für dich keine feste Bindung?"

„Genau so etwas bekomme ich auch von Mom zu hören." Will blickte seinen Bruder misstrauisch an. „Damit komme ich wieder zum Thema. Ich finde, Mom und Valerie haben recht."

„Hör doch auf", sagte Jake. „Du hast ein schlechtes Gewissen, und deswegen muss ich leiden."

„Du brauchst neue Ziele, und du solltest, wenn du schon nicht zurück in die Stadt gehst, wenigstens heiraten."

Jake blickte wieder auf den See. „Ich war verheiratet, und es hat mir nicht gefallen. Du bist an der Reihe, dir dein Leben zu vermasseln."

„Dann bist du also gern allein und einsam in deinem Ferienhäuschen am Ende der Straße. Allein in dem kalten Bett."

„Psychologie ist nicht deine Stärke. Du hast das Feingefühl eines Felsblocks. Meine Traumfrau ist eins siebzig, um die zwanzig, dumm wie Stroh und davon überzeugt, dass ich der Größte bin. Jetzt mal ernsthaft. Ich glaube, dass Frauen so viele Jahrhunderte gelernt haben, Männer hintenrum zu irgendwelchen Sachen zu überreden, dass sie gar nicht mehr anders können. Bei Frauen weißt du nie genau, was sie wollen, und dann regen sie sich auf und schreien dich an." Er schüttelte den Kopf. „Ich habe wirklich genug von diesen wortgewandten, überklugen Frauen, die mit einem machen, was sie wollen."

„Dann heirate nicht wieder eine Frau wie Tiffany", sagte Will ruhig. „Finde dein gut aussehendes Dummchen und heirate sie. Und dann mach wieder etwas aus deinem Leben, bevor du Wurzeln schlägst und täglich gegossen werden musst."

Jake ging nicht auf ihn ein. „Wenn ich mich jemals wieder auf jemanden einlasse, dann muss sie davon überzeugt sein, dass nur ein Mann sie glücklich machen kann, der dafür sorgt, dass Rasenflächen gesprengt und gemäht werden."

„Da kannst du sicher lange warten." Will wollte noch etwas sagen, aber im Haus klingelte ein Telefon.

„Noch einer, der verrückt danach ist, an einem Berghang Golf zu spielen", sagte Jake kopfschüttelnd. „Ich dachte, du spinnst, als du den Platz angelegt hast, aber die Leute rennen dir die Tür ein."

Das Telefon klingelte wieder. „Kümmere du dich um deine zukünftige Frau. Vielleicht ist sie es, die gerade hier anruft."

„Da bin ich ja ziemlich gespannt." Jake zog sich den Hut wieder tiefer ins Gesicht.

2. KAPITEL

*A*ls sie durch Toby's Corners fuhr, war Kate erstaunt darüber, wie schön das Städtchen war. Während der Herfahrt hatte sie sich immer wieder das Schlimmste ausgemalt und darüber gegrübelt, wieso sie sich von Jessie dazu hatte überreden lassen, sich sogar noch aufreizende Unterwäsche zu kaufen. Der Anblick des Ortes riss sie aus diesen Gedanken.

Die schattigen alten Straßen waren von dicken Bäumen gesäumt, und die alten Ladenfronten waren erhalten und neu gestrichen worden. Eisenwaren, Lebensmittel, ein Imbiss und andere Geschäfte, die sicher seit Generationen denselben Familien gehörten. Kate fühlte sich wie in einem Bilderbuch.

In so einer Kleinstadt wäre ich gern aufgewachsen, dachte sie. Es wirkt so anheimelnd, und vielleicht wäre mein Leben anders verlaufen, wenn ich in Toby's Corners geboren wäre.

Energisch verdrängte sie diese Gedanken. Reiß dich zusammen, sagte sie sich. Du hast ein Ziel und einen Plan.

Sie bog von der Hauptstraße ab und folgte einer gewundenen Straße durch den Wald. Das Sonnenlicht drang gedämpft durch das Blätterdach, und es roch nach Holz. Unwillkürlich erschauerte Kate. Irgendwie ist es hier aufregend, dachte sie. Und ich werde meinem Plan folgen. Ohne Angst, genau wie Jessie. Vielleicht gehe ich morgen ganz früh sogar nackt im See baden.

Dann fuhr sie um die letzte Kurve und vergaß ihre Vorsätze sofort.

Das Freizeitgelände lag vor ihr und wirkte viel größer als im Katalog. Zahllose kleine Apartmenthäuser waren in unterschiedlichen Winkeln angeordnet, und jedes Häuschen besaß eine eigene Sonnenterrasse. Oh nein, dachte Kate, das ist mir alles viel zu groß.

Noch dazu liefen hier unzählige Menschen herum. Wenn sie hier nackt badete, würde sie am Tag darauf in jeder Zeitung der Gegend erscheinen. Sie sah die Schlagzeilen schon vor sich.

Aufseufzend hielt sie neben dem Hoteleingang an.

Ich hasse es, dachte sie, stieg aus und betrat die Eingangshalle. Einer der vielen gut aussehenden vornehmen Männer, die laut Jessie hier überall waren, hielt ihr lächelnd die Tür auf. Eins nach dem anderen, dachte Kate und ging an ihm vorbei.

Der Hotelmanager begrüßte sie mit einem Lächeln. „Willkommen in ‚The Cabins', Miss Svenson. Ich bin Will Templeton und freue mich, dass Sie hier sind."

Fast hätte Kate ihn gefragt, wieso. Will Templeton war groß, gebräunt und gut aussehend, doch bestimmt freute er sich weniger über Kate als über die Kreditkarte, die sie dabei hatte.

„Sicher wollen Sie meine Kreditkarte sehen", sagte sie.

„Nein, nein, das ist alles schon geregelt. Sie wohnen in Nummer 9a. An den Tennisplätzen entlang und hinter dem Crocketplatz. Sie können Ihren Wagen direkt hinter dem Häuschen abstellen."

Es hätte schlimmer kommen können. Wenigstens musste sie nicht hier im Hotel unter all diesen vielen Menschen wohnen.

Hinter ihr ertönte eine helle Stimme. „Sagten Sie gerade 9a?"

Der Manager lächelte. „Das stimmt, Miss Craft." Kate drehte sich um.

Miss Craft war jung, blond und sah wie eine Barbiepuppe aus. Ihre Augen waren hellblau, sie besaß eine kleine Stupsnase, und ihre vollen Lippen schienen ständig zu lächeln. Sie sah aus wie neunzehn.

Toll, dachte Kate. Das ist also die Konkurrenz. Die trägt bestimmt gar keine Unterwäsche.

„Ich bin Penny Craft", sagte die Barbiepuppe und streckte die Hand aus. „Ich wohne direkt neben Ihnen in 9b."

„Oh, schön", erwiderte Kate.

„Könnten Sie mich, wenn es Ihnen nichts ausmacht, mitnehmen? Mit meinem Gepäck? Die Kofferjungen hier sind schwer beschäftigt …"

„Kein Problem", sagte Kate. „Mit Vergnügen." Sie ließ sich von Will den Schlüssel geben und versuchte, nicht auf ihn zu achten, als er hinter ihnen herrief: „Vergessen Sie nicht, dass heute Abend unsere Hawaiiparty steigt, Ladies."

„Bestimmt nicht", rief Penny Craft zurück.

Gepäck sagt viel über die Menschen, stellte Kate fest, als sie Penny zu ihrem Wagen brachte. Sie selbst hatte einen grauen Koffer und eine Aktentasche bei sich. Penny schleppte fünf pinkfarbene Gepäckstücke mit sich. Rate mal, wer von uns beiden den größeren Spaß hat? dachte Kate, als sie das Gepäck verstaute. Dann fuhr sie langsam zu dem Ferienhaus, wobei sie auf die vielen Leute Rücksicht nehmen musste, die sich anscheinend so blendend amüsierten, dass sie hier am liebsten überfahren werden wollten.

„Zu viele Menschen", stellte Kate fest.

„Oh nein", widersprach Penny und winkte jemandem zu. „Ich liebe Menschen."

„Das habe ich mir schon gedacht."

Penny lächelte ihr zu. „Bei den Ferienhäuschen soll es viel ruhiger sein."

Neugierig sah Kate sie an. „Ich hätte gedacht, dass Sie lieber im Hotel wohnen."

„Nein." Penny winkte wieder. „Ich will so viele Männer wie möglich treffen, und Sie wissen ja, wie neugierig die Leute in einem Hotel sind."

„Was meinen Sie mit treffen?"

„Ach, Sie wissen schon. Tanzen, reden, lachen … So viel Spaß wie möglich", sagte Penny fröhlich. „Nächsten Monat heirate ich. Das hier ist meine letzte Chance."

„Ah so", sagte Kate nach einer Pause. „Na, dann viel Glück."

„Danke." Penny sah sie an. „Wieso sind Sie hier?"

Gute Frage. Und alles Jessies Schuld. „Ach, zum Tanzen, Reden, Lachen." Kate musterte düster die ganzen Leute rings umher. „Vielleicht auch, um nackt im Pool zu schwimmen."

„Ist das erlaubt?"

Kate schloss die Augen. Penny war dumm wie Bohnenstroh. „Nur wenn Sie ganz früh aufstehen", sagte sie.

„Ich verstehe. Ich dachte schon, Sie schreiben vielleicht für einen Reiseführer oder eine Zeitung."

„Einen Reiseführer? Wie kommen Sie darauf?"

„Na, wieso sonst sollte jemand, der so sehr nach Geschäftsfrau aussieht wie Sie, hierherkommen?"

„Vielleicht, um Männer zu treffen?", schlug Kate vor.

„Ja, sicher." Penny kicherte.

Als sie endlich den Weg zu dem richtigen Häuschen gefunden hatten, stellte Kate erleichtert fest, dass es tatsächlich sehr abgelegen war. Und von innen gefiel es ihr noch besser. Das holzgetäfelte Schlafzimmer war klein, aber gemütlich. Kate legte ihre Aktentasche weg und sah sich um. Sie brauchte Erholung, und die würde sie hier vielleicht bekommen. Auch wenn sie keinen interessanten Mann aufgabelte … Halt. Natürlich würde sie jemanden kennenlernen, das war schließlich ihr Plan. Entschlossen ging sie, um den Koffer zu holen.

Als sie Pennys Gepäck auslud, kam ein Mann auf sie zugeschlendert. „Brauchen Sie Hilfe?", erkundigte er sich, und Kate blickte zu ihm auf. Er war groß, breitschultrig, trug ein kariertes Hemd und Jeans und bewegte sich langsam. Sein dichtes schwarzes Haar war etwas zu lang, und unter seiner Nase wucherte ein Schnurrbart. Der Gipfel aber war der große helle Cowboyhut. Schrecklich.

Dann lächelte er sie an, und fast hätte Kate spontan zurückgelächelt. Auf keinen Fall ermahnte sie sich. Du wirst dich doch nicht mit so einem Kerl einlassen. Denk an deinen Plan. Ein Cowboy passt da wirklich schlecht hinein. Vergiss den Typ.

„Ich schaffe das schon." Sie drehte sich um, um ihren Koffer aus dem Wagen zu hieven. „Danke."

„Hallo!"

Sie drehten sich beide um.

Penny stand auf der obersten Stufe, anscheinend außer sich vor Freude, einen Mann zu sehen.

„Penny, dies ist …" Kate sah den Mann an.

„Jake." Er berührte die Hutkrempe und nickte Penny zu.

„Jake, das ist Penny", sagte Kate. „Jake hat seine Hilfe beim Koffertragen angeboten."

„Wie reizend", hauchte Penny. „Ich nehme Ihre Hilfe liebend gern in Anspruch. Die pinkfarbenen Sachen gehören mir."

„Kommt sofort." Jake nahm alle Koffer von Penny gleichzeitig hoch.

„Sie sind ja unglaublich stark", staunte Penny strahlend.

„Nein. Ich bin nur zu faul, um zweimal zu gehen." Er schlenderte die Stufen hinauf.

Na, da bahnt sich ja eine wunderbare Freundschaft an, dachte Kate und trug ihren Koffer ins Häuschen.

Kurz darauf ging Jake kopfschüttelnd den Weg zurück. Als er die beiden blonden Frauen zuerst gesehen hatte, hatte er Penny und Kate für Schwestern gehalten. Nach dem zweiten Blick hatte er beschlossen, dass die beiden nicht zusammengehörten. Aber jetzt konnte er kaum glauben, dass die beiden auf demselben Planeten lebten.

Penny war die Traumfrau jedes Mannes, nett, freundlich und offen. Es fiel nicht schwer, nett zu ihr zu sein. Allerdings wurde es nach wenigen Minuten anstrengend, ihr zuzuhören. Anderen Männern war es sicher egal, was sie sagte, solange sie sie nur ansehen konnten. Anscheinend wurde er alt. Egal, was er zu Will gesagt hatte, seine Traumfrau war Penny nicht.

Kate war hingegen sein persönlicher Albtraum. Wer fuhr schon im Seidenkostüm in den Urlaub? Und ihr blondes Haar hatte sie so straff zu einem Knoten gebunden, dass ihre Augenwinkel nach hinten gezogen wurden. Mit einem einzigen prüfenden Blick aus diesen eisblauen Augen hatte sie ihn beurteilt und verworfen. „Danke", hatte sie gesagt und war gegangen. In diesem Moment musste die Temperatur um ein paar Grad gesunken sein.

Sie erinnerte ihn an Valerie und seine Ex-Frau Tiffany. Frauen wie sie bekamen immer, was sie wollten, egal, wer sich ihnen in den Weg stellte. Wahrscheinlich war Kate hier, um ihr Golfspiel zu verbessern, sich eine schicke Bräune zuzulegen, sich einen Ehemann zu schnappen und ein paar Tipps für die Börse zu bekommen. Mit so einer Frau wollte er nichts zu tun haben.

Zum Glück hatte sie deutlich gezeigt, dass auch sie nicht an ihm interessiert war.

Vergiss sie, sagte Jake sich und ging, um bei den Vorbereitungen für die Hawaiiparty zu helfen.

Um sechs wurde Kate von Penny abgeholt. Nur so lernst du Männer kennen, sagte sie sich immer wieder. Jessie hat recht. Entspann dich, und benimm dich wie eine Frau, die nicht vierundzwanzig Stunden am Tag ans Business denkt.

Penny trug über einem winzigen gelben Bikini einen blauen geblümten Sarong. In ihren großen blauen Ohrringen saßen kleine Papageien mit bunten Federn. Aber Penny wirkte selbst in dieser seltsamen Aufmachung aufrichtig glücklich.

So etwas könnte ich niemals tragen, überlegte Kate. Selbst wenn ich sturzbetrunken wäre, würde ich mich nicht so anziehen. Habe ich deshalb so selten Spaß?

„Schlüpfen Sie in Ihre Badesachen", sagte Penny. „Vielleicht werden wir in den Pool geworfen."

„Na hoffentlich", erwiderte Kate. Ihr schwarzer Badeanzug war etwas altmodisch, aber noch kaum getragen. Darüber zog sie weiße Shorts und ein weißes Hemd, das sie vor dem Bauch verknotete. Dazu trug sie zierliche goldene Ohrringe und eine schlichte Goldkette.

„Das ist alles?", fragte Penny.

„Fertig."

„Ziemlich schlicht."

„So bin ich nun mal", erwiderte Kate. „Schlicht. Gehen wir."

Penny zögerte noch. „Wollen Sie Ihr Haar nicht offen tragen? Wir gehen doch zu einer Party."

„Nein", sagte Kate gelassen. „Ich mag es lieber hochgesteckt."

„Tja, Sie sehen nicht sehr unternehmungslustig aus."

„Das wirkt nur so. Ich bin voller Tatendrang."

„Na gut." Penny schüttelte den Kopf. „Vielleicht helfen ein paar Drinks."

„Das kann ich mir nicht vorstellen."

Die Hawaiiparty war noch schlimmer, als Kate vermutet hatte. Unzählige Leute standen in Gruppen um das Hotel und waren zum Teil schon angetrunken. Alle trugen Hawaiihemden oder Sarongs. An großen runden Holztischen lachten die Leute lauthals über irgendwelche Witze, und betont heitere Pärchen tanzten ausgelassen zu Musik von den Beach Boys. Viele drängelten sich vor einem Grillspieß, um verbrannte Fleischstücke von dem armen toten Tier zu bekommen, das über dem Feuer gedreht wurde. Es roch nach Rauch und Sonnencreme.

„Ist es nicht herrlich?" Penny strahlte begeistert.

Entsetzt blickte Kate sich um. „Woher kommen die alle? Die können doch nicht alle hier im Hotel wohnen."

„Von überallher." Penny winkte jemandem. „Im Sommer findet hier jeden Monat so eine Fete statt. Ist es nicht toll? Sehen Sie den großen Mann mit dem dunklen Haar beim Schweinegrill?"

„War das mal ein Schwein?"

„Das ist Will. Erinnern Sie sich? Am Empfang? Ihm gehört das Hotel."

„Schnappen Sie sich ihn", sagte Kate und sah sich nach einer Bar um. Es musste eine geben. Kein Mensch führte sich so auf, wenn er nicht betrunken war.

„Der dunkle Typ im roten Hemd ist Eric Allingham. Steinreich." Wieder winkte Penny jemandem zu. „Überall schwerreiche Männer."

„Dann mal los." Wo war bloß die Bar?

„Nicht mein Typ."

„Sie sind nicht an Geld interessiert?"

„Weshalb sollte ich?", fragte Penny zurück. „Ich heirate bald."

Kate stellte fest, dass Penny ganz vernünftig klang, wenn man davon ausging, dass es normal war, sich einen Monat vor der Hochzeit mit allen möglichen Männern zu treffen. „Tut mir leid", entschuldigte sie sich. „Ich habe nicht nachgedacht."

„Der blonde Mann in dem grünen Hemd ist aber niedlich. Er heißt Lance oder so."

„Woher wissen Sie das alles?"

„Ach, ich habe mich in der Hotelhalle unterhalten, während ich auf einen Gepäckträger wartete. Die Leute hier sind wirklich nett."

„Prima", antwortete Kate. „Ich schätze, Sie wissen auch, wo hier heute Abend die Bar aufgebaut ist."

„Draußen beim Pool."

„Zeigen Sie ihn mir bitte."

Der Pool war von Hecken umschlossen. Im Wasser und in den blauweißen Kacheln spiegelte sich das Licht der kleinen Lampions. Die lange schmale Bar war mit Grasmatten verkleidet, und der rothaarige junge Barkeeper hatte sich eine Blumenkette um den Hals gehängt. Er bediente lauter Männer um die Vierzig, die Penny begrüßten, als sei sie ein großer trockener Martini. Sie war sofort umringt, während Kate darauf wartete, bedient zu werden.

„Was soll's sein, Madam?"

„Penny." Kate zog sie mit stählernem Griff an sich. „Darf ich Ihnen den Barkeeper vorstellen? Wie heißen Sie?"

„Mark." Der Mann lächelte Penny herzlich an.

„Das ist Penny, Mark", sagte Kate. „Bringen Sie mir einen doppelten Scotch. Was möchten Sie, Penny?"

„Sie kann von mir alles bekommen", stellte Mark fest.

„Wie reizend", flirtete Penny wild drauf los.

Und schon wieder bahnt sich ein neues Glück an, dachte Kate. Vielleicht sollte ich von ihr lernen.

Sie ging mit ihrem Drink zum Pool, zog die Schuhe aus, setzte sich und ließ die Füße ins Wasser baumeln. Ich führe mich schrecklich auf, dachte sie nach. Aber im Gegensatz zu Penny will ich das hier alles nicht wirklich. Obwohl ich nicht mehr allein sein möchte, habe ich auch keine Lust, mich eiskalt auf die Suche nach dem Märchenprinzen zu begeben.

Noch während sie darüber nachdachte, wie ein modernes Märchenschloss aussehen mochte, setzte sich ein übergewichtiger angetrunkener Mann neben sie. Er trug gleich sechs Blumenkränze.

„Hallo, schöne Frau, so ganz allein?"

„Hallo." Kate rückte ein Stück weg.

„Ich bin Frank", stellte er sich vor und legte ihr einen Arm um die Schulter.

„Freut mich für Sie." Entschlossen schob sie seinen Arm weg. Aus dem Augenwinkel heraus sah sie, wie Mark jemandem ein Zeichen gab.

„Ich habe Sie schon überall gesucht, Kleine."

„Weshalb?", fragte Kate. „Kennen wir uns?"

„Nur aus meinen Träumen."

„Dann wird es Zeit für neue Träume."

Kate stand auf und wollte ihn von sich stoßen, doch Frank hielt ihre Hand fest und stand auch auf. „Wissen Sie, was Sie brauchen?" Er lachte schallend. „Eine Blumenkette. Bedanken können Sie sich dafür heute Nacht bei mir." Er erwürgte sich fast bei dem Versuch, eine seiner Ketten abzunehmen.

„Nein." Kate riss sich los und wandte sich ab. „Kein Interesse."

„He, Sie lassen mich doch nicht etwa abblitzen?" Frank hielt sie am Arm fest.

„Doch. So oft Sie wollen", versicherte Kate ihm und versuchte, seinen Griff zu lösen.

„Prima." Er zog sie dichter an sich. „Ich mag widerspenstige Frauen."

Voller Verachtung blickte Kate ihm in die Augen.

Jake bemerkte Marks Zeichen und kam rechtzeitig an den Pool, um zu sehen, wie Frank Kate an sich zog.

Na, toll. Jetzt würde sie sich bestimmt bei Will über die anderen Gäste beschweren. Als Jake sah, wie sie versuchte, Frank abzuwimmeln, musste er zugeben, dass sie sich zu Recht beschweren konnte. Aufseufzend ging er zu den beiden hinüber und hörte Frank gerade sagen, dass er widerspenstige Frauen möge.

„Wie würde es Ihnen gefallen, von morgen an im Sopran zu singen", fragte Kate, und Jake griff schnell ein.

„Wie läuft's, Frank?" Er zog ihn an den Schultern von Kate weg.

„Jake, alter Kumpel." Frank lehnte sich an ihn. „Wo eine schöne Frau ist, da tauchst natürlich du auf." Er wurde behutsam von Jake in Richtung Grill gedreht.

„Da drüben gibt es viele schöne Frauen, Frank."

„Tut mir leid, Jake. Ich wusste nicht, dass diese hier zu dir gehört." Frank grinste Kate an und torkelte davon.

„Vielen Dank", sagte Kate. „Sie wissen, wie Sie die Leute zu behandeln haben."

„Na ja, wir wollen keinen Streit. Außerdem hatte ich Angst, Sie würden ihm wehtun."

„Das hatte ich vor." Kate nickte. „Ihre Methode war freundlicher." Dankbar lächelte sie ihn an, und Jake war überrascht, wie nett sie auf einmal wirkte. Er trat rasch einen Schritt zurück.

Kate blickte Frank hinterher. „Ich bin froh, dass er geht, aber so ist es bei mir immer. Die Männer verlassen mich."

„Wenn Sie wollen, hole ich Frank gern zurück", bot Jake an.

„Nein, nein." Kate schüttelte tapfer den Kopf. „Ich bleibe hier sitzen und kümmere mich um meinen Scotch."

„Kate", rief Penny zu ihr herüber. „Kommen Sie, und lernen Sie diese tollen Kerle hier kennen."

„Na, das klingt doch reizend." Jake lächelte spöttisch. Offenbar hatte er ihren Gesichtsausdruck durchschaut.

„Wunderbar", sagte sie tonlos. „Ich liebe tolle Kerle."

Jake sah Kate hinterher, die zu Penny und den zwei Männern hinüberging. Penny war zwar nett, aber sie suchte sich die Männer nicht kritisch genug aus. Kate dagegen war zu wählerisch. Für sie würde sicher niemand gut genug sein. Und wenn sie jemanden fand, würde sie bestimmt endlos an ihm herummäkeln, um ihn so zu formen, wie sie ihn haben wollte.

Jake schüttelte den Kopf, um dieses Bild loszuwerden. Kate war nicht sein Problem. Er sollte sich lieber um die Party kümmern.

Penny stellte Kate Chad und Lance vor, die Partner in einer Immobilienfirma in Ohio waren. Und kurze Zeit später gestand Kate sich ein, dass die beiden Männer eigentlich ganz in Ordnung waren. Sie gaben nur ein bisschen zu viel an, und Lance legte ihr etwas zu vertraulich den Arm um die Schulter.

Doch Kate beschloss, ihrem Plan zu folgen und Lance näher kennenzulernen. Vielleicht verbarg er mit diesem seltsamen Benehmen nur seine Unsicherheit und brauchte jemanden, der ihn verstand und nett zu ihm war.

Und ich, schwor sie sich, werde zu jedem nett sein und mich nicht länger so überheblich verhalten.

Sie gab ihr Bestes und willigte ein, mit Lance essen zu gehen. Dabei versuchte sie, wenigstens halb so begeistert zu klingen wie Penny, als diese Chads Einladung annahm. Doch nach einer halben Stunde, in der sie immer wieder Lance' Hände von sich weggeschoben hatte, war Kate mit ihrer Geduld am Ende.

„Ich komme sofort zurück", sagte sie lächelnd.

„Ich komme mit", entgegnete Lance und griff wieder nach ihr.

„Nein, nicht nötig." Kate hob grüßend ihr Glas, drehte sich um und verschwand in der Menge. Sie blieb erst stehen, als eine geschäftstüchtig wirkende Blondine sie an der Hand festhielt.

„Sie sind Kate Svenson", sagte sie und schüttelte die Hand. „Ich bin Valerie Borden, Leiterin der Gästebetreuung."

„Hallo, Miss Borden", antwortete Kate und blickte sich über die Schulter hinweg nach Lance um.

„Nennen Sie mich Valerie. Wir nennen uns hier in ‚The Cabins' alle beim Vornamen."

Kate blickte Valerie zum ersten Mal prüfend an.

Sie war groß, blond, gepflegt und beherrscht. Kate hatte den Eindruck, in einen Spiegel zu sehen, mit dem einzigen Unterschied, dass Valerie lächelte.

„Es freut uns alle, dass Sie hier sind", sagte Valerie. „Ich möchte mich gern einmal mit Ihnen zusammensetzen und reden. Sicher haben wir eine Menge gemeinsam."

„Glauben Sie?"

„Ganz bestimmt. Aber jetzt wollen wir feiern. Niemand soll heute Abend allein sein." Valerie hakte sich bei Kate ein und führte sie zu einer Gruppe am Pool. „Lassen Sie mich Ihnen ein paar Leute vorstellen. Möchten Sie jemand Bestimmten kennenlernen?"

Kate sah ein, dass es zwecklos war, sich Valerie zu widersetzen. „Einen großen, gebildeten, reichen Geschäftsmann", erwiderte sie gemäß ihrer Wunschliste.

Diese Offenheit verblüffte Valerie, doch sie hatte sich sofort wieder unter Kontrolle. „In Ordnung."

Mit Rick unterhielt Kate sich über die Ferienanlage. Der große, gebildete Besitzer einer gut gehenden Firma für Anlagen zum Schutz von Luft und Gewässern entsprach allen Punkten, die sie Valerie genannt hatte. Von Eric erfuhr Kate viel über Polopferde. Eric war groß, gebildet und besaß eine Unternehmensberatung wie ihr Vater. Zusammen mit Donald, einem großen, gebildeten Börsenmakler, diskutierte Kate über die Wirtschaftslage, und mit Peter, einem großen, gebildeten Werbefachmann, sprach sie über Golf. Peter rang ihr das Versprechen ab, am nächsten Nachmittag mit ihm Golf zu spielen. Schließlich traf Kate wieder auf den großen, nicht ganz so gebildet wie die anderen Kandidaten wirkenden Lance, der die Immobilienfirma besaß. Leider hatte Lance in der Zwischenzeit noch mehr getrunken und war zudringlicher denn je.

Lance wurde allmählich fett, aber sein Gesicht war noch gut aussehend, abgesehen von den etwas zu kleinen und zu bösartig dreinblickenden Augen. Er liebte es, seine Körpergröße auszuspielen, und seine Hände waren scheinbar überall. Als sie beide am Schweinegrill anstanden, wanderte seine Hand über ihre Schulter und ihren Arm zu ihrer Taille. Als er die Hand weiter abwärts gleiten ließ, reichte Kate ihm einen Teller.

„Könnten Sie den für mich halten?", fragte sie. „Ich hole die Drinks."

Sie aßen mit Penny und Chad an einem der runden Holztische, und der Abend zog sich endlos hin, während die Leute rings umher immer lauter lachten und johlten.

Lance sagte etwas, und Penny lachte. Also lachte Kate auch, wenn auch leicht zeitversetzt. Das fiel Lance offenbar nicht auf.

„Lance, Sie sind so lustig", sagte Penny. „Finden Sie nicht auch, Kate?"

„Doch, doch. Möchte noch jemand einen Scotch?" Sie schlenderte wieder zur Poolbar, bevor jemand ihr folgen konnte.

„Hallo, Mark." Sie lehnte sich über den Tresen.

„Hallo, Kate." Der Barkeeper lachte. „Wie läuft's?"

„Fragen Sie nicht."

Mark beugte sich vor. „Was wollen Sie denn mit diesem Lance? Der macht Ihnen doch nur Ärger."

„Das ist eine lange Geschichte. Krieg' ich noch einen Scotch?"

„Sicher?"

„Kate, Liebling", ertönte Lance' Stimme. „Ich konnte Sie nirgends finden."

„Ganz sicher", sagte Kate zu Mark, der ihr kopfschüttelnd einschenkte.

Mit dem Scotch ging Kate zum Pool, und Lance folgte ihr mit ausgestreckten Armen. Kate wunderte sich, als Mark wieder jemandem ein Zeichen gab, doch dann hörte sie Lance zu und wich immer wieder seinen Händen aus. Schließlich gab sie auf. Es hatte keinen Sinn. Auch wenn sie noch so viel Scotch trank, würde sie Lance niemals heiraten.

Sie goss den Drink in den Pool.

„Was machen Sie denn?", fragte Lance verdutzt.

„Ich werde nüchtern."

„Oh, tun Sie das nicht, Kleines." Er legte ihr die Hand auf den Po.

„Hände weg, Lance."

Er fuhr zu ihrer Brust. „Komm schon, Süße."

„Es haben schon andere deswegen ihre Hand verloren, Lance", sagte sie und schob seinen Arm weg.

„Ich will dich, Kate." Er legte besitzergreifend die Hand auf ihren Po.

„Aber ich will Sie nicht, Lance", erwiderte sie und stieß ihn in den Pool.

„Das hätten Sie nicht tun sollen", bemerkte Jake hinter ihr.

Sie beobachteten Lance, der noch nicht wieder an die Wasseroberfläche gekommen war.

„Wo kommen Sie denn her?", fragte Kate, ohne Lance aus den Augen zu lassen.

„Mark holt mich, wenn es Schwierigkeiten gibt. Ihretwegen hat er sich heute schon zweimal Sorgen gemacht. Erst Frank, jetzt Lance."

„Mark ist ein sehr netter Kerl."

„Wir haben es beide genossen, Sie und Lance zu beobachten."

„Da wir gerade von ihm sprechen, wird er ertrinken?"

„Geben Sie ihm einen Augenblick", sagte Jake. „Er wird gleich auftauchen. Sonst helfe ich ihm." Jake hockte sich am Poolrand hin. „Na also."

Hustend tauchte Lance auf, und Jake hielt ihn fest. Dann holte Lance tief Luft und musterte Kate mit finsterem Blick. „Sie miese kleine Nutte!" Jake drückte seinen Kopf wieder unter Wasser und zog ihn dann am Kragen hoch. „Tut mir leid, Lance. Ich bin abgerutscht." Wortlos half er dem Wasser spuckenden Lance heraus.

„Tja, es war ein reizender Abend, aber ich muss jetzt gehen." Kate lächelte Jake zu. „Noch mal vielen Dank. Gute Nacht." Sie winkte Mark zu und ging weg.

„Ich glaube, sie mag Sie nicht, Lance", sagte Jake. „Anscheinend weiß sie einen so großartigen Kerl wie Sie nicht zu schätzen." Obwohl sie so kühl wirkte, bewunderte er Kate für ihr selbstbewusstes Verhalten. Sie hatte Lance, ohne zu zögern, ins Wasser gestoßen und dann noch gewartet, damit er nicht ertrank. Doch dann riss er sich aus diesen Gedanken. Auf so eine Frau war er schon einmal hereingefallen, und das war ein großer Fehler gewesen. Denselben Fehler beging sein Bruder gerade mit Valerie. Sei nicht dumm, Jake, sagte er sich und führte Lance ins Hotel.

Die Leuchten neben dem Bett verliehen dem Raum etwas Anheimelndes, und allmählich entspannte Kate sich.

So darf es nicht weitergehen, überlegte sie. Ich muss einen Mann finden, von dem ich mich auch berühren lassen mag. Lance war eine Niete. Morgen spiele ich mit Peter Golf und verliebe mich in ihn. Dann heiraten wir, sind glücklich miteinander und spielen in unserer Freizeit zusammen Golf.

Irgendwie erschien ihr das alles jedoch nicht so reizvoll, wie sie es sich wünschte, und während sie einschlief, zweifelte sie an ihrem Plan. Dieser Zweifel folgte ihr in die Träume, in denen dicke blonde Männer ihr Blumenketten umhängen wollten. Gleichzeitig suchte sie nach jemand anderem, doch als sie aufwachte, wusste sie nicht mehr, nach wem. Nicht mal in meinen Träumen klappt es mit der Partnersuche, dachte sie und stand auf. Zurück zum Plan!

Dummerweise fand sie ihren Plan heute noch weniger reizvoll als am Tag zuvor. Sie wollte sich Hals über Kopf verlieben, sodass sie es kaum ertragen konnte. Nur so eine Liebe würde ewig halten.

Doch ihre Vernunft sagte ihr, dass sie sich trotz allem an ihrem ursprünglichen Vorhaben festhalten sollte. Nur zwei Menschen mit vielen Gemeinsamkeiten, derselben Herkunft und denselben Zielen konnten eine glückliche Zukunft haben.

Triff Leute, sagte sie sich. Irgendwann wird es schon geschehen, genau wie Jessie es prophezeit hat.

Sie zog die neuen Dessous an, die Jessie für sie ausgesucht hatte, und darüber trug sie eine beigefarbene Hose und eine ärmellose weiße Bluse. Als Schmuck legte sie wieder die zierlichen goldenen Ohrringe an. Das Haar steckte sie zu einem lockeren Knoten zusammen.

Der Himmel war strahlend blau, und die Augusthitze wurde durch einen leichten Wind gelindert. Überall zwitscherten Vögel, und Kate schlenderte gut gelaunt und summend zum Hotel, um zu frühstücken.

Valerie fing sie ab.

„Wir haben wundervolle Unternehmungen geplant", sagte Valerie und zog sie zu einer Gruppe von Spätaufstehern. Offensichtlich gab man sich in dem Hotel große Mühe, die Gäste beschäftigt zu halten. Obwohl Kate sich eigentlich in Unternehmungen stürzen wollte, zog sie sich doch abgeschreckt zurück.

„Nicht jetzt, Valerie", meinte sie ausweichend.

„Tennis, Crocket, Golf, Reiten, Gymnastik im Pool, was darf es sein?" Valerie zog sie zurück in die Gruppe.

Lieber sterben, dachte Kate.

„Was haben Sie vor, Kate?" Frank stand in einem gestreiften T-Shirt vor ihr. „Wie wär's mit Schwimmen? Ich würde Sie gern mal im Badeanzug sehen." Dabei zog er sie mit den Blicken förmlich aus.

„Das glaube ich nicht." Kate trat einen Schritt zurück. „Danke."

Sie sah Jake, der mit Angelruten, einer Kühltasche und ein paar Plastikkissen die Auffahrt entlangging. Er trug eine kurze Hose, ein altes verwaschenes T-Shirt und seinen Cowboyhut. Mit einem kurzen Nicken ging er an ihr vorbei und verschwand in Richtung Wald.

„Aber irgendetwas müssen Sie tun." Valerie blickte sie erwartungsvoll an. „Sie können nicht einfach herumsitzen."

„Das werde ich bestimmt nicht." Kate deutete verzweifelt auf Jake. „Ich gehe mit Jake fischen." Sie drehte sich um und ging rasch hinter ihm her, um ihn einzuholen.

„Sie müssen mich nicht zum Angeln mitnehmen", sagte sie erklärend, weil er alles mitgehört hatte. „Lassen Sie mich nur bei Ihnen bleiben, bis wir sicher im Wald sind."

Eine Weile lang schwieg er und reichte ihr dann ohne einen Blick die Angelruten. „Das Boot ist groß genug für zwei."

Kate zögerte kurz, doch als sie sich umwandte, stellte sie fest, dass Valerie sie immer noch beobachtete.

Dabei gebe ich sehr viel Geld für das alles hier aus, dachte sie. Wie kommt es bloß, dass ich immer wieder in solche Zwickmühlen gerate. Dafür wird Jessie büßen. Aufseufzend wandte sie sich um, um Jake in den Wald zu folgen.

3. KAPITEL

*D*as Wasser des kleinen Sees schimmerte grünlich, und am steinigen Ufer lag ein altes, schmales Ruderboot. „Und das schwimmt?", fragte Kate misstrauisch.

„Ja, sicher." Jake warf seine Tasche hinein. „Sie müssen ja nicht unbedingt darin herumspringen."

„Es gibt keine Sitze", stellte sie fest.

„Jemand hat sie herausgerissen, um sie als Ruder zu benutzen." Er schob das Boot weiter ins Wasser. „Nehmen Sie die Kissen, wenn Sie mitkommen wollen."

Kate blickte sich um. Valerie war zwar außer Sicht, aber sie wollte kein Risiko eingehen. Vorsichtig stieg sie in das Boot und stapelte die Plastikkissen zu zwei Haufen. Dann setzte sie sich auf einen der Stapel. Jake stieg in das andere Ende und stieß das Boot ab. Kurz darauf fing er an zu rudern. So energisch hatte Kate ihn noch nie gesehen, doch auch jetzt noch bewegte er sich langsam und gleichförmig. Schweigend sah sie zu, wie seine Armmuskeln sich anspannten, während er die Ruder tief durchs Wasser zog.

Er ruderte sie ans andere Ufer unter den Schatten einer Weide und befestigte das Boot an einem überhängenden Zweig. Aus den Kissen machte er sich eine Rückenlehne und legte sich aufseufzend zurück. Kate folgte seinem Beispiel und beobachtete ihn. Er bewegte sich niemals schnell, aber stets sehr wirkungsvoll. Mit einer einzigen fließenden Bewegung warf er die Angel aus und steckte die Rute im Boot fest. Im nächsten Augenblick zog er sich Hemd und Schuhe aus.

Seine Schultern waren breit und die Muskeln schienen eher von körperlicher Arbeit zu stammen als vom Fitnesstraining. Er beugte sich zu ihr vor, und Kate erstarrte, weil sie an Lance denken musste, doch er reichte ihr nur die zweite Angel. „Bier ist in der Kühltasche", sagte er und legte sich wieder zurück. Den Hut schob er sich so weit ins Gesicht, dass sie nur noch seinen Mund sehen konnte.

Ratlos blickte Kate auf ihre Angel. „Jake", sagte sie leise. „An meinem Haken ist kein Köder."

„Wenn man einen Köder benutzt", sagte er geduldig unter seinem Hut, „fängt man einen Fisch."

Sie wartete auf weitere Erklärungen, aber das war's. Offenbar bedeutete Angeln für Jake, dass man halb nackt unter einer Weide schlief. Das war gar nicht so unsinnig. Kate mochte ohnehin keinen Fisch essen.

Sie warf die Leine aus, befestigte die Angelrute und streckte sich im Boot aus, wobei sie darauf achtete, Jakes Beine nicht zu berühren. Während sie auf das Plätschern des Wassers hörte, blickte sie in die Weidenzweige hinauf und in das raschelnde Laub. Unwillkürlich fing sie an, sich mehr zu entspannen als seit Wochen. Vielleicht hielt hier draußen die Zeit an, und nichts war mehr wichtig. Lächelnd beobachtete sie die Wolken, die sie durch die Zweige hindurch erkennen konnte.

Nach einer Weile sah sie zu Jake. Seine Brust hob und senkte sich langsam im Schlaf. Unwillkürlich passte sie sich seinem Atemrhythmus an und spürte, wie die letzte Anspannung von ihr abfiel.

Schade, dass er nicht mein Typ ist, dachte sie. Er sieht wirklich gut aus und ist der am stärksten in sich ruhende Mensch, den ich jemals kennengelernt habe. Aber er passt ganz eindeutig nicht in meinen Plan. An diesem Mann ist nichts Ehrgeiziges, und er würde in der Stadt gnadenlos untergehen.

Dennoch war es nett, sich in Begleitung eines Mannes einmal zu entspannen. Auch wenn dieser Mann schlief.

Ihre Angelrute bog sich ruckartig nach unten.

Kate fuhr hoch und hielt die Angel fest. „Jake", sagte sie leise, doch er rührte sich nicht. „Jake", wiederholte sie lauter.

Der Fisch zog wieder an ihrer Angel. „Jake!", schrie sie und stieß ihn mit dem Fuß an.

„Was gibt's?", fragte er unter seinem Hut hervor.

„Ich habe einen Fisch."

„Wie schön."

„Ich will ihn aber nicht."

„Dann werfen Sie ihn zurück."

„Jake."

Gähnend setzte er sich auf und schob den Hut zurück. „Wenn ich gewusst hätte, dass Sie so anstrengend sind, hätte ich Sie nicht mitgenommen."

„Das war doch keine Absicht." Sie zog die Leine ein, und ein kleiner Fisch kam aus dem Wasser. Kate versuchte vergeblich, ihn zu fangen, doch der Fisch pendelte immer nur haarscharf an Jakes Gesicht vorbei. Schließlich fing er den Fisch, befreite ihn vom Haken und warf ihn ins Wasser zurück.

„Danke", sagte sie nur. „Haben Sie ein Messer dabei?"

„Kommt drauf an, wofür Sie es brauchen."

„Um den blöden Haken abzuschneiden, bevor noch andere Fische versuchen, an dieser Angel Selbstmord zu begehen."

Lächelnd reichte er ihr sein Taschenmesser, und sie schnitt die Angelschnur dicht über dem Haken durch. Dann gab sie Jake Messer und Haken zurück. Aufseufzend warf sie die Angel wieder aus und lehnte sich zurück. „Vielen Dank. Tut mir leid, dass ich Sie gestört habe."

„Macht gar nichts." Er wollte sich gerade wieder zur Ruhe begeben, als er noch einmal innehielt. „Müssen Sie zu einer bestimmten Zeit wieder zurück sein?"

„Ich spiele um zwei mit irgendeinem Peter Golf", sagte sie. „Aber wenn ich viel früher wieder zurück bin, verdonnert Valerie mich dazu, mit irgendwelchen fremden Menschen Spielchen zu machen. Glauben Sie mir, ich habe es nicht eilig."

„Mit Valerie sollten Sie sich nicht anlegen", stimmte Jake zu. „Dann spielen Sie also auf den Hügeln Golf?"

„Was? Die schwere Bahn? Auf keinen Fall", erwiderte Kate. „Wir gehen auf den Anfängerkurs hinter dem Hotel."

„Wenn ich mich nicht täusche, dann schummelt dieser Peter", sagte er. „Und das fällt auf der schweren Bahn leichter."

„Er betrügt nicht." Kate sah ihn verärgert an. „Ein Blick reicht, und man weiß, dass ein Mann wie er von Grund auf ehrlich ist."

„Das sind die schlimmsten. Sie dürfen auf keinen Fall mit ihm wetten. Weder um Geld noch um sonst irgendetwas, das Ihnen etwas bedeutet."

„Sehr lustig", erwiderte sie. „Das kann ich nicht glauben. Wer behauptet das?"

„Die Caddies tragen gern die Schläger für ihn, weil er ihnen viel Trinkgeld gibt, damit sie ihn nicht verraten", teilte Jake ihr mit. „Das Pro-Kopf-Einkommen der Caddies hat sich stark erhöht, seit der gute Peter hier bei uns ist."

„Das kann ich nicht glauben." Kate machte es sich bequem. „Er wirkt gar nicht so." Obwohl sie wusste, dass Jake sie beobachtete, wurde sie schläfrig und nickte ein.

Jake sah sie an und stellte fest, dass sie im Schlaf viel verletzlicher aussah. Dennoch strahlte sie eine unantastbare Kühle aus, und das war auch gut so, denn sonst hätte er sich leicht zu ihr hingezogen gefühlt. Doch Tiffany war ihm Lehre genug gewesen. Sie hatte gedacht, jemanden zu heiraten, der genauso ehrgeizig war wie sie selbst, aber nach ein paar Monaten hatte sie festgestellt, dass das Leben für Jake nur ein Spiel war und sie ihn nicht ändern konnte. Nach nicht einmal einem Jahr waren sie wieder geschieden worden.

Dabei hatten sie sich beide nie etwas vorgemacht. Aber die körperliche Anziehung war so stark gewesen, dass sie die Unterschiede nicht hatten wahrnehmen wollen.

Er betrachtete Kate wieder und rief sich ins Gedächtnis, dass körperliche Anziehung als Basis für eine Beziehung nicht ausreichte. Aber diese Frau war eine äußerst angenehme Gesellschaft.

Dabei war sie keineswegs langweilig. Gestern Abend hatte er tatsächlich seinen Eltern und seinem Onkel von ihrer Auseinandersetzung mit Frank und Lance erzählt.

„Klingt, als wäre sie das weibliche Gegenstück zum ‚Terminator'", hatte Will gelästert.

„Das ist sie auch", hatte Jake erwidert. Im Moment wirkte sie allerdings völlig harmlos. Vielleicht konnte er in ihr eine Art Schwester sehen. Eine Freundschaft mit einer Frau wie ihr könnte nett sein, und er begab sich nicht in Gefahr, weil sie einen Yuppie suchte und er nicht vorhatte, mit ihr etwas anzufangen. Mit diesen Gedanken lehnte er sich auch wieder zurück und schlief weiter.

Am späten Vormittag wachte Kate auf. Sie hatte sich im Schlaf gedreht, und ihre Beine lagen mit Jakes verschränkt. Beim Strecken strich sie an Jakes Schenkel entlang. Fast war sie versucht, mit einem Zeh in seine Shorts zu fahren, doch errötend schob sie diesen Gedanken beiseite. Sie war an ihm nicht interessiert, und wenn er einen Annäherungsversuch machte, würden sie mit dem Boot untergehen.

Sie setzte sich auf und merkte, wie hungrig sie war. Valerie hatte sie vom Frühstück abgehalten, und mittlerweile war es fast Mittag. In der Kühltasche war nur Bier, aber Hopfen und Malz sättigten schließlich auch. Kate griff sich ein Bier und genoss die herrliche Ruhe auf dem See.

Nach den ersten Schlucken gestand sie sich ein, dass Jake eigentlich einer der Gründe war, weswegen sie sich so wohl fühlte. Er war ein sehr angenehmer Gefährte, fast wie ein Bruder. Sie hatte nie einen Bruder gehabt, und Jake war vertrauenswürdig, lustig und nett, aber das war ein Dackel auch. Dabei hatte ich nie einen Dackel, überlegte sie. Vielleicht ist Jake noch netter als ein Vierbeiner.

Beim zweiten Bier überlegte sie, ob sie sich einen Hund anschaffen sollte. Doch der würde den ganzen Tag allein im Apartment sein, und sie wäre die ganze Nacht über allein. Hör auf, Kate, sagte sie sich. Nur kein Selbstmitleid.

Sie wollte gerade die zweite Dose Bier, die sie geleert hatte, zurückstellen, als sie bemerkte, dass Jake gar nicht schlief. Kate beugte sich vor und schob ihm den Hut aus dem Gesicht. Schläfrig blinzelte er sie an.

„Hallo", begrüßte sie ihn lächelnd. „Ein Bier?"

„Das wäre schön."

Sie ließ ihm den Hut wieder ins Gesicht fallen und öffnete eine Dose für ihn. Die drückte sie ihm in die ausgestreckte Hand und genehmigte sich die dritte Dose. Der Himmel war jetzt noch blauer, und die Sonne war gewandert, sodass das Boot nicht mehr ganz im Schatten lag. Während sie trank, beneidete sie Jake, der sein Hemd ausziehen konnte, wenn er schwitzte. Wie ungerecht das Leben doch war!

Das dritte Bier war wegen der Hitze noch schneller ausgetrunken als das zweite, und Kate wurde etwas schwindlig. Sie schob das auf die Hitze und machte die vierte Bierdose auf.

Bei diesem Geräusch hob Jake kurz den Hut, legte sich dann jedoch schulterzuckend nach hinten. Kate kühlte sich mit der Dose den Hals.

Ein weiterer Blick auf Jake, der ohne sein T-Shirt sicher nicht schwitzte, ließ sie den letzten Zweifel vergessen. Entschlossen zog sie die Bluse aus. Jetzt trug sie nur noch einen weißen BH aus Satin und Spitze. Darin bin ich stärker verhüllt als mit einem Bikinioberteil, beruhigte sie ihr Gewissen. Gelassen warf sie die Bluse in die Mitte des Bootes und trank ihr Bier.

Jake hob den Kopf, als die Bluse sein Bein berührte. „Es ist angenehmer so, stimmt's?"

„Richtig."

„Aber bitte nicht mehr ausziehen. Sonst erschrecken Sie die Fische."

Nickend winkte sie ihm mit der Bierdose und planschte mit einer Hand im Wasser. „Hallo, kommt her, Fische."

„Kate, haben Sie heute schon etwas gegessen?"

„Überhaupt nichts." Traurig drehte sie die leere Dose um.

Jake beugte sich vor und zog die Kühltasche aus ihrer Reichweite. „Geben Sie mir die Dose."

Sie lehnte sich zu ihm, um ihm die Dose zu reichen, und dabei wippten ihre festen, wohl gerundeten Brüste.

Jake betrachtete sie, als er die Dose entgegennahm. „Schöner BH."

„Vielen Dank, der ist ganz neu."

Er lachte auf. „Schlafen Sie lieber weiter. Wenn Sie wieder aufwachen, fahren wir zurück."

Es fiel ihm schwer, in ihr eine Schwester zu sehen. Und von einer Frau wie ihr hätte er nicht angenommen, dass sie solche Unterwäsche trug. Sie wirkte eher, als trage sie lieber schlichte Baumwolle. Offenbar unterdrückt sie ihre Wünsche, überlegte er. Unter der förmlichen Kleidung trägt sie Reizwäsche, und sie zieht Leute wie Lance an, die sie dann wieder abblitzen lässt.

Aus diesem Verhalten wurde er nicht schlau, aber schließlich musste er es ja auch nicht verstehen.

Eine Stunde später weckte Jake Kate, indem er an ihrem Fuß rüttelte. Unbeholfen setzte sie sich auf, und beim Anziehen ihrer Bluse fand sie zunächst den Ärmel nicht.

„Zeit zum Heimfahren", sagte er.

„Wir hätten Proviant mitnehmen sollen", stellte Kate fest.

„Wie geht es Ihnen?"

Kate dachte nach. Beschwingt, entspannt und leicht erregt – das konnte nur eines bedeuten. „Ich bin betrunken."

„Das habe ich mir gedacht. Knöpfen Sie Ihre Bluse zu." Er machte das Boot los und ruderte zurück zum anderen Ufer.

Angestrengt versuchte Kate, die Bluse zuzumachen, und überlegte, wer so etwas wie Knopflöcher wohl erfunden hatte, als Jake das Boot an Land zog und festmachte. Unsicher stieg sie aus und zog die Kühltasche und die Angeln hinter sich her.

„Augenblick mal", sagte er und drehte sie zu sich herum. „Wer hat Ihnen denn das Anziehen beigebracht?"

Sie hatte ein paar Knöpfe übersehen. Die restlichen waren falsch geknöpft. Aufseufzend blickte sie an sich herunter, während Jake ihre Bluse richtig zuknöpfte. Als er dabei mit einem Finger ihre nackte Haut berührte, lehnte sie sich ihm unwillkürlich entgegen.

Jake hielt inne. „Nicht schwanken, ich bin gleich fertig." Anschließend drehte er sie um und gab ihr einen leichten Schubs. „Auf geht's, aber nicht zu schnell. Ich bin direkt hinter Ihnen." Er führte sie auf einem anderen, kürzeren Pfad direkt zu den Häuschen, damit sie nicht am Hotel vorbei mussten. Dann fragte er sie nach dem Schlüssel.

„Der ist in meinem BH", sagte sie und suchte danach. Er war unter eine Brust gerutscht, aber sie fand ihn trotzdem und reichte ihn Jake.

Der Schlüssel war noch warm von ihrer Haut. „Ein Wunder, dass da noch Platz für einen Schlüssel war", bemerkte er trocken und schloss die Tür auf.

Sie ging zum Bett, drehte sich um, winkte Jake zu und fiel rücklings auf die Matratze. Jake hob ihre Beine aufs Bett und zog sie dann unter den Achseln ein Stück höher.

Er sieht so niedlich aus, dachte sie, als er sich über sie beugte. Sie schlang die Arme um seinen Nacken und zog ihn zu sich herunter.

„Du bist der Bruder, den ich nie hatte", murmelte sie mit schwerer Zunge.

„Ich kann gar nicht sagen, wie glücklich mich das macht", antwortete Jake, und dann schlief sie in seinen Armen ein.

Kopfschüttelnd kehrte er zum Hotel zurück. Jemand musste auf diese Frau aufpassen, aber er wollte das nicht sein. Der Gedanke an ihre weichen runden Brüste verunsicherte ihn. Er musste sich ständig daran erinnern, dass sie einen kalten Verstand und einen unbändigen Ehrgeiz besaß.

Dann sah er sie wieder vor sich, wie sie ihn im Boot angelächelt hatte. Immerhin war sie sehr freundlich und gesellig gewesen. Und sie schien keine Hintergedanken zu hegen. Das verletzte ihn beinahe ein bisschen, immerhin war sie sehr attraktiv. Und bei Weitem nicht so kühl, wie er gedacht hatte.

Am besten hielt er sich von ihr fern. Beim Golfspielen konnte sie wohl kaum in Schwierigkeiten geraten. Doch dann fiel ihm wieder ein, mit wem sie Golf spielte. Er seufzte. Sie brauchte wirklich einen Aufpasser.

Eine Stunde später wachte Kate auf und machte sich auf die Suche nach etwas zu essen, um die Wirkung des Alkohols zu bekämpfen. Es verblüffte sie, dass Penny in dem gut besuchten Speisesaal allein am Tisch saß.

„Oh, hallo, Kate. Setz dich doch bitte."

Es machte sie glücklich, dass sich jemand freute, sie zu sehen, und Kate setzte sich lächelnd zu ihr. Penny war zwar nicht sehr klug, aber sehr herzlich und offen. Kate fragte sich, wie Penny bei ihrer Erfahrung mit Männern noch so gutgläubig sein konnte.

„Kein Chad bei dir?"

Penny schüttelte den Kopf. „Das war gestern. Heute ist Sonntag."

„Du wechselst Männer wie die Unterwäsche?"

„Genau." Penny kicherte.

Kate war immer noch leicht angeheitert und redete drauflos. „Willst du denn wirklich heiraten?"

„Ja, sicher." Penny lächelte strahlend wie die Sonne, und ein Kellner brachte ihr einen Salat. „Möchtest du auch einen Salat, Kate? Greg, seien Sie doch so lieb und bringen Sie schnell noch einen Salat für Kate, ja?"

„Ich fliege, Penny." Der Kellner konnte nicht schnell genug in die Küche zurückkommen.

„Ich fände es schade, wenn du aus dem Rennen ausscheidest", sagte Kate. „Du verbreitest nur Freude um dich herum."

„Ich möchte ein Baby." Bei dem Gedanken lächelte Penny.

„Ach so. Und wie ist es mit einem Ehemann? Willst du den auch?"

„Ja, natürlich." Penny schien sich auf den Ehemann allerdings weniger zu freuen als auf das Baby.

„Penny, ich will ja nicht neugierig sein, aber liebst du denn den Mann, den du heiraten wirst?"

„Allan? Na, sicher."

„Und … weiß er, dass du hier bist?"

„Selbstverständlich. Er weiß, wie gern ich tanze und so, aber er hat beruflich viel zu tun. Er weiß, dass ich ihn nicht betrügen werde. Nur tanzen und mich unterhaken. Es freut ihn, wenn ich mich amüsiere."

„Ich verstehe."

Greg kam mit Kates Salat zurück und stellte ihn vor ihr hin, ohne Penny aus den Augen zu lassen. Kate musste seine Hand ein bisschen führen, damit der Teller ihr nicht auf den Schoß fiel.

„Danke."

„Sonst noch ein Wunsch, Madam?"

„Ich würde gern etwas Warmes essen", sagte Kate eindringlich.

„Ja, ja, gern." Greg riss den Blick von Penny los. „Was mochten Sie denn?"

„Die Speisekarte."

„Gern, sehr gern. Sofort." Greg schnappte eine Karte vom Nachbartisch und reichte sie Kate. Dabei hingen seine Augen schon wieder an Penny.

„Ein überbackenes Putensandwich", sagte Kate.

Greg lächelte Penny an.

„Putensandwich", wiederholte Kate.

Keine Reaktion.

„Ich denke, ich nehme das überbackene Putensandwich!"

„Gern, sehr gern." Greg verschwand in der Küche.

„Allan vertraut mir, aber manchmal wird er doch eifersüchtig", gab Penny zu. „Und manchmal glaubt er, ich sei sein Eigentum."

„Das ist das Einzige, was dich an Männern stört?"

„Was ist denn da sonst noch?", fragte Penny nach.

„Ich werde dir eine Liste machen."

„Nein, ich finde die Männer ganz in Ordnung." Penny aß von ihrem Salat. „Sie sorgen für dich, das ist doch schön."

„Sorgt Allan für dich?"

„Oh, ja." Penny seufzte auf.

Kate zögerte, doch dann fragte sie doch nach. „Was stimmt denn nicht mit Allan?"

Penny legte ihre Gabel weg. „Er ist langweilig. Wenn er mit mir spricht, denke ich manchmal an Babys oder Kleider oder an Filme, und dann fällt mir ein, dass er spricht, und ich höre wieder zu." Penny wirkte zum ersten Mal bedrückt. „Das ist nicht so schlimm, weil ihm das nicht auffällt, aber …"

Kate musste an ihre gescheiterten Verlobungen denken. „Ich war auch mit solchen Männern verlobt. Sie waren so mit ihren eigenen Gedanken beschäftigt, dass sie mich nicht gesehen haben. Heirate ihn nicht."

„Aber ich will doch Kinder haben. Ich kenne Allan schon seit Jahren. Er ist klug, erfolgreich, und er wird mich und die Kinder versorgen. Kein Mann ist perfekt, aber Allan kommt dem ziemlich nahe." Sie nahm die Gabel wieder auf. „Ich bin nicht dumm. Mir ist klar, dass ich ihn nicht liebe und wir nicht die Traumehe führen werden. Aber im Gegensatz zu dir will ich nicht Karriere machen, sondern Kinder großziehen und den Tag mit ihnen verbringen." Sie nahm einen Bissen und kaute einen Moment schweigend. „Deshalb brauche ich einen reichen Ehemann, und Allan wünscht sich sogar, dass ich zu Hause bleibe."

„Tja", sagte Kate. „Na dann …"

„Ich weiß. Du findest das schrecklich."

„Nein", log Kate. „Wenn du es wirklich willst."

„Das tue ich." Penny biss sich auf die Lippe. „Ich werde eine gute Ehefrau werden, aber diese zwei Wochen jetzt habe ich mir verdient. Wahrscheinlich hältst du mich für dumm."

„Nein", sagte Kate und stellte zu ihrem eigenen Erstaunen fest, dass das stimmte. „Ich bin nur nicht so ehrlich wie du. Aber ich will es versuchen. Genau wie du habe ich ganz genaue Vorstellungen von meinem Ehemann. Aber leider habe ich meinen Allan noch nicht gefunden."

„Deshalb bist du also hier." Penny sah sich um und beugte sich vor. „Also hier solltest du wirklich keine Schwierigkeiten haben, den Richtigen zu finden."

„Bislang waren es Fehlschläge", gestand Kate. „Aber ich gebe nicht auf. Und irgendwann finde ich einen ansprechenden, erfolgreichen Mann."

„Wenn das nur nicht so langweilig klingen würde", sagte Penny. „Wieso ist Sicherheit immer so langweilig?"

„Wenn es aufregend wäre, wäre es nicht sicher. Reich muss er nicht unbedingt sein, aber erfolgreich."

„Verstehe." Penny nickte. „Du wirst nicht jünger. Für dein Alter siehst du gut aus, aber du solltest zusehen, dass du bald jemanden findest."

„Vielen Dank", erwiderte Kate. Greg brachte ihr einen Hühnchensalat, und Kate wartete, bis er weg war. „In Zukunft komm bitte erst an meinen Tisch, wenn ich schon bestellt habe, Penny."

Penny lachte leise.

„Ist alles zu Ihrer Zufriedenheit?" Valerie stand vor dem Tisch und wirkte in ihrem grünen Leinenkostüm sehr kühl.

„Prima", antwortete Kate. „Ganz ausgezeichnet."

„Gut. Genauso wünschen Will und ich es uns für unsere Gäste."

„Will?"

„Will Templeton, mein Chef." Valerie lächelte hintergründig. „Und mein Verlobter."

„Glückwunsch", sagte Kate.

„Ach, setzen Sie sich doch, und erzählen Sie uns mehr darüber." Penny nickte einladend. „Will ist ein sehr netter Mann."

„Niemand weiß davon", sagte Valerie und setzte sich. „Manchmal denke ich, Will weiß es selbst nicht." Sie lachte auf.

„Männer", bemerkte Penny mitfühlend. „Sie sind so schwierig."

„Eigentlich läuft es ganz gut", widersprach Valerie. „In den drei Jahren, die wir uns jetzt kennen, haben wir uns kein einziges Mal gestritten." Sie lächelte versonnen. „Will hat eingesehen, dass ich weiß, was das Beste für uns ist. Wir haben gemeinsam hart am Erfolg dieser Anlage gearbeitet. Und jetzt wird es Zeit, neue Ziele ins Auge zu fassen."

Kate dachte an ihre eigenen Pläne. „Zusammen arbeiten und leben. Das ist die Ehe, von der ich auch träume." Sie blickte Valerie an. „Es muss sehr schön sein."

Valerie fühlte sich geschmeichelt. „Na ja, dafür bin ich hier gebunden. Hier kann ich mich nur mit den Küchenhilfen unterhalten, und die sind … Sie wissen schon."

Kate und Penny wechselten einen Blick und sahen dann Valerie wieder an. „Was?"

„Leute vom Land." Valerie verzog das Gesicht. „Sie verstehen Karrierefrauen nicht. Frauen wie wir."

„Wie wir?" Kate fühlte sich seltsamerweise beleidigt.

„Wie wir?", fragte auch Penny.

Valerie konzentrierte sich nur noch auf Kate. „Ich wollte mit Ihnen reden, weil Sie mich verstehen."

Wie lange dauert das denn noch, bis ich wieder nüchtern bin, überlegte Kate fieberhaft. Ich begreife absolut nicht, worauf diese Frau hinauswill.

„Ich habe Sie gestern nicht sofort erkannt. Erst später ist es mir eingefallen. Im letzten Monat war ein Foto von Ihnen in der ‚Business Week'. Ich habe das Heft noch." Valerie hob die Augenbrauen. „Ich bin sehr beeindruckt."

„Nicht nötig." Kate schüttelte den Kopf. „Ich stand nur zufällig neben meinem Vater, als die Aufnahme gemacht wurde."

„Es hieß, Sie seien seine Nachfolgerin. So eine Aufgabe muss wundervoll sein. Ich beneide Sie um dieses Leben in der Stadt. Manchmal glaube ich, hier zu ersticken."

„Wieso bleiben Sie dann?", fragte Kate nach.

Valerie zuckte mit den Schultern. „Immerhin habe ich hier mit Will und dem Hotel meine Pläne. Erzählen Sie es nicht weiter", sie senkte die Stimme, „aber als Nächstes planen wir eine Countrybar mit Musikbox und Billardtischen."

„Klingt gut", sagte Kate und überlegte, was daran so geheimnisvoll war.

„Gibt es in ‚Toby's Corner' nicht eine Bar?", fragte Penny nach.

„Ja, Nancy hat eine." Valerie winkte ab. „Die zählt nicht. Die Frau hat keine Ahnung, wie man Geschäfte macht. Sie schließt nur die Tür auf und verkauft ihren Gästen Bier."

„Wie sonst sollte man eine Bar führen?", erkundigte Kate sich.

„Hören Sie, aus diesem Lokal könnte man eine Goldmine machen. Aber da die Frau ihre Chance nicht ergreift …", Valerie lächelte zufrieden, „werden Will und ich unsere eigene Bar eröffnen."

„Was wird dann aus Nancy?", hakte Penny nach.

Valerie hob die Schultern. „So läuft das Geschäft eben."

„Sie würden meinem Vater gefallen." Kate zog sich etwas zurück.

„Danke sehr."

„Wann heiraten Will und Sie denn?", fragte Penny.

„Bald. Eine große Hotelkette ist an mir interessiert, und wenn sie mir ein Angebot machen, muss Will sich entscheiden. Er wird einsehen, dass er ohne mich nicht auskommen kann, und wissen, was er zu tun hat."

Kate und Penny blickten sich an.

„Sind Sie hier einer der Partner?", fragte Kate verwirrt. „Ich kann Ihnen nicht ganz folgen."

Verärgert runzelte Valerie die Stirn. „Will hat hiermit vor zehn Jahren angefangen, und vor fünf Jahren hat er einen Teilhaber bekommen, der ihm in keiner Weise hilft. Vor drei Jahren kam ich hierher und habe Will gezeigt, dass er auch noch andere Dinge als Golfplätze anbieten muss, um seine Gäste zu unterhalten. Denken Sie an die Hawaiiparty gestern."

Beim Gedanken daran zuckte Kate innerlich zusammen.

„Tja, das war meine Idee. Ich habe viele solche Ideen, und deshalb bin ich unersetzlich."

„Sie Glückliche." Kate wollte am liebsten weit weg von Valerie, als könnte sie sich bei ihr anstecken. Sie wollte nicht so ehrgeizig und unmenschlich werden. Strahlend lächelnd stand sie auf. „Ich muss mich beeilen. Ich spiele gleich mit Peter Golf."

„Oh, der sieht reich aus", stellte Penny fest. „Viel Glück."

„Viel Glück?" Valerie blickte Kate fragend an.

„Für das Golfspiel", erklärte Kate. „Da brauche ich alles Glück, was ich bekommen kann."

„Tja, dann wünsche ich Ihnen auch viel Glück", meinte Valerie. „Bei Gelegenheit müssen wir uns wieder zusammensetzen und uns unterhalten. Wir haben so viel gemeinsam."

„Das wäre wunderbar", schwindelte Kate und versuchte, nicht angewidert zu wirken. „Wirklich."

„Bis dann", entgegnete Valerie. Ich sehe in Ihnen mein großes Vorbild."

„Wie schmeichelhaft", sagte Kate und entfernte sich langsam. „Ich kann Ihnen gar nicht sagen, was mir das bedeutet."

*N*ichts habe ich mit dieser Frau gemeinsam, sagte Kate sich entschlossen, als sie durch die Hotelhalle ging. Und als Vorbild kann sie mich auch nicht gebrauchen. Dann entdeckte sie Peter, der auf sie wartete, und sofort fühlte sie sich an ihre früheren Verlobten erinnert. Auch er war hochgewachsen, energisch, elegant und gut aussehend. Genau wie ihr Vater kam er mit langen Schritten auf sie zu und blickte lächelnd zu ihr herab. Kate hasste es, wenn Männer das taten. Dadurch fühlte sie sich immer so klein.

„Sie sehen fantastisch aus. Ich muss sie allen meinen Bekannten vorstellen", sagte Peter, und einen Moment konnte sie ihn nur angewidert anstarren. Er behandelte sie, als sei sie etwas, das er sich erarbeitet hätte.

„Einen Augenblick bitte", sagte sie und wich zum Empfangsschalter zurück. Doch dann riss sie sich zusammen. Schließlich konnte sie ihn nicht dort mitten in der Halle stehen lassen.

Jake hatte gesagt, dass er betrügen würde, und jetzt glaubte sie eher Jake als diesem Mann in seinem maßgeschneiderten Anzug.

Spontan wandte sie sich an Will, der hinter dem Schalter stand. „Haben Sie hier Ferngläser?"

„Nur kleine Operngläser." Will holte aus einer Schublade ein winziges Fernglas hervor. „Zum Vögelbeobachten reichen sie nicht aus. Wenn Sie es nicht eilig haben, könnte ich ein größeres Glas auftreiben." Sein offenes Lächeln verwirrte Kate. Wie kam ein so netter Mann zu so einem Haifisch wie Valerie?

„Das kleine reicht völlig", sagte sie, steckte das Fernglas ein und ging zu Peter, der bereits ungeduldig auf seine Uhr sah.

Während sie zum Golfplatz gingen, nickte Peter nach rechts und links und legte Kate besitzergreifend die Hand auf den Rücken. Schließlich winkte er zwei Caddies zu sich heran. „Der Anfängerkurs ist überhaupt keine Herausforderung, Kate. Wenn Sie schon einmal Golf gespielt haben, sollten wir wirklich auf den Hügelkurs gehen." Gleichzeitig väterlich und herausfordernd lächelte er auf sie herab. „Der ist anspruchsvoller."

Misstrauisch erwiderte Kate das Lächeln.

„So schwer, wie alle behaupten, ist er allerdings nicht." Peter lachte leise und reichte den Caddies ohne einen Blick die Schlägertaschen. „Ich spiele den Kurs regelmäßig unter Par, also besser als der Durchschnitt."

Kate sah, wie die beiden Caddies sich zugrinsten. Offenbar hatte Jake recht. Wieso traf sie bloß immer auf solche Typen?

„Wie wär's mit einer Wette?", schlug Peter beiläufig vor. „Sie bekommen zehn Punkte Vorsprung."

Ich habe seit meinen Collegezeiten nicht mehr gespielt, überlegte sie. Das war vor vierzehn Jahren.

„Sagen wir fünfzig Dollar?", schlug er vor.

Das kann ich nicht glauben, dachte sie. Er will mich ausnehmen. Aber ich lasse mich nicht mehr von Männern vorführen. Diesmal werde ich gewinnen, und nicht nur beim Golf.

Strahlend erwiderte sie sein Lächeln. „Wie wäre es mit hundert?"

Peter nickte beglückt. „Prima, gern."

Kates Schlägerjunge schüttelte kaum merklich den Kopf, doch sie zwinkerte ihm zu. Verblüfft blickte er zu dem anderen Caddie hinüber.

Peters erster Schlag ging in ein angrenzendes Feld. Als er mit seinem Caddie den Ball suchen ging, holte Kate das Fernglas heraus und sah, wie Peter den Ball wieder auf die Bahn zurück kickte.

„Offenbar hat der Ball meines Gegners ein seltsames Eigenleben", sagte sie leise.

„Das haben die Bälle Ihres Gegners meistens", sagte ihr Caddie.

Kate blickte ihn an. „Sind Sie nicht Mark, der Barkeeper? Ich bin Kate, erinnern Sie sich? Sie erledigen hier wohl jede Arbeit, stimmt's?" Sie reichte ihm die Hand.

Mark begrüßte sie lächelnd. „Ja, ich studiere Hotelwirtschaft, und Will möchte, dass ich alles von der Pike auf lerne." Mit einem Blick in Peters Richtung fuhr er fort: „Auf dieser Bahn kann man leicht betrügen, und ich fürchte, Sie werden die Wette verlieren."

„Nein", widersprach sie. „Ich bin zum Gewinnen erzogen worden, und da werde ich heute keine Ausnahme machen." Sie legte den Ball auf den Abschlag und beförderte ihn weit die Bahn entlang.

„Ich denke, ich werde diese Runde genießen", sagte Mark.

„Ich auch."

Schon bald fand Kate heraus, dass sie Peter leicht hätte schlagen können, wenn er fair spielen würde. Doch erfolgreiche Männer waren es gewohnt, jeden Vorteil zu nutzen, ohne an Fairness zu denken. Das hatte Kate immer an ihnen gemocht.

Wie dumm ich war, stellte sie fest.

Mitfühlend lächelte Peter sie an.

Aber so dumm wie du bin ich nicht, dachte sie und erwiderte das Lächeln. Zu diesem Spiel gehören immer noch zwei. Mit diesem Gedanken stieß sie ihren Ball auf der vierten Bahn nach einem missglückten Schlag zurück auf die Bahn, ohne einen Moment zu zögern.

Peter wirkte erstaunt. „War Ihr Ball nicht im Gestrüpp gelandet?"

„Der muss wohl irgendwo abgeprallt sein", erwiderte Kate, und Mark nickte ernsthaft.

Peter murmelte verärgert vor sich hin und ging zurück zu seinem Ball.

„Das kann ja heiter werden", sagte Mark. „Sie machen das ausgezeichnet. Schade, dass Jake Sie nicht sehen kann." Auf Kates Blick hin gestand er: „Okay, er hat mich hergeschickt, um auf Sie aufzupassen."

„Sie sind mein Babysitter!" Kate seufzte auf.

„Sagen Sie ihm nicht, dass ich es erzählt habe", bat Mark.

„Was erzählt?", ging sie sofort auf ihn ein. „Jetzt aus dem Weg, mein Junge. Ich habe eine Aufgabe zu erfüllen."

Das Spiel wurde immer absurder. Sie schlugen beide meistens, wenn der andere gerade nicht hinsah. Im Verlauf des Spieles schummelte Kate immer offensichtlicher und lachte schließlich laut auf. Peter wirkte allmählich ernsthaft verärgert und fast panisch.

„Das ist die einzige Art, wirklich Golf zu spielen", sagte sie zu Mark. „Leider erkenne ich das erst jetzt. Den Mistkerl werde ich heute Abend ganz großzügig zum Essen einladen."

„Hoffentlich übersteht er das Spiel." Mark blickte Peter besorgt an. „Er hat noch nie verloren, und so eine Gesichtsfarbe habe ich bei ihm auch noch nie gesehen."

„Dem geht's gut", sagte Kate. „Nur noch ein Loch."

Peter missglückte sein Schlag erneut, und der Ball landete im Unterholz. Er stolzierte hinterher und ließ seinen Caddie bei Kate und Mark.

Diesmal soll er mit seinen schmierigen Tricks nicht davonkommen, beschloss sie. Ich werde etwas unternehmen.

„Wir sollten mal hinterhergehen und ihm diesmal zusehen", sagte sie, und die drei folgten Peter leise.

Sie kamen gerade rechtzeitig an, um zu sehen, wie Peter seinen Ball wütend zurück auf die Bahn schleuderte.

„Aber Peter!", empörte Kate sich gespielt. „So etwas gehört sich doch nicht!"

Er fuhr beim Klang ihrer Stimme zu ihr herum und starrte sie zornig an. Dann wurde sein Gesicht aschfahl. „Kate", krächzte er und brach zusammen.

„Peter?" Kate beugte sich über ihn. „Es ist doch nur ein Spiel. Regen Sie sich doch nicht so auf. Peter?"

Sie kniete sich neben ihn auf den Boden. Er atmete nicht. „Rufen Sie den Notarzt", sagte sie zu Mark und fing an, Peter zu beatmen.

Eine halbe Stunde später stand Jake kopfschüttelnd auf dem Golfplatz, als der Notarztwagen wegfuhr. „Erst Lance, und jetzt das hier."

„Er lebt noch und kommt wieder in Ordnung", erwiderte Kate. „Das hat der Arzt versichert."

„Mit Ihnen ausgehen ist ja wie eine Verabredung mit dem Tod", stellte Jake fest.

Kate fuhr zu ihm herum. „Niemand ist gestorben."

„Noch nicht."

Gerade wollte sie etwas erwidern, als ihr einfiel, dass Jake Mark geschickt hatte, um auf sie zu achten. Normalerweise sagten die Männer ihr nette Dinge und ließen sie dann allein zurechtkommen. Jake hingegen betrachtete sie als Bedrohung und sorgte sich dennoch um sie. Das war eine neue Erfahrung.

„Ich vergebe Ihnen", sagte Kate. „Sie sind ein guter Mensch." Gutmütig lächelnd tätschelte sie ihm den Arm und ging davon.

„Wie bitte?", fragte Jake verständnislos nach, doch sie war bereits weg.

„Ihr hättet sie sehen sollen", erzählte Mark später Jake und Will. „Diese Frau braucht keinen Beschützer. Viel eher muss man andere vor ihr schützen. Tja, ich muss jetzt gehen."

„Ich mache mir allmählich Sorgen um dich", sagte Will zu Jake, als Mark verschwunden war. „Kate Svenson ist eine sehr attraktive Frau, doch das scheinst du noch gar nicht bemerkt zu haben. Manchmal habe ich den Eindruck, du lebst überhaupt nicht mehr."

„Wenn ich noch weiter in der Nähe dieser Frau bleibe, ist mein Leben in Gefahr", entgegnete Jake. „Denk doch an Lance gestern Abend. Glaubst du, ich will das nächste Opfer sein?"

„Nicht so vorschnell", wandte Will nachdenklich ein. „Ich glaube, an dieser Frau ist mehr, als du denkst."

„Moment mal", beschwerte Jake sich. „Halt du dich an Valerie. Wenn dir etwas zustößt, muss ich mich allein um diese riesige Anlage kümmern."

„Mit etwas Glück werde ich Valerie ohne jede Mühe los", sagte Will. „Dieser Donald Prescott, der jedem erzählt, er sei Börsenmakler, arbeitet in Wirklichkeit für die Eastern Hotels. Er versucht, Valerie für seine Hotelkette abzuwerben."

Jake blickte verwundert auf. „Woher weißt du das?"

Verächtlich winkte Will ab. „Ach, den habe ich letztes Jahr in New Orleans bei einer Veranstaltung kennengelernt, aber er kann sich daran natürlich nicht erinnern."

„Und du freust dich, dass er dir Valerie wegschnappt?"

Will seufzte auf. „Weißt du, was ihre neueste Idee ist? Sie will eine Countrybar eröffnen und Nancy aus dem Geschäft drängen. Als ob ich bei so etwas mitmachen würde!"

„Hast du ihr das nicht gesagt?"

„Ja, aber da bekam sie wieder diesen Blick, der mir signalisiert: Wir werden ja sehen."

„Verstehe schon. Diesen Blick kenne ich." Jake nickte.

„In letzter Zeit ist sie wirklich seltsam. Ich glaube, du hast recht. Sie will mich heiraten. Unfassbar."

Jake schloss die Augen. „Wieso? Immerhin seid ihr drei Jahre zusammen. Was erwartest du?"

„Sie hat immer nur über das Geschäft und ihre beruflichen Pläne gesprochen." Will stützte den Kopf in die Hände. „Wie konnte ich bloß in so etwas hineingeraten?"

„Ich bin nicht dafür, dass du Valerie heiratest", sagte Jake, „aber nachdem ihr so lange Zeit zusammen seid, musst du dich nicht wundern, dass sie sich Hoffnungen macht."

Will seufzte.

„Lass den Kopf nicht hängen. Vielleicht macht ihr dieser Donald ein so gutes Angebot, dass sie von hier verschwindet, bevor sie merkt, dass du sie niemals heiraten würdest, und dich umbringt."

„So etwas Emotionales würde Valerie nie tun", sagte Will. „Da verwechselst du sie mit Kate."

„Die beiden könnte ich niemals verwechseln", erwiderte Jake. „Valerie und Kate sind vollkommen verschieden."

Kate ging zurück zu ihrem Apartment und versuchte, sich für das zu schämen, was geschehen war. Es klappte nicht.

Vielleicht hätte eine Frau, die heiraten wollte, Peter gewinnen lassen. Aber alles hatte Grenzen.

Andererseits durfte sie nur wegen dieses einen Nachmittags nicht aufgeben. Nur weil sie mit Lance und Peter schlechte Erfahrungen gemacht hatte, hieß das nicht, dass alle Männer schlecht waren. Nach dem Gesetz der Wahrscheinlichkeit würde sie beim nächsten Mal umso eher Glück haben.

Ihr Traummann sollte also nicht nur erfolgreich und gebildet, sondern auch fürsorglich und ehrlich sein. Eine Mischung aus Jake und ihrem Vater. Das war schwer vorstellbar. Konnte man einen Haifisch mit einem Teddybären kreuzen? Gerade wollte sie ins Bad gehen, als das Telefon klingelte.

„Bist du schon verlobt, Kate?", begrüßte Jessie sie. „Immerhin bist du schon vierundzwanzig Stunden dort."

„Spaßvogel. So schnell geht das leider nicht. Und allmählich zweifle ich an meinem Plan. Vielleicht habe ich falsche Vorstellungen."

„Na endlich. Lass mich mal raten. Du hast vornehme, reiche Kerle getroffen, aber das war nicht sehr lustig. Und jetzt siehst du ein, dass du auf dem Holzweg bist."

„Nein." Kate zögerte. „Na ja, ich habe zwei Fehlschläge hinter mir."

„Aber du hast gelächelt und die feine Dame gespielt, stimmt's?"

„Nein. Den einen habe ich in den Pool gestoßen, und den anderen habe ich auf dem Golfplatz zu einem Herzanfall getrieben."

„Wie bitte? Ist da tatsächlich jemand gestorben?"

„Nein. Peter hatte wirklich einen Herzanfall, aber Jake tauchte auf und hat mich bei der Mund-zu-Mund-Beatmung abgelöst, bis der Notarzt kam."

„Wer ist Jake?"

„Nicht wichtig. Peter geht es schon besser."

„Und du hast versucht, ihn umzubringen?"

„Ich habe ihn lediglich beim Golf geschlagen. Er hat betrogen und es deshalb verdient."

„Du hast ihn auffliegen lassen. Gut so."

„Jake hatte mich gewarnt, aber ich …"

„Wer ist Jake?"

„Niemand. Ich habe dann auch betrogen."

„Was? Du hast betrogen?"

„Es war nur gerecht. Vielleicht lag das an dem Bier heute Vormittag."

„Spreche ich mit Kate Svenson? Du hast heute früh Bier getrunken?", hakte Jessie nach.

„Jake hatte nichts anderes dabei, und ich war in diesem alten Boot mitten auf dem See mit ihm. Er ist nur eine Aushilfe hier, glaube ich."

„Du hast den Vormittag Bier trinkend in einem Boot verbracht? Mit einem Mann, von dem du glaubst, er sei eine Aushilfe?"

„Genau."

„Ich sollte besser zu dir kommen. Das klingt überhaupt nicht wie die Kate, die ich kenne."

„Mir geht's gut", versicherte Kate. „Mit meinen Verabredungen kann es nur besser werden. Ich muss an dem Plan nur einige Veränderungen vornehmen."

„Je mehr du daran änderst, desto besser. Aber ruf mich an, bevor du etwas Entscheidendes unternimmst."

„Weil du dich mit Männern so gut auskennst? Vergiss nicht, ich kenne dein Liebesleben genau", wandte Kate ein.

„Wenigstens habe ich hin und wieder ein Liebesleben", stellte Jessie klar. „Du suchst immer noch nach dem idealen Mann. Wieso vergisst du den blöden Plan nicht und verliebst dich einfach?"

„Richtig. Und dann bleibe ich an so einem Verlierer hängen. Jemandem wie ... Ach, egal."

„Erzähl mir mehr von Jake", bohrte Jessie weiter.

„Vergiss ihn. Aber es gibt da noch ein paar interessante Kandidaten." Donald, Eric und Rick waren auch sehr nett. „Jessie? Danke für die Idee mit dieser Reise. Ich habe viel Spaß hier."

„Tja, ruf mich wieder an. Du benimmst dich sehr seltsam."

„Das ist wahrscheinlich der Grund dafür, dass es mir so gut geht", sagte Kate.

Später am Nachmittag fand Kate Penny von Männern umringt am Pool vor. Zufrieden legte sie sich auf einen der Liegestühle. Mark spielte wieder den Barkeeper, und obwohl es dieselben Leute wie am Vortag waren, lächelte Kate ihnen jetzt zu, wenn sie vorüberschlenderten, und alle erwiderten ihr Lächeln.

Jake und Will saßen an der Bar vor einem Aktenordner und

unterhielten sich angeregt. Hin und wieder lachten sie auf. Jake sah in seinem alten T-Shirt und den verwaschenen Jeans blendend aus. Zu schade, dass er nicht ihr Typ war. Will kam an ihr Ideal schon eher heran in seinem Designerhemd und der maßgeschneiderten Hose. Kein Wunder, dass Valerie sich so bemühte. Es kam Kate komisch vor, dass diese beiden Männer befreundet waren. Andererseits ähnelten sie sich in gewisser Weise.

Kate bemerkte, dass ein junges Mädchen zu Will und Jake hinübersah. Wenn sie es auf Will abgesehen hatte, würde sie sicher großen Ärger mit Valerie bekommen. Aber der Gedanke, dass sie sich Jake angelte, behagte Kate merkwürdigerweise auch nicht.

Einer von Pennys Bewunderern kam zu ihr herüber und lächelte. Kate erinnerte sich vage an ihn. Er sah gut aus, und sein blondes Haar war modisch kurz geschnitten. Die helle Kleidung saß perfekt, und er behielt seine Hände bei sich. Das gefiel Kate am besten an diesem Mann.

„Ich bin Donald Prescott, erinnern Sie sich? Sie haben eine unglaubliche Ausstrahlung."

„Kate Svenson." Lächelnd reichte sie ihm die Hand. „Vielen Dank, Donald." Statt Ausstrahlung würde ich lieber Sex-Appeal besitzen, dachte sie mit einem Blick auf Penny in ihrem Bikini.

Penny winkte ihr zu. „Schön, dich zu sehen." Einen Augenblick war Kate sprachlos, weil es so aufrichtig klang. Penny war wirklich ein freundlicher Mensch. Ich sollte netter zu ihr sein, dachte Kate. Oder besser, ich sollte etwas mehr so sein wie sie.

Donald redete auf Kate ein, doch sie konnte sich kaum konzentrieren. Sie hatte bemerkt, dass eine junge Frau immer wieder zu Jake und Will hinübersah, die beide an der Bar saßen und sich unterhielten. Die Männer beachteten die junge Frau nicht. Gut so, dachte Kate. Sie ist viel zu jung für die beiden.

„Jake sieht Will irgendwie ähnlich", sagte sie zu Penny gewandt. „Die beiden könnten Brüder sein, ihr Haar hat genau denselben Braunton."

„Es sind Brüder", erwiderte Penny und lachte.

Verblüfft blickte Kate zurück zu Jake. „Jake arbeitet als Hilfe im Hotel seines Bruders?"

„Jake ist Teilhaber und hilft seinem Bruder mehr aus Spaß bei der Arbeit. Dafür braucht er für sein Apartment keine Miete zu zahlen."

Kate runzelte die Stirn. „Jake ist Teilhaber?"

„Er war Steuerberater in Boston, bevor er wieder hierher nach Hause kam. Sieht er mit dem Cowboyhut nicht gut aus?"

„Ein Steuerberater?"

„Er muss viel Geld verdient haben. Dann hat er sich zurückgezogen, glaube ich." Penny überprüfte in einem kleinen Taschenspiegel ihr Make-up. „Wollen wir heute Abend nicht in diese Bar gehen, von der Valerie gesprochen hat? ‚Nancy's'?"

„Heute ist Sonntag. Da ist sie geschlossen." Kate sah immer noch fassungslos zu Jake hinüber. „Jake war ein Steuerberater?"

„Was macht das schon? Jetzt ist er es nicht mehr." Penny zog mit dem Lippenstift die Konturen ihres Mundes nach. „Dann sollten wir morgen in diese Bar gehen. Ich finde, jemand sollte Nancy warnen, dass Valerie sie aus dem Geschäft verdrängen will."

„Ich weiß nicht, Penny." Kate konnte den Blick nicht von Jake wenden. „Vielleicht sollten wir uns da nicht einmischen."

„Na ja, das sehen wir dann schon. Ich wollte Nancy sowieso kennenlernen. Alle sagen, sie sei sehr nett. Kommst du mit?"

„Na klar", antwortete Kate geistesabwesend. Jake und Will nickten einander zu, und dann ging Will ans andere Ende der Bar, um einen Gast zu bedienen. Jake machte sich Notizen und wirkte sehr konzentriert. So ähnlich muss er früher auch gewirkt haben, dachte Kate. Aufmerksam, intelligent und kühl. Dann konnte sie beinahe sehen, wie Jake sich wieder aus dieser Rolle herausriss. Er zerknüllte kopfschüttelnd einen Zettel und schloss den Aktenordner. Als Will zurückkam, schob Jake ihm die Akte zu, als wolle er nichts mehr damit zu tun haben.

Ein Steuerberater, der Rasen mäht, dachte Kate. Immer langsam und bedächtig, aber sofort zur Stelle, wenn jemand Hilfe braucht. Einerseits Wills arbeitsloser Bruder, aber Will hört auf ihn, als sei Jake der Experte. Zum Glück ist er nicht mein Typ, stellte sie fest. Aber bei ihm fühle ich mich wohler als bei jedem anderen Mann.

Donald riss sie aus ihren Gedanken heraus. „In ‚Toby's Corners' gibt es ein Geschäft, das solche Cowboyhüte verkauft", teilte er Penny und ihr mit.

„Klasse", sagte Penny sofort und sah Donald an.

„Klasse", stimmte auch Kate zu und blickte zu Jake.

5. KAPITEL

Am nächsten Morgen um neun Uhr traf Kate sich mit Jake am See, obwohl sie ein schlechtes Gewissen dabei hatte. Immerhin vergeudete sie damit wertvolle Zeit, die sie für ihre Suche nach einem Mann gebrauchen konnte.

„Valerie wollte mich zu einer Wanderung überreden", sagte sie. „Bitte nehmen Sie mich mit. Ich habe ein Buch dabei und werde Sie nicht stören."

„Sie stören mich nicht", sagte Jake. „Steigen Sie ein."

Er ruderte sie beide über den See bis unter die Weiden, zog sein Hemd aus und legte sich zurück, um genau wie am Vortag zu schlafen.

„Das ist alles, was Sie tun?", fragte Kate nach. „Im Boot schlafen?"

Jake stieß unwillig die Luft aus. „Ich stehe um halb sechs auf und habe genug damit zu tun, dass das gesamte Grundstück für Leute wie Sie nett aussieht. Ist das jetzt der Dank dafür?"

„Tut mir leid", erwiderte Kate.

Jake nickte kurz. „Wenn Sie gern ein Schwätzchen halten wollen, rudere ich Sie sofort zurück."

„Ich bin nur neugierig. Penny sagte, Sie seien ein Steuerberater gewesen."

„Das stimmt", antwortete er. „Aber jetzt bin ich Geländepfleger." Aufseufzend zog er den Hut in die Stirn.

„Heißt das, Sie mähen Rasen?"

„Nein, ich sage anderen Leuten, dass sie den Rasen mähen sollen. Jetzt hören Sie auf, und lassen Sie mich schlafen."

Kate schlug ihr Buch auf, konnte sich aber nicht konzentrieren. Hier war es so friedlich und still. Wenn sie Jake von ihrem Plan erzählen würde, würde er sie auslachen. Doch sie konnte auch nicht schweigen. „Wissen Sie eigentlich, dass mir hier draußen mein Leben und meine Arbeit in der Stadt auf einmal viel unbedeutender vorkommen? Das ist doch seltsam. So vieles, was mir wichtig schien, wirkt hier auf dem See lächerlich und unbedeutend."

Er schwieg so lange, dass sie schon annahm, er würde schlafen. „Ja", sagte er dann unvermittelt.

Kate fuhr verblüfft hoch.

„Ich weiß, was Sie meinen." Jake schob sich den Hut wieder aus dem Gesicht. „Deshalb verbringe ich meine Zeit auch lieber hier auf dem See als in der Stadt. Dort dachte ich immer, Geld sei wichtig und ich müsse sehr viel davon verdienen."

„Und das ist lächerlich?", fragte Kate nach.

„In Boston ist das ganz normal", wandte Jake ein. „Aber dort hielten mich die Leute auch für einen Wunderknaben."

„Hier nicht?"

„Tja." Jake zögerte einen Augenblick. „Hier in ‚Toby's Corners' benutzt man Geld, um davon das Essen und die Miete zu bezahlen. In der Stadt braucht man Geld zum Angeben und Mithalten mit den anderen."

„Liegt das nicht daran, dass es einfach mehr Geld in der Stadt gibt?"

„Nein", erwiderte Jake. „Meine Tante Clara war für hiesige Verhältnisse reich, und bei ihrem Tod hat sie ihr Geld zwischen Will und mir aufgeteilt. Für ihn hier bedeuteten die zwanzigtausend Dollar ein Vermögen. Für mich in Boston war es ein Taschengeld." Jake öffnete die Kühltasche. „Ich trinke ein Bier, aber Sie bekommen nur Saft." Er reichte ihr einen Orangensaft und lehnte sich zurück.

„Danke." Kate erwiderte nichts, damit sie auch den Rest der Geschichte noch zu hören bekam. „Was geschah dann?"

„Nach meiner Scheidung wusste ich nicht mehr, wohin mit meinem Geld und habe damit an der Börse spekuliert. Es war wie ein großes Spiel. Mal habe ich ein bisschen verloren, dann wieder viel gewonnen."

Nachdem er eine Weile geschwiegen hatte, räusperte Kate sich. „Was weiter?", drängte sie ihn.

„Will hatte von dem Geld ein paar alte Apartmenthäuser und das Land drum herum gekauft und renovieren lassen. Die Möbel hat er von den Bekannten aus dem Ort und der Familie bekommen. Er machte etwas Werbung, und ein paar Touristen tauchten hier auf. Will baute ein paar neue Häuschen, nahm einen Kredit auf und richtete den Golfplatz ein. Es lief alles ganz gut, aber nach dem Maßstab von Großstädtern hat er überhaupt nichts verdient. Er konnte ein paar Leuten aus der Gegend einen Job bezahlen und sich so gerade eben selbst versorgen."

„Sie haben ein völlig anderes Leben geführt als er", stellte Kate fest.

„Will und ich waren schon immer sehr verschieden", sagte Jake. „Ich war der Dauerläufer, er der Sprinter. Ich wollte unbedingt weg von hier, und er wollte auf jeden Fall hier bleiben. Langweile ich Sie?"

„Überhaupt nicht." Kate schüttelte entschieden den Kopf.

„Will konnte noch mehr Leute einstellen, und auf einmal war er ein wichtiger Arbeitgeber hier in der Gegend. Die meisten Leute aber arbeiteten in einer Fabrik in der Nähe. Dann schloss die Fabrik, und dreihundert Menschen verloren die Arbeit."

„Und was geschah?", hakte Kate nach.

„Die Leute fragten Will, ob er Arbeit für sie hätte, aber er konnte natürlich bei Weitem nicht so viele anstellen." Jake blickte sie an. „Und Will rief mich an."

„Sie haben ihm geholfen."

Jake lachte auf. „Nein. Er wollte nicht meine Hilfe, sondern Geld. Und zwar viel. Er wollte ein Freizeitgelände aufbauen, das dreihundert Leuten Arbeit gab."

„Oh." Kate wurde verlegen. „Jetzt sehe ich die Anlage mit ganz anderen Augen."

„Ja." Jake nickte. „Immer wenn ich denke, wie lächerlich diese Anlage hier im Nirgendwo wirkt, fallen mir die Arbeitsplätze ein, und ich halte meinen Mund."

„Dann haben Sie für ihn einen Kredit besorgt?"

„Nein." Jake nahm sich noch ein Bier. „Ich gab ihm all mein Geld und kam zurück nach Hause."

„Es muss sehr viel Geld gewesen sein."

„Will war beeindruckt", erwiderte Jake. „Und während das alles hier gebaut wurde, hatten die dreihundert Leute Arbeit.

Dann kamen die Touristen, und die Geschäfte in ‚Toby's Corners' konnten handgearbeitete Dinge verkaufen und Antiquitäten und Souvenirs. Wenn Valerie wieder eine ihrer Veranstaltungen plant, wie zum Beispiel diese schreckliche Hawaiiparty, dann holen wir die Hilfskräfte weit aus dem Umland. Kurz gesagt: Will hat unser Städtchen gerettet."

„Will und Sie", stellte Kate richtig.

„Nein." Jake zog sich den Hut wieder ins Gesicht. „Nur Will. Ich hatte zu der Zeit zufällig gerade viel Geld. Ein paar Wochen früher oder später wäre ich vielleicht wieder pleite gewesen. Im Moment habe ich jedenfalls überhaupt kein Geld. Kommen Sie also nicht auf irgendwelche Ideen."

„Was für Ideen denn?"

„Dass ich reich sei und für Sie infrage komme."

Kate war einen Moment sprachlos.

„Ich kenne Frauen wie Sie", sagte Jake. „Sie verspeisen die Männer zum Frühstück. Aber ich bin schon gefressen worden. Vergessen Sie mich." Dabei blickte er sie nicht an.

Kate überlegte, ob sie ihn treten solle. Aber das wäre nicht damenhaft, und so ließ sie es bleiben. „Seltsam, dass sich das Boot bei dem Gewicht Ihres Selbstbewusstseins über Wasser halten kann", stellte sie fest.

„Haha."

„An einem überheblichen, schäbigen, sturen Macho wie Ihnen ist nichts, was mich reizen könnte."

„Schäbig?"

„Sie könnten einen Haarschnitt vertragen."

„Das ist genau die Haltung, die mich aus der Stadt vertrieben hat."

„Und dieser Cowboyhut ist einfach lächerlich."

„Moment mal." Jake richtete sich leicht auf. „Das ist er nicht. Will hat ihn mir gegeben, weil er meinte, ich sei ein Held."

„Wie bitte?" Kate sah ihn verblüfft an.

„Er sagte, ich hätte die Stadt gerettet, und im Western würde der Held auch immer einen weißen Hut tragen."

Sie musste lachen. „Und jetzt tragen Sie ihn ständig. Angeber."

Jake sah sie stirnrunzelnd an.

„Sie genießen es, einer der beiden Templetons zu sein, die ‚Toby's Corners' vor dem Untergang bewahrt haben. Immer mit dem Heldenhut herumlaufen und unschuldige Leute aus der Stadt wie mich beleidigen!"

„Sie sind nicht unschuldig", widersprach er.

„Und ob. Ich kann es nicht fassen, dass Sie denken, ich würde mich an Sie heranmachen, weil Sie reich sind."

„Ich bin nicht reich."

„Aber ich", erklärte Kate. „Und wie."

„Wie reich denn?", bohrte Jake nach. „Ich sollte Sie für das Bier zahlen lassen."

„Ich bekomme ja keins zu trinken", regte Kate sich auf. „Dachten Sie wirklich, ich mache mir des Geldes wegen etwas aus Ihnen?"

„Ich weiß aus guter Quelle, dass Sie hier sind, um sich einen reichen Geschäftsmann zu angeln." Jake sah ihr in die Augen. „Das habe ich mir nicht ausgedacht."

„Wer sagt das?"

„Valerie hat es Will erzählt."

„So ein Mist." Kate schüttelte lächelnd den Kopf. „Ja, das war auch eine dieser Ideen, die mir in der Stadt noch ganz großartig vorkamen."

„Halten Sie sich fern von großen Städten", empfahl Jake. „Offenbar sind Sie für unsinnige Ideen noch anfälliger als ich."

„Mit fünfunddreißig heiraten zu wollen ist gar nicht so unsinnig. Und weil der Traummann nicht erschien, habe ich mich eben auf die Suche begeben."

„Und da sind Sie hierhergekommen, um sich zu verloben?"

„Verlobt bin ich schon dreimal gewesen. Diesmal wollte ich einen zum Heiraten finden." Kate sah ihn prüfend an. „Und Sie sind kein Kandidat für mich. Also entspannen Sie sich, und trinken Sie Ihr Bier."

„Dreimal verlobt?" Jake lachte. „Was hat die drei vertrieben?"

„Ich habe sie verlassen." Kate versuchte vergeblich, zerknirscht auszusehen. „Es hat einfach nicht geklappt."

„Wieso stellen Sie sich in einem großen Geschäftsgebäude nicht solange vor die Herrentoilette, bis einer herauskommt, der gut genug aussieht?"

„Danke für den Tipp. Machen Sie sich ruhig lustig. Ich unternehme wenigstens etwas, anstatt Rasen zu mähen."

„Ich beaufsichtige diese Arbeiten nur. Also bin ich ein Manager, und im Grunde gehört mir die Hälfte der gesamten Anlage. Leider kann ich das Geld nicht flüssigmachen, deshalb komme ich für Sie nicht infrage."

„Selbst wenn Sie mit Geldscheinen um sich werfen würden, wäre ich nicht interessiert. Aber heute Nachmittag gehe ich mit Donald Prescott einkaufen. Er ist Börsenmakler und vielleicht der Mann meiner Träume."

„Nein, das ist er nicht", entgegnete Jake.

„Wie bitte? Das können Sie doch gar nicht beurteilen."

„Zumindest ist er kein Börsenmakler." Jake schüttelte den Kopf. „Sie glauben den Männern anscheinend alles. Er arbeitet für eine Hotelkette und versucht, Valerie als Managerin zu gewinnen."

Kate wirkte verwirrt. „Was wird Will tun?"

„Hoffen, dass der Mann sich beeilt. Und jetzt erzählen Sie mir lieber von Ihrem Plan, damit ich mich vor Ihnen in Acht nehmen kann."

„Keine Gefahr. Ich suche einen großen, erfolgreichen und gebildeten Mann."

„Ich bin groß", entgegnete Jake.

„Aber Sie haben eine schlechte Haltung. Keine Chance. Sie sollten meine Freundin Jessie kennenlernen. Die hat eine Schwäche für Verlierer. Bestimmt würde sie Sie mögen."

„Ich werde jetzt schlafen. Wecken Sie mich, wenn es Zeit für Donald Prescott wird."

„Ganz bestimmt", erwiderte Kate. „Es wird ein wundervoller Nachmittag mit ihm werden, das weiß ich genau."

Zusammen mit Penny und Brian, einem Freund von ihr, fuhren Kate und Donald nach Toby's Corners.

Das Städtchen war wundervoll, aber Donald war entsetzlich.

Sein Äußeres war überaus gepflegt und tadellos, seine Umgangsformen makellos, und er passte genau in Kates Plan. Gegen Ende des Nachmittags hatte Kate allerdings eine etwas andere Meinung von ihm.

Im Souvenirladen kaufte Brian einen rosafarbenen Stoffhund für Penny, während Donald ihnen ohne Scheu verkündete, wie überteuert der ganze Ramsch in diesem Geschäft sei. Der kleine alte Mann, dem der Laden gehörte, wirkte so verletzt, dass Kate für Jessie ein grellbuntes T-Shirt und für ihren Vater einen hässlichen Aschenbecher kaufte. „Ein niedliches Geschäft", versicherte sie dem Besitzer, um Donalds Verhalten auszugleichen, und der alte Mann lächelte sie dankbar an.

In der Kunstgalerie hingen hässliche Landschaftsbilder, und Kate versuchte, sich in Erinnerung zu rufen, wie viel Stunden an Arbeit in den Bildern steckten. „Malen nach Zahlen", fällte Donald sein Urteil, ohne sich um den jungen Mann zu scheren, der hinter einem Tisch saß und vor Zorn rot anlief. Kate kaufte ein Bild von dem See mit den Weiden und versicherte dem jungen Mann, wie reizvoll es sei.

So ging es weiter. Um Donalds abfällige Bemerkungen auszugleichen, kaufte Kate eine Überdecke, Kopfkissenbezüge und schließlich zwei Cowboyhüte – einen schwarzen für sich und einen roten für Penny.

Schließlich gingen sie in einen Imbiss, weil Kate erschöpft und hungrig war. Außerdem reichte es ihr, für Donalds verletzende Bemerkungen büßen zu müssen, indem sie unnütze Dinge kaufte. Immerhin wusste sie, wie sehr die Leute hier vom Touristengeschäft abhängig waren.

„Was darf's denn sein?", erkundigte eine kleine rundliche Frau sich bei ihnen.

„Hamburger, Pommes frites und viel Ketchup", bestellte Penny, und Brian nickte nur begeistert.

„Gibt es hier auch etwas, das nicht im Fett schwimmt?", fragte Donald barsch.

„Kartoffelbrei mit Fleischsoße und Salat", las Kate aus der Karte vor. „Das sollte ich nehmen. Eine doppelte Portion bitte."

Der Kartoffelbrei war locker, und die Soße dazu war dunkelbraun, schmackhaft und mit kleinen Speckstücken abgerundet.

„Schmeckt himmlisch", versicherte Kate der kleinen Frau, die dankbar lächelte und wieder verschwand.

„Das ist Püree aus der Tüte", nörgelte Donald laut. „So ein kleiner Imbiss kann es sich nicht leisten, das Püree selbst zu machen."

Kate ging nicht darauf ein. Sie schmeckte genau die echten Kartoffeln und die Butter. Die Soße, das Fleisch und der Salat waren genauso lecker. Wer brauchte einen Mann, wenn es so gutes Essen gab? „Mir schmeckt's", meinte sie nur.

„Lass mich probieren", entgegnete Donald und streckte die Hand genau in dem Moment nach ihrem Teller aus, als Kate ein Stück Fleisch auf die Gabel spießen wollte.

Später konnte sie sich nicht erinnern, ob sie sich noch hätte bremsen können, oder ob sie Donald absichtlich hatte strafen wollen. Jedenfalls rammte sie ihm die scharfen Zinken der Gabel in den Handrücken und traf eine Ader.

Donald schrie auf, und hastig schob Kate seine Hand zurück, damit sein Blut nicht auf ihr Essen spritzte.

„Das tut mir so leid, Donald", sagte sie und aß weiter.

Eine Stunde später hielt Kate vor ihrem Apartmenthäuschen, brachte ihre Einkäufe weg und ging anschließend zum Pool. Nach dem reichhaltigen Essen fühlte sie sich großartig, auch wenn Donald sie zum Aufbruch gedrängt hatte, nachdem ihm seine Hand verbunden worden war.

Als sie sich in einen Liegestuhl setzte, stand Donald an der Bar, ein Glas in der linken Hand, und würdigte Kate keines Blickes. Offenbar hatte er nicht vor, die Bekanntschaft mit ihr weiter zu vertiefen. Gut so, dachte Kate. Wahrscheinlich würde er mir im Bett vorwerfen, dass ich meinen Höhepunkt nur vorspiele. Und bestimmt hätte er damit sogar recht.

Penny winkte ihr zu, und Kate schob den Liegestuhl neben ihren. „Danke, dass du mich heute zum Mitkommen überredet hast", sagte sie zu Penny. „Ich habe mich köstlich amüsiert."

„Vergiss nicht, dass wir heute Abend noch in Nancys Bar gehen", erinnerte Penny sie.

„Wie könnte ich", erwiderte Kate und entspannte sich, um den Nachmittag in vollen Zügen zu genießen.

Jake beobachtete Kate und wandte sich dann entschlossen ab. Sie wirkte überhaupt nicht aufgeregt, aber irgendetwas musste schiefgelaufen sein. Donald hatte eine bandagierte Hand, und grinsend überlegte Jake, was Kate ihm angetan haben mochte.

Unvermittelt tauchte Kate neben ihm auf. „Ein Wasser bitte", bestellte sie lächelnd.

„Gern." Jake ging hinter die Bar und schenkte ihr ein Glas ein. „Wie war es heute?"

Kate blickte kurz zu Donald hinüber. „Nicht so gut. Wieso?"

„Ich habe mich nur gefragt, weswegen der gute Donald einen Verband trägt. Haben Sie ihn vielleicht gebissen?"

„Auch kein schlechter Gedanke, aber ich habe ihn gestochen."

Jake schüttelte tadelnd den Kopf. „Bitte versuchen Sie, von jetzt an niemanden mehr zu verletzen, ja?"

„Er hat es verdient", beharrte Kate.

„Da bin ich sicher, aber wenn Sie so weitermachen, vergraulen Sie unsere Gäste."

„Ich werde mich bessern", sagte Kate. „Heute Abend werde ich zum Beispiel gar nicht hier sein. Ich gehe mit Penny in eine Bar namens ‚Nancy's'."

„Dann sollte ich Nancy lieber vorwarnen."

„Nur zu." Kate ging zurück zu ihrem Liegestuhl, wobei sie sich bewusst war, dass Jake ihr nachsah.

Ein Glück, dass ich für Frauen wie sie nichts übrig habe, dachte Jake. Sonst würde ich jetzt tief in Schwierigkeiten stecken.

Um sieben klopfte Penny an Kates Tür. „Komm schon, Kate", rief sie. „Lass uns gehen." Sie trug riesige weiße Ohrringe, den neuen Cowboyhut und ein leuchtend blaues Strickkleid, das mindestens zwei Handbreit über dem Knie endete. Das konnte sie sich bei ihren fantastischen Beinen gut leisten. Als sie Kates

Apartment betrat und sich aufs Bett setzte, rutschte das Kleid noch ein Stück höher. „Du wirst diese Bar lieben. Alle sagen, es sei die beste Bar weit und breit."

„Ich bin sofort fertig", sagte Kate. Sie wusste nicht, was sie anziehen wollte. Obwohl sie Penny sehr mochte, war es niederschmetternd, mit ihr irgendwo hinzugehen. Da kann ich nicht mithalten, dachte sie, während sie Pennys Knie und Schenkel begutachtete.

Aus dem Schrank holte sie ein weißes Seidenkleid, das zwar für eine Bar etwas zu förmlich und im Rücken etwas zu tief ausgeschnitten war, aber wenigstens reichte es bis zur Wade. Ein zweiter Blick auf Pennys Schenkel überzeugte sie. Dies war ihr Kleid.

Sie steckte das Haar zu einem Knoten und legte wieder ihre goldenen Ohrringe an.

„Du solltest das Haar offen tragen", riet Penny ihr. „Es sieht wirklich schön aus."

„Es ist zu lockig und zerzaust." Kate steckte eine Strähne hinter dem Ohr fest.

„Männer mögen zerzaustes Haar. Das berühren sie am liebsten."

Kate blickte auf Pennys offenes langes Haar. Es sah hinreißend aus. „Das passt nicht zu mir", sagte sie entschieden.

Aufseufzend folgte Penny ihr zum Auto.

Es überraschte Kate, dass ihr die Bar tatsächlich gefiel. Genau wie Penny es beschrieben hatte, eine richtige Countrybar. Gedämpftes Licht, solide Holztische und eine glänzende Jukebox, aus der Country- und Westernsongs ertönten. Im Hintergrund konnte Kate das Klicken von Billardkugeln hören, und irgendwo spielte jemand an einem Flipperautomaten. Eine richtige Bar ohne jeden Schnickschnack.

Hinter der alten Eichentheke stand eine gut aussehende Rothaarige, die gerade die marmorne Arbeitsfläche abwischte. Wie die Bedienungen trug sie ein schwarzes Shirt und ein rosafarbenes Jackett. Sie wirkte selbstsicherer und war schon über dreißig. Kate schätzte, dass diese Frau Nancy war.

„Weißwein bitte." Kate setzte sich direkt vor ihr auf einen Barhocker, und die rothaarige Frau schenkte ihr ein. Penny stand mit dem Rücken zur Theke und blickte sich im Raum um.

„Ich bin Nancy", stellte die Frau sich vor. „Wenn ihr etwas wollt, müsst ihr laut rufen. Das machen hier alle so."

Kate lächelte. „Ich heiße Kate, und das hier ist Penny."

„Deine Bar gefällt mir", sagte Penny und wandte sich um. „Es wirkt alles so echt."

„Danke", sagte Nancy. „Genauso wollten wir es auch haben. Der Mann dort drüben im blau karierten Hemd ist mein Ehemann."

Kate blickte zum Billardtisch hinüber. Nancys Mann war blond und untersetzt. Im Moment sah er traurig zu, wie ein großer Mann mit hellem Cowboyhut eine Kugel nach der anderen in die Löcher stieß.

„Ist das nicht Jake?", fragte Penny.

„Ihr kennt Jake?", erkundigte Nancy sich. „Er schlägt Ben jedes Mal beim Billard. Die beiden spielen mittlerweile seit zehn Jahren, und Ben hat nicht ein einziges Mal gewonnen."

„Wieso spielt er dann weiter gegen ihn?", wollte Kate wissen.

„Er sagt, dass er immer besser wird. Vielleicht sollte eine von euch beiden hinübergehen und Jake ablenken, damit Ben auch einmal gewinnt."

„Später vielleicht", sagte Penny. „Erst müssen wir mal die Lage sondieren. Stimmt's, Kate?"

„Was möchtest du denn trinken, Penny?", lenkte Kate hastig ab. „Ich lade dich ein."

„Einen Daiquiri mit Erdbeeren", sagte Penny.

Nancy stöhnte leise auf, und Kate schlug schnell vor: „Nimm doch lieber ein Bier. Die Männer hier mögen sicher Frauen, die Bier trinken."

„Meinst du? Na gut, dann eben ein Bier."

„Danke", sagte Nancy zu Kate und wandte sich rasch ab, um Pennys Bier zu zapfen. Ben blickte vom Billardtisch hoch. „Sieh dir mal die beiden Hübschen an der Bar an", sagte er.

Jake warf einen Blick über die Schulter und stutzte. Dann drehte er sich wieder zu Ben um. „Die im weißen Kleid ist Kate."

„Die Killerfrau?" Ben betrachtete sie eingehender. „Was für ein Kleid!"

„Ja", stimmte Jake zu. „Ich glaube, du hast gerade wieder mal verloren, mein Freund."

Misstrauisch sah Ben ihn an. „Du hast gesagt, sie sei ein nettes Mädchen."

„Das ist sie auch." Jake begutachtete die Lage der Billardkugeln. „Abgesehen von dem Schaden, den sie bei Männern anrichtet."

Ben schüttelte den Kopf. „Sie ist aber kein Mädchen."

Jake stieß die letzte Kugel ins Loch. „Nein, da hast du recht. Lust auf noch eine Partie?"

„Na klar. Gleich fängt meine Glückssträhne an."

„Hier ist es wundervoll, Penny", stellte Kate fest. „Danke fürs Mitnehmen. Mir gefällt es so gut, dass ich die nächste Runde auch bezahle."

„Unsinn", entgegnete Penny. „Wir müssen doch nichts mehr bezahlen. Dafür sind die Männer doch da. Sieh mal den Kerl mit dem schwarzen Hut dort drüben."

Der Mann wirkte von Kopf bis Fuß verkleidet. Wahrscheinlich ein Zahnarzt, dachte Kate. Aber sie wollte Penny nicht kränken. „Er sieht sehr gut aus, Penny."

„Er lächelt uns zu." Penny erwiderte das Lächeln, und der „Zahnarzt" kam herübergeschlendert.

„Wie geht's, Ladies?" Er berührte die Hutkrempe. „Darf ich Ihnen etwas zu trinken bestellen?"

„Sicher", sagte Penny. „Das ist meine Freundin Kate."

„Ich verschwinde schon." Kate suchte sich einen anderen Hocker, der etwas weiter weg stand, und der Mann lächelte ihr dankbar zu.

Wie kommt es, dachte Kate, dass Jake und Penny mit ihren Cowboyhüten so gut aussehen, während dieser Mann damit so lächerlich wirkt? Noch dazu trägt er Sporen. Als sie den Hocker noch ein Stück weiter zog, stieß sie gegen jemanden. Sie fuhr herum, um sich zu entschuldigen und verharrte unwillkürlich. Der Mann war groß, blond und unglaublich gut aussehend.

Aber hallo, dachte sie. Vergiss deinen Plan und konzentriere dich auf dieses Prachtexemplar hier.

„Willst du was zu trinken, Kleine?", fragte er sie lallend und zog sie am Arm.

Ihre Begeisterung war wie weggeblasen. Ein Grapscher und obendrein betrunken! „Nein, danke." Sie lächelte und versuchte, sich zurückzuziehen, aber er hielt sie fest.

„Lass gut sein, Brad", sagte Nancy hinter der Bar. „Sie ist nicht an dir interessiert."

„Das ändert sich. Gib ihr etwas Zeit." Brad versuchte, Kate zu küssen, aber sie duckte sich, und er erwischte nur ihr Ohr. Aus dem Augenwinkel sah sie, dass Nancy jemandem ein Zeichen gab.

Ben bemerkte Nancys Zeichen und erkannte, was sich anbahnte. „Brad versucht sein Glück bei deinem Mädchen. Willst du sie retten?"

Jake blickte auf. „Nein." Aufseufzend legte er den Queue weg. „Aber ich werde Brad retten. Er ist angetrunken und hat nicht verdient, was immer Kate ihm auch antun wird."

6. KAPITEL

*J*ch warne Sie", sagte Kate zu Brad. „Lassen Sie mich los, oder Sie werden es ewig bereuen."

„Ich mag Frauen, die sich sträuben." Brad zog sie an sich.

„Wie läuft's, Brad?" Ben lächelte ihn an, und Jake stand hinter ihm.

„Die hab ich zuerst gesehen." Brad schob Kate hinter sich und baute sich auf wie ein Karatekämpfer.

„Du hast zu viel ferngesehen", stellte Jake fest und trat einen Schritt auf ihn zu.

Kate spürte, wie Brad sich anspannte. „So ein Mist", sagte sie gepresst, griff nach einer großen Bierflasche und zertrümmerte sie auf Brads Schädel. Er drehte sich zu Kate um, starrte sie an und brach zusammen. Jake konnte ihn gerade noch auffangen.

„Das musste wohl sein, oder?", fragte er Kate.

„Er wollte Ihnen wehtun", erwiderte sie nur. „Ich habe Sie gerettet, undankbarer Kerl."

„Wo ist die Blondine?", fragte Brad verwirrt.

„Die passt nicht zu dir." Jake half ihm auf einen Stuhl. „Diese zähen Blondinen schlagen dir eine Flasche über den Kopf, sobald sie dich von hinten sehen."

„Wirklich komisch", beschwerte Kate sich.

Jake sah zu ihr auf. „Ist Ihnen aufgefallen, dass ich Ihnen nie den Rücken zuwende?"

„Du kannst hier jederzeit anfangen, Lady", bot Nancy ihr an. „Ich bin schwer beeindruckt."

„Vielleicht komme ich darauf zurück", sagte Kate. „Es gefällt mir hier riesig, abgesehen von den Betrunkenen und den Schlägertypen."

„Ich bin kein Schläger, du etwa, Ben?", beschwerte Jake sich.

„Auf keinen Fall. Ich spiele lieber Billard. Kommst du mit, Jake?"

„Gleich." Jake setzte sich an die Bar. „Ein Bier, bitte. Und eins für die Dame mit der zerbrochenen Flasche in der Hand."

„Vielen Dank." Kate setzte sich neben ihn und legte den Flaschenhals auf den Tresen.

„Als Dank für die Rettung vor Brad", erklärte Jake. „Aber vielleicht sollten Sie statt Bier lieber Saft trinken?"

„Ein Bier, bitte." Kate ließ den Rest ihres Weines stehen, und Nancy fegte rasch die Scherben weg.

„Brad ist eigentlich kein schlechter Kerl", erklärte Jake. „Er macht sich immer nur an die bestaussehenden Frauen heran. Und meistens hat er Erfolg. Deshalb konnte er auch nicht begreifen, dass Sie ihn abblitzen lassen. Aber er weiß ja auch nichts von Ihrem Plan."

„Wie schmeichelhaft." Kate hatte keine Lust, auf die Sticheleien einzugehen. „Mir ist aufgefallen, wie ruhig Sie geblieben sind, obwohl er Ihnen gedroht hat."

„Früher war ich hitziger. Das muss am Alter liegen."

„Nein." Kate klang sehr ernsthaft. „Ich weiß noch nicht, woran es liegt, aber das Alter ist es nicht, weswegen Sie immer so ruhig sind."

„Wenn Sie es herausfinden, lassen Sie es mich wissen." Jake nahm sein Bier entgegen. „Soll ich Sie später nach Hause fahren?"

Kate zögerte kurz, doch sie konnte aus seinem Vorschlag nur Hilfsbereitschaft heraushören. „Danke, aber ich fürchte mich nicht im Dunkeln."

„Ich glaube nicht, dass Sie sich überhaupt vor irgendetwas fürchten. Wie läuft es denn mit Ihrem Plan?"

„Für heute habe ich ihn aufgegeben", sagte Kate. „Wie schon gesagt, hier kommt mir dieser Plan auf einmal ziemlich unsinnig vor."

„Freut mich, das zu hören. Ich dachte schon, Brad sei einer der Kandidaten."

„Ich wollte nicht überheblich wirken", sagte Kate und dachte an Donald. „Er war freundlich, also war ich es auch."

„Vielleicht sollten Sie sich etwas zurückhalten. Die Jungs hier kommen sonst noch auf dumme Gedanken."

„Dann war es also meine Schuld, ja?", fuhr sie ihn an.

„Nein. Aber in diesem Kleid wirkt Freundlichkeit auf Männer nicht ganz so harmlos."

„Was ist an diesem Kleid auszusetzen?"

„Es hat kein Rückenteil." Jake blickte ihr über die Schulter. „Ich beklage mich nicht, aber hier bekommen wir sonst nicht so viel Haut zu sehen. Verstehen Sie mich? Hören Sie doch einfach auf, Betrunkene anzulächeln."

Kate riss sich mit Mühe zusammen. „Danke für den guten Rat", erwiderte sie knapp. „Ich werde ihn beherzigen."

Jake lächelte. „Wenn ich es nicht besser wüsste, würde ich sagen, dass Sie reizend aussehen, wenn Sie wütend sind." Damit tippte er sich an den Hut und ging wieder zum Billardspielen.

„War er schon immer so?", erkundigte sie sich bei Nancy.

„Wie?"

„So … so lahm."

Nancy lachte auf. „Oh, lassen Sie sich davon nicht täuschen. Er ist hellwach. Ihm entgeht nichts."

„Aber er bewegt sich doch sehr langsam."

„Das ist halt sein persönliches Energiesparprogramm. Bist du an ihm interessiert?"

„Nein. Er ist nicht mein Typ und das beruht auf Gegenseitigkeit."

„Jake mag so ziemlich jeden", erwiderte Nancy.

Kate blickte sich um und sah, wie eine junge Frau sich angeregt mit Jake unterhielt. Jake schien ihr Interesse jedenfalls nicht unangenehm zu sein, obwohl sie viel zu jung für ihn war.

„Noch ein Bier", sagte Nancy. „Das geht auf Rechnung des Hauses."

Kate bedankte sich und unterhielt sich den Rest des Abends mit Nancy, ohne auf die Männer zu achten, die sich Hoffnungen zu machen schienen.

Zwischendurch bediente Nancy an der Bar. Als sie sich gegenseitig aus ihrem Leben erzählten, bildete sich zwischen ihnen eine Freundschaft heraus, und schon bald erwähnte Kate Nancy gegenüber den Plan, den Jessie für sie ausgecheckt hatte.

„Ich weiß, dass das dumm klingt", sagte Kate.

„Tja, ich bin nicht so sicher", entgegnete Nancy. „Ist doch besser, als zu Hause zu sitzen und darauf zu warten, dass der Richtige vorbeikommt."

„Ich habe aber Fehler gemacht", gestand Kate ein. „Nur weil er erfolgreich sein sollte, habe ich nicht auf andere Eigenschaften geachtet. Du hättest meinen Golfpartner sehen sollen!"

„Ist das der, den du hinterher beatmen musstest? Davon habe ich gehört", bemerkte Nancy schmunzelnd.

„Und dann der, mit dem ich heute einkaufen war!" Kate schüttelte den Kopf. „So etwas Überhebliches habe ich noch nicht erlebt."

„Von dem habe ich auch gehört. Man hat mir auch erzählt, dass du sehr nett bist, und wir haben uns alle gewundert, warum du mit so einem arroganten Kerl überhaupt ausgehst."

„Die alle?", fragte Kate nach.

„Es ist ein kleiner Ort. Wir mögen dich."

„Ach so", sagte Kate verunsichert. „Ich mag die Leute auch."

„Gut. Dann solltest du dich lieber mit Männern von hier treffen als mit den reichen Geschäftsleuten."

Kate schüttelte den Kopf. „Mein Traummann muss nun mal ein Großstadtmensch sein. Aber er soll nicht nur erfolgreich sein, sondern muss auch ein lieber Mensch sein."

„Wer weiß, vielleicht ist dein Traummann ganz in deiner Nähe."

„Bei meinem Glück ist er gerade angeln in Alaska."

Um zehn Uhr verschwand Penny mit dem „Zahnarzt", und Kate half Nancy bei der Arbeit. Zwischendurch unterhielten sie sich weiter. Die Wand hinter der Theke war mit Fotos übersät, und während Nancy arbeitete, betrachtete Kate die Bilder eingehend. Es waren junge und alte Leute, einzeln und in Gruppen, aber dennoch hatten sie etwas gemeinsam. Schließlich fand Kate heraus, was es war. Sie alle lächelten so glücklich, dass man erkannte, dass sie sich hier in Toby's Corners wohlfühlten.

„Woher hast du all die Fotos?", erkundigte sich Kate.

„Die Leute bringen sie mit", antwortete Nancy. „Manche sind von der Familie, andere von guten Freunden. Schau mal, das da oben ist Jake."

„Wo?"

Nancy wies auf einen jungen Footballspieler, der drohend in die Kamera sah. Er musste ungefähr zwölf sein.

„Da trägt er ja fast noch Windeln." Kate lachte.

„Er war aber wirklich gut. Allerdings war das bei der schlechten Mannschaft auch nicht schwer. Wir haben regelmäßig den letzten Platz in der Liga."

Kate lachte wieder.

„Trotzdem war Jake der große Held damals", meinte Nancy und fügte dann nachdenklich hinzu: „Manchmal denke ich, das ist ein Teil seines Problems."

„Was stimmt denn mit ihm nicht?", wollte Kate wissen.

„Ach, er fängt mit seinem Leben nichts an. Das ist hier eigentlich nichts Ungewöhnliches, aber Jake war früher ganz anders. Jetzt ist es Will, der von allen bewundert wird. Ich glaube, Jake ist es ganz recht so. Er war es vielleicht einfach leid, immer von allen beachtet zu werden." Sie neigte den Kopf zur Seite. „Wirklich, er ist jetzt ein ganz anderer Mensch als früher."

Nach Mitternacht wurde es in der Bar ruhiger, und Sally und Thelma, die beiden Kellnerinnen, gingen nach Hause. Ben übernahm den Tresen, und so konnten Nancy und Kate eine Pause machen. Leicht angeheitert und entspannt saßen sie vor ihrem letzten Drink und unterhielten sich.

„Ich sehe Ben zum ersten Mal heute Abend arbeiten", stellte Kate fest. „Ist er dein Teilhaber?"

„Nein." Nancy schüttelte den Kopf. „Er arbeitet für eine Versicherung. Diese Bar gehört allein mir. Ich habe sie von meinen Eltern geerbt. Sie haben sie im Jahr meiner Geburt eröffnet und nach mir benannt. Hier bin ich aufgewachsen. Mein Laufstall stand früher dort, wo jetzt der Flipperautomat steht."

„Dann ist hier also dein Zuhause." Kate nickte. „Das verstehe ich gut."

„Komm doch morgen Abend wieder", schlug Nancy vor. „Um acht Uhr. Zieh einen kurzen schwarzen Rock an, dann bringe ich dir bei, wie man eine Bar führt."

„So was lernt man nicht im College." Kate trank einen Schluck Bier. „Ich würde mich freuen." Sie sah Nancy an und beschloss, offen zu sein. „Hör mal, ich muss dir etwas Wichtiges erzählen."

Nancy blickte interessiert auf, und Kate zögerte nicht länger.

„Ich weiß aus verlässlicher Quelle, dass Will Templeton beim Hotel eine Countrybar einrichten will, die dich wahrscheinlich aus dem Geschäft drängt."

„Blödsinn", erwiderte Nancy nur. „Das würde Will niemals tun. Woher weißt du das?"

Kate seufzte auf. „Von Valerie, seiner Verlobten."

„Das mit der Verlobung bildet sie sich genauso ein wie die Idee mit der Bar", entgegnete Nancy.

„Du solltest mit Will reden." Kate musste an ihren Vater denken. „Geschäftsfreunde können ganz plötzlich übereinander herfallen. Wirklich, du solltest die Sache ernst nehmen."

„Pass mal auf." Nancy beugte sich vor. „Valerie versteht das nicht, und du, wie es scheint, auch nicht. Will und Jake haben die Stadt gerettet, als diese Fabrik schloss. Mit Jakes Geld haben sie jeden hier angestellt, um am Aufbau dieses Hotels und der Anlage mitzumachen. Dabei hätten sie sich von außerhalb viel billigere und noch dazu besser ausgebildete Fachkräfte holen können, aber das haben sie nicht getan." Nancy schüttelte den Kopf. „Will hat mir sogar ein Darlehen für die Renovierung der Bar gegeben, ohne irgendwelche Sicherheiten zu verlangen. Immerhin hatte ich bereits eine Hypothek bei der Bank."

„Aber dann bist du doch sehr angreifbar", sagte Kate erschrocken.

„Versteh doch endlich", redete Nancy auf sie ein. „Wir sind praktisch eine große Familie. Will brauchte nur sein Geld zurückzufordern, und ich wäre erledigt. Aber das würde er niemals tun."

„Hast du dir schon einmal überlegt, wie du mehr Gäste aus dem Hotel bekommen könntest?", fragte Kate nach. „In dem Punkt hat Valerie recht, diese Leute haben viel Geld. Für so eine urige Atmosphäre wie in deinem Laden würden sie viel bezahlen."

Nancy schüttelte den Kopf. „Wir müssten hier anbauen und viel größere Mengen einkaufen. Ich möchte lieber nur Getränke verkaufen und mit den Leuten reden."

Kate trank nachdenklich weiter. Obwohl schon ein wenig benebelt, wusste sie genau, was sie zu tun hatte. „Ich bin Geschäftsfrau", sagte sie. „Lass mich dir helfen. Du kannst ohne große Mühe wenigstens so viel Geld verdienen, dass du deine Schulden zurückbezahlen kannst. Du musst die Preise erhöhen."

„Aber die Leute hier haben nicht viel Geld."

„Dann gib den Einheimischen einen Rabatt und verlang von den Hotelgästen mehr für die Getränke. Du bezahlst doch Zinsen für deine Schulden, stimmt's? Das ist wirklich unnötig." Kate versuchte, sich zu konzentrieren. „Zunächst musst du einen Plan für die Ausdehnung deiner Geschäfte erstellen. Dann such dir einen Partner, der dir Geld gibt und dafür an den Gewinnen beteiligt wird. Meinetwegen Will und Jake. Bloß sieh zu, dass du diese Schulden loswirst."

Nancy trank einen Schluck und sah dann hoch. „Und du könntest mir bei diesem Plan helfen?"

„Na sicher. Normalerweise verlange ich dafür viel Geld, aber bei dir reicht es mir, wenn du mir freie Drinks für den Rest meines Lebens versprichst."

„Abgemacht." Nancy streckte die Hand aus. „Erst mal möchte ich den Plan sehen, dann entscheide ich mich."

„In Ordnung", willigte Kate ein. „Das wird mir Spaß machen."

„Wie kommt es nur, dass ich nervös werde, wenn ihr beide euch die Hände schüttelt?", fragte Jake hinter ihnen.

„Weil Sie ein Feigling sind." Kate legte den Kopf in den Nacken, um Jake zu sehen.

„Nancy, du darfst dieser Frau keinen Alkohol geben."

„Vorsicht, lass meine Freundin in Ruhe." Nancy stand auf, um Ben zu helfen. „Wir haben noch viel vor."

„Ich denke, ich werde jetzt nach Hause fahren." Kate stand unsicher auf.

„Sie können nicht einmal mehr das Glas festhalten. An Ihrer Stelle würde ich mit dem Trinken aufhören. Ich bringe Sie nach Hause", erklärte Jake.

„Aber ich will noch ein letztes Bier."

„Das ist alles, was Sie bekommen", sagte Jake und goss ihr einen Kaffee ein. „Der dort drüben kriegt heute Abend auch nur noch Kaffee."

„Wer ist das?" Kate blickte in die Richtung, in die Jake wies.

„Henry, der alte Biologielehrer. Seiner Frau Mühe gehört die Bäckerei. Und der Mann da hinten ist mein Onkel Early."

Verwundert sah Kate Jake an. „Sie kennen hier anscheinend jeden."

„So ziemlich. Schließlich bin ich hier aufgewachsen."

„Bald werde ich hier auch die Leute kennen. Nancy hat mir einen Job angeboten. Sie bringt mir bei, wie man eine Bar führt."

„Sie werden alles, was Sie verdienen, gleich wieder vertrinken. Ich kenne Sie jetzt seit zwei Tagen, und Sie waren dreimal betrunken." Jake schüttelte den Kopf. „Ein Job in einer Bar ist nicht das Passende für Sie."

„Bei der Hawaiiparty hat das Betrinken nicht geklappt", stellte sie richtig. „Und Lance würde ich auch stocknüchtern jederzeit wieder in den Pool stoßen. Ich trinke sonst kaum etwas."

„Schon gut", beruhigte Jake sie. „Aber schlafen Sie nicht ein, bevor ich Sie nicht in Ihrem Apartment abgesetzt habe."

„Ich werde mir die größte Mühe geben", versprach Kate und blickte ihn mit ehrlichem Augenaufschlag an. „Übrigens weiß ich, dass Will und Sie Nancy Geld geliehen haben."

„Hat sie Ihnen auch ihre Unterwäsche gezeigt? Offenbar hat sie ja kein Thema ausgelassen."

„Sie wollte mir nur erklären, dass Sie ihre Bar leicht ruinieren könnten, indem Sie das Geld zurückverlangen", sagte Kate.

„Wieso sollte ich das tun?"

„Damit Sie mit Ihrem Bruder eine Bar beim Hotel eröffnen können."

„Ja richtig." Jake nickte. „Die gute Valerie. Vergessen Sie Valerie und ihre Pläne."

„Valerie." Kate zog die Stirn kraus. „Sie denkt, wir seien uns ähnlich, und sie sieht in mir ihr großes Vorbild."

Jake überlegte kurz, was er zunächst über Kate gedacht und wie er seine Meinung geändert hatte. „Nein", sagte er dann. „Sie beide sind sich überhaupt nicht ähnlich."

Kate schloss die Augen. „Vielen Dank. Da bin ich aber froh."

Nachdenklich blickte Jake sie an. „Sie haben Nancy also von Valeries Plänen berichtet?"

„Penny fand, wir sollten sie warnen. Ich wollte mich heraushalten, aber Nancy ist so nett, dass ich sie einfach warnen musste."

„Macht sie sich Sorgen?"

„Nein, sie hält Will und Sie für wahre Engel."

Jake lächelte. „Und Sie?"

„Ich kenne Will nicht, aber Sie sind bestimmt kein Engel. Trotzdem vertraue ich Ihnen. Sie verunsichern mich nur ein bisschen. Allerdings sollte jemand Valerie bremsen."

„Das wird auch geschehen", sagte Jake. „Was meinen Sie damit, dass ich Sie verunsichere?"

„Weiß ich nicht so genau." Kate sah ihn prüfend an. „Verunsichere ich Sie nicht?"

„Doch, ständig." Jake lächelte. „Betrunkene machen mich immer nervös."

„Sie weichen der Frage aus", entgegnete Kate. „Aber ich bin so müde, dass es mir egal ist. Ich verabschiede mich jetzt, dann können Sie mich nach Hause bringen."

Jake begleitete sie bis zur Tür und ging. Kate zog sich aus, suchte kurz vergeblich nach ihrem Pyjama und ließ sich dann nackt ins Bett fallen. Wohlig müde seufzte sie auf und zog die Decke über sich.

Was für ein schöner Abend! dachte sie. Diese vielen netten Menschen. Sie würde Nancy beim Ausbau der Bar helfen, das klang nach Abwechslung. Doch dann riss sie sich aus diesen Gedanken. Denk an deinen Plan, ermahnte sie sich. Verschwende deine Zeit nicht mit Jake, sondern such dir einen erfolgreichen

Geschäftsmann. Um sich aufzuheitern, dachte sie noch: Und außerdem werde ich morgen Nancys Bar retten. Mit diesem Gedanken und einem Lächeln schlief sie ein.

Sie wachte im Morgengrauen auf und fühlte sich ausgezeichnet. Jessie wäre stolz auf mich, überlegte sie. Dann dachte sie an Jake und den See, und auf einmal fand sie Jessies Idee mit dem Nacktbaden gar nicht mehr so abwegig. Es musste wunderbar sein, ins kühle Wasser zu tauchen.

Du wirst schon sehen, Jessie, sagte sie sich, zog sich ein Baumwollkleid über und ging den Weg zum See hinunter.

Im Wald war es kalt, und sie zitterte leicht. Noch bevor sie den See sah, konnte sie den Duft des Wassers riechen.

Im frühen Morgen sah der See noch reizvoller aus. Dann also los, dachte sie, atmete tief durch, zog die Sandaletten und das Kleid aus und ging ins Wasser.

Es war kalt, aber sie blieb ständig in Bewegung und spürte, wie ihre Haut sich am ganzen Körper straffte. Ihre Brustspitzen richteten sich auf, und als sie mit den Fingern darüber strich, erbebte sie unwillkürlich.

Schließlich tauchte sie unter, und das Wasser schlug über ihrem Kopf zusammen. Sie fühlte, wie ihre Muskeln sich anspannten, wie das kalte Wasser ihre Haut reizte, und als sie auftauchte, spürte sie die ersten Sonnenstrahlen auf dem Gesicht. Immer wieder tauchte sie unter und schwamm weiter. Sie kam sich so frei wie ein Kind vor und hätte sich am liebsten nie wieder angezogen.

Nach einer halben Stunde schwamm sie zum Ufer zurück und sah, dass Jake neben ihrem Kleid hockte. Kate schwamm näher heran, bis sie Boden unter den Füßen spürte. Er saß dort einfach und beobachtete sie.

„Hallo", begrüßte sie ihn.

„Guten Morgen", antwortete er lächelnd.

Geh weg, dachte sie, aber sie erwiderte das Lächeln und bemühte sich, sich nichts anmerken zu lassen. „Sind Sie gekommen, um mir zuzusehen?"

„Nein, ich wollte schwimmen."

„Dann kommen Sie rein." Sie wies auf den See hinter sich. „Es ist Platz genug."

„Ich bin mir nicht mehr so sicher." Er schob den Hut ein Stück weiter nach hinten. „Sind Sie nackt?"

„Ja."

„Nun, wenn das so ist, warte ich lieber, bis Sie draußen sind."

Kate wollte ihn gerade bitten, sich umzudrehen, doch sie entschied sich anders. Wenn sie schon nackt badete, dann sollte sie auch dazu stehen. Schließlich war es nur Jake.

Andererseits war es ihr dennoch peinlich, sich ihm nackt zu zeigen. Während sie noch darüber nachdachte, sah sie, dass er nur mit Mühe ein Lächeln unterdrückte.

Was soll's? dachte sie. Mal sehen, ob du gleich immer noch grinsen musst. „Also gut. Der See gehört Ihnen."

Sie schwamm auf ihn zu, bis das Wasser ihr nur noch bis zur Hüfte reichte, und dann ging sie heraus.

Jake verharrte vollkommen reglos. Sie kam auf ihn zu und hob ihr Baumwollkleid auf. Ganz dicht stand sie neben ihm, und Jake drehte sich unwillkürlich zu ihr und sah, wie ihre Brüste wippten, als sie sich hinunterbeugte. Dann streckte sie sich wieder und zog das Kleid über den Kopf. Der Stoff klebte an ihrer nassen Haut, und so dauerte es viel länger, als ihr lieb war, bis sie das Kleid über die Hüften gezogen hatte.

„Auf jeden Fall haben Sie mir den Morgen verschönert", sagte Jake.

„Gern geschehen." Kate wickelte ein Handtuch um ihr nasses Haar und schlüpfte in ihre Sandaletten. „Viel Spaß beim Schwimmen", erwiderte sie und ging in den Wald.

Jake blieb noch eine Weile sitzen, nachdem Kate verschwunden war.

Im See hatte sie noch so komisch gewirkt, als sie überlegt hatte, was sie tun sollte. Und gerade, als er sich hatte abwenden wollen, hatte sie ihn so merkwürdig angesehen und war aus dem Wasser direkt auf ihn zu gekommen.

Ben hatte recht. Sie war kein Mädchen.

Er hatte den Blick nicht von ihr wenden können und sich wie ein Kaninchen gefühlt, dem sich eine Schlange nähert. Wie eine Göttin war sie aus dem See gestiegen. Ihr Körper war schlank und fest, die Haut vom kalten Wasser leicht gerötet. Wenn sie einen Augenblick länger gebraucht hätte, um sich das Kleid überzustreifen, dann hätte er sie berührt.

Angespannt schloss er die Augen. Gerade noch Glück gehabt. Es wäre besser, wenn er sich von nun an von Kate fernhielt. Sie war die verwirrendste Frau, die er je kennengelernt hatte. Statt einer eiskalten Karrierefrau war sie beim Angeln die angenehmste Gesellschaft gewesen, die man sich denken konnte. Anstatt überheblich zu sein, hatte sie Nancy vor Valerie gewarnt. Jake hatte sie für unterkühlt gehalten, aber offenbar hatte sie es in vollen Zügen genossen, nackt im See zu baden. Wenn er ehrlich war, fand er sie immer attraktiver.

Aufseufzend zog er sich aus und stieg in den See. Das Bad kam ihm wie eine kalte Dusche vor, und genau die brauchte er im Moment auch.

Kate schlug die Tür ihres Apartments hinter sich zu. Ihr Gesicht war rot vor Scham. Sie hatte es getan.

Wie sollte sie sich Jake gegenüber jetzt bloß verhalten? Doch je mehr sie darüber nachdachte, desto mutiger wurde sie. Er hatte sie nackt gesehen, na und? Wahrscheinlich war es ihm vollkommen egal, also brauchte sie sich auch nicht aufzuregen. Sie würde sich verhalten, als wäre nichts passiert. Kein Grund also, sich aufzuregen.

Eigentlich konnte sie sogar stolz auf sich sein. Jessie würde sie jedenfalls für ihren Mut bewundern, das stand fest.

Gut gelaunt beschloss sie, sich mit einem üppigen Frühstück zu belohnen und bestellte Rührei, Speck und Toast.

Nachdem sie sich gestärkt hatte, zog sie sich ein übergroßes weißes Hemd über den schwarzen Badeanzug, packte Bücher und Äpfel in einen Korb, setzte ihren neuen schwarzen Hut auf und ging los, um Jake beim Boot zu treffen.

*S*chöner Hut", bemerkte Jake, als er sie sah, und Kate seufzte erleichtert auf. Wir sind also noch Freunde, dachte sie. Das hätte ich auch vermisst. Sie stieg ins Boot, und er ruderte hinüber zu den Weiden.

Beide zogen sie die Hemden aus, warfen die Angeln aus und lehnten sich genüsslich zurück. In der Mitte des Boots berührten sich ihre Beine, doch das störte Kate nicht mehr. Sie genoss die Wärme von Jakes Haut, holte ein Buch hervor und fing an zu lesen.

Jake sah zu ihr hinüber und freute sich, dass sie wieder mitgekommen war. Er hätte sie vermisst, und er machte sich auch keine Sorgen mehr. Immerhin hatte sie klargestellt, dass er in ihren Plan nicht hineinpasste. Die Tatsache, dass er sie nackt gesehen hatte, hatte also nichts an ihrer Freundschaft geändert. Mit einem Blick in die Weidenzweige, die über ihren Köpfen hingen, stellte er fest, dass er mit dem Leben zufrieden war, lauschte auf das Plätschern des Wassers und schlief ein.

Eine halbe Stunde später schrak Kate hoch, denn Jakes Angel bog sich plötzlich tief über das Wasser. Hastig stieß sie ihn mit dem Fuß an, und widerwillig wachte er auf.

„Was gibt's?"

„Sie haben etwas gefangen."

„So ein Mist", schimpfte er und holte den großen Fisch aus dem Wasser. Der Fisch zappelte heftig, und es gelang Jake nicht, ihn festzuhalten.

Kate beobachtete den Kampf und aß gelassen einen Apfel. Als Jake den Fisch schließlich befreit und zurückgeworfen hatte, war er ziemlich nass geworden und blickte anklagend zu Kate hinüber.

„Sie waren ja eine große Hilfe."

„Wenn Sie noch mal so einen Wirbel machen, fahre ich das nächste Mal allein hierher", sagte sie und schnippte den Apfelstiel in den See.

Jakes lautes Lachen dröhnte über den ganzen See, und Kate fiel mit ein. „Schneiden Sie lieber den Haken ab. Die Fische hier haben ganz eindeutig die Absicht, Selbstmord zu begehen."

Mitleidig schüttelte Jake den Kopf. „Weswegen sollte ein Fisch so niedergeschlagen sein?"

„Wie Sie wollen", entgegnete Kate nur. „Dann bekommen Sie eben wieder eine kalte Dusche." Sie griff wieder nach ihrem Buch. „Aber sagen Sie mir Bescheid. Das will ich nicht versäumen."

„Schon verstanden." Jake entfernte den Haken von seiner Angel. „Könnte ich auch einen Apfel haben?"

Kate warf ihm einen zu.

„Wo haben Sie den Hut her? Er steht Ihnen wirklich gut."

„Das finde ich auch. Er macht mich sexy."

Eine Weile betrachtete Jake sie eingehend. „Nein", stellte er dann fest. „Nicht sexy. Aber Sie sehen gut damit aus."

Kate lächelte verschlagen. „Es muss aber sexy wirken. Ich habe nämlich heute Nachmittag eine Verabredung."

„Oh, nicht schon wieder." Jake stöhnte auf. „Wer steht als nächster auf der Abschussliste? Das Hotel würde es schätzen, wenn Sie die Männer, die Ihnen nicht zusagen, einfach unbeschädigt wieder zurückgeben."

„Was soll das denn heißen?"

„Sie haben Lance fast ertränkt, bei Peter einen Herzanfall verursacht, Donald mit einer Gabel gestochen und Brad mit einer Flasche auf den Kopf geschlagen." Jake blickte sie vorwurfsvoll an. „Wer geht denn noch mit Ihnen aus?"

„Lance brauchte einfach eine Abkühlung, Peter hat betrogen, das mit Donald war ein Unfall, und dass ich Brad eins übergebraten habe, geschah nur, um Sie zu retten. Letzteres bedaure ich mittlerweile wirklich."

„Sind Sie Männern gegenüber immer so aggressiv?"

„Hören Sie, ich hatte schon Beziehungen mit Männern."

Jake zuckte mit den Schultern. „Das sagen Sie. Aber wo sind diese Männer jetzt? Es gehört ganz schön viel Mut dazu, sich mit Ihnen zu treffen."

„Sie sind doch jeden Vormittag mit mir zusammen."

„Ja, aber ich bleibe immer auf meiner Seite vom Boot, und wenn Sie sich mir nähern, springe ich ins Wasser."

„Keine Bange", beruhigte Kate ihn. „Feiglinge in Booten sind vor mir sicher."

„Gut zu hören. Also, wer ist heute dran?"

„Eric Allingham." Kate wartete einen Moment auf irgendeinen Kommentar von Jake. „Und? Gibt es nichts über ihn zu berichten?"

„Abgesehen von seinem Mut zum Risiko, den er dadurch zeigt, dass er sich mit Ihnen trifft, weiß ich nichts von ihm. Ein netter Kerl." Er biss mit übertriebenem Eifer in seinen Apfel.

„Das finde ich auch", bemerkte Kate. „Allerdings muss er sich anstrengen, um mich nach einem Vormittag, an dem ich mir Ihre Ringkämpfe mit einem Fisch angesehen habe, noch zu unterhalten. Das wird schwer für ihn."

„Rechnen Sie nicht damit, dass ich mich jedes Mal mit einem Fisch ohrfeige, sobald Sie sich langweilen."

„Morgen habe ich auch eine Verabredung", verkündete Kate stolz. „Vielleicht klappt das mit meinem Plan doch noch."

„Schießen Sie schon los. Wer landet morgen in der Notaufnahme?"

„Rick Roberts, der Umweltschützer. Wir gehen wandern. Kennen Sie ihn?"

„Ja", stimmte Jake zu. „Ihr Geschmack bezüglich Männern steigert sich langsam. Er ist ein prima Kerl."

„Nett, dass Sie einverstanden sind."

„Das bin ich nicht. Halten Sie sich von Abgründen und befahrenen Straßen fern." Jake zog den Hut über das Gesicht. „Eigentlich sollten Sie am besten im Hotel bleiben. Irgendwer bekommt hier demnächst wieder gesundheitliche Probleme, und da sollte lieber ein Telefon in der Nähe sein."

„Urkomisch." Kate musste trotzdem lachen. „Aber wieso sind Sie denn so entspannt? Mit Ihnen verbringe ich die meiste Zeit. Nach dem Gesetz der Wahrscheinlichkeit sind Sie doch der Nächste."

„Ich nicht", widersprach Jake. „Ich bin zu alt und zu erfahren für Sie."

Damit legte er sich schlafen, und kurz darauf war auch Kate wieder eingenickt.

Um elf weckte Kate Jake, als sie in der Kühltasche nach Saft suchte.

„Wieso bleiben Sie nicht so ruhig wie bisher?", wollte er wissen.

„Ich kann nicht glauben, dass Sie jemals verheiratet waren. Musste Ihre arme Frau den ganzen Tag reglos in der Ecke stehen?", fragte Kate und öffnete eine Flasche.

„Tiffany war nicht der Typ fürs In-der-Ecke-stehen."

Kate prustete los vor Lachen und hielt die Hand vor den Mund. „Sie waren mit einer Frau verheiratet, die Tiffany hieß? Das kann ich nicht glauben."

„Ich habe in meiner Vergangenheit wenigstens nur einen Fehler gemacht", betonte Jake und wischte sich die Saftspritzer ab. „Sie waren doch gleich dreimal verlobt. Wie hießen die Glücklichen denn? Tick, Trick und Track?"

„Paul, Derek und Terence", berichtigte Kate ihn. „Hat Tiffany bei ihrem Namen statt des i-Punkts immer ein kleines Herz gemalt?"

„Sie war Staatsanwältin", erklärte Jake. „Seien Sie nicht so überheblich, ja?"

„Wenn diese Tiffany so toll war, wieso ist sie dann jetzt nicht Mrs Tiffany Templeton?", bohrte Kate weiter.

„Weil wir nicht zusammenpassten. Wir haben uns in beiderseitigem Einvernehmen getrennt."

„Das klingt ja wunderschön." Kate seufzte gespielt. „In beiderseitigem Einvernehmen. Ich musste jedes Mal fliehen, während mich jemand am Knöchel festhalten wollte."

„Wenn diese Männer mit Ihnen zusammen waren, dann wundert es mich, dass sie überhaupt noch die Kraft hatten, Sie festzuhalten", sagte Jake.

„Ach, eigentlich wollten sie nur das ganze Geld nicht einfach weglaufen lassen."

Jake beugte sich vor, um sich ein Bier zu holen. „Über wie viel Geld sprechen Sie denn?", fragte er beiläufig.

Kate sah auf. „Also ich habe nicht viel, aber mein Vater ist schwerreich."

Stirnrunzelnd trank Jake einen Schluck. „Sollte ich schon von Ihrem Vater gehört haben?"

„Bertram Svenson?"

„Den habe ich mal getroffen." Jake nickte. „Ein mächtiger Mann."

„Er hat Paul, Derek und Terence nicht gemocht. Eigentlich habe ich die drei auch gehasst."

„Aber wieso waren Sie dann mit ihnen verlobt? Auch wenn Sie nicht mein Typ sind, so kann ich doch sagen, dass ein Mann Sie nicht nur des Geldes wegen heiraten möchte."

„Vielleicht haben die drei noch überlegt, wie gut es aussieht, wenn ich neben ihnen stehe. Aber mich haben sie nicht gekannt. Das habe ich leider erst herausgefunden, nachdem ich mich mit ihnen verlobt habe."

„Pech für die drei."

„Danke." Kate biss sich auf die Lippe. „Aber Tiffany muss auch dumm gewesen sein, dass sie Sie hat gehen lassen."

„Tiffany war sehr intelligent", widersprach Jake. „Es war eher so, dass sie mir die Tür aufgehalten hat und ich gelaufen bin."

„So schlimm? Wer hätte gedacht, dass Sie so viel Energie aufbringen können!"

„Das würde ich jederzeit wieder tun. Diese Frau glaubte, ich könne Gedanken lesen. Ständig hat sie Andeutungen gemacht und sich fürchterlich aufgeregt, wenn ich nicht jeden Wink mitbekam. Außerdem hatte sie große berufliche Pläne mit mir. Es hat ein halbes Jahr gedauert, bis ich gemerkt habe, worauf unsere Ehe hinauslief."

Kate blickte ihn überrascht an. „Sie waren nur sechs Monate verheiratet?"

„Für mich war das eine lange Zeit. Offenbar hatte ich damals nur zwei Dinge im Kopf: ihren wundervollen Körper und dass es fantastisch war, mit ihr zu schlafen."

„Oh", meinte Kate und war plötzlich verlegen. „Und das hat sich gelegt."

„Sehr schnell."

„Und wie lange ist das jetzt her?"

Jake musste einen Augenblick überlegen. „Ungefähr sieben Jahre."

„Und Sie gehen Frauen immer noch aus dem Weg?" Kates Mitgefühl verschwand. „Ich versuche wenigstens immer noch, jemanden zu finden."

Verächtlich lachte Jake auf. „Ja, das stimmt. Aber weshalb sollte ich mich mit Doppelgängerinnen von Tiffany treffen und dann aus Rache versuchen, sie umzubringen?"

„Ich will niemanden umbringen", erwiderte Kate aufgebracht. „Ich suche lediglich meinen Traummann, und die Kandidaten fügen sich selbst Unheil zu."

„Vielleicht sollten Sie die Suche aufgeben?", schlug Jake vor.

„Auf keinen Fall!" Kate war über ihren Ausbruch selbst überrascht. „Ich bin es leid, allein zu sein. Ich sehne mich nach jemandem, mit dem ich reden und lachen kann und … alles Mögliche eben."

Jake holte sich schweigend noch einen Apfel aus ihrem Korb. „Und was werden Sie heute Abend tun, wenn Sie mit Eric Allingham fertig sind?", wollte er wissen.

„Ich gehe zu Nancy. Sie will mir alles beibringen, was man wissen muss, um eine gute Barfrau zu sein."

„Gut." Jake biss in den Apfel. „Eine Frau braucht einen eigenen Beruf."

„Was sind Sie doch für ein modern denkender Mann, Jake!"

„Ja, ein richtiges Kind der Neunziger." Aufseufzend blickte er in den Himmel hinauf. „Wenn Sie heute Abend von Nancy genug gelernt haben, kommen Sie doch zum Billardtisch. Dann zeige ich Ihnen, wie man richtig Billard spielt."

„Einverstanden", sagte Kate. „Ich habe es noch nie versucht."

„Dann spielen wir natürlich um Geld. Es wird Zeit zurückzurudern." Jake setzte sich auf. „Wieso muss eigentlich immer ich rudern?"

„Weil ich ein Kind der Fünfziger bin", gab Kate zurück und zog sich den Hut ins Gesicht.

Wenn sie später an diesen Tag zurückdachte, kam es Kate so vor, als hätte sich der Nachmittag mit Eric Allingham einfach nicht anders entwickeln können. Irgendeine geheimnisvolle Kraft hatte dafür gesorgt, dass es so und nicht anders kam.

Er war groß, gebildet und erfolgreich und gleichzeitig auch ehrlich, freundlich, mutig und rücksichtsvoll. Vielleicht etwas langweilig, aber Kate verdrängte diesen Gedanken sofort wieder. Er war ein guter Mensch, das sollte reichen. Voller Geduld ging er auf Kate ein und behandelte die Pferde behutsam und freundlich. Unter seiner Fürsorge saß Kate mit weit weniger Angst im Sattel der ruhigen Stute, als wenn Eric nicht bei ihr gewesen wäre.

„Das ist wirklich nett von Ihnen", meinte sie lächelnd.

„Keine Ursache", erwiderte er und schien es wirklich so zu meinen.

Endlich ein netter Mann, dachte Kate. Diesmal klappt mein Plan.

Dann trat die Stute ihn gegen das Knie, und er fiel lautlos zu Boden.

„Was immer Sie auch tun", sagte sie zu Will, der den Arzt brachte. „Erzählen Sie es auf keinen Fall Jake."

Jake hatte den ganzen Nachmittag über ein ungutes Gefühl, wenn er an Kate und Eric dachte. Aber weswegen bloß? Eric Allingham war ein netter Mensch, und sicher amüsierte Kate sich gut mit ihm. Vielleicht war er sogar die Antwort auf ihre heimlichen Gebete, doch seltsamerweise heiterte dieser Gedanke Jake nicht auf.

Der Notarztwagen, der den Pferdestall ansteuerte, löste allerdings ganz andere Gefühle in ihm aus. Ich kenne Kate, dachte er. Sicher sind sehr viele Leute dort bei den Ställen, aber ich bin überzeugt, dass es Eric Allingham ist, der ärztliche Hilfe braucht.

Nach einem stundenlangen Aufenthalt in der Notaufnahme des Krankenhauses versuchte Kate, Eric zu vergessen und sich auf die Arbeit am Tresen zu konzentrieren. Gestern noch war ihr der Gedanke verlockend erschienen, doch auf einmal fühlte sie sich unsicher.

Das Telefon klingelte. Es war Jessie, die darauf brannte, weitere Neuigkeiten zu erfahren. „Na, bist du schon verlobt? Oder hast du es mittlerweile geschafft, jemanden umzubringen?"

„Hör auf damit. Du klingst fast schon wie Jake."

„Ach richtig, Jake. Wie geht's ihm?"

„Er ist widerlich. Aber sprechen wir nicht mehr über ihn. Heute Abend weiht mich eine Barfrau in die Geheimnisse ihres Jobs ein. Du würdest sie mögen. Sie heißt Nancy. Zum Dank rette ich ihre Bar."

„Wie in den guten alten Zeiten." Jessie klang aufrichtig erfreut. „Du stellst ihr einen Plan auf, wie sie den Umsatz steigern kann, stimmt's?"

„Genau. Erst mal muss sie ihre Schulden zurückzahlen können."

„Triff dich doch mit dem Bankier, der für ihre Schulden zuständig ist", schlug Jessie vor.

„Sie hat bei einem Privatmann Schulden."

Jessie wartete einen Augenblick, doch Kate sprach nicht weiter. „Komm schon, wer ist es?"

„Jake."

„Jake, die Aushilfe?" Jessie klang ernstlich verwirrt.

„Eigentlich ist er keine Aushilfe", erklärte Kate. „Aber ich möchte jetzt lieber an den Abend denken, der vor mir liegt. Ich werde eine richtige Barfrau."

„Na, endlich tust du mal etwas, das dir Spaß macht. Sonst lebst du ja immer nur fürs Geschäft."

„Nein, nein", widersprach Kate sofort. „Heute früh war ich zum Beispiel im See nackt baden."

„Du machst Scherze." Jessie klang beeindruckt. „Dann warst du ganz allein am See? Ich sollte vielleicht doch zu dir kommen. Das klingt ja himmlisch."

„Zu Anfang war ich tatsächlich allein", sagte Kate, wollte aber nicht weiter sprechen.

„Ja – und später? Was ist denn geschehen, Kate? Rede schon."

„Als ich zurückschwamm, saß Jake am Ufer."

Jessie lachte laut auf. „Diesen Jake muss ich unbedingt kennenlernen. Was hast du gemacht? Nein, ich weiß schon. Du hast ihn gebeten, dir den Rücken zuzuwenden, und er hat sich ganz wie ein Gentleman verhalten."

„Nein, habe ich nicht", widersprach Kate gekränkt. „Ich bin einfach aus dem Wasser gekommen, habe mein Kleid übergezogen und bin gegangen."

„Dann hast du dich einem völlig Fremden gegenüber splitternackt gezeigt? Was hat er gesagt?"

„Es war doch nur Jake. Er meinte, ich hätte ihm den Morgen verschönert oder so."

Wieder musste Jessie lachen. „Wie willst du ihm wieder unter die Augen treten?"

„Jessie, ich habe den Vormittag mit ihm auf dem See verbracht, und heute Abend bringt er mir das Billardspielen bei. Er ist nur ein Freund, nicht mehr. Kommen wir lieber zu meinem Plan. Ich bin heute mit einem Mann beim Reiten gewesen, der mir perfekt erscheint."

„Du bist geritten? Wirklich?"

„Na ja, Eric wollte es mir gerade erklären …" Kate verstummte, aber dann erzählte sie doch weiter. „Dann hat ihn das Pferd gegen das Knie getreten, und er musste ins Krankenhaus … Hör auf", rief sie, als Jessie wieder loslachte. „Er war ein wundervoller Mann."

„Na, er ist ja nicht tot. Erzähl mir mehr über Jake", forderte Jessie sie auf. „Wie alt ist er?"

„Keine Ahnung", erwiderte Kate verärgert. „Mitte dreißig, geschieden von einer Topstaatsanwältin, die toll im Bett war. Aber er ist nicht mein Typ. Und jetzt muss ich mich für heute Abend fertig machen. Dann rufe ich noch mal Eric an, um zu hören, wie es ihm geht. Und morgen treffe ich mich mit Rick, dem Umweltschützer. Selbst Jake sagt, dass Rick ein toller Kerl ist."

„Schon wieder Jake. Bist du sicher, dass er nicht vielleicht mein Typ ist?"

„Absolut."

„Ruf mich morgen wieder an, damit ich auf dem Laufenden bin, und richte Jake meine Grüße aus. Ich kann es nicht erwarten, ihn kennenzulernen."

„Er ist nicht dein Typ", wiederholte Kate und legte auf, während Jessie noch immer lachte.

Was ist bloß so lustig? fragte sie sich und überlegte, was sie anziehen sollte. Der schwarze, glatte Rock reichte ihr bis zur Wade, und kurz entschlossen schnitt sie ihn mit der Nagelschere direkt über dem Knie ab. Das Haar trug sie offen, und weil sie sich mit dieser Frisur verletzlich fühlte, setzte sie wieder ihren schwarzen Cowboyhut auf.

Als sie das Apartment verließ, fiel ihr ein, dass ihr Wagen immer noch bei Nancy vor der Bar stand. Nach kurzem Überlegen setzte sie sich einfach auf die oberste Stufe und wartete.

Auch wenn er nicht vornehm oder erfolgreich war, so konnte man sich doch auf Jake verlassen. Jake würde sich bestimmt erinnern, dass sie keinen Wagen hatte, und sie abholen.

Um halb acht setzte Jake sich in seinen Wagen, um zu Nancy zu fahren. Vor dem Beifahrersitz lag ein Schuh von Kate. Aufseufzend fuhr er zu ihrem Apartment und bemühte sich, seine Aufregung zu verdrängen. Als er vor den Stufen anhielt, saß Kate bereits in einem kurzen schwarzen Rock vor der Tür und winkte ihm zu. Sie hat sehr schöne lange Beine, stellte Jake fest und war überzeugt, dass sie bestimmt viel Trinkgeld bekommen würde. Die Männer taten ihm jetzt schon leid.

Lächelnd stieg sie bei ihm ein. „Ich wollte mich gerade zu Fuß aufmachen, da wurde mir klar, dass Sie mich bestimmt retten werden. Vielen Dank. Ich werde nie wieder trinken, dann brauchen Sie mich auch nicht ständig hin und her zu fahren."

„Kein Problem", sagte er nur. „Versprechen Sie mir nur, dass Sie sich mit niemandem aus dem Ort verabreden. Wir haben hier auch so schon wenige Einwohner."

„Sehr spaßig." Kate wandte sich ab.

„Was war heute mit Allingham? Ich sah den Notarztwagen."

„Das Pferd hat ihn getreten."

„Sind Sie sicher, dass Sie Ihre drei Verlobten lebendig verlassen haben? Sind die Leichen jemals gefunden worden?"

„Seien Sie still, und konzentrieren Sie sich aufs Fahren", erwiderte Kate.

Nancy reichte Kate ein T-Shirt und eine Weste. „Jetzt bekommst du erst mal eine Uniform."

Als sie sich im Lagerraum umzog, stellte Kate fest, dass das T-Shirt ziemlich eng und die Weste ziemlich locker saß. Aber was machte das schon? Sie wollte heute Abend ihren Spaß haben.

„Ich fühle mich ganz schön dick in dem engen T-Shirt", beklagte sie sich lächelnd bei Nancy.

„Das ist Absicht. Aber du siehst fantastisch aus. Besonders mit dem Hut. Lass ihn ruhig auf." Nancy reichte ihr ein Tablett mit sechs Gläsern Bier. „Das geht an den Tisch dort hinten. Vorsicht, der Kerl mit dem dunklen Hemd kann seine Finger nicht bei sich behalten. Ach ja, ich habe die Unterlagen über die Bar dabei. Sie liegen im Hinterzimmer. Du kannst sie heute Nacht mitnehmen."

„Sehr gern", sagte Kate. „Ich stöbere gern in Bilanzen und Rechnungen."

„Lieber würde ich mir die Hand abhacken, aber jedem das Seine, stimmt's?"

„Genau." Kate betrachtete sich im Spiegel. „Und jetzt werde ich erst mal eine Barfrau."

Es war berauschend. Sie wusste, dass sie aufreizender als jemals zuvor aussah, doch nachdem sie das erste Gefühl der Peinlichkeit überwunden hatte, genoss sie die aufmerksamen Blicke der Männer in der Bar. Im Gegensatz zu früher fühlte sie sich nicht nur wie ein teures Schmuckstück, das man sich gern ansah, sondern wie eine begehrenswerte Frau aus Fleisch und Blut.

Rasch entwickelte sie ihre eigene Art, flirtend mit den Barbesuchern umzugehen. Die Männer reagierten begeistert, und die Frauen erwiderten die Freundlichkeit. Im Moment dachte sie nicht mehr an ihren Plan, sondern nur noch an Nancys Bar.

Allerdings hatte die Arbeit auch gewisse Nachteile. Es machte zwar sehr großen Spaß, mit Nancy zu arbeiten und sich mit den netten Leuten zu unterhalten und die angenehme Atmosphäre zu genießen. Andererseits musste sie ständig hin und her laufen, und dann waren da noch die vielen Hände.

„Weich ihnen aus", riet ihr Thelma, eine der Kellnerinnen. „Und wenn sie dich anfassen, verschüttest du etwas Bier über sie."

Sally, die andere Kellnerin, zeigte ihr die schlimmsten Grapscher. „Die bedienst du am besten über den Tisch hinweg. Dann sehen sie dir zwar in den Ausschnitt, aber sie können dich nicht anfassen."

Nancy zeigte ihr, wie sie Bier zapfen und Drinks mixen musste. Und im Laufe des Abends merkte Kate sich nicht nur die Rezepte, sondern auch die Lieblingsdrinks und die Namen der Gäste. „Ich glaube, so allmählich habe ich den Bogen raus", sagte sie schließlich und konnte ihren Stolz kaum verbergen.

„Es ist wirklich verblüffend", stimmte Nancy zu und nickte anerkennend. „Du solltest Jake und Ben noch Bier bringen. Die beiden sind fällig."

Jake betrachtete bewundernd ihre Aufmachung und sah dann rasch wieder weg. „Gut sehen Sie aus. Irgendwelche Verletzte?"

„Machen Sie mal Pause. Ich laufe ja nicht um mich schlagend in der Gegend herum."

Genau in diesem Augenblick versuchte Sally, Brads Händen auszuweichen, rutschte in einer Bierpfütze aus und verstauchte sich den Knöchel.

„Sehen Sie." Jake nickte anklagend.

„Das ist doch nicht meine Schuld", regte Kate sich auf, und dann halfen sie beide Sally beim Aufstehen. Ben fuhr Sally nach Hause.

„Das Angebot mit dem Job ist jetzt ernst gemeint", sagte Nancy zu Kate. „Kannst du Sally für ein paar Abende vertreten?"

„Na klar."

„Von sechs bis elf am Mittwoch und am Donnerstag. Wenn Sally am Freitag nicht zurück ist, von sechs bis ein Uhr."

„Klingt gut", erwiderte Kate trotz der Fußschmerzen.

8. KAPITEL

Um elf Uhr schmerzten Kates Füße so sehr, dass sie zu Jake ging, um ihm zu sagen, dass sie heute lieber auf den Billardunterricht verzichten wolle. Als sie allerdings sein Lächeln sah, verschwand ihre Müdigkeit schlagartig.

„Die weiße Kugel darf nicht in den Löchern landen", erklärte er ihr. Ben schüttelte den Kopf und ging weg. „Du solltest besser bleiben", meinte Jake. „Vielleicht lernst du es auch endlich."

„Spielen Sie bloß nicht um Geld", riet Ben Kate abschließend.

„So, dann fangen wir am besten gleich an." Jake legte die Kugeln in die Ausgangsposition, und Kate fiel auf, wie schön seine Hände waren. „Zuerst müssen die Kugeln angestoßen werden", sagte er. „Kommen Sie hier herüber."

Er drückte ihr den Queue in die Hand und zeigte ihr, wie sie den Queue über die stützende Hand gleiten lassen musste. „Und jetzt müssen Sie auf die weiße Kugel zielen."

Kate bückte sich und merkte, wie dabei ihr Rock noch etwas höher rutschte. Angestrengt zielte sie mit dem Queue direkt auf die weiße Kugel.

Jake konnte unter dem Rocksaum fast die Unterwäsche erkennen, und die Versuchung, den Rock noch ein Stückchen höher zu schieben, war beinahe unerträglich. Hier stand sie vor ihm über den Billardtisch gebeugt, und ihm wurde immer schwindliger.

„Und was jetzt?", fragte Kate und blickte sich um. Jake stand kopfschüttelnd hinter ihr und betrachtete ihren Po. „Jake?"

„Dieser Rock eignet sich nicht zum Billardspielen. Ich kann die anderen Kerle jetzt gut verstehen. Bei dem Anblick bekomme ich auch Herzprobleme."

Entschlossen zog sie den Rock tiefer, wobei ihr das T-Shirt aus dem Rock rutschte. „Besser so?"

„Okay", sagte er dann gelassen. „Stoßen Sie mit der weißen Kugel die anderen auseinander."

Kate traf beim ersten Stoß nur den Tisch, und beim zweiten rutschte sie von der weißen Kugel ab. „Zeigen Sie es mir lieber noch mal", bat sie enttäuscht. „Sonst schaffe ich das nie."

Einen Augenblick zögerte er. Immerhin hatte auch er normale Triebe, auch wenn es nur Kate war, die da vor ihm stand. Dann beugte er sich über sie und legte die Hände auf ihre. „Genau so."

Kate konzentrierte sich, um sich die Haltung zu merken. Dann fiel ihr auf, dass Jake sich nicht mehr regte. „Jake?" Jetzt merkte sie, dass sie beide dicht aneinandergepresst waren, und auch sie erstarrte.

Langsam richtete er sich auf. „Stoßen Sie."

„Also gut."

Den Rest erklärte er ihr aus sicherer Entfernung, doch er konnte nicht vermeiden, dass er ihr immer in den Ausschnitt sah, sobald sie sich vorbeugte. Er konnte nicht nur die Wölbung ihrer Brüste erkennen, sondern auch ihren schwarzen BH. Hör auf, Jake! rief er sich zur Ordnung. Du gerätst nur immer tiefer in Schwierigkeiten, wenn du so weitermachst.

Nach einer Weile bemerkte auch Kate, was in ihm vorging, und nach der ersten Verlegenheit genoss sie es, Jake zu verunsichern. Absichtlich hob sie das Kinn, um ihm noch etwas besseren Einblick zu gewähren.

Aufstöhnend ging Jake nach einer Stunde in Richtung Theke. „Ich brauche einen Drink", sagte er. „Hören wir für heute auf."

„Ein tolles Spiel", stellte Kate fest und holte zwei dicke Aktenordner aus dem Lagerraum. „Und nun muss ich diese Bar vor den Yankees retten, die jederzeit ihre Schulden eintreiben können."

„Passen Sie bloß auf, was Sie sagen", erwiderte Jake und hielt einen der Ordner gerade noch fest, bevor er herunterfallen konnte. „Sonst werden die Gläubiger tatsächlich böse."

„Auf Krieg mit mir sollten Sie sich lieber nicht einlassen. Sie kennen mich doch. Gute Nacht, Ben und Nancy, und vielen Dank für die Billardlektion, Jake." Damit verließ sie die Bar.

Jake drehte sich um und bemerkte, dass Nancy wissend lächelte. „Diese Frau macht mich noch verrückt", sagte er nur und wandte sich wieder ab.

Gleichzeitig mit Kate kam auch Penny beim Apartmenthäuschen an. Sie hatte sich bei Mark eingehakt.

„Ich wollte Ihnen noch sagen, wie sehr mir das Golfspiel neulich gefallen hat", sagte Mark zu Kate. „Wenn Sie wieder mit Peter spielen, will ich unbedingt wieder Ihr Caddy sein."

„Oh, nein, ich habe das Golfspielen aufgegeben. Es ist zu gefährlich." Kate winkte den beiden zu und verschwand in ihrem Apartment.

Die beiden blieben noch draußen und saßen plaudernd und lachend auf den Stufen. Insgeheim beneidete Kate Penny. Mark war nett, gut aussehend, klug und humorvoll. Im Moment hatte sie allerdings Wichtigeres zu tun, als an Männer zu denken. Sie musste Nancys Bar retten.

Bis Mitternacht ging Kate die Unterlagen durch, bevor sie ihren vollgeschriebenen Notizblock beiseiteschob und sich schlafen legte. Mit wenigen Maßnahmen konnte man die Bar aus den roten Zahlen holen, aber um eine Goldmine daraus zu machen, bedurfte es großen Kapitalaufwands und tief greifender Änderungen, die Nancy sicher ablehnen würde.

Wenn es meine Bar wäre …, dachte Kate. Aber das war unsinnig. Schließlich wollte Nancy ihre Bar nicht verkaufen, und ohne Nancy wäre die Bar niemals das, was sie jetzt war.

Außerdem kam eine Bar in ihren Heiratsplänen nicht vor. Welcher erfolgreiche Unternehmer wäre wohl daran interessiert, in eine Bar in einem Provinznest zu investieren, mochte sie auch noch so viel Gewinn abwerfen, wenn man es richtig anpackte. Selbst Jake, der hier lebte, würde dazu nicht bereit sein.

Er würde es sowieso immer vorziehen, weiterhin sein Faulenzerleben zu führen. Er war sehr nett, aber ihm fehlte einfach jeglicher Ehrgeiz.

In Kates Träumen allerdings spielte Jake die zentrale Rolle, und als sie am nächsten Morgen aufwachte, war sie sich nicht so sicher, ob sie den Vormittag wieder mit ihm auf dem See verbringen sollte. Wahrscheinlich träumte sie nur von ihm, weil sie mit ihm die meiste Zeit verbrachte.

Sie rief Rick an und verlegte ihr Treffen schon auf neun Uhr. Bei Will hinterließ sie für Jake eine Nachricht, dass er heute ohne sie angeln müsse.

Jake sagte sich, dass es ihm nichts ausmachte, ohne Kate auf dem See zu sein. Immerhin bedeuteten drei Tage hintereinander noch nicht, dass sie die Tradition nicht brechen durfte. Aber Will hatte ihm ihre Nachricht mit einem vielsagenden Blick überreicht, und diese Andeutungen ärgerten Jake allmählich. Zum Glück blieb Kate nur noch eine Woche, und dann würde sein Leben wieder ruhiger verlaufen.

Vielleicht würde sie ja gar nicht wieder nach Hause fahren, sondern mit Rick Roberts glücklich werden. Jake hatte ihn kennengelernt und musste zugeben, dass er ein wirklich netter Kerl war. Ein geradliniger, gut gelaunter Mensch, der aus Überzeugung mit seinem kleinen Unternehmen für den Umweltschutz kämpfte. Kate und er würden die Bäume umarmen und dabei noch reich werden.

Na prima, dachte Jake. Dann habe ich mein Boot wenigstens wieder für mich allein. Er zog sich den Hut ins Gesicht und versuchte einzuschlafen.

Rick war genau der ideale Mann für Kates Plan. Sie versuchte, sich darüber zu freuen. Er ging etwas langsamer, damit sie mit ihm Schritt halten konnte, und war weder aufdringlich noch angeberisch. Stattdessen war er freundlich, höflich, interessant und lustig. Als sie ihn nach seiner Arbeit fragte, sprach er lieber über die Umwelt und erklärte ihr, wie man Wasser und Luft entlasten konnte, indem man Unternehmen von den Schutzmaßnahmen überzeugte.

„Ich langweile Sie bestimmt", unterbrach er sich, und Kate widersprach sofort.

„Nein, nein, ich wünschte, meine Arbeit sei genauso befriedigend."

„Wir können jederzeit Hilfe gebrauchen", sagte Rick. „Besonders jemanden mit einem so scharfen Verstand wie Sie." Herzlich lächelte er sie an. „Wenn Sie eine Stelle suchen, sagen Sie es nur."

Er ist es, überlegte sie. Einen so perfekten Mann wie ihn würde sie niemals wieder finden. Und als er tief im Wald an einer Weggabelung stehen blieb und sie küsste, erwiderte sie den Kuss. Rick küsste ziemlich gut.

Lächelnd hob er den Kopf, trat einen Schritt zurück und war verschwunden.

„Rick?"

Er war gestolpert und einen Abhang hinuntergerollt. Kate kämpfte sich durch das Gestrüpp zu ihm durch und fand ihn benommen auf der Erde liegend vor.

„Ist alles in Ordnung?"

„Mein Stolz ist etwas verletzt", antwortete er.

Kate half ihm auf und küsste ihn, weil sie ihn so nett fand. Es war ein schöner Kuss.

„Jetzt geht es mir wieder blendend", sagte er und lächelte. Dann versuchte er, einen Schritt zu gehen, und brach wieder zusammen. „Es tut mir leid, Kate", stöhnte er. „Aber ich muss mir den Knöchel verstaucht haben."

Nur keine Panik, sagte Kate sich. Jake hat nicht recht, und du bist nicht verflucht. „Stützen Sie sich auf mich. Ich glaube, dort hinten ist ein anderer Weg. Dann brauchen wir nicht den Abhang hinaufzuklettern."

Sobald sie ein paar Schritte gegangen waren, stellte Kate fest, dass Rick in ein giftiges Ilexgebüsch gefallen war. Wenn Jake lacht, beschloss sie, bringe ich ihn in seinem blöden Boot um und werfe ihn in den See.

Rick fing an, sich zu kratzen.

Auf dem Weg angekommen, stellte Kate fest, dass sie die Orientierung verloren hatte. Wenn wir hier verhungern müssen, dachte Kate, dann sterbe ich wenigstens mit meinem Traummann zusammen.

„Setzen Sie sich", sagte sie. „Ich werde Hilfe holen."

„Wäre es nicht sicherer, wenn ich mit Ihnen komme?" Rick kratzte sich wieder am Knöchel.

„Wahrscheinlich sind Sie allein sicherer als in meiner Gesellschaft", sagte sie. „Bleiben Sie sitzen, ich bin bald zurück."

Unwillkürlich lief Kate in Richtung See und dachte über den unsinnigen Plan nach, der in ihren Augen endgültig gescheitert war. Es war an der Zeit, dass sie aufgab und nach Hause zurückfuhr.

Jake lag am anderen Ufer unter den Weiden.

„Hallo!", rief sie und winkte mit beiden Armen. Sie sah, dass er sich aufsetzte, sie erkannte und zu lachen anfing. Wütend setzte sie sich hin, während er auf sie zuruderte.

„Wo ist Rick?", erkundigte er sich lachend.

„Ein Unfall", sagte sie nur.

Das war eigentlich überhaupt nicht komisch, aber Jake konnte nicht anders, er musste einfach weiterlachen. Er fühlte sich fast erleichtert. „Sie sind wie das Bermudadreieck", stellte er fest. „Die Männer gehen mit Ihnen mit, aber Sie kommen allein zurück. Lebt er noch?"

„Ja, er hat einen verstauchten Knöchel und ist in giftigem Efeu gelandet."

Kopfschüttelnd machte Jake sich auf den Weg. „Ich hole meinen Wagen", sagte er nur.

Gemeinsam holten sie Rick ab und brachten ihn zum Hotel. Vom Rücksitz aus sagte Kate: „Sie halten sich ja bemerkenswert zurück, Jake. Möchten Sie nicht eine Bemerkung loswerden?"

„Ich bin sprachlos. Sehen Sie das doch als Zeichen, keine Verabredungen mehr zu treffen."

Kate seufzte auf. „Zu dem Schluss bin ich auch schon gekommen. Aber ich habe ihn nicht gestoßen, das sollten Sie wissen."

Rick wandte sich verständnislos um. „Worüber sprechen Sie eigentlich?"

„Es ist gefährlich und verhängnisvoll, mich zu kennen", sagte Kate.

„Unsinn!", wehrte Rick ab. „Gehen wir heute Abend gemeinsam essen?"

„Ihre Versicherung wird das nicht mögen", wandte Jake ein. „Kate ist genauso gefährlich wie Asbest und Giftmüll."

„Vielen Dank, Rick." Kate überging Jakes Bemerkung. „Aber ich muss heute Abend arbeiten." Außerdem würde Rick sowieso damit beschäftigt sein, seinen geschwollenen Knöchel zu kühlen und einzureiben. Kate fühlte sich schlichtweg miserabel.

Jake erkannte, dass Kate sehr deprimiert war, und schlug ihr vor, mit ihm auf den See zu kommen. „Sie bekommen sogar ein Bier", bot er an. „Aber nur eins."

Doch auch, als sie auf dem See waren, konnte Kate ihre düstere Stimmung nicht abschütteln.

„Der Plan ist gestorben, stimmt's?", fragte Jake mitfühlend.

„Ja, wahrscheinlich heirate ich überhaupt nicht."

„Wieso auch? Sie haben doch eine Karriere, Freunde ..."

„Aber ich fühle mich einsam", widersprach Kate. „Und ich wollte einen Mann, der dieselben Ziele hat wie ich, damit wir gemeinsam arbeiten und leben und uns nicht nur abends für wenige Stunden sehen. Denken Sie denn nie ans Heiraten? Wie sieht Ihre Traumfrau aus?"

Jake dachte einen Moment nach, bevor er antwortete. „Ich weiß es nicht genau. Auf keinen Fall soll sie versuchen, aus mir jemanden zu machen, der ich nicht bin. Sie sollte Humor haben, ihren eigenen Weg gehen und mich so lieben, wie ich bin." Er sah Kate prüfend an. „So ziemlich das Gegenteil von dem Partner, den Sie suchen. Ich möchte mich amüsieren und abends zu einer Frau kommen, die sich freut, mich zu sehen."

„Das ist doch einfach, Jake", sagte Kate. „Danach sehnen sich so viele Frauen. Sie können nicht sehr intensiv gesucht haben."

„Ich habe überhaupt nicht gesucht." Jake blickte ihr in die Augen. „Bis jetzt habe ich darüber noch gar nicht nachgedacht, also könnten wir jetzt vielleicht über etwas anderes reden?"

„Natürlich." Traurig blickte Kate in die Weidenzweige hinauf.

„Sie sind gestern Abend in der Bar hervorragend bei den Leuten angekommen. Aber beim Billard werde ich Sie heute Abend wieder schlagen."

„Nein, danke", lehnte sie ab. „Ich werde Nancy heute erklären, wie sie Geld sparen und mehr aus der Bar herausholen kann."

„Sie und Valerie ...", setzte Jake an und musste sich festhalten, als Kate wütend aufsprang.

„Ich bin nicht wie Valerie!"

„Regen Sie sich ab, Kate", beschwichtigte Jake sie. „Das wollte ich auch gar nicht andeuten. Und jetzt beruhigen Sie sich endlich. Sie werden Ihren Traummann schon finden. Ende des Jahres sind Sie verheiratet, wetten?" Er zog sich den Hut ins Gesicht und legte sich schlafen.

Kate sah ihn gedankenverloren an. Vielleicht hatte er recht. Wieso regte sie sich so auf? Noch über eine Woche Urlaub lag vor ihr, und immerhin konnte sie mit Penny lachen, mit Nancy in der Bar arbeiten und die Vormittage mit Jake auf dem See verbringen. Sie stieß ihn mit dem Fuß an.

„Was gibt's?"

„Nehmen Sie mich morgen wieder zum Angeln mit?"

„Kommt drauf an, ob Sie heute Abend mit mir Billard spielen."

Unwillkürlich musste Kate lachen. „Gut, aber ich werde gewinnen."

„Wie kommen Sie da drauf?"

„Ich werde keine Unterwäsche anziehen."

Einen Moment blickte Jake sie unter der Hutkrempe weg an. „Ich auch nicht", sagte er nur und entspannte sich wieder.

Nancy erklärte Kate, dass mittwochs nie viel zu tun sei. Sie nutzten die Zeit, um sauber zu machen, das Lager aufzufüllen und sich über Männer zu unterhalten. Nach und nach vergaß Kate ihre Schuldgefühle wegen Rick. In der Bar herrschte gedämpftes Stimmengewirr, und aus dem Nebenraum hörte man das leise Klicken der Billardkugeln. Um kurz vor zehn waren nur noch Stammgäste da.

Kate fühlte sich wohl. Sie hatte den Eindruck, als sei sie mit all diesen Menschen befreundet. Im Nebenraum sah sie Jake, der von hinten noch größer und breitschultriger wirkte. Dann beugte er sich vor, um seinen Stoß zu machen, und die Jeans straffte sich über seinem Po. Ein knackiger Po, stellte Kate fest und musste daran denken, wie Jake sich am Vortag über sie gebeugt hatte. Wenn es jemand anderer als ausgerechnet Jake gewesen wäre …

„Lehn dich nicht so offenherzig über den Tresen", riet Nancy ihr. „Sonst hast du bald den nächsten Herzanfall auf dem Gewissen."

Kate lachte. „Das gefällt mir. Ich weiß, dass ich mich nicht emanzipiert verhalte, aber mit fünfunddreißig fühle ich mich zum ersten Mal begehrt und nicht nur bewundert."

„Was ist daran unemanzipiert?", fragte Nancy nach.

„Dass ich mit meinem Körper und nicht mit meinem Verstand Macht ausübe."

„Männer benutzen ihren Körper ständig, um die Leute einzuschüchtern. Du kannst ruhig alles einsetzen, was die Natur dir mitgegeben hat. Außerdem steigen die Einnahmen, seit du dich über den Tresen beugst."

„Dann sollten wir unsere Röcke kürzer machen", schlug Kate vor.

„Ist das ein Teil deines Planes?" Nancy holte Kates Notizen hervor.

„Nein, aber hast du schon einmal daran gedacht, zusammen mit Will die Getränke gleich in größeren Mengen einzukaufen?"

„Nein, wieso sollte ich das tun?"

„Weil du dadurch viel sparen könntest. Sieh mal." Sie zeigte Nancy die Zahlen.

„Woher hast du diese Zahlen?"

„Von Will." Kate wies mit dem Daumen über die Schulter auf Will, der an einem der Tische saß. „Er ist ganz begeistert, weil er dadurch auch Geld spart. Und er bietet dir an, die Bestände für dich einzulagern."

„Das ist toll." Verblüfft lächelte Nancy sie an. „Weshalb bin ich niemals auf diese Idee gekommen?"

„Ich hole Will her, dann könnt ihr alles Weitere besprechen."

„Nein, warte." Nancy hielt sie fest. „Erklär mir erst noch deine anderen Vorschläge."

Eine halbe Stunde später richtete Nancy sich überrascht auf. „Das ist unglaublich."

„Na dann solltest du dir das hier ansehen." Kate holte ihren großen Plan hervor. „Wenn du die Bar vergrößerst und eine

Bühne einbauen lässt, eine Tanzfläche und zwanzig weitere Tische, dann könntest du viele Gäste aus dem Hotel hierher bekommen. Deine Einnahmen würden dann …"

„Moment mal", unterbrach Nancy sie lachend. „Woher sollte ich das ganze Geld bekommen? Und wie sollte ich einen so großen Laden leiten?"

Kate seufzte. „So etwas hatte ich mir schon gedacht. Ich neige dazu, mir immer zuerst den Gewinn anzusehen." Sie lächelte. „Und du könntest ein paar zusätzliche Leute anstellen. Die Bands aus der Umgebung könnten hier auftreten, und es kämen mehr Touristen in die Stadt, die dann auch hier in den Geschäften einkaufen würden. Natürlich würde die Arbeit für dich dann anders aussehen."

„Zeig mir den Plan noch mal", sagte Nancy.

„Könnte Ben dir denn nicht bei der Arbeit helfen?"

„Auf keinen Fall. Das ist meine Bar, und er hat sein Leben. Wenn wir den ganzen Tag zusammen wären, würde unsere Ehe scheitern, da bin ich sicher. Aber wenn ich das Geld hätte …"

Doch Kate konnte sie nicht mehr hören. Sie war bereits auf dem Weg zu Will, um ihn zu Nancy zu holen, damit die beiden besprechen konnten, wie sie in Zukunft gemeinsam ihre Getränkelieferungen bestellten. Um halb elf nahm Nancy die letzten Bestellungen entgegen, und Kate ließ das Tablett auf den Tresen knallen.

„Meine Füße bringen mich um", stöhnte sie.

„Tja, wenn du den Vormittag über nicht wandern gewesen wärst …", sagte Nancy.

„Gibt es irgendetwas, das sich in dieser Stadt nicht sofort herumspricht?"

„Nein. Wer ist morgen an der Reihe?"

„Keiner." Kate schüttelte den Kopf. „Ich gebe auf." Sie lehnte sich an die Bar. „Allerdings gefällt es mir, das Sexsymbol der hiesigen Bevölkerung zu sein. Ich kann flirten, soviel es mir gefällt."

„Wird hier auch gearbeitet, oder habt ihr euch jetzt ganz aufs Plaudern verlegt?"

Kate fuhr herum und entdeckte Jake, der hinter ihr stand. Eine Locke hing ihm in die Stirn, und er lächelte sie herzlich an. Wie nett er war! Ihr Freund. Sie nahm genau seine Haltung ein und ahmte seinen Tonfall nach: „Vielleicht sollten Sie sich bemerkbar machen, wenn Sie etwas wollen."

Verblüfft sah er sie an. Sie stand leicht vorgebeugt, und er konnte im T-Shirt-Ausschnitt die Rundungen ihrer Brüste erkennen. Ihr Lächeln war warmherzig und gleichzeitig herausfordernd. Ihre rosigen Lippen schimmerten einladend, und einen Moment lang konnte Jake nicht mehr atmen.

Er begehrte sie wie noch nie eine Frau zuvor. Verdammt, dachte er. Wem versuche ich eigentlich die ganze Zeit über etwas vorzumachen? Seit unserem ersten gemeinsamen Angelausflug begehre ich diese Frau.

Kate bemerkte, dass sein Blick sich veränderte, und sie spürte die kribbelnde Hitze zwischen ihnen beiden. Errötend stellte sie fest, dass ein selbstbewusstes Lächeln auf seinem Gesicht erschien.

„Eines wollen wir mal klarstellen", meinte er leise. „Sie sagen mir, wie ich mich bemerkbar machen soll, und dann klären wir, was ich von Ihnen will."

Ihr wurde abwechselnd heiß und kalt, und sie wusste, dass ihm ihre Verwirrung nicht entging.

„Zwei Bier", bestellte Jake, ohne den Blick von Kate zu lassen. „Und zwar schnell, denn ich warte schon viel zu lange."

Als er gegangen war, sagte Nancy: „Soll ich dir etwas Eiswasser über den Kopf schürften?"

„Was passiert denn hier?", wunderte Kate sich. „Ich komme mir vor, als sei ich gerade vor eine Wand gelaufen."

„Das wurde auch Zeit. Wir haben uns alle schon gefragt, wann ihr beide es endlich hinter euch bringt und miteinander schlaft. Diese sexuelle Spannung ist hier niemandem entgangen."

„Was für eine Spannung? Wir sind doch bloß Freunde." Kate traute sich nicht, sich nach Jake umzudrehen, damit ihre Knie nicht nachgaben. Wie dumm sie gewesen war! „Merke ich es denn als Letzte?"

„Nun, manche Leute haben eben auf gewissen Gebieten eine lange Leitung. Das gilt ebenso für Jake wie für dich. Er hat sich so lange vor Frauen in Acht genommen, und da kommst du und überrumpelst ihn. Wir haben uns köstlich darüber amüsiert." Nancy lachte auf. „Schon am ersten Tag hat er uns von dir erzählt, und wir haben gedacht, du seist so eine wilde Göre um die Zwanzig. Ja, und dann taucht hier diese kühle Blondine auf."

Wieder lachte Nancy auf. „Ben sagte nur: ‚Der arme Junge ist wirklich in Schwierigkeiten, und er weiß es nicht mal.' Es war nur eine Frage der Zeit, wann ihr euch ineinander verliebt."

„Ich bin nicht in Jake verliebt", widersprach Kate. „Und er nicht in mich."

„Wart's ab, Kate." Nancy lächelte wissend. „Und jetzt solltest du vielleicht Oliven aus dem Lager holen. Lass dir Zeit dabei, und atme mal tief durch."

„Oliven", sagte Kate. „Schon verstanden."

9. KAPITEL

*J*ake ging zurück zum Billardtisch und begann zu spielen, aber er sah ständig Kate vor sich. Sie gehörte zweifellos zu der Sorte Frau, die ihn in Schwierigkeiten brachte. Verletzlich und klug, humorvoll und begehrenswert, war sie genau der Typ, der ihn wider alle Vernunft reizte. Wenn er nicht aufpasste, würde er ihr in die Stadt folgen, den Cowboyhut absetzen und sich rasieren.

Dann dachte er wieder an Kates Lächeln und überlegte, ob sie dieses Opfer nicht wert war. Kate, die in seinem Boot lachte und ihre Bluse auszog. Kate, die sich provozierend an ihn presste und von ihm das Billardspielen lernen wollte, während ihm ganz andere Dinge durch den Kopf gingen. Kate, die ohne mit der Wimper zu zucken, nackt aus dem See stieg.

Er zielte daneben, und die Kugel hüpfte vom Tisch herunter.

„Jetzt kannst du was erleben, Freundchen", drohte Ben scherzhaft und ging um den Tisch herum.

Doch Jake hörte gar nicht richtig zu. Geistesabwesend rieb er seinen Queue mit Kreide ein. Verlockende Bilder stiegen vor seinem inneren Auge auf. Kate, die im Boot lässig die langen Beine ausstreckte. Die beschwipste Kate, die sich vertrauensvoll in seine Arme schmiegte und einschlief ...

Jake peilte die Kugel an und verfehlte sie erneut.

„Hast du keine Lust mehr, oder ist das Absicht?", fragte Ben nach.

„Was sagst du?", fragte Jake.

„Ach egal." Ben beschloss, die Gunst der Stunde zu nutzen und seinen Freund endlich einmal zu besiegen.

Kate lehnte sich im Lager an ein Regal und versuchte, ihre Lage nüchtern zu betrachten. Das alles durfte nicht wahr sein. Jake war nur ein Freund, wenn auch ein sehr guter. Wie viel Spaß sie schon gemeinsam gehabt hatten! Und wie Jake sie angesehen hatte, als sie aus dem See gekommen war! Beim Gedanken an ihn ging ihr Atem unwillkürlich schneller.

Aus der Bar hörte sie einen Freudenschrei, und einen Moment später kam Jake in den Lagerraum gestürmt und schlug die Tür hinter sich zu.

„Ben hat mich beim Billard geschlagen", verkündete er und baute sich vor Kate auf.

„Wie entsetzlich", erwiderte sie und bemühte sich, mit ganz ruhiger Stimme zu sprechen. „Was haben Sie getan? Den Queue zerbrochen?"

„Ich war abgelenkt." Jake stützte sich mit beiden Händen seitlich von Kates Gesicht an das Regal. Eindringlich blickte er ihr in die Augen, und Kate konnte mit einem Mal nicht mehr schlucken.

Jake fragte sich, wie es so lange hatte dauern können, bis er die Wahrheit erkannte. Himmel, er musste blind gewesen sein! Er musterte Kates sinnlich geschwungene Lippen und dachte, warum er nicht schon viel früher darauf gekommen war, sie zu küssen.

„Scheint, als seien wir etwas schwer von Begriff, Darling." Er beugte sich vor und küsste sie sanft. Die Zeit schien stillzustehen, und Kate schloss überwältigt die Augen.

Jakes Lippen schmeckten nur ein ganz klein wenig nach Bier, aber vor allem schmeckten sie nach ihm, und das war einfach wundervoll. Bereitwillig gab Kate seinem sanften Drängen nach und öffnete den Mund, um mit seiner Zunge zu spielen. Jake zog Kate noch fester an sich und vertiefte den Kuss. Ihr wurde schwindlig, und sie klammerte sich an seine Schultern, um den Kuss mit derselben Leidenschaft zu erwidern.

Jetzt war es um Jake geschehen. Er konnte an nichts anderes mehr denken, als mit Kate eins zu werden und mit ihr zu verschmelzen. Hier und jetzt, wieder und wieder.

Das wäre der helle Wahnsinn, warnte eine kleine Stimme in seinem Hinterkopf. Widerwillig gehorchte er und gab Kates Mund frei. Dann drückte er ihren Kopf an seine Brust und atmete tief durch. Kate konnte seinen rasenden Pulsschlag spüren und versuchte, ihren eigenen Atem unter Kontrolle zu bringen.

„Das habe ich nicht geplant", sagte Jake.

„Ich weiß", erwiderte sie heiser. „Ich auch nicht. Aber wen stört's? Küss mich noch einmal."

Jake blickte ihr in die Augen und konnte nicht länger widerstehen. Er legte die Hände um ihre Wangen und küsste sie zärtlich. Spielerisch umfuhr er mit der Zungenspitze ihre Lippen, glitt dann ihren Hals entlang. Kate zitterte vor Verlangen und streichelte seinen Rücken, dessen Muskeln sich sofort anspannten. Wenn sie doch nur seine nackte Haut berühren könnte ...

„Du machst mich verrückt", stieß sie hervor. „Wir müssen aufhören."

„Du hast recht", antwortete er mit weicher Stimme.

Als er die Hände wegzog, berührte er zufällig ihre Brüste, und Kate stöhnte unwillkürlich auf. Jake schlug alle Vorsicht in den Wind und fuhr mit den Händen unter ihr T-Shirt, umfasste ihre Brüste. Durch den dünnen Spitzen-BH umkreiste er die Knospen mit den Daumen. Erbebend presste Kate die Zähne aufeinander und bog sich Jake entgegen. Sie liebkoste mit der Zunge seinen Hals und sein Kinn und genoss es, seine Finger auf den harten, erregten Brustspitzen und seine Lippen auf ihrem Mund zu spüren. Seufzend vor Begierde presste sie die Hüften an ihn.

Jake zog Kate so dicht wie möglich an sich. Ihre Brüste rieben sich an seinem Oberkörper, und Kate umarmte Jake, als wollte sie ihn nie wieder loslassen. Nichts wünschte er sich jetzt sehnlicher, als endlich die lästige Kleidung loszuwerden und sich mit Kate in die Wogen der Leidenschaft zu stürzen.

„Was tun wir hier?", stieß er atemlos hervor.

Als Antwort biss Kate ihn durch das Hemd leicht in den Arm.

„Ich möchte mit dir schlafen", flüsterte er, und sein heißer Atem fächelte ihr Ohr. „Noch heute Nacht."

Sie schmiegte das Gesicht an seine Schulter und nickte. „Ja, Jake. Ich will es genauso sehr wie du."

Hingerissen von ihrer unverhohlenen Begierde, beugte er sich vor und presste von Neuem die Lippen auf ihren Mund.

Nancy klopfte an die Tür, wartete aber vorsichtshalber einen Augenblick, bevor sie eintrat. „Kate kann Schluss machen", sagte sie leise. „Am besten, du bringst sie gleich nach Hause, Jake."

Er räusperte sich. „Gute Idee. Ich fahr den Wagen zum Hintereingang." Zögernd ließ er Kate los, und es tat ihm fast körperlich weh, sie nicht mehr im Arm zu halten. Er strich ihr über die Wange, drehte sich um und verließ den Raum.

Als er gegangen war, fragte Nancy: „Alles in Ordnung?"

Kate öffnete den großen Gefrierschrank und steckte den Kopf hinein. „Ich brauche entweder eine kalte Dusche oder diesen Mann."

Nancy lächelte vielsagend. „Also ich an deiner Stelle wüsste, wofür ich mich entscheiden würde."

Mit zitternden Knien stieg Kate zu Jake ins Auto. Unfähig einen klaren Gedanken zu fassen, lehnte sie den Kopf gegen die Kopfstütze und schloss die Augen.

„Ich brauche dich heute Nacht", sagte Jake.

Kate sah ihn an und hatte das Gefühl, am Beginn einer Reise zu stehen, die in ungeahnte Höhen und Tiefen führen konnte. Ein prickelnder Schauer überlief sie. „Ich dich auch", flüsterte sie.

„Aber ich habe nichts zur Verhütung dabei, und deshalb müssen wir leider noch bei mir vorbeifahren", fügte er hinzu.

Kate schluckte und versuchte, sich von den aufreizenden Bilden, die ihre Fantasie ihr vorgaukelte, nicht überwältigen zu lassen. Sie sah Jake vor sich, der sie überall am Körper streichelte und liebkoste. „Berühr mich", sagte sie aufstöhnend, und Jake strich ihr mit einer Hand über den Schenkel.

Ihre Haut ist so weich und zart, dachte Jake und fuhr etwas höher an ihrem Bein entlang. Kate ließ sich ein wenig Stück tiefer in den Sitz sinken, um Jake entgegenzukommen, und strich ihm über den Arm. Langsam glitten seine Finger immer höher, bis er am Saum ihres Seidenslips angelangt war. Kate konnte kaum noch atmen vor Erregung.

„Wir könnten auch einfach irgendwo am Straßenrand halten", schlug Jake vor.

„Klingt gut", antwortete Kate, und er lachte leise, während er die Hand zurückzog.

„Wir haben eine ganze Woche gewartet", meinte Jake und lächelte. „Da kommt es auf ein paar Minuten mehr oder weniger auch nicht an."

„Ja, aber ich wusste während der Woche noch nicht, worauf ich eigentlich warte", wandte Kate ein und beugte sich dichter zu ihm.

„Ich schon", entgegnete Jake. „Aber ich habe es nicht wahrhaben wollen." Lächelnd legte er ihr einen Arm um die Schultern und zog sie an sich, während er den Wagen zu den Ferienhäuschen lenkte. „Jetzt mache ich mir nichts mehr vor."

Jake parkte den Wagen vor seinem Apartment und stieg Hand in Hand mit Kate die Stufen zum Eingang hoch. Rasch schloss er die Tür auf und führte Kate in den Flur. Dann küsste er sie leidenschaftlich, bis sie sich schließlich atemlos von ihm löste.

Beruhigend legte er das Kinn auf ihren Kopf und streichelte ihr den Rücken. „Wir müssen heute Nacht nicht die ganze letzte Woche aufholen", sagte er leise.

„Doch, das müssen wir", widersprach Kate, zog ihn zum Bett und ließ sich mit ihm auf die Matratze fallen. In wilder Hast entkleideten sie sich gegenseitig und lachten, weil sie sich dabei so unbeholfen anstellten. Schließlich waren sie beide nackt, und abrupt verstummte ihr Lachen.

Jake küsste Kate auf den Mund und drückte sie eng an sich, um sie noch intensiver zu spüren. Er wollte sich Zeit lassen, doch Kate rieb sich aufreizend an ihm.

„Warte nicht", raunte sie ihm zu und schmiegte sich herausfordernd an seine harten, muskulösen Schenkel. „Ich will dich jetzt."

Langsam eroberte Jake ihren Mund und zog dann eine Spur heißer Küsse über ihren Hals bis zu ihren Brüsten. So eine Glut hätte Kate niemals in ihm vermutet, und seine Begierde fachte ihr eigenes Verlangen nur noch mehr an. Als sie unwillkürlich aufschrie, hielt er inne und hob den Kopf.

Sie strahlte eine Lust aus, die er noch nie bei einer Frau erlebt hatte. Alles an ihr war lockende Süße, paradiesische Verheißung. In diesem Augenblick liebte er sie, nur weil sie so war, wie sie war.

Lass dir Zeit, ermahnte er sich. Vielleicht ist dies das einzige Mal, dass wir uns lieben. Und sie verdient das Beste. Also bezwang er sich und begann jeden Winkel ihres Körpers mit Küssen und zartem Streicheln zu erkunden. Kate stöhnte auf, als er ihre Brustspitzen mit den Lippen umfuhr, und wand sich ungeduldig unter ihm. Mit beiden Händen presste sie seine Hüften an sich und drängte sich seinem vor Leidenschaft fast berstenden Körper entgegen.

„Jetzt", bat sie heiser, wie im Fieber.

„Nicht so eilig, mein ungeduldiger Liebling", warnte er sie, aber das Vibrieren seiner Stimme verriet, dass er genauso sehr wie Kate darauf brannte, die letzte Grenze zu überschreiten. „Sonst ist es vorbei, ehe es richtig begonnen hat."

Er lächelte sie an, und bei diesem Lächeln schmolz etwas in ihr. Sie entspannte sich und passte sich seinen Bewegungen an. Jede Sekunde war für sie etwas Besonderes, weil sie mit ihm zusammen war und er sie berührte. Er streichelte und verwöhnte und erkundete sie mit einer Zärtlichkeit, die sie noch nie zuvor erfahren hatte. Als sie meinte, es keinen Augenblick länger ertragen zu können, strich er mit den Lippen über ihren flachen Bauch bis zu den kleinen blonden Löckchen zwischen ihren Schenkeln. Aufschreiend krallte Kate sich in seinem Haar fest und presste seinen Kopf noch dichter an sich. Seine Liebkosungen wurden immer drängender, und schließlich versank Kate in einem Höhepunkt, der sie am ganzen Körper erzittern ließ.

Als sie regungslos dalag, hob Jake den Kopf, und Kate fühlte seine Zungenspitze über ihren Bauch gleiten. Er leckte ihre Brustspitzen und fachte dadurch ihr gerade gestilltes Verlangen aufs Neue an.

Kate umfasste seine Schultern, zog ihn höher und küsste ihn auf den Mund. „Bitte Jake. Jetzt", flüsterte sie und stöhnte auf, als sie ihn in endlich in sich spürte. Nichts, was sie je erlebt hatte, ließ sich mit diesem Moment vergleichen. Überwältigende Lust versetzte sie in einen wilden Rausch, der Körper und Seele erfasste. Jake stachelte ihre Begierde immer weiter an, bis Kate zum zweiten Mal den Gipfel der Leidenschaft erklomm und laut aufschrie. Gleichzeitig hörte sie Jake ihren Namen rufen und fühlte, wie auch er einen wundervollen Höhepunkt erlebte.

Schweigend hielten sie einander umarmt und gaben sich der wohligen Mattigkeit hin, die sie durchströmte. Schließlich zog Jake, ohne sich von Kate zu lösen, die Bettdecke über sie beide. Ihr Plan ist mir egal, dachte er, und es macht mir nichts aus, dass sie mich ruinieren wird. Ich werde sie immer wieder wollen. Dafür reicht weder eine Nacht noch ein ganzes Leben. Von dieser Frau werde ich niemals genug bekommen.

„Von mir aus könnte es immer so weitergehen", flüsterte Kate und rang nach Luft. „Solange wir nur miteinander schlafen."

Er küsste sie und flüsterte dabei zärtlich ihren Namen. Dann schliefen sie beide eng umschlungen ein.

Als Kate am nächsten Morgen aufwachte, schlief Jake noch fest. Kate lächelte und legte die Wange auf seine Brust. In Gedanken war sie bei der vergangenen Nacht – wie sie gelacht, geschlafen und wieder Sex gehabt hatten. Sie passten beide perfekt zusammen, und sie sehnte sich schon wieder nach Jake.

Er schlief wie ein kleiner Junge, der zu Tode erschöpft ist. Vorsichtig stand Kate auf und hatte jetzt noch den Eindruck, ihn in sich zu spüren. Sie konnte es nicht übers Herz bringen, ihn zu wecken, aber andererseits wollte sie unbedingt von ihm gestreichelt werden. Um sich abzulenken, zog sie seinen Bademantel an und ging hinunter zum See.

Die Sonne war noch nicht aufgegangen, im Osten verfärbte der Himmel sich gerade leicht rosa. Kate legte den Bademantel ab und stieg in den See. Das kalte Wasser ließ sie ihre Haut prickeln, und auf einmal war sie sich ganz stark ihres Körpers bewusst, fast so, als ob Jake sie berührte.

Sie tauchte unter und genoss den Schock der Kälte. Sie schwamm weit hinaus, bis die Kühle des Wassers auch den letzten Rest ihres hitzigen Verlangens vertrieben hatte.

Als sie zum Ufer zurückschwamm, saß Jake am Ufer. Er trug nur Jeans, und sein Anblick erregte sie aufs Neue. Sie zwang sich, ruhig durchzuatmen, bevor sie weiter auf ihn zu schwamm.

Als sie wieder Boden unter den Füßen spürte, hielt sie inne. „Hallo", rief sie ihm zu.

„Guten Morgen." Er lächelte, und auf einmal breitete sich eine wohlbekannte süße Schwäche in ihren Gliedern aus.

„Lass das", protestierte sie. „Sonst ertrinke ich noch."

„Ich bin eigentlich gekommen, um zu schwimmen."

„Komm rein. Hier ist genug Platz für zwei."

„Bist du nackt?"

„Ja, sicher." Sie trat ein paar Schritte näher. Das Wasser reichte ihr nun nur noch bis knapp zu den Brüsten.

Jake ließ Kate keine Sekunde aus den Augen.

„Ich gehe hinein, wenn du herauskommst", sagte er, und sie mussten beide lachen.

Sekunden später stand Kate neben ihm auf dem Handtuch, und wie beim letzten Mal, als sie nackt gebadet hatte, war Jake nur wenige Zentimeter von ihr entfernt. Aber diesmal beugte er sich vor, umfasste ihre Hüften, schmiegte den Kopf an ihren Bauch und bedeckte ihre feuchte Haut mit kleinen Küssen.

„Das wollte ich neulich schon tun", sagte er heiser. „Du bist die schönste Frau, die ich jemals gesehen habe. Ich kann nicht glauben, dass ich so dumm war, was dich anging." Zärtlich küsste er sie auf den Mund und umarmte sie, um sie zu wärmen.

„Ich bin auch dumm gewesen", gestand Kate. „Dieser alberne Plan …"

„Du hättest niemals einen Mann gefunden, der deinen Wünschen entspricht", bemerkte Jake trocken.

„Doch, das habe ich", widersprach sie. „Rick Roberts war perfekt."

Stirnrunzelnd blickte er sie an. „Und was tust du dann hier nackt bei mir?"

„Rick war perfekt für meinen Plan", stellte sie lächelnd klar. „Du bist perfekt für mich. Sieh selbst." Lustvoll küsste sie ihn, und Jake stöhnte leise auf.

„Ich sollte zur Arbeit gehen", meinte er. „Aber vielleicht kann ich mir heute auch freinehmen."

Kate löste sich aus der Umarmung und zog sich im Aufstehen den Bademantel an. „Geh ruhig zur Arbeit. Ich werde danach immer noch da sein."

Als Kate zu ihrem Apartment kam, saß Penny draußen auf den Stufen.

„Kann ich mit dir reden, Kate?", fragte sie.

„Natürlich." Kate setzte sich neben Penny. „Was ist denn los?"

„Ich war letzte Nacht mit Mark zusammen."

„Na und? Ich finde ihn unglaublich nett."

„Ich auch", sagte Penny bedrückt. „Und ich war die ganze Nacht bei ihm."

„Na, prima." Dann wurde Kate klar, worauf Penny hinauswollte. „Oh nein, das ist überhaupt nicht gut."

„Er ist so lieb, und er bringt mich immer zum Lachen."

„Wie ein guter Freund." Kate nickte und dachte an Jake.

„Und wenn er mit mir schläft, ist es fantastisch. Ich glaube, ich liebe ihn."

„Das ist doch großartig." Kate sah Penny von der Seite an. Sie wirkte gar nicht glücklich. „Oder?"

„Im nächsten Monat heirate ich doch Allan", erinnerte Penny sie.

„Ja, ich weiß. Aber findest du nicht, dass du nach dieser neuen Entwicklung mit Mark vielleicht besser dran bist als mit Allan?"

Penny schüttelte den Kopf. „Mark geht aufs College. Da müsste ich Jahre warten, bis wir ein Baby haben könnten."

„Natürlich sind Babys toll", sagte Kate. „Aber ich denke wirklich, dass du dich im Moment statt auf die Babys lieber auf die Männer konzentrieren solltest."

„Ich weiß nicht." Penny wirkte verunsichert. „Ich komme mir so schlecht vor. Bisher habe ich Allan noch nie betrogen."

„Das liegt vielleicht daran, dass du bislang noch niemanden geliebt hast. Wieso verbringst du nicht noch etwas Zeit mit Mark und wartest ab, wie die Dinge sich entwickeln? Kann doch sein, dass das Gefühl nachlässt."

„Meinst du?", fragte Penny.

„Ich hoffe es." Wieder dachte Kate an Jake. „Sonst sitzen wir ganz schön in der Tinte." Sie klopfte Penny aufs Knie. „Komm jetzt. Lass uns essen und Tennis spielen, und dabei werden wir die Männer für eine Weile vergessen."

Kate genoss das Match. Ihr fielen die Männer auf, die Penny bewunderten. Dabei entging ihr, dass die Männer sie ebenso begehrlich anstarrten wie Penny. „Ich glaube, wir werden schon besser", rief sie Penny über das Netz hinweg zu.

„Na, schlechter können wir auch nicht mehr werden", antwortete Penny und lachte.

Um drei Uhr gingen sie in die Hotelbar, um etwas Erfrischendes zu trinken. „Das war ein schöner Tag", stellte Penny zufrieden fest.

„Das stimmt." Kate winkte Mark heran, der hinter dem Tresen stand. „Zwei Colas. Aber nicht die Diätversion. Penny und ich sind Genussmenschen."

Mark lächelte ihnen beiden zu, doch als Penny rot anlief, errötete er auch.

„Setzen wir uns lieber da hinten hin", schlug Kate schmunzelnd vor und zog Penny mit sich an einen Ecktisch.

„Was soll ich bloß tun?", fragte Penny ratlos. „Ach, vielleicht ist es bloß eine vorübergehende Schwärmerei."

„Schon möglich", entgegnete Kate. „Aber wenn …"

„Hallo, kann ich mich zu euch setzen?" Valerie ließ sich in einen der freien Stühle fallen. „Ich bin mit meinem Latein am Ende."

„Ach ja?" Kate ärgerte sich über die Unterbrechung.

„Was stimmt denn nicht?", erkundigte Penny sich höflich.

„Will!", stieß Valerie wütend hervor. „Er will nicht mit mir über die neue Bar reden, dabei verlieren wir praktisch mit jedem Tag Verzögerung viel Geld. Ich habe dezent durchblicken lassen, dass eine bekannte Hotelkette mir ein vielversprechendes Jobangebot gemacht hat, und es scheint beinahe so, als sei ihm das egal." Empört blickte sie die beiden Frauen an.

„Vielleicht ist es ihm tatsächlich egal", wandte Penny ein.

„Natürlich nicht!", fuhr Valerie sie an. „Ich habe hier immerhin noch viele Pläne."

Kate zuckte innerlich zusammen. „Erwähnen Sie bitte keine Pläne."

„Ja, Pläne sind sowieso meistens zum Scheitern verurteilt", stimmte Penny ihr zu.

„Worüber reden Sie beide hier eigentlich?", fragte Valerie.

„Tja, ich habe da diese Freundin", setzte Penny an und brachte Kate mit einem Blick zum Schweigen. „Sie hatte sich vorgenommen, einen reichen Mann zu heiraten, damit sie zu Hause bleiben und sich um die Kinder kümmern kann. Verstehen Sie?"

„Nein." Valerie sah sie verblüfft an. „Aber wenn sie das wirklich will, was soll's?"

„Und sie fand den perfekten Mann dafür", fuhr Penny mit trauriger Miene fort. „Aber dann verliebte sie sich in einen armen Schlucker, der niemals richtig reich sein wird und bei dem sie noch ein paar Jahre warten muss, bis sie Kinder haben können."

„Wo liegt das Problem?", wollte Valerie wissen.

„Wie bitte?" Kate sah sie ungläubig an.

Valerie zuckte mit den Schultern. „Sie soll bei dem reichen Mann bleiben. Liebe hält nicht ewig, wohl aber Geld, wenn man damit umgehen kann." Sie sah Penny an. „Raten Sie Ihrer Freundin, den armen Schlucker fallen zu lassen, den Reichen zu heiraten und Abendkurse über Kapitalanlagen zu besuchen. Das würde ich jedenfalls tun."

„Da bin ich sicher." Kate lehnte sich zurück. „Lieben Sie Will?"

„Ja, sicher."

„Und wenn er kein Hotel hätte? Was wäre, wenn er hier nur ein kleines Geschäft besitzen würde?", wollte Kate wissen.

Valerie dachte einen Moment nach. „Kommt wahrscheinlich auf die Größe des Geschäfts an. Und darauf, was ich daraus machen könnte."

Kate musterte Valerie eingehend. „Das Geld bedeutet Ihnen nicht so viel, stimmt's? Es sind eher das Pläneschmieden, die

Hektik im Hotel und die vielen Aktivitäten, was Sie fasziniert, habe ich recht?"

„Ich schätze, ja", antwortete Valerie langsam. „Wovon reden Sie hier eigentlich?"

„Mir geht es genauso", stimmte Kate zu. „Ich brauche Herausforderungen. Es würde mich umbringen, wenn ich nichts anderes zu tun hätte, als in einem Boot zu sitzen und zu angeln." Sie biss sich auf die Lippe. „Auch wenn es mir nicht passt, so bin ich nun einmal."

„Aber Sie sind in Ihrem Beruf fantastisch", wandte Valerie verständnislos ein.

„Vielen Dank, aber Sie verstehen mich nicht." Kate stand auf. „Und jetzt muss ich mir einen richtigen Drink von der Bar holen."

An diesem Abend war bei Nancy's die Hölle los, und Kate servierte Drinks, bis ihr schwindlig war. Alle hatten sie als Mitglied der Tresenmannschaft akzeptiert, und sogar Brad, der Grapscher, bedankte sich bei ihr höflich für jeden Drink.

Sie mixte Drinks, wusch Gläser ab, servierte Getränke, versorgte die Betrunkenen mit Kaffee und nahm von allen Seiten Bestellungen entgegen, ohne sie durcheinanderzubringen.

Ich bin ein Profi, dachte sie stolz, und in ihrer Freude klopfte sie Jake, der sich über den Billardtisch beugte, aufmunternd auf den Hintern. Prompt verfehlte er die Kugel.

„Hoffentlich bleibst du für immer hier", witzelte Ben und lachte.

Jake sah ihr nach, wie sie sich durch die Menge schlängelte, während die Gäste ihr bewundernde Blicke hinterherschickten. Kate wirkte, als gehöre sie hierher – in die Bar und zu ihm.

Dann überlegte er sofort, was sie hier tun sollte. Hier gibt es keine richtige Aufgabe für sie, sagte er sich. Und du weißt, was das letzte Mal geschehen ist, als du dich in eine kluge Blondine mit einem traumhaften Körper verliebt hast. Wie kommst du darauf, dass es diesmal anders laufen würde?

„Spielen wir weiter Billard?", fragte Ben ungeduldig.

„Ja." Jake verdrängte die Gedanken an die Zukunft. Fürs Grübeln würde er noch genug Zeit finden. Er sah, dass Kate an Brad vorbeikam, der der Versuchung nicht widerstehen konnte und ihren Po berührte. Kate schüttete ihm etwas Bier über die Hand, und Brad lachte.

Jake legte den Queue weg. „Bin gleich wieder da", antwortete er nur und ging zu Brad. Eine Hand legte er auf die Rückenlehne, mit der anderen stützte er sich auf den Tisch.

Brad sah hoch. „Hallo, Jake."

„Hände weg von Kate", sagte Jake, und Brads Lächeln verschwand schlagartig.

„Alles klar", erwiderte er kleinlaut. „Schon verstanden. Tut mir leid."

„Na klar." Jake klopfte ihm auf den Rücken und schlenderte zurück zu Ben, der ihn vielsagend angrinste.

„Schade, dass man ihnen kein Brandzeichen verpassen kann, damit jeder weiß, zu wem sie gehören", meinte er und lachte.

„Halt den Mund", fuhr Jake ihn an. „Lass uns spielen."

„Schon gut." Ben rieb die Queuespitze mit Kreide ein. „Ich finde es nur seltsam, dass du dir nie Sorgen machst, wenn Thelma oder Sally angefasst werden."

„Die beiden können auf sich selbst aufpassen."

„Und Kate nicht?" Ben lachte. „Hör mal, die könnte locker auf uns alle zusammen aufpassen. Wenn du sie in eine Uniform steckst, brauchen wir kein Militär mehr."

„Nancy kann auch auf sich aufpassen, aber dir wäre es garantiert nicht recht, wenn Brad sie antatschen würde."

„Das stimmt. Schließlich liebe ich Nancy."

„Genau das wollte ich ja sagen." Jake stand einen Augenblick reglos da, und dann wurde ihm bewusst, wie sehr seine Gefühle durcheinandergeraten waren. Er steckte wirklich bis zum Hals in Schwierigkeiten.

„Du bist dran", sagte er zu Ben. „Und versuch diesmal, auch eine Kugel in ein Loch zu stoßen."

Kate lehnte sich benommen an den Tresen. Ihr kam es vor, als würde ihre ganze Welt aus Gläsern, Bier und leeren Flaschen bestehen. Langsam und tief atmete sie durch, um wieder zu sich zu kommen.

„Kate!" Nancy schüttelte sie leicht an der Schulter. „Mach mal eine Pause. Es ist zehn Uhr. Von jetzt an ist es nicht mehr so schlimm."

„Woher willst du das wissen?", fragte Kate. Die Bar war immer noch zum Bersten voll, und es herrschte ein ohrenbetäubender Lärm.

„Weil wir miteinander reden, anstatt wortlos aneinander vorbeizuhasten. Möchtest du dich einen Moment hinsetzen?"

„Nein." Kate schaute zu dem Tisch, an dem sie gerade bedient hatte. „Pass auf den Kerl im blauen T-Shirt auf. Der hat genug für heute."

„In Ordnung." Nancy nickte. „Ich werde dich vermissen, wenn du abfährst. Du bist fast so gut wie ich."

Diesen Gedanken versuchte Kate beharrlich zu verdrängen, doch er kehrte immer wieder zurück.

„Hey, Nancy, noch zweimal dasselbe", rief Early herüber.

Nancy fing an, die Drinks zuzubereiten, und sah Kate an. „Du wirst uns wieder verlassen, stimmt's?"

„Ja", sagte Kate wie betäubt.

„Ich dachte, du hättest deine Meinung vielleicht geändert, wegen Jake und so." Nancy schob ihr das Tablett über die Bar. „Das ist für Early und Ross."

„Schon klar." Kate griff nach dem Tablett, blieb jedoch stehen. „Ich kann nicht wegen einer Nacht mein ganzes Leben umkrempeln", verteidigte sie sich. „Das wäre doch dumm. Er hat nicht einmal gesagt, dass er mich liebt, und wie sollte er das auch nach einer Woche wissen?"

„Ja, ja", wiegelte Nancy ab. „Ich will auch gar nicht, dass du nur wegen Jake bleibst. Ich möchte, dass du meinetwegen bleibst." Sie lehnte sich über die Bar. „Ich habe hier viele Freunde, mit denen ich zusammen aufgewachsen bin. Aber mit dir kann ich mich über alles unterhalten. Ich werde dich vermissen."

„Ich dich auch." Kate spürte einen Kloß im Hals. „Ich mache mich lieber wieder an die Arbeit."

„Tut mir leid, ich wollte dich nicht durcheinanderbringen, Kleines." Nancy strich ihr über die Hand. „Wir haben noch eine Woche. Genießen wir das. Hier, bring die beiden Biere zu Jake und Ben. Die brauchen bestimmt Nachschub."

Kate brachte den Gin und den Whiskey zu Early und Ross und lächelte, als die beiden sich brav bedankten. „Keine Ursache, Jungs", sagte sie und genoss das Gefühl, sich hier fast wie zu Hause zu fühlen.

Anschließend brachte sie Jake und Ben ihr Bier.

„Klopf ihm auf den Hintern", forderte Ben sie auf, während Jake eine Kugel versenkte. „Als du das gemacht hast, habe ich fast ein Spiel gewonnen."

„Wenn du nur fast gewonnen hast, dann nützt es doch nichts", wandte Kate ein.

„Dann lass dir was anderes einfallen", brummte Ben. „Immerhin wirst du von uns bezahlt. Verdien dir dein Geld."

Kate stellte das Tablett weg, als Jake seinen nächsten Stoß machen wollte. „Komm mal ein bisschen näher, Schätzchen", sagte sie, hakte die Finger in die Gürtelschlaufen seiner Jeans und zog ihn an sich. Voller Leidenschaft küsste sie ihn, ohne auf das Gejohle hinter sich zu achten.

Sie hatte erwartet, dass Jake sich zurückziehen würde, aber er drückte sich an sie und presste sie mit dem Rücken auf den Billardtisch.

Jake ließ sich mit dem Kuss Zeit, und auch, nachdem er ihre Lippen wieder freigegeben hatte, hielt er Kate fest. „Habe ich dir jemals von meinen Fantasien über Billardtische erzählt?"

„Nein!" Errötend befreite sie sich von ihm.

Lächelnd setzte er ihr den Hut wieder auf, der ihr vom Kopf gerutscht war. „Fang keine Sachen an, die du nicht zu Ende bringen willst", riet er ihr und wandte sich wieder dem Billardspiel zu.

Ben schüttelte den Kopf. „Wir wollten schon ein Schild aufstellen, dass es Jake Templeton endlich erwischt hat, aber jetzt weiß ohnehin die ganze Stadt Bescheid."

„Moment mal", beschwerte Jake sich. „Was heißt hier ,endlich'? Ganz so schlimm stand es ja wohl nicht um mich." Er versuchte, sich auf den nächsten Stoß zu konzentrieren, doch er war viel zu aufgewühlt, um die Kugel mit ruhiger Hand ins Loch zu befördern.

„Und wieder wurde ein großer Sportler durch Sex um seine Karriere gebracht", bemerkte Ben und ging um den Tisch herum.

„Das war bühnenreif", stellte Nancy fest, als Kate zur Bar zurückkam.

„Ich weiß nicht, was in mich gefahren ist." Kate zog den Hut tiefer ins Gesicht.

„Vielleicht Jake?", schlug Nancy vor. „Willst du uns wirklich verlassen?"

„Ganz bestimmt", erklärte Kate. „Ich brauche meine Arbeit, und hier gibt es für mich nichts zu tun. Außerdem glaube ich nicht, dass Jake an einer dauerhaften Beziehung interessiert ist."

Aus dem Hintergrund ertönte lauter Jubel. „Kate, ich liebe dich!", rief Ben lachend.

„Jetzt hat er schon zweimal innerhalb von einer Woche gewonnen", sagte Nancy. „Allmählich halte ich nichts mehr für unmöglich."

Am nächsten Morgen fand Kate Penny laut schluchzend auf den Stufen vor dem Häuschen vor. Sie nahm sie mit in ihr Apartment und brachte ihr erst mal einen nassen Waschlappen, mit dem sie ihr Gesicht kühlen konnte.

„Was ist geschehen?"

„Ich habe mich entschieden." Penny setzte sich aufs Bett. „Nachdem ich beschlossen hatte, bei Allan zu bleiben, habe ich Mark erzählt, dass ich heiraten werde. Er ist schrecklich wütend geworden."

„Nicht zu Unrecht." Kate setzte sich neben sie. „Wie würdest du dich denn an seiner Stelle fühlen? Jemand schläft mit dir und erzählt dir danach, dass er verlobt sei."

„Ich dachte, bei Männern sei das anders. Dass sie nur an Sex interessiert seien."

„Mark ist doch nicht irgendein Mann. Ich glaube, er liebt dich wirklich." Kate atmete tief durch. „Und du liebst ihn."

Erneut fing Penny an zu weinen. „Was soll ich bloß tun?"

„Ruf Allan an und sag ihm, das alles sei ein Fehler gewesen."

„Das geht nicht. Die Hochzeit ist bereits geplant, mein Kleid ist schon fertig."

„Du willst den Rest deines Lebens mit einem Mann verbringen, den du nicht liebst, nur weil dein Hochzeitskleid schon fertig ist? Hast du denn völlig den Verstand verloren?"

„Ja", schniefte Penny.

„Was soll ich tun?", wollte Kate wissen.

„Bitte bring das für mich in Ordnung." Penny sah sie an wie ein kleines Mädchen, das bei seiner Mutter Hilfe sucht.

„Das kann ich nicht. Du musst das selbst tun. Wähle den einen oder den anderen."

„Allan."

„Okay. Dann kann es dir egal sein, ob Mark wütend ist. Weil du ihn dann nie wiedersehen wirst."

Aufschluchzend warf Penny sich aufs Bett. „Du verstehst das nicht. Du hast Jake für immer."

„Nein, ich fahre in einer Woche." Bei dem Gedanken musste Kate schlucken. „Ich habe meinen Beruf."

„Du verlässt Jake wegen deines Berufes, und mir erzählst du, ich hätte den Verstand verloren? Weiß Jake davon?"

„Das ist etwas anderes, und ich bin sicher, dass er es weiß." Er muss es einfach wissen, dachte sie.

„Ich glaube, nicht." Penny wischte sich die Tränen ab. „Er ist verrückt nach dir."

„Nicht so sehr", erwiderte Kate bitter.

Penny setzte sich auf. „Es läuft bei uns beiden nicht so besonders, stimmt's?"

„Nein, das tut es nicht", stimmte Kate zu. „Aber wir sind noch nicht am Ende. Und du solltest dir die Sache mit Mark noch einmal gut überlegen."

„Du findest, ich sollte bei Mark bleiben?" Penny putzte sich geräuschvoll die Nase.

„Hast du eine andere Wahl? Wenn du schon so unglücklich bist, weil er wütend auf dich ist, wie wirst du dich dann fühlen, wenn du ihn niemals wiedersiehst?"

Penny warf sich wieder heulend auf das Bett. Eigentlich könnte ich mich dazu legen und mit heulen, dachte Kate niedergeschlagen. Aber erst will ich noch eine Woche Spaß haben. Danach kann ich immer noch über meine Zukunft nachdenken.

*D*er Rest des Urlaubs verging für Kate wie in einem angenehmen Rausch. Die Vormittage verbrachte sie mit Jake auf dem See, nachmittags spielte sie mit Penny Tennis, und abends arbeitete sie in der Bar. Nachts schlief sie bei Jake, und sie liebten sich so leidenschaftlich, dass Kate vergaß, dass es außer ihnen noch andere Menschen auf der Welt gab. Hin und wieder kam ihr der Gedanke an die Abreise, doch sie verdrängte ihn energisch. Bis Samstag war noch viel Zeit.

Eines Tages rief Jessie an. „Bist du schon verlobt?", begrüßte sie Kate.

„Nein, und daraus wird auch nichts", erwiderte Kate. „Ich bin in einen Mann verliebt, der nichts mehr vom Heiraten hält."

„Nach einem Reinfall mit einer Staatsanwältin ist Jake allergisch gegen Heiraten? Da hatte ich ihn mir aber klüger vorgestellt."

„Woher wusstest du, dass es Jake ist?"

„Ach, bitte." Jessie klang gekränkt. „Das war doch offensichtlich. Wenn du mit einem Mann im Boot Bier trinkst, steckt doch mehr dahinter. Erfüllt er denn alle Anforderungen?"

„Was für Anforderungen?"

„Na, du weißt schon. Humorvoll, gleiches Recht für Frauen, toll im Bett. Liebt er dich bis zum Wahnsinn?"

Einen Moment dachte Kate überrascht nach. „Ja", sagte sie langsam. „Das tut er. Da bin ich sicher."

„Gut", antwortete Jessie. „Dann kannst du ihn also beruhigt heiraten."

„Das glaube ich nicht. Jake wird nie wieder heiraten."

„Du wirst schon einen Weg finden." Jessie klang da sehr sicher. „Womit soll ich eure Hochzeitstorte dekorieren?"

„Mit einem Fisch." Jessies Optimismus heiterte Kate auf. „Und mit einem Ruderboot."

„Alles klar", sagte Jessie. „Ich fange gleich mit den Entwürfen an."

Am Donnerstagnachmittag hielt Kate Pennys Hand, während Penny Allan anrief und ihre Verlobung löste.

„Habe ich das Richtige getan?", fragte Penny weinend, als sie auflegte.

„Sprich mit Mark darüber", schlug Kate vor. „Sag ihm, dass du deine Verlobung gelöst hast, weil du ihn bis ans Ende deines Lebens lieben wirst."

„In Ordnung, aber ich glaube auch jetzt schon, dass es richtig war. Allan war wirklich widerlich am Telefon. Ich würde ihn sowieso nicht mehr heiraten wollen."

„Komm jetzt", sagte Kate. „Ich begleite dich."

Als sie die Hotelbar betraten, ging Penny direkt zu Mark an den Tresen, während Kate abwartend beim Eingang stehen blieb. Schmunzelnd beobachtete sie, wie Mark, nachdem Penny ihm etwas gesagt hatte, über den Tresen sprang und sie in die Arme nahm. Mehr bekam Kate jedoch nicht mit, denn jemand zupfte sie am Ärmel.

„Ich habe Sie überall gesucht", erklärte Valerie. „Ich muss unbedingt mit Ihnen reden. Wir werden uns in Zukunft noch öfter sehen. Ich bin ja so froh, dass Jake endlich jemanden gefunden hat."

„Wie bitte?", fragte Kate irritiert. „Ich verstehe nicht."

„Seien Sie nicht so schüchtern. Es hat sich längst herumgesprochen, dass Sie mit Jake zusammen sind."

„Na prima", bemerkte Kate halb grimmig, halb amüsiert.

„Also sind wir zwei Paare", fuhr Valerie fort. „Ich weiß, dass Sie und Jake noch keinen Termin vereinbart haben, aber Will und ich werden sehr bald heiraten."

Kate blickte rasch zu Will, der hinter dem Empfangsschalter saß. „Valerie, haben Sie mit Will darüber gesprochen?"

„In gewisser Weise, ja."

„Ich meine, ob er gesagt hat, dass er Sie heiraten will", stellte Kate klar.

Valerie schüttelte den Kopf. „Will und Jake sind ziemlich stur." Sie lächelte, als Kate nickte. „Aber wenn wir es geschickt anstellen, heißen wir beide bald Templeton."

Kate war angewidert. Valerie hatte nicht mit Will gesprochen, aber schließlich hatte sie selbst auch noch nicht mit Jake geredet.

Er kam gerade durch die Eingangshalle. Ich bin nicht besser als Valerie, dachte sie. Damit muss Schluss sein.

„Ich habe die Bestelllisten für Nancy", sagte Jake, als er sie erreicht hatte. „Wollen wir sie jetzt durchgehen oder heute Abend?"

„Heute Abend." Kate atmete tief durch. „Ich muss mit dir sprechen."

„Wieso?", fragte Jake misstrauisch.

Valerie zwinkerte Kate verschwörerisch zu. „Denken Sie an meine Worte." Damit ging sie zu Will.

„Sag bloß nicht, dass du etwas mit Valerie zusammen planst", meinte Jake.

„Nein, es geht um unsere Beziehung."

Aufstöhnend trat Jake einen Schritt zurück. „Ich hasse dieses Wort." Nach kurzem Zögern umfasste er Kate an der Schulter. „Dies ist weder der richtige Ort noch der richtige Zeitpunkt, um über uns zu reden."

„Wo und wann sonst?", hakte Kate nach.

„Später", wich Jake aus. „Irgendwo anders."

„Ich fahre übermorgen wieder nach Hause", erinnerte sie ihn. Jake hob abrupt den Kopf. „Am Samstag?"

Kate nickte. „Bis mittags muss ich das Apartment geräumt haben."

Jake wirkte erleichtert. „Wenn das alles ist … Du kannst bei mir wohnen."

Eindringlich blickte sie ihn an. „Ich habe einen Beruf, eine Karriere. Ich kann hier nicht für immer deine Geliebte spielen."

„Geht es darum?", fragte Jake. „Du willst etwas Dauerhaftes?"

Einen Augenblick zögerte Kate, dann atmete sie tief durch. „Ja."

„Oh", brachte Jake nur heraus.

„Vielen Dank." Kate wandte sich ab. „Damit wird mir einiges klar."

„Nein, das wird es nicht." Jake hielt sie fest. „Jetzt lauf doch nicht gleich weg. Gib mir Zeit zum Nachdenken."

„Hattest du nicht genug Zeit zum Nachdenken?", entgegnete Kate und ließ ihrem Zorn freien Lauf. „Ist dir in der vergangenen Woche nicht einmal der Gedanke gekommen, dass ich irgendwann wieder abfahren muss?"

„Doch", gab Jake zu, „aber ich habe ihn beiseitegeschoben."

Wortlos wandte Kate sich ab und verschwand hinter der nächsten Tür, die sich ihr bot. Es war Wills Büro.

Jake ging ihr nach und achtete nicht auf Will, der wissen wollte, was überhaupt vor sich ging. Will erkannte, dass seine Gegenwart nicht erwünscht war, und verließ diskret den Raum.

Kate stand vor dem Schreibtisch und bemühte sich vergeblich, nach außen hin gelassen zu bleiben.

„Ich will nicht feige sein, indem ich weglaufe", erklärte Jake.

„Vielleicht wäre es für dich das Beste", warnte Kate ihn und drehte sich zu ihm um. Dann konnte sie sich nicht länger beherrschen. „Du hast mir deutlich gesagt, dass du keine Frauen magst, die nicht offen sagen, was sie denken und wollen. Aber wenn ich etwas offen anspreche, versuchst du, dem Thema auszuweichen."

„Ich weiß", erwiderte Jake. „Habe ich dir nie gesagt, dass ich nicht perfekt bin? Außerdem hast du mich überrumpelt." Er streckte die Arme aus. „Komm her, ich will es wieder gutmachen."

„So nicht." Kate wich ihm aus, doch er hielt sie fest, und als sie sich losreißen wollte, verlor er das Gleichgewicht und zog sie mit sich zu Boden.

„Au!" Kate wollte aufstehen, aber Jake hielt sie fest und rollte sich auf sie.

„Hör mir zu", bat er. „Du hast recht, wir müssen uns unterhalten. Es tut mir leid."

„Nicht genug." Kate wollte ihn von sich stoßen, schaffte es jedoch nicht.

Jake spürte ihren warmen, verführerischen Körper unter sich. Himmel, wie sollte ein Mann in dieser Lage klar denken? Unwillkürlich glitt seine Hand zu ihrer einen Brust.

Die Berührung ließ Kate erzittern, und erbost fuhr sie ihn an: „Was soll das? Du entschuldigst dich und machst dich gleichzeitig an mich ran?"

„Das war nur ein Reflex." Jake sah ihr in die Augen und merkte genau, dass ihre Empörung nur vorgetäuscht war.

„Ich kann es nicht glauben." Kate konnte es wirklich nicht fassen, dass sie es nicht einmal schaffte, ihm böse zu sein. Entschlossen stieß sie ihn von sich fort, doch er packte ihre Handgelenke, sodass sie nicht aufstehen konnte. „Das ist ja eine tolle Entschuldigung", beschwerte sie sich.

„Du bist gar nicht wütend." Langsam fuhr er mit der Zunge ihren Hals entlang.

„Lass mich los, du wiegst ja eine Tonne."

„Das hat dich noch nie gestört."

„Da war ich auch erregt", erwiderte sie, während er zärtlich an ihrem Ohrläppchen knabberte.

„Daran arbeite ich ja gerade", erklärte er.

Abgelenkt wie er war, gelang es Kate endlich, sich aus seinen Armen zu befreien. Schnell stand sie auf, bevor er sie wieder erwischen konnte.

„Geht es dir jetzt besser?"

„Ja." Sie strich sich die Bluse glatt. „Und jetzt muss ich zur Arbeit."

„Du hast einen schlechten Charakter." Jake setzte sich auf. „Sei froh, dass du so einen wunderbaren Körper besitzt."

„Treib es nicht zu weit", warnte Kate ihn und ging zur Tür.

Er holte sie ein und war mit einem Mal ernst. „Ich hole dich nachher ab und bringe dich zu Nancy. Und obwohl es mich Überwindung kostet, können wir miteinander reden, wenn du mit der Arbeit fertig bist."

Kate biss sich auf die Unterlippe. „In Ordnung", sagte sie. „Tut mir leid, dass ich so ausgerastet bin, aber mir fällt es auch nicht leicht, über meine Abreise nachzudenken." Aufseufzend lehnte sie sich an ihn.

„Dann können wir uns ja jetzt versöhnen", schlug Jake vor.

Lachend schob sie ihn von sich. „Später." Als sie die Tür öffnete und durch die Halle ging, wusste sie nur eines ganz genau. Sie wollte, dass Jake bei ihr blieb. Mit einem Blick über die Schulter stellte sie fest, dass er sie beobachtete, und sie betonte den Hüftschwung beim Gehen etwas mehr als nötig.

Das tut sie nur für mich, dachte Jake stolz.

Als Jake und Kate in die Bar kamen, winkte Nancy sie zu sich heran. „Ihr habt gerade eine unschöne Szene verpasst", sagte sie.

„Was ist denn geschehen?", fragte Kate nach.

„Valerie tauchte hier mit Donald Prescott auf, um Will unter Druck zu setzen." Nancy wies mit dem Kopf zu einem Tisch, an dem Will saß. „Er hat sie eiskalt abblitzen lassen und ihr rundheraus erklärt, sie habe seinen Segen, wenn sie gehen wolle. Darauf hat Valerie sich ziemlich aufgeregt, weil sie meinte, dass sie nach drei Jahren Beziehung mehr verdient habe als ein kurzes ‚Mach's gut'."

„Geschieht ihr recht", stellte Jake fest.

„Nein!", widersprach Kate aufgebracht. „Egal, was sie vorhatte, sie hatte eine Beziehung mit Will. Er kann dann doch nicht so tun, als habe ihm das alles nichts bedeutet."

„Da gebe ich ihr recht", stimmte Nancy zu. „Auch wenn ich Valerie nicht mag, so tat sie mir vorhin sehr leid."

„Sprecht euch ruhig weiter über mein Privatleben aus", warf Will ein, der dazugekommen war.

„Du solltest dich schämen, jemanden, der so lange mit dir zusammen war, dermaßen zu verletzen", fuhr Kate ihn an.

„Ja, mittlerweile tut es mir auch leid, obwohl ich nicht sicher bin, ob man Valerie verletzen kann", erwiderte Will.

„Dir braucht überhaupt nichts leidzutun", widersprach Jake und funkelte Kate zornig an. „Was geht uns das denn an?"

„Na, wenigstens streitet ihr beide euch", bemerkte Will und lächelte gezwungen. „Das haben Valerie und ich nie getan."

„Darauf kann ich verzichten." Jake stand auf. „Ich muss hier raus." Damit verschwand er aus der Bar.

„Ich werde ihm nachgehen", sagte Will. „Außerdem werde ich mich bei Valerie entschuldigen. Aber das heißt nicht, dass ich wieder mit ihr zusammen sein will." Kopfschüttelnd folgte er seinem Bruder hinterher.

„Was ist denn mit Jake los?", erkundigte Nancy sich. „So gereizt habe ich ihn noch nie erlebt."

„Ich fahre übermorgen, und wir müssen noch besprechen, wie es in Zukunft mit uns weitergehen soll. Das macht ihm ziemlich zu schaffen."

„So bald schon?" Nancy sah sie unglücklich an. „Wann kommst du denn wieder?"

Kate seufzte auf. „So wie Jake sich aufführt, wohl nie mehr." Sie blickte auf, als Jake wieder hereinkam, aber ohne einen Blick zu ihr zum Billardtisch ging.

„Auch wenn er sich so dumm aufführt, so bedeutet das doch nicht, dass du deshalb gleich mit ihm Schluss machen musst", sagte Nancy. „Oder gibst du auf?"

Kate blickte nachdenklich auf Jakes Rücken. „Nein", antwortete sie leise. „Das werde ich bestimmt nicht."

Um zehn Uhr fuhr Jake Kate schweigend nach Hause.

„Komm mit mir zum See", schlug sie vor.

„Ich bin müde."

„Nein, das bist du nicht." Kate spürte, wie sie sich schon wieder aufregte. „Du bist wütend auf mich, weil ich für Valerie Partei ergriffen habe. Komm mit mir zum See."

„Nein." Er küsste sie auf die Wange. „Gute Nacht."

„Na gut." Sie schlug die Tür zu. „Aber ich gehe. Und wenn du morgen meine Leiche aus dem Wasser ziehst, hast du dir das ganz allein zuzuschreiben." Entschlossen ging sie los, und kurz darauf hörte sie, dass er ihr folgte.

Rasch streifte sie die Schuhe ab und setzte auch den Hut ab. Dann schob sie das Boot ins Wasser und stieg ein. Jake hielt das Boot fest, als sie gerade nach den Rudern griff.

„Wo fährst du hin?"

„Zu den Weiden. Ich will sie bei Nacht sehen."

„Lass mich rudern, sonst brauchen wir Stunden." Als sie bei den Weiden ankamen, hörte Jake mit dem Rudern auf, ohne das Boot festzubinden. „Wie lange müssen wir jetzt hier bleiben?"

„Nicht lange." Kate zog die Weste aus. „Wenn ich ein Mann wäre, würde ich offen sagen: ‚Jake, du bist ein Mistkerl, weil ich weder wie Valerie noch wie Tiffany bin und du kein Recht hast, so zu tun, als würde ich mich so wie sie verhalten.'" Mit einer fließenden Bewegung zog sie das T-Shirt aus, und das Boot schwankte leicht.

„Hör auf damit", bat Jake und wollte nach ihr greifen, doch dadurch wurde das Schaukeln nur noch stärker.

„Außerdem willst du nicht zugeben, dass Will Valerie nicht fair behandelt hat. Dazu bist du zu feige. Das alles würde ich als Mann sagen, aber als Frau kann ich natürlich auf andere Methoden zurückgreifen, um dich zu beeinflussen."

Sie streifte den Rock ab, und im Mondlicht schimmerte ihr langes Haar silbrig. Jake hatte fast schon vergessen, dass er wütend auf sie war.

„Kate", begann er. „Es wird nicht klappen, weil ich nicht in Stimmung bin."

Statt ihm zu antworten, rekelte sie sich nur verführerisch in ihrer schwarzen Seidenunterwäsche. „Wir Frauen bekommen immer unseren Willen." Sie wollte gerade den BH aufhaken, als sie innehielt. „Aber vielleicht möchtest du nicht überzeugt werden. Dann sollten wir lieber wieder zum Ufer rudern."

Jake zog sie zu sich hinunter, und das Boot schaukelte gefährlich von einer Seite zur anderen. „Ich habe mich schon gefragt, wie du mich umbringen wirst", sagte er, während sie ihm fordernd das Hemd aufknöpfte. „Die anderen Typen sind Abhänge hinuntergestürzt oder vom Pferd getreten worden. Mich jedoch willst du mit Sex außer Gefecht setzen."

Wortlos streifte sie ihm die Jeans samt Slip ab, und Jake legte begehrlich die Hände auf ihre Hüften. „Woher hast du nur diese traumhaften Dessous? So etwas gibt es nicht in ‚Toby's Corners'."

Sie küsste ihn auf die Brust, und er öffnete ihr den BH. Behutsam strich er über die rosa Knospen.

Leise lachend wich Kate ein wenig zurück und glitt mit der Zunge über seine Brust, dann über seinen Bauch und noch weiter hinunter.

„Kate!", stöhnte er auf, als sie ihn mit den Lippen liebkoste. Keuchend krallte er sich in ihrem Haar fest, während sie ihr Spiel fortsetzte.

Ein paar Minuten später zog er sie aufstöhnend hoch. „Oh Kate", stieß er atemlos hervor.

„Immer noch Beschwerden über meine Überzeugungsmethoden?", flüsterte sie.

„Nein." Er zog ihr den Slip von den Hüften und streichelte sie so zärtlich, dass sie laut seufzte. Lustvoll spreizte sie die Beine und senkte sich langsam auf ihn herab, bis er leise aufschreiend in sie eindrang. Jake stützte sie seitlich mit den Händen, und das Schwanken des Bootes verschmolz mit dem Rhythmus ihres Liebesspieles.

„Du schimmerst so silbern wie das Mondlicht." Beinahe andächtig strich er mit beiden Händen über ihre heiße warme Haut. „So werde ich dich immer in Erinnerung behalten. Du bist mir ins Gedächtnis gebrannt."

Kate blickte ihn an, und eine Welle der Leidenschaft und Liebe überschwemmte sie. Ich werde ihn bis zu meinem letzten Atemzug lieben, dachte sie. Wem will ich eigentlich etwas vormachen? Was zählt denn außer ihm?

„Komm, leg dich auf mich." Er wollte sie zu sich herabziehen. „Sonst verlierst du noch die Kontrolle über dich und bringst das Boot zum Kentern."

Sie schüttelte den Kopf. „Ich bin noch nicht so weit."

Er bewegte die Hüften, und Kate schrie auf, als sie augenblicklich einen atemberaubenden Höhepunkt erlebte. Jake fing sie auf, als sie erbebend zusammenbrach, und er hielt sie, während sie immer wieder seinen Namen flüsterte. Schließlich lag sie regungslos da.

Zusammen mit ihr rollte Jake sich herum und begann erneut, langsam in sie einzudringen. Er sah, wie ihre Lust wieder erwachte und Kate seine Bewegungen immer verlangender erwiderte. Sie hatte den Eindruck, als sei er ein Teil ihres Körpers und als müsse sie ertrinken im Strudel ihrer Empfindungen. Sie bewegte die Hüften, um die süße Anspannung zu lindern, doch das steigerte nur ihre Begierde. Jake bewegte sich immer leidenschaftlicher, bis sie nur noch hemmungslos stöhnen konnte.

„Halt dich nicht zurück", stieß sie hervor, doch er hörte sie nicht mehr. Sie bog sich ihm im Moment ihrer Erfüllung entgegen, und Jake bewegte sich ein letztes Mal tief in ihr, ehe er sich keuchend und erschauernd an sie presste.

„So etwas habe ich noch niemals vorher erlebt", flüsterte sie. „Du bist einzigartig."

Sanft küsste er sie. „Du bist ein Wunder." Er fuhr mit der Zungenspitze über ihre Lippen. „Du wirst mich umbringen, aber trotzdem bist du ein Wunder."

Kate lachte leise und fühlte sich zu Tode erschöpft.

„Sag meiner Mutter, dass ich in meiner letzten Minute an sie gedacht habe", raunte Jake ihr zu und küsste ihr Haar. Er hielt die Augen geschlossen, um Kates Duft in sich aufnehmen zu können.

„Du hast gerade an deine Mutter gedacht?"

„Na ja, du brauchst ihr ja nicht zu verraten, woran ich gestorben bin."

„Du stirbst schon nicht, Jake." Kate hob den Kopf und stellte fest, dass sie nicht mehr unter den Weiden waren. Jake hatte das Boot nicht festgebunden, und sie trieben mitten auf dem See.

„Wie romantisch", bemerkte sie entzückt. „Sieh dir den Mond an." Doch dann merkte sie, dass da etwas nicht stimmte. „Jake, ist die Pfütze im Boot nicht größer als sonst? Ich bin überall nass." Er reagierte kaum.

„Jake! Das Boot hat ein Leck."

„Was?" Er fuhr mit der Hand zwischen zwei Kissen, auf denen sie gelegen hatte. Das Boot füllte sich tatsächlich mit Wasser. „Ich habe vorhin ein leises Krachen gehört und dachte schon, es sei mein Rückgrat. Aber zum Glück war es nur das Boot."

„Nur das Boot?" Kate zog sich das T-Shirt über den Kopf.

„Ich habe mich geirrt." Er lehnte sich erschöpft und glücklich in die Kissen. „Du bringst mich nicht mit Sex um. Du wirst mich ertränken."

„Jake, das Boot sinkt."

Im Mondlicht sah sie bezaubernd aus, und er lächelte sie an. „Habe ich dir schon gesagt, wie schön ich es fand?"

Sie zog ihn am Hemd und schüttelte ihn. „Jake!"

„Was soll ich tun? Choräle singen?"

„Sei doch einmal ernst." Trotzdem musste sie lachen. „Wo ist meine Unterwäsche? Die ist ein Vermögen wert."

Das Wasser stand jetzt einige Zentimeter hoch und stieg schneller. Jake fischte nach ihren Sachen und reichte ihr den Slip und den BH.

„Hier. Ich weiß nicht, wo dein Rock ist."

„In dem kann ich sowieso nicht schwimmen." Kate griff nach der Weste. „Himmel, wir gehen tatsächlich unter."

Er nahm seine Hose. „Es war ein gutes altes Boot. Ich werde es vermissen."

„Du wirst mit ihm ertrinken, wenn wir nicht von hier verschwinden." Kate rollte sich über die Bordwand ins Wasser.

„Ich habe deinen Rock." Jake folgte ihr, in der einen Hand hielt er seine Hose, seinen Hut und ihren Rock.

Ich liebe einen Verrückten, dachte Kate. Und wie.

Als sie das Ufer erreichten, war das Boot verschwunden. Kate hatte den Eindruck, als sei das symbolisch für ihre Beziehung. Der Abend in der Bar war nicht besonders angenehm gewesen, und sie hatten immer noch nicht über ihre Zukunft gesprochen.

Vielleicht hatten sie keine Zukunft.

Sie sah zu Jake, der auf die Stelle blickte, an der das Boot gesunken war. In diesem Moment wollte sie auch nicht über die Zukunft reden. Sie wusste, dass es feige war, aber sie hatte noch eine lange, heiße Nacht vor sich, bevor sie sich der Wirklichkeit stellen musste.

„Das Boot hat seinen Zweck erfüllt", erklärte Jake theatralisch und umarmte Kate. „Lass uns gehen, bevor uns jemand hier draußen in Unterwäsche erwischt."

Als Jake am nächsten Morgen erwachte, lag Kate nicht mehr neben ihm. Rasch zog er seine Jeans an und ging zum See, wo sie am Ufer saß und auf das grünliche Wasser hinausblickte.

„Allmählich macht mir deine Liebe zum Wasser Angst", bemerkte er. „Soll ich ein Aquarium im Schlafzimmer aufstellen?"

Kate wandte den Kopf und blickte ihn an. „Ich nehme gerade Abschied."

Eine Weile sah er sie nur schweigend an. „Ich weiß", sagte er und setzte sich neben sie auf die Steine.

„Und ich schätze, du kommst nicht mit mir mit." Kate bemühte sich, nicht zu schwermütig zu klingen.

„Nein."

Sie schluckte. „Ich bleibe hier, wenn du es willst."

„Und was willst du dann tun?" Jake sah sie an. „Selbst wenn du für jedes Geschäft in ‚Toby's Corners' die Unternehmensberaterin spielst, bist du in einer Woche fertig." Er schüttelte den Kopf. „Ich habe begriffen, wie viel Spaß dir dein richtiger Beruf macht, und obwohl es mir schwerfällt, das einzugestehen, gibt es hier für dich nichts zu tun."

„Und was ist mit dir? Vielleicht reicht es mir, bei dir zu sein."

„Immerhin hättest du den ganzen Tag lang nichts zu tun", gab Jake zu bedenken.

„Aber die Nächte wäre ich bei dir", erwiderte sie.

„Ja." Jake blinzelte in die Sonne. „Sex allein reicht nicht aus, auch wenn er noch so großartig ist." Er hob einen Stein auf und ließ ihn über das Wasser hüpfen.

„Wie bitte?" Kate sah Jake verwundert an. „Über das rein Körperliche sind wir doch hinaus, oder betrachtest du mich etwa als deinen diesjährigen Sommerflirt?"

„Natürlich nicht, aber ich finde, es ist zu früh, um eine Karriere aufzugeben …"

„Oder um eine anzufangen", fuhr sie ihn an. Mit einem Mal war sie furchtbar wütend.

„Was sagst du?"

„Ist es nach fünf Jahren nicht für dich Zeit, wieder am Spiel teilzunehmen?"

„Das will ich nicht. Ich möchte hier bleiben und …"

„Vergiss nicht, du hast kein Boot mehr." Sei ruhig, ermahnte sie sich. Kein Grund zur Aufregung. „Ist zwischen uns genauso wenig wie zwischen Will und Valerie?"

„Nein", widersprach Jake. „Ich liebe dich." Er schluckte. „Glaube ich." Wieder zögerte er. „Also, ich weiß nicht …" Hilflos suchte er nach Worten.

„Verstehe." Kate biss die Zähne zusammen. „Du willst nicht arbeiten, zu etwas gedrängt werden oder heiraten. Du hast überhaupt keine Pläne für die Zukunft."

„Sieh mal." Allmählich wurde auch Jake ärgerlich. „Das habe ich auch nie behauptet. Seien wir doch ehrlich, Kate. Was willst du?"

„Eine Karriere und einen Ehemann. Nein", sie schüttelte den Kopf. „Ich will eine Karriere und dich als meinen Ehemann."

„Das klappt nicht", entgegnete Jake. „Ich gehe nicht in die Stadt zurück, und ich werde mir auch keine Arbeit suchen. Und du wirst hier nicht genug Arbeit finden, um glücklich zu sein."

„Jake", sagte sie nach kurzem Nachdenken, „deine Liebe fürs einfache Leben auf dem Land ist doch nur ein Vorwand. In Wirklichkeit weißt du bloß, was du alles nicht willst und hast Angst, dir einzugestehen, was du willst."

„Na, so toll läuft dein Leben schließlich auch nicht."

„Ich bemühe mich wenigstens und laufe nicht davon." Sie stand auf. „Ich bin so wütend auf dich, ich könnte dich umbringen. Und gleichzeitig liebe ich dich so sehr, dass ich es kaum aushalte." Sie brachte vor Enttäuschung kaum noch ein Wort heraus. „Du könntest in die Stadt kommen und arbeiten. Wir beide könnten uns irgendwie einigen, wenn du nur wolltest. Ich platze vor Wut bei dem Gedanken …" Sie biss die Zähne aufeinander, um nicht loszuschreien.

„Wieso warten wir nicht, bis du dich beruhigt hast", meinte Jake, und Kate schrie los.

„Was um Himmels willen …" Jake sprang auf und wollte nach ihr greifen, aber sie wich zurück.

„Sprich nie wieder zu mir wie zu einem Kind", fauchte sie ihn an.

„Aber du führst dich so auf. Was erwartest du denn von mir?"

„Dass du mir antwortest", entgegnete sie. „Du sollst mir sagen, was du fühlst, du sollst dich aufregen, aber nicht dasitzen wie ein weiser abgeklärter alter Mann, der alles weiß."

„Ich weiß zwar viel, aber alles wirklich nicht." Jake lächelte besänftigend.

„Das funktioniert nicht." Kate trat noch einen Schritt zurück. „Ich spiele keine Wortspielchen mehr mit dir. Jake, es gibt auch noch ein wirkliches Leben. Du weißt nicht einmal genau, wer du bist. Oder was du werden willst, wenn du erwachsen bist. Und dafür wird es allmählich Zeit."

Jake konnte sich kaum noch beherrschen. „Weißt du, an wen du mich jetzt erinnerst?"

„Lass mich raten", erwiderte Kate. „An Tiffany und Valerie. Tja, nicht jede Frau klopft dir begeistert auf die Schulter, weil du deinen Verstand und deine Ausbildung vergeudest, indem du auf einen See starrst. Nicht jede Frau findet es toll, dass du hier bald Wurzeln schlägst. Weißt du eigentlich, wieso du mich und diese beiden anderen Frauen so hasst, Jake?"

„Weil ihr verrückt seid nach Macht und euch in den Kopf gesetzt habt, dass jeder Mann nach eurer Pfeife tanzt", versetzte Jake schroff.

„Nein", erwiderte Kate gleichmütig. „Weil du weißt, dass wir recht haben." Sie wandte sich ab und ging in ihr Apartment.

„Kompletter Schwachsinn!", schrie er ihr hinterher, als er sich von der Überraschung erholt hatte, aber da war Kate schon verschwunden.

Jake ließ seinen Zorn an Hecken und Büschen aus, die er beschneiden musste. Er wusste, dass Kate im Unrecht war, aber er hasste es, mit ihr zu streiten. Wieso konnte sie nicht einfach nett zu ihm sein? Warum musste alles immer so kompliziert werden? Schließlich hielt er es nicht mehr aus und ging zu ihrem Apartment. Sie klappte gerade die Kofferhaube des Autos zu und hatte dasselbe Seidenkostüm an wie am Tag ihrer Ankunft. Das Haar hatte sie ordentlich hochgesteckt.

„Kate?"

Sie lächelte ihn etwas zu herzlich an. „Ich fahre jetzt schon. So komme ich nicht in den Rückreiseverkehr."

Jake verspürte plötzlich einen Knoten im Magen und trat einen Schritt näher. „Kate, hör zu, ich …"

„Nein." Sie biss sich auf die Lippe. „Diese Dinge … die ich heute Nachmittag gesagt habe …" Sie runzelte die Stirn und suchte nach Worten. „Das geht mich alles nichts an. Es tut mir leid. Du warst glücklich, bevor ich aufgetaucht bin, also wirst du auch glücklich sein, wenn ich erst wieder weg bin." Sie hob lächelnd die Schultern. „Deshalb gehe ich."

„Oh", sagte Jake. „Das willst du also?"

„Nein", erwiderte sie. „Aber so sieht es eben aus." Sie atmete tief durch. „Vielleicht hast du recht. Das Ganze ging viel zu schnell, und wenn es nur körperlich ist …" Sie schluckte. „Es tut mir einfach zu sehr weh, noch länger hier zu bleiben. Es wird für uns beide einfacher, wenn ich jetzt verschwinde."

Jake stand hilflos da. Ihm fiel keine Erwiderung ein. Und schließlich küsste Kate ihn auf die Wange, stieg ins Auto und fuhr los.

Es ist besser so, dachte er. Andererseits …

11. KAPITEL

*J*ake saß auf der hinteren Veranda des Anwesens seines Bruders. Er hatte die Füße aufs Geländer gelegt und beobachtete den Sonnenuntergang. Doch die innere Zufriedenheit wollte sich einfach nicht einstellen. Schon bevor er Kate kennengelernt hatte, hatte er oft das Gefühl gehabt, ihm fehle etwas in seinem Leben. Aber seit sie abgereist war – einen Monat war das jetzt her – hatte sich das vage Unbehagen in fortwährende Gereiztheit verwandelt. Die Leute gingen ihm so gut wie möglich aus dem Weg, und sogar Ben hatte die Geduld mit ihm verloren.

„Wenn du unglücklich bist, dann tu etwas dagegen", hatte er am Vorabend gesagt und den Queue weggelegt. „Aber hör auf, dich deswegen mit uns anzulegen."

Daraufhin hatte Jake seinen Queue auf den Tisch geworfen und war aus der Bar gestürmt.

Nun saß er hier und versuchte, sich einzureden, dass er froh sein konnte, keinerlei Verpflichtungen und keine Sorgen zu haben.

Will kam mit zwei Bechern Kaffee zu ihm hinaus. „Du benimmst dich absolut widerwärtig. Ich kann es nicht glauben, dass du so taktlos zu Mrs Dickerson warst."

„Ich habe lediglich gesagt, dass Cowboyhüte Frauen nicht stehen." Jake nahm einen der Becher.

„Aber sie trug einen Cowboyhut."

„Wirklich?" Jake runzelte die Stirn. „Mist. Das ist mir nicht aufgefallen."

„Er war grellrot." Will zögerte einen Moment, bevor er weitersprach. „Es ist wegen Kate, stimmt's? Seit sie weg ist, führst du dich wie ein Monster auf. Ruf sie an."

„Es liegt nicht an Kate", wehrte Jake ab. „Na gut, zum Teil schon, aber nicht nur." Er schüttelte den Kopf. „Irgendetwas stimmte schon nicht, bevor sie hier war. Sie hat es nur noch schlimmer gemacht."

„Was ist es dann?" Will setzte sich, um zuzuhören.

Jake suchte nach Ausflüchten, entschied sich aber dann für die Wahrheit. „Ich langweile mich", gestand er.

„Ein Wunder ist geschehen!", rief Will aus.

Jake setzte sich auf und sah seinen Bruder an. „Ich werde ‚Toby's Corners' nicht verlassen. Mir gefällt es hier."

„Na, wenigstens ein Anfang." Will trank einen Schluck.

Einen Augenblick dachte Jake schweigend nach. „Haben wir Geld zur Verfügung?", wollte er dann wissen.

„Das meiste steckt im Hotel und in der Anlage", sagte Will. „Ich habe eine Summe für zukünftige Ausgaben zurückgelegt. Das ist nicht viel. Vielleicht zehn- oder fünfzehntausend."

„Ich möchte es haben", sagte Jake.

„Werde ich das Geld wiedersehen?"

„Das weiß ich nicht. Vielleicht hättest du mir lieber nicht einreden sollen, dass ich etwas unternehmen und mich für nörgelnde Blondinen interessieren soll."

„Da wir gerade von Kate reden, was wirst du tun?", fragte Will.

„Keine Ahnung." Jake blickte wieder auf die untergehende Sonne. „Das muss ich mir noch genau überlegen."

„Damit könntest du dich die nächsten zwanzig Jahre beschäftigen, so wie ich dich kenne."

„Jetzt klingst du schon wie Kate", beschwerte Jake sich.

„Sie ist eine intelligente Frau. Wir haben viel gemeinsam." Will sah seinen Bruder prüfend an. „Um das Geld tut es mir nicht leid, aber wenn du denkst, du wirst glücklich, wenn du's ausgibt, dann irrst du dich. Es geht um Kate, und das weißt du auch."

„Irgendwie müsste ich sie dazu bringen, wieder hierherzukommen", bemerkte Jake. „Sie war glücklich hier oder nicht?"

„Ja, das war sie. Hol sie zurück."

„Wie?", wollte Jake wissen.

„Ruf sie an und bitte sie darum", schlug Will vor.

„Nein. Es muss für sie noch andere Gründe außer mir geben, damit sie hier auf Dauer glücklich sein kann. Ich muss mir irgendetwas Cleveres einfallen lassen."

„Entführ sie, oder erzähl ihr, dass du von ihr schwanger geworden bist."

Jake stieß verächtlich die Luft aus. „Du bist mir nicht gerade eine große Hilfe."

„Auf jeden Fall musst du etwas unternehmen und nicht weiter hier herumlaufen und alle deine Freunde vergraulen." Will stand auf und verließ die Veranda.

Das Einzige, was ihr Spaß macht, ist, sich um die Geschäfte anderer Leute zu kümmern, überlegte Jake. Und ich. Während er seinen Kaffee trank, dachte er weiter darüber nach. Das konnte vielleicht der Ansatz einer Idee sein.

Nach einer Weile stand er auf und fuhr zu Nancy.

Kate saß in ihrem Büro und telefonierte mit Chester Vandenburg, dem Vizepräsidenten einer Gesellschaft, für deren Rettung vor dem drohenden Bankrott sie seit sechs Wochen Tag und Nacht arbeitete. Dabei stachelte sie der Gedanke an, dass sechshundert Arbeitsplätze und das Kapital von über zweitausend Kleinanlegern auf dem Spiel standen.

Doch gleichzeitig verspürte sie einen wachsenden Widerwillen gegen das Leben in der Stadt und ihren stressigen Job und hatte eine unbändige Sehnsucht nach Jake, auch wenn sie solche Gefühle immer entschlossen beiseiteschob.

„Mr Vandenburg, könnten Sie mir erklären, wieso Sie Ihren Managern eine Gehaltserhöhung gegeben haben?" Ungeduldig klopfte sie mit den Fingern auf die Tischplatte. „Diese Leute sind doch dafür verantwortlich, dass Ihre Firma in die roten Zahlen geraten ist. Haben Sie keine Schuldgefühle gegenüber den Aktienbesitzern, Mr Vandenburg? Kennen Sie überhaupt so etwas wie ein Gewissen?" Sie unterbrach sich, als sie merkte, dass ihre Stimme immer schriller klang.

„Ich habe den Eindruck, dass Sie von großen Unternehmen nicht viel Ahnung haben, Miss Svenson", entgegnete Vandenburg eisig. „Gute Führungskräfte sind die Pfeiler ..."

„Ich bin mit solchen Unternehmen aufgewachsen, Mr Vandenburg. Meine ersten Aufsätze habe ich über Geldanlagen und

Firmenübernahmen geschrieben. Aber noch größer als meine Kenntnisse ist Ihre Ignoranz gegenüber den Vorgängen, die vor Ihrer Nase geschehen und von Ihnen noch unterstützt werden."

„Wollen Sie etwa behaupten, ich sei unfähig? Vielleicht sollte Ihr Vater uns lieber einen anderen Berater zuteilen, Miss Svenson."

Kate hörte nur noch ein Klicken in der Leitung, als Mr Vandenburg auflegte. Gleichzeitig ging die Tür zu ihrem Büro auf.

„Schon gut, sie kennt mich", beruhigte Jessie Kates Sekretärin und kam mit zwei Papiertüten zu Kate. „Apfeltaschen und schwarzer Kaffee. Du siehst ja entsetzlich aus."

„Danke", sagte Kate. „So fühle ich mich auch. Ich wusste gar nicht, für was für schlechte Menschen ich arbeite." Sie holte eine Schachtel aus einer der Tüten. „Das riecht gut, vielleicht lenkt mich das ab." Sie sah Jessie an. „Weißt du, früher hat mir die Arbeit Spaß gemacht, aber jetzt ist das alles anders."

Jessie ließ vor Überraschung beinahe ihre Apfeltasche fallen. „Aber das ist doch toll. Dann fang doch irgendwo anders ganz neu an. Sagen wir, in Kentucky."

„Nein", entgegnete Kate sofort.

„Wenn Jake nicht dort lebte, würdest du sofort hinfahren. Du vermisst das Städtchen."

„Schon möglich." Kate wickelte ihre Apfeltasche aus und betrachtete sie unglücklich. „Ich fühle mich so elend, dass mir der Appetit vergeht."

„Du vermisst Jake auch. Sei nicht dumm, und gesteh es dir endlich ein", drängte Jessie.

„Seit sechs Wochen hat er nicht angerufen. Wahrscheinlich würde er mich nicht einmal erkennen, wenn wir uns träfen."

„Ach hör doch damit auf."

„Sechs Wochen." Kate blickte Jessie verletzt an. „Ich habe meinen Anrufbeantworter unter einem Berg Kissen begraben, weil ich es nicht ertragen konnte, dass nie eine Nachricht von ihm drauf war." Sie wies auf das Büro. „Das ist alles, was ich habe. Und ich hasse es."

„Was du brauchst", sagte Jessie, „ist ein Plan." Sie schnappte sich einen Notizblock.

„Nicht schon wieder!" Kate hob abwehrend die Hände. „Sieh dir doch an, wohin dein letzter Plan mich gebracht hat."

„Also, wenn ich mich recht entsinne", überging Jessie Kates Einwand, „dann muss man zuerst ein Ziel festsetzen." Sie nahm sich einen Stift. „In deinem Fall heißt das, du willst Jake heiraten."

„Jessie", setzte Kate an, doch sie kam nicht zu Wort.

„Tja, was hält dich eigentlich davon ab, ihn zu heiraten?"

„Er spricht nicht mit mir, und das erscheint mir eher nachteilig für eine Ehe", erklärte Kate spöttisch.

„Wir wissen nicht, ob er nicht mit dir spricht", sagte Jessie. „Er ruft dich lediglich nicht an. Das ist ein Unterschied."

„Den kann ich nicht entdecken", wandte Kate ein.

Aber Jessie schrieb: 1. Er ruft nicht an. „Was noch?", wollte sie wissen. „Der Mann liebt dich, du liebst ihn, und ich werde euch wieder zusammenbringen."

„Er denkt, dass er mich liebt", stellte Kate richtig. „Als ich abfuhr, war er sich darüber noch nicht ganz im Klaren."

„Okay", meinte Jessie und notierte: 2. Er glaubt, dass er sie liebt. „Das klappt ja bestens. Weiter."

„Na ja, er hasst Auseinandersetzungen. Aber er mag es auch nicht, wenn Frauen versuchen, ihn mit weiblichen Tricks zu etwas zu überreden. Damit wird so ziemlich jeder menschliche Kontakt unmöglich, abgesehen von Sex."

„Was hält er von Sex?"

„Davon ist er schwer begeistert", erwiderte Kate und fragte sich, ob er diesem Hobby vielleicht jetzt mit einer anderen Frau nachging.

Jessie schrieb auf: 3. Er hasst Auseinandersetzungen und Manipulation.

„Außerdem arbeitet er nicht, und das macht mich verrückt. Er will keine Verpflichtung eingehen, und zusätzlich sagt er ganz offen, dass es in ‚Toby's Corner' nichts für mich zu tun gibt. Wenn das keine Abwehrstrategie ist …"

„Tja, ohne Arbeit würdest du nicht glücklich sein." Jessie notierte die Punkte vier bis sechs: Er arbeitet nicht, er will keine Verpflichtung eingehen, er glaubt, es gebe für sie keine Arbeit in Toby's Corners. „Das ist alles? Aber das lässt sich doch regeln."

„Nur noch ein Punkt: Er will nicht heiraten. Und ich möchte einen Antrag bekommen und wünsche mir eine Hochzeit mit allem Drum und Dran."

„Okay." Jessie vervollständigte die Liste: 7. Er will nicht heiraten. „Also der erste Punkt ist leicht. Ruf ihn an. Oder noch besser: Fahr hin. In vier Stunden bist du dort. Besuch Penny und Mark. Und deine Freundin Nancy. Vielleicht ist Jake sich in dem letzten Monat auch über Punkt zwei klar geworden."

„Und deshalb hat er nicht angerufen", bemerkte Kate grimmig. „Ich mag diese Liste nicht."

„Liebst du ihn?"

Kate schluckte. „Ja."

„Du hast ihn auch nicht angerufen. Vielleicht ist er nur ein genauso großer Feigling wie du. Nummer drei: Da muss er nachgeben. Entweder muss er sich auf Auseinandersetzungen einlassen, oder er wird manipuliert. Ich ziehe die Auseinandersetzung vor."

„Ich weiß."

„Nun zu Nummer vier", fuhr Jessie fort.

„Ich bin aber mit den Punkten eins bis drei immer noch nicht glücklich", wandte Kate ein.

Jessie hörte Kate überhaupt nicht zu. „Bei Punkt vier musst du nachgeben. Du kannst ihn nicht zum Arbeiten zwingen, wenn er nicht will. Nummer fünf ist eigentlich dasselbe wie Nummer sieben, also wird sie gestrichen. Nummer sechs …"

„Was war noch Nummer sechs?", fragte Kate verwirrt.

„Der Mangel an interessanter Arbeit für dich." Jessie atmete tief durch. „Hast du mit nicht erzählt, wie überarbeitet Jakes Bruder ist? Und dann die vielen kleinen Läden im Dorf – wenn du allen auf die Beine hilfst, wird es sich herumsprechen, und du könntest in der weiteren Umgebung genug Aufträge bekommen, um dich als selbstständige Unternehmensberaterin niederzulassen." Sie trank einen Schluck Kaffee. „Ich finde, du solltest in die Bar von Nancy einsteigen. Du könntest den Laden berühmt machen."

„Nancy will keine berühmte Bar haben", wandte Kate ein.

„Dann bekommt sie eben trotzdem eine. Kommen wir zu Punkt sieben. Hochzeit und Verpflichtungen."

„Der wunde Punkt." Kate seufzte auf. „Sind wir denn schon mit eins bis sechs fertig?"

„Sei still." Jessie sah sie eindringlich an. „Du wirst Jake einen Antrag machen müssen."

„Nein."

„Doch", beharrte Jessie. „Du musst den ersten Schritt machen."

„Er wird ablehnen, du kennst ihn nicht so gut wie ich."

„Immerhin liebt er dich." Jessie nahm ihre Hand. „Hör mir zu, Kate. Du kannst entweder mit Jake glücklich werden oder hier bei deiner Arbeit, die dir keine Freude mehr macht, versauern."

„Schließlich bist du doch noch hier", wandte Kate ein.

„Nein. Wenn du meinen Plan ablehnst, spreche ich kein Wort mehr mit dir."

Eine Weile sah Kate ihre Freundin schweigend an. „Also gut", sagte sie dann. „Ich werde es versuchen."

Jessie schob ihr das Telefon zu. „Ruf Nancy an. Jetzt gleich. Was ist? Stell dich nicht so an! Mach schon!"

Zögernd griff Kate zum Hörer und wählte die Nummer. Innerlich bebte sie, während sie darauf wartete, dass jemand abnahm. „Nancy?", meldete sie sich mit übertrieben heiterer Stimme.

„Kate? Na endlich", antwortete Nancy. „Ich habe es schon so oft versucht, dich zu erreichen. Aber ich habe nur deine private Nummer. Gehst du nie nach Hause? Da müssen mindestens fünf Nachrichten von mir auf deinem Anrufbeantworter sein."

„Was ist denn los? Geht es Jake gut?"

„Nein", antwortete Nancy. „Er denkt, du seist tot oder mit einem anderen Mann zusammen. Will und ich reden ihm ein, dass du einen anderen hast. Vielleicht kommt er durch Eifersucht zur

Vernunft. Also wundere dich nicht, wenn er bei dir auftaucht und irgendjemanden erschlagen will."

Kate musste lachen. „Er vermisst mich?"

„Das ist die Untertreibung des Jahrhunderts. Wir fürchten, dass wir ihn bald in die Klinik bringen müssen. Es geht ihm wirklich schlecht, und du solltest ihn retten."

„Eigentlich", Kate zögerte, „rufe ich an, weil ich deine Teilhaberin werden wollte. Ich würde dir nicht meinen Willen aufzwängen. Ganz bestimmt nicht."

„Mach das nur. Ich habe mir deinen Plan noch mal angesehen. Komm zu uns, und wir gehen die Sache gemeinsam an."

„Du hast es dir überlegt?" Kate war leicht verwirrt. „Das ist wundervoll."

„Im Grunde war es Jakes Idee", gab Nancy zu. „Seit ein paar Wochen hält er mir jeden Abend lange Vorträge darüber, wie viel besser mein Leben wäre, wenn du hier wärst." Sie lachte. „Ich habe ja schon viele Ausreden gehört, aber es ist ziemlich eindeutig, dass er sich nach dir sehnt."

„Und trotzdem lässt er mich hier zappeln? Das wird er mir büßen." Kurz darauf verabschiedete sie sich von Nancy und legte auf.

„Na was habe ich dir gesagt?", fragte Jessie. „Jetzt gehen wir beide zu dir, und ich helfe dir beim Packen."

„Das geht nicht. Ich muss erst meine Klienten an andere Mitarbeiter weiterleiten, bei meinem Vater kündigen, meine Wohnung verkaufen und meine Geldanlagen zu Bargeld machen. Und dann muss ich mir noch überlegen, was ich mit dieser Liste und Jake anfange. Keine Angst", setzte sie hinzu, als sie Jessies Blick sah, „ich überlege es mir nicht anders. Schließlich bin ich jetzt Besitzerin einer halben Bar."

Jake saß im Hotelbüro und starrte so konzentriert auf den Computerbildschirm, dass er nicht hörte, wie die Tür aufging.

Einen Moment blieb Kate erstaunt im Türrahmen stehen. Bislang hatte sie Jake nur so weltvergessen erlebt, wenn sie beide miteinander geschlafen hatten. Sie schloss die Tür und setzte sich ihm gegenüber an den Tisch. Innerlich rief sie sich ins Gedächtnis, was Nancy und Jessie ihr geraten hatten. Er vermisste sie, und sie musste den ersten Schritt tun.

Dabei hätte sie sich ihm am liebsten in die Arme geworfen. Stattdessen ließ sie es vielleicht auf eine Auseinandersetzung ankommen. „Hallo", sagte sie laut, und Jake blickte auf.

Einen Augenblick, der Kate endlos vorkam, sahen sie einander nur wortlos an.

„Hallo", brachte Jake dann heraus. Ihm fiel einfach nichts Gescheites ein. Nach all den einsamen Wochen saß sie endlich vor ihm, und er dachte nur voller Panik: Sie darf nicht wieder weggehen.

Da er schwieg, ergriff Kate das Wort: „Vermutlich wunderst du dich, dass ich hier bin."

„Nein", erwiderte er. „Ich freue mich nur. Du siehst fantastisch aus."

„Danke. Du auch." Los, befahl sie sich. Bring es endlich hinter dich. „Ich bin Nancys Teilhaberin geworden."

„Ich weiß", antwortete er. „Sie hat es mir letzte Woche erzählt. Ich finde es großartig." Fällt dir nichts Besseres ein? schoss es ihm durch den Kopf.

„Tja", meinte Kate, „das bedeutet, dass ich hierherziehe. Ehrlich gesagt, habe ich es gerade getan."

Jake nickte nur wortlos, und schließlich gab Kate auf. Sie machte sich bloß lächerlich. „Ich glaube, ich gehe dann lieber", sagte sie und stand auf.

Jake sprang auf. „Warte!"

„Das habe ich sechs Wochen lang getan", fuhr sie ihn an. „Es reicht. Ist dir gar nicht aufgefallen, dass ich weg war?"

„Doch, es war entsetzlich. In der Zeit habe ich nachgedacht."

„Sechs Wochen lang?", fragte sie ungläubig. „Kannst du dir vorstellen, wie elend ich mich gefühlt habe? Ich habe geheult, und das tue ich sonst nie." Sie schlug mit der Faust auf den Tisch. „Sechs Wochen!"

„Kate", warf Jake ein, doch sie war mit ihrer Geduld am Ende.

„Glaub bloß nicht, dass ich deinetwegen hergekommen bin.

Ich hasse das Großstadtleben, und hier gefällt es mir. Also bin ich hierhergezogen. Das hat mit dir überhaupt nichts zu tun."

„Da haben wir doch etwas gemeinsam", versuchte Jake einzulenken.

„Wir haben gar nichts gemeinsam", fauchte sie ihn an und ging zur Tür.

Im letzten Moment stellte Jake sich ihr in den Weg. „Gib mir eine Chance."

„Nein. Bitte lass mich durch."

Er schüttelte den Kopf und umfasste ihre Schultern. „Ich kann dich nicht gehen lassen. Du liebst mich und hast meinetwegen geweint. Das hast du zugegeben."

„Darüber komme ich hinweg", entgegnete Kate. „Vielleicht hat mir dieses Treffen schon sehr dabei geholfen."

„Das werde ich nicht zulassen." Jake zog sie an sich und küsste sie.

Kate hatte beinahe vergessen, wie atemberaubend er küssen konnte und was für ein berauschendes Gefühl es war, sich in seine starken Arme zu schmiegen.

„Mach mir nie wieder solche Angst", flüsterte Jake, als er den Kuss beendete. „Ich dachte, du würdest wirklich wieder gehen."

„Das wollte ich auch." Kate atmete tief durch und zog sich von ihm zurück, bevor sie durch seine Nähe die letzte Willenskraft verlor. „Ich habe eine Reihe von Bedingungen, und die werden dir nicht gefallen." Sie zog Jessies Liste hervor. „Ich hoffe, du kannst die Schrift meiner Freundin entziffern."

Jake nahm den Zettel mit einer Hand und legte Kate den anderen Arm um die Schultern. „,Erstens'", las er. „,Er ruft nicht an.'" Verwirrt blickte er hoch.

„Na ja, du hast nicht angerufen." Mit einmal kam Kate die Liste unsinnig vor. „Gib mir den Zettel wieder."

Doch er hielt ihn außer Reichweite. „Von jetzt an werde ich dich dreimal täglich anrufen, wenn du es willst. ,Zweitens: Er glaubt, dass er sie liebt.'"

„Das hast du gesagt", erklärte Kate. „Und ich war mir nicht sicher."

„Sei beruhigt, ich bin verrückt nach dir." Jake klang so ernst und aufrichtig, dass Kate es kaum fassen konnte. „,Drittens'", fuhr er fort. „,Er hasst Auseinandersetzungen und Manipulation.' Das ist richtig. Wo liegt das Problem?"

„Du musst dich für eins entscheiden, sonst sprechen wir nicht viel miteinander", erklärte Kate energisch.

Jake seufzte. „Die Auseinandersetzungen. Anders könntest du auch gar nicht leben. Nummer vier? ,Er arbeitet nicht.'" Lächelnd sah er sie an. „Wollen wir wetten? Komm mal mit." Er führte sie zum Computer und wies auf den Bildschirm. „Ich bastele noch an meiner Karriere, aber es ist ein Anfang. Du hattest recht, ich habe mich gelangweilt. Glücklicherweise kann man heutzutage Geldgeschäfte tätigen, ohne in die Stadt zu ziehen. Und möglicherweise wird daraus eines Tages meine eigene Anlageberatungsfirma. Na, wie gefällt dir das?"

„Ich bin fasziniert", sagte Kate, und Jake zog sie wieder in seine Arme.

„,Fünftens. Er will keine Verpflichtungen eingehen.' Das kannst du vergessen, ich fühle mich dir bereits verpflichtet. ,Sechstens: Er glaubt, es gebe für sie keine Arbeit in ,Toby's Corners'.' Darum habe ich mich schon gekümmert, indem ich Nancy von deinem Plan überzeugt habe. ,Siebtens: Er will nicht heiraten.'"

„Aber ich will", betonte Kate.

„Gut", sagte Jake nur. „Ich habe hierfür viel Geld ausgegeben." Er holte tief Luft und zog eine kleine Schmuckschachtel aus der Jacketttasche.

„Ringe?" Kate setzte sich fassungslos auf einen Stuhl. „Du kaufst Ringe, aber du rufst mich sechs Wochen lang nicht an?"

„Ich wollte sie bei mir haben, wenn ich dir einen Antrag mache." Jake beobachtete sie aufmerksam, als sie die Schachtel öffnete. „Ich dachte, dann wärst du vielleicht so überwältigt, dass ..."

„Ich bin überwältigt", gestand sie und betrachtete die Ringe. Einer von ihnen war mit einem Solitär versehen.

„Ich habe noch etwas", sagte er. „Ich habe ein Haus gekauft.

Aber es ist nur ein altes Landhaus am See." Besorgt sah er ihr in die Augen. „War das wieder falsch?"

„Du hast ein Haus gekauft? Und was willst du tun, wenn ich Nein sage?"

„Das darfst du nicht einmal im Scherz tun." Jake drohte ihr mit dem Finger. „Ich habe schon genug Albträume deinetwegen hinter mir."

„Mach mir einen Antrag", forderte Kate.

„Willst du mich heiraten?"

„Ja." Kate steckte sich den Ring an, und Jake zog sie erleichtert in die Arme.

„Danke", stieß er hervor und hielt sie eine Weile schweigend im Arm. „Du bist dir ganz sicher, aber ich mache mir ständig Gedanken, ob wir keinen Fehler begehen. Sieh der Wahrheit ins Auge: Es wird nicht immer leicht mit mir sein."

„Das weiß ich."

„Ich wollte nur sichergehen, dass du dir dessen bewusst bist." Jake sah sie so liebevoll an, dass ihr vor Rührung fast die Tränen kamen.

Sie schluckte. „Aber wieso lässt du mich sechs Wochen lang im Ungewissen? Die Zeit ohne dich war die Hölle. Tu so etwas nie wieder."

„Genau das meine ich", sagte Jake. „Ich tue das nicht mit Absicht, und ich werde mich wirklich bemühen, aber wahrscheinlich werde ich noch öfter irgendetwas falsch machen und dir dadurch wehtun, ohne es zu wollen. Und dann wirst du dich aufregen, und wir werden uns streiten."

Wieder musste Kate schlucken. „Ich weiß."

„Aber das Wichtigste", sagte er und sah ihr forschend in die Augen, „ist, dass wir alle Probleme miteinander lösen können, weil nichts so schlimm ist, als wenn wir voneinander getrennt sind."

„Ich bin überwältigt." Kate konnte kaum sprechen, weil sie so aufgewühlt war. „Ich dachte, du würdest nur sagen, dass du mich vielleicht liebst, oder dass du im günstigsten Fall nach langem Zögern zustimmst, mich zu heiraten, oder ..."

Jake zog sie noch dichter zu sich. „Ich habe mich schrecklich benommen, stimmt's? Ich dachte, du wüsstest …"

„Nein, aber jetzt weiß ich es." Kate hielt den Ring ins Licht und betrachtete ihn eingehender. „Diese Verzierungen im Gold, sind das Fische?" Sie konnte kaum noch ein Wort herausbringen.

„Es sind Extraanfertigungen", erklärte Jake. „Wir hatten ein paar unserer schönsten Momente am See. Und du solltest einen ganz besonderen Ring bekommen, weil du auch eine ganz besondere Frau bist."

„Fische", sagte Kate. „Habe ich schon gesagt, dass ich dich bis an mein Lebensende lieben werde?"

„Sei froh darüber, denn du wirst mit mir bis an dein Lebensende zusammen sein." Nach einem Augenblick fügte er hinzu: „Es sei denn, du bringst mich im Bett um. Versuch es nur, mir ist es egal."

Kate betrachtete immer noch den Ring. „Ich bin verlobt", sagte sie mehr zu sich selbst.

„Und ich werde nicht den Fehler deiner früheren Verlobten machen. Die haben einfach zu lange gewartet. Lass uns dieses Wochenende heiraten."

„Was?" Kate blickte erstaunt hoch, und Jake küsste sie und zog sie so dicht an sich, als wolle er sie nie wieder loslassen. Kate erwiderte den Kuss voller Liebe und Hingabe. Bei keinem anderen Menschen hatte sie sich je so geborgen gefühlt.

„Wenn du denkst, ich würde dich wieder verlassen, musst du verrückt sein", sagte sie leise. „Du hast mir einen Antrag gemacht, und das kann ich mit meinem Ring beweisen."

„Sicher ist sicher. Wir werden so schnell wie möglich heiraten, und dann musst du für immer bei mir bleiben. Verstanden?"

„Ja", erwiderte sie. „Zum ersten Mal, seit wir uns begegnet sind, verstehe ich dich wirklich. Aber küss mich noch mal, ich bin manchmal etwas schwer von Begriff."

„Du kannst von mir jederzeit Nachhilfe bekommen", versprach Jake lächelnd und zog sie wieder an sich.

– ENDE –

Carly Phillips

... und cool!

Roman

Aus dem Amerikanischen von
Brigitte Marliani-Hörnlein

1. KAPITEL

*D*er Wagen gab keinen Laut mehr von sich. Frustriert stieg Samantha Reed aus. Laut Autovermietung war es der beste zur Verfügung stehende Mittelklassewagen gewesen. Obwohl sie den Wagen nur ungern in der Wüste zurückließ, hatte sie keine andere Wahl. Die Autovermietung würde einen Abschleppwagen schicken müssen. Zu schade, dass niemand einen Rettungstrupp für die Fahrerin schickte.

Sie atmete die heiße, staubige Luft ein und warf einen Blick in den Himmel. Die Sonne ging langsam hinter den in weiter Ferne liegenden Bergen unter. Wenn sie sich nicht beeilte, würde sie in der Dunkelheit durch die Wüste marschieren müssen. Nicht, dass sie überhaupt laufen wollte. Für einen Ausflug zu Fuß war sie auch wahrhaftig nicht richtig angezogen.

Sie nahm ihre Handtasche, ließ ihr Gepäck im Kofferraum und zog am Saum ihres neuen kurzen Seidenkleides. Ein Kleid, das in der Hitze angenehm kühl und bequem war, aber für eine Wüstenwanderung völlig unpassend. Der Urlaub fing ja gut an!

Sie hatte sich vorgenommen, eine Woche voller Spaß, Lust, Leidenschaft und Aufregung zu genießen, bevor sie eine Ehe einging, die so langweilig und trocken wie diese verdammte Wüste werden würde. Am nächsten Wochenende würde sie ihren Verlobten auf einem Seminar über Risikomanagement und Finanzvorteile in einer der exklusiven Ferienanlagen in Arizona treffen. Und wenige Wochen später sollte die Hochzeit sein.

Doch zuvor wollte sie ein einziges Mal in ihrem Leben nur an sich selbst denken. Das hatte sie verdient, angesichts der Tatsache, dass sie ihr Leben und ihr Glück ihrem Vater opferte. Immer war sie die gehorsame Tochter gewesen. Nur so war es überhaupt zu erklären, dass sie jetzt bereit war, einen Mann zu heiraten, den sie nicht liebte. Einen Mann, der fast fünfzehn Jahre älter war als sie. Einen Mann, den sie kaum kannte.

Noch einmal zog sie am Saum ihres Minikleides. Es war kein anderer Wagen in Sicht. Sie blickte über die Schulter in die endlose Weite hinter sich. Es konnte nicht schlimmer sein als das, was die Zukunft für sie bereithielt.

In einem Monat wären die Träume von einer glücklichen Ehe Vergangenheit. Aber sie wollte – nein, sie brauchte – einige Erinnerungen, die sie in den kalten Nächten warm hielten. Sie würde nie erleben, was ihre Eltern miteinander erfahren hatten – eine große Liebe, auch wenn sie oft zulasten der einzigen Tochter ging. Aber sie wollte zumindest einmal in ihrem Leben leidenschaftlichen Sex erleben, bevor sie vor den Traualtar trat.

Erst jetzt wurde Samantha bewusst, dass sie die letzten neunundzwanzig Jahre einzig damit verbracht hatte, alles zu tun, um die Liebe ihrer Eltern zu gewinnen. Eine vergebliche Mühe. Natürlich wurde sie von ihren Eltern geliebt, aber nicht genug. Sie waren zu sehr mit sich selbst und ihrer Liebe zueinander beschäftigt gewesen, als dass noch Platz für ein Kind gewesen wäre.

Als sie ihrer sterbenden Mutter versprach, sich um den Vater zu kümmern, hatte sie das erste Mal das Gefühl, wirklich zu dieser Familie zu gehören. Ihre Mutter hatte etwas von ihr verlangt, und sie hatte es freiwillig und bedingungslos gegeben. Sie hatte damals nur nicht geahnt, wie sehr ein einziges Versprechen ihr ganzes Leben beeinflussen konnte. Mit ihrem Vater, einem Börsenmakler, war es nach dem Tod seiner Frau bergab gegangen. Als trauernder Witwer hatte er seine Geschäfte vernachlässigt.

Um die Verluste auszugleichen, hatte er für seine Kunden schließlich riskante Abschlüsse getätigt, in der Hoffnung, schnelle Gewinne zu erzielen. Es hatte jedoch nicht geklappt. Das Schlimmste daran war, dass er auch eigenes Kapital investiert und sich so hoch verschuldet hatte, dass seine Zukunft bedroht war. Und da es in Samanthas Macht stand, die Dinge zu regeln, war sie bereit dazu.

Tom, ihr neuer Chef und wohlhabender Freund ihres Vaters aus dem Country Club, hatte eine Lösung angeboten. Man könnte es auch Bestechung nennen, dachte Samantha. Er würde die Gläubiger ihres Vaters bezahlen und bekam im Gegenzug eine hübsche, junge Frau und perfekte Gastgeberin, die er wie eine Trophäe vorzeigen konnte. Jede gut aussehende Frau hätte diese Rolle übernehmen können, aber Samantha besaß noch einen weiteren Vorteil. Sie verstand etwas von seinem Geschäft und wusste sowohl mit seinen Kunden als auch mit seinen Konkurrenten umzugehen. Mit ihr an seiner Seite konnte er sich die Mühe und Zeit ersparen, geistlose Frauen zu hofieren, die sich darum rissen, die Frau eines reichen Mannes zu werden. Seine Worte, nicht ihre.

Die letzten Stunden ihrer Freiheit vergingen wie im Flug, und der Traum von einem erotischen Abenteuer mit einem Fremden war in greifbare Nähe gerückt. Mithilfe ihrer Ersparnisse hatte sie alles vorbereitet. Hemmungslos hatte sie Geld für Kleidung, Dessous und den luxuriösen Leihwagen ausgegeben, der jetzt nutzlos in der Wüste stand.

Sie warf einen wütenden Blick auf das Fahrzeug. Wenn sie eine zügellose, leidenschaftliche Affäre mit dem begehrenswertesten Fremden haben wollte, den sie finden konnte, musste sie zunächst einmal ihren Zielort erreichen.

Sie legte eine Hand über die Augen, um sich vor der Sonne zu schützen, und schaute den Highway entlang, der durch die Wüste führte. Falls man diese verdammte Straße überhaupt Highway nennen konnte. Vor oder zurück, überlegte sie. Wenn sie sich recht erinnerte, lag etwa eine Meile hinter ihr eine Art Ranch.

Eine leichte Brise kam auf, als die Sonne weiter hinter den Bergen verschwand. Samantha zitterte und bekam eine Gänsehaut. Schnellen Schrittes ging sie voran und kämpfte gegen das Schuldbewusstsein an, das sie jedes Mal überkam, wenn sie über ihren Plan nachdachte. Wenn sie erst einmal mit Tom verheiratet war, würde sie die treue Ehefrau sein, die er erwartete, doch noch war sie nicht verheiratet. Diese Woche sollte der Ersatz für die leidenschaftlichen Flitterwochen sein, die sie niemals erleben würde.

Der Anfang war gemacht, und sie ärgerte sich, dass es nur so langsam weiterging. Aus Angst, sich auf dieser holprigen Straße in ihren hochhackigen Pumps die Beine zu brechen, zog sie die Schuhe aus und lief barfuß weiter. Kleine Steinchen bohrten sich schmerzhaft in ihre Fußsohlen. Doch sie achtete nicht darauf.

Es war schon dunkel, als sie in der Ferne ein Licht entdeckte. Ihre Füße waren mittlerweile wund gelaufen, ihre Kehle ausgetrocknet und ihr Gesicht schmutzig von Staub und Tränen. Ihr fiel kein Wort ein, das ihren Zustand auch nur im Geringsten beschrieb. *Verzweifelt* war zu milde ausgedrückt.

Sie war an einem Punkt angelangt, an dem sie ihren Körper dem ersten Mann schenken würde, der ihr einen Stuhl anbot, eine Schulter zum Ausweinen und ein kaltes Getränk. Nicht unbedingt in dieser Reihenfolge.

„He, Ryan, genießt du wieder einmal das einfache Leben?"

Ryan Mackenzie wischte mit einem feuchten Tuch über die Glasplatte der alten Theke. „Ihr wisst, dass ich an dieser Kneipe hänge", sagte er zu den älteren Männern, die um einen Tisch herum im „The Hungry Bear" saßen.

„Ich kann einfach nicht glauben, dass du diese Bude deiner luxuriösen Ferienanlage vorziehst."

Ryan schaute auf die verschrammten Holzwände, die verstaubten, schief hängenden Bilder, den Billardtisch in einer Ecke und das Dartspiel in der anderen. Er atmete tief den Geruch von Nachos, Tabak und Bier ein. „Glaub es ruhig."

„Ein Punkt für ihn", sagte der älteste der Männer. „Er hat jetzt vielleicht viel Geld, aber ein Mann vergisst seine Wurzeln nicht."

„Richtig, Zee, ich bin mit diesem Land genauso verwurzelt wie du." Ryan erinnerte sich an das kleine Farmhaus, in dem er aufgewachsen war, und an das beinahe identische Nachbarhaus. Er und seine Schwester Kate hatten sich in beiden Häusern wohlgefühlt, hauptsächlich wegen der Herzenswärme und des Humors des alten Mannes.

Zee grinste. „Es hat dich reich gemacht, Mackenzie."

„Also, was treibst du hier? Probleme mit den Frauen?" Die Männer ließen nicht locker.

„Ich nicht, aber Bear", erwiderte Ryan. Bear war Zees Sohn, Ryans bester Freund und Eigentümer dieser Kneipe. Ryan nahm ein Glas und trocknete es ab. „Ihr wisst doch, dass er seinem Mädchen nachjagt. Ich spiele in der Zeit den Barkeeper."

„Du sollest besser deine Zeit damit verbringen, dir auch eine Frau zu suchen."

Ryan ignorierte den Einwurf. Es musste schon eine besondere Frau kommen, damit er seine Freiheit aufgab, und diese Frau hatte er bisher nicht kennengelernt. Er schaute Zee an und dachte an die glücklich Ehe, die der alte Mann geführt hatte. Auch Ryans Eltern waren glücklich verheiratet gewesen.

Nicht zum ersten Mal fragte Ryan sich, ob er dadurch ein zu idealisiertes Bild von einem Familienleben hatte. Nur wenige Beziehungen entwickelten sich wirklich so positiv, und noch weniger Frauen respektierten die Werte, die für ihn in einer Familie so wichtig waren.

Trotzdem, er konnte nicht leugnen, dass das Hotelleben schrecklich einsam war und ihn langsam zermürbte.

„Wenn ich du wäre, würde ich mir eins von diesen Häschen schnappen, die in deiner Hotelanlage herumlaufen, statt alten Kerlen wie uns Drinks zu servieren."

„Du bist aber nicht ich, Earl." Diese Häschen wollten nichts weiter als etwas Sonne tanken und sich einen reichen Mann angeln. Und diejenigen, die bereits einen Mann hatten, kamen für ein flüchtiges Abenteuer ins „The Resort".

Ryan war es nicht nur leid, diesem Spiel zuzusehen, er war es auch leid, die Zielscheibe der Bemühungen dieser Frauen zu sein. Deshalb bot die gelegentliche Aushilfe bei Bear die perfekte Fluchtmöglichkeit.

„Noch eine Runde, Ryan", rief Zee.

Er warf einen Blick in ihre Richtung. „Ihr seid noch nicht einmal mit der ersten fertig."

Er beobachtete, wie Zee die rot-weiße Gardine zurückzog und aus dem Fenster sah. Die Ausstattung könnte etwas aufgemöbelt werden, dachte Ryan. Vielleicht wäre es gar nicht so schlecht, wenn Bear endlich heiratete. Eine Frau würde sich eventuell um die Inneneinrichtung der Bar kümmern.

„Sieht aus, als bekämen wir jetzt etwas Spaß." Zee klatschte begeistert in die Hände. Donnerstagabend war Damenabend, und die Achtzigjährigen warteten aufgeregt auf die jungen Schönheiten. „Kommt gerade die Treppe herauf."

Der alte Mann war für Ryan und seine Schwester ein väterlicher Freund, seit ihr eigener Vater vor zwölf Jahren gestorben war. Das bedeutete aber nicht, dass er einen weiblichen Gast belästigen durfte. „Lasst sie in Ruhe, Jungs."

„Spielverderber", schimpften die Männer wie aus einem Munde. In dem Moment wurde die Tür geöffnet, und die mitleiderregendste Gestalt trat ein, die Ryan je gesehen hatte.

Sie war eine Lady ... unter der dicken Schicht Wüstenschmutz. Die schwarzen schulterlangen Haare waren staubig und zerzaust. Barfuß, die Schuhe in der Hand, stolperte sie in die Kneipe.

Ein schneller Blick und jahrelange Erfahrung sagten ihm, dass sie ein Designerkleid aus Seide trug. Es enthüllte aufregend viel nackte Haut. Völlig erschöpft lehnte sie am Türrahmen.

Bevor er sie genauer betrachten konnte, hatten die drei alten Männer sie schon umzingelt. Ryan sah zur Decke und verdrehte die Augen. Dann ging er um den Bartresen herum. „Um Gottes willen, lasst der Lady Platz zum Atmen", rief er.

Die Männer verzogen sich murrend. Und Ryan blickte direkt auf das weiße, eng anliegende Oberteil des Kleides mit den Spaghettiträgern. Dank der kalten Nachtluft waren die Spitzen ihrer Brüste hart und zeichneten sich deutlich unter dem dünnen Stoff ab. Er verspürte das dringende Bedürfnis, seine Hände über ihre Brüste zu legen und die Lady zu wärmen.

Er hatte zu lange keinen Sex gehabt, wenn ihn dieses verschmutzte weibliche Wesen so anmachte. Die Frau sah von ihm zu der Gruppe an dem Ecktisch.

„Keine Angst, die tun Ihnen nichts." Er deutete auf die drei Männer, die sie schamlos beäugten.

„Trotzdem vielen Dank", erwiderte sie mit heiserer, erotisch klingender Stimme. Gern würde er glauben, dass sie immer diesen Klang hatte, doch da die Frau anscheinend einen Marsch durch die Wüste hinter sich hatte, lag es wahrscheinlich mehr an dem vielen Staub, den sie geschluckt hatte. „Mein Wagen fährt nicht mehr", erklärte sie.

„Setzen Sie sich erst einmal. Ich bringe Ihnen etwas Kaltes zu trinken", sagte er. „Für Ihre Kehle. Und dann können Sie Ihr Herz einem freundlichen Barkeeper ausschütten." Vielleicht fand er sogar ein Sweatshirt, das sie anziehen konnte. Um sich zu wärmen und um die beachtlichen weiblichen Reize zu verbergen. Ansonsten bestand die Gefahr, dass sein Verstand aussetzte.

Sie hob den Blick genau in dem Moment, als er direkt auf ihre Brüste starrte. Eine leichte Röte überzog ihre Wangen, und sie lächelte verlegen, während sie schnell die Arme vor der Brust verschränkte, um sich vor seinen Blicken zu schützen.

In dem Moment wurde er sich ihrer wahnsinnigen Augen bewusst. Noch nie hatte er solch eine faszinierende Farbe gesehen, eine einzigartige Kombination aus verschiedenen Blautönen, umrahmt von dunklen Wimpern und heller Haut. Eine Haut, die nur durch verlaufene Wimperntusche und auf Staub getrockneten Tränen verunziert war.

Ihr Anblick rührte ihn. Schmutzig, ungepflegt und so ganz anders als die Frauen, die regelmäßig in seine Hotelanlage zu einer Verjüngungskur kamen. In der Welt, in der er lebte, betrachteten die Frauen Kosmetik und Schönheitsoperationen als notwendiges Mittel, um ihre Männer zu halten. Natürliche Schönheit, wie diese Frau sie besaß, war selten.

„Ich habe ziemlich breite Schultern", sagte er, als sie weiterhin schwieg.

„Das sehe ich." Plötzlich verzog sie ihren Mund zu einem strahlenden Lächeln, und ihre Augen funkelten, als sie ihn ohne Scheu von oben bis unten betrachtete.

Da es in Bears Kneipe keine besonderen Kleidungsvorschriften für den Barkeeper gab, bevorzugte Ryan bequeme Kleidung. Ihm gefiel es, und ihr ganz offensichtlich auch.

„Ich habe einen anstrengenden Marsch hinter mir. Wollten Sie mir nicht einen Platz anbieten?" Kokett sah sie ihn an. Verdammt, diese Frau hatte sein Interesse geweckt … sie reizte ihn ungemein. Sie trat einen Schritt vor, schrie auf – vor Schmerzen, wie er annahm – und fiel gegen ihn.

„Mir haben sich schon viele Frauen an den Hals geworfen, aber so noch nicht."

„Vielleicht liegt das daran, dass die anderen nicht meilenweit barfuß durch die Wüste gelaufen sind."

Ryan murmelte etwas und hob sie auf seine Arme.

„Was soll das?" Sein ritterliches Benehmen schien sie zu ärgern.

„Ich helfe Ihnen, es sei denn, Sie möchten gern noch einen Schritt versuchen." Er machte Anstalten, sie wieder auf den Boden zu stellen.

Sie legte ihre Arme um seinen Nacken und klammerte sich an ihm fest. Erstaunt stellte er fest, dass sie stärker war, als sie aussah.

„Sehen Sie jetzt ein, dass Sie Hilfe brauchen?"

Sie nickte und presste sich an ihn. Er spürte die sanften Rundungen ihrer Brüste an seiner Brust und ihren festen Po an seinem Bauch. Ein Kribbeln ging durch seinen Körper.

Sie legte den Kopf in den Nacken und seufzte. „Mein Held."

„Immer zu Diensten." Ihr Haar kitzelte an seiner Wange, und ihre Haut duftete trotz ihrer Tour durch die Wüste nach Pfirsich. Sein Körper reagierte sofort, und seine Gedanken wanderten in eine gefährlich erotische Richtung.

Ryan setzte sie auf einem Stuhl ab und nahm ihren Fuß. Mit der Fingerspitze glitt er sanft über die Wunden und Schrammen. Verwirrt sah sie ihn an.

„Oben habe ich ein Desinfektionsmittel und Pflaster", sagte er mit belegter Stimme. Besser gesagt, Bear hatte es. Sein Freund hatte schon viele Raufereien gehabt, und oft war Ryan zur Stelle gewesen, um Bear nach solch einer Schlägerei zu versorgen und in der Kneipe wieder Ordnung zu schaffen.

„Oben?", piepste sie. Dann räusperte sie sich schnell und sagte noch einmal: „Oben? Wo? In einem Zimmer? Einer Wohnung?" Ihre Neugierde schien die Zweifel zu überwiegen, und sie bombardierte ihn mit Fragen.

„Eine Wohnung", erwiderte er amüsiert.

„Mit einer Dusche?"

Er zog die Augenbrauen hoch. „Dusche und Badewanne. Warum?"

„Ich bin einfach neugierig. Und Sie leben dort?", fragte sie weiter.

„Ja." Für eine Woche oder wie lange es auch dauern mochte, bis Bear seine Freundin zurückerobert hatte. Aus Gründen, über die er im Moment noch nicht genauer nachdenken wollte, schien es ihm angebracht zu verschweigen, dass er lediglich aushalf.

Es war lange Zeit her, dass ihn jemand einfach als Ryan, den Barmann, kennengelernt hatte und nicht als Ryan Mackenzie, Eigentümer der eleganten Ferienanlage „The Resort", Junggeselle, wohlhabend und somit eine erstklassige Partie. Kein Wunder, dass er zur Zielscheibe geldgieriger Frauen geworden war. Es hatte gedauert, bis er gemerkt hatte, dass nicht er, sondern sein Geld die Damen interessierte, und so hatte er gelernt, in Bezug auf Frauen vorsichtig und argwöhnisch zu sein.

Die Verwundbarkeit dieser Frau reizte ihn, und er wollte die Chance haben, als gewöhnlicher Mensch gemocht zu werden und nicht wegen seines Geldes.

Er sah, wie sie nervös an ihrem kurzen Kleid zupfte. „Leben Sie allein?", fragte sie, ohne ihn anzusehen.

„Ja."

„Oh. Gut." Unter der Staubschicht auf ihrem Gesicht errötete sie leicht.

Ihre Unverfrorenheit scheint ihr peinlich zu sein, dachte er. „Gut?"

„Für meine Füße." Sie erhob sich. „Meinen Sie, ich könnte mich oben ein wenig waschen?", fragte sie.

Er nickte. „Während Sie sich frisch machen, lasse ich Ihren Wagen von den Jungs abschleppen und Ihr Gepäck holen."

Sie sah sich um. „Von welchen Jungs?"

„Die, die Sie umzingelt haben, als Sie in der Tür erschienen. Auch jetzt lassen sie Sie noch nicht aus den Augen."

Sie grinste. „Ach, die Jungs. Fahren die etwa?"

„Nicht legal."

Ihr herzhaftes Lachen erfüllte die Kneipe und erregte seine Sinne. „Was mein Gepäck betrifft", sagte sie. „Wie kommen Sie darauf, dass ich überhaupt etwas bei mir habe?"

„Meine Süße …" Er ließ seinen Blick über ihren wohlgeformten Körper und ihre helle Haut schweifen. „So wie Sie aussehen, können Sie nur eine Touristin sein."

Er streckte die Hand aus, um sie beim Laufen zu unterstützen, doch sie schüttelte den Kopf.

„Das kann ich allein."

„Okay. Ich bin direkt hinter Ihnen, falls Sie doch Hilfe benötigen. Hier geht es hoch." Er deutete auf die Treppe in einer dunklen Ecke. Sie bewegte sich unsicher auf ihren schmerzenden Füßen. „Einer von euch Jungs kümmert sich um die Bar", rief er den Stammgästen zu, denen Bear genauso vertraute wie seinem Freund.

Ryan starrte auf ihren schmalen Rücken, als sie die Treppe hinaufstieg. Er war eine Stufe unter ihr. Ihr kurzes Kleid endete weit oberhalb der Knie, was kein Problem gewesen war, solange sie sich auf einer Ebene befanden. Doch bei dem unerwarteten Anblick, der sich ihm bot, als sie vor ihm die Treppe hinauflief, schoss ihm das Blut in die Lenden. Mit solch verführerischen Dessous hatte er nicht gerechnet. Dieser Hauch von Spitze, der mehr zeigte als verbarg, erregte ihn. Dabei kannte er nicht einmal den Namen der Lady.

Ihm wurde schwindelig bei dem Gedanken, dass er Bear fast seine Hilfe verweigert hätte, da in dieser Woche in seiner Hotelanlage einige Konferenzen abgehalten wurden. Was wäre ihm alles entgangen!

Sie hatte den richtigen Mann gefunden. Nur leider wusste sie nicht, wie sie es anstellen sollte, ihn zu verführen. Samantha schloss die Badezimmertür hinter sich und zog ihr Kleid aus. Wer hätte gedacht, dass der erste Mann, dem sie begegnete, der erste unter achtzig, fügte sie in Gedanken hinzu, genau der Mann war, den sie suchte.

Ihre Fragen waren nicht gerade geschickt gewesen. Doch beim Anblick dieser dunklen, tief liegenden Augen und dem Schnurrbart über den sinnlichen Lippen, war sie nicht mehr in der Lage gewesen, klar zu denken.

Bei dem Gedanken, dass er auf der anderen Seite der Tür wartete, beschleunigte sich ihr Herzschlag. Es gab keinen Zweifel: Dieser dunkelhaarige, fantastisch aussehende Fremde war genau das, was sie gesucht hatte. Mit einem Barkeeper in einer abgelegenen Kneipe konnte sie leidenschaftliche Stunden erleben, ohne den Mann später wieder sehen zu müssen. Falls sie es überhaupt schaffte, ihn zu verführen.

Samantha nahm sich ein Handtuch aus dem Regal und hängte es an einen Haken. Sie sah sich im Bad um. Klein, aber mit allem ausgestattet, was man benötigte. Keine Kinkerlitzchen. Nur eine Zahnbürste und ein Aftershave auf der Konsole unter dem Spiegel. Sie nahm die Flasche, schraubte den Verschluss auf und roch daran. Ein einziges Schnüffeln genügte, und sie fühlte sich nicht länger allein. *Sein* Duft hüllte sie ein. *Er* war bei ihr.

Sie war noch nie mit einem Mann zusammen gewesen, der einen Schnurrbart hatte. Würde dieser Schnurrbart beim intensiven Liebesspiel eine zusätzliche Stimulation bieten? Sie schloss die Augen und fing an zu träumen. Ein sinnlicher Mund, warmer Atem, erfahrene Hände auf ihrer empfindsamen Haut. Feste Lippen, die über ihre Schenkel glitten, Barthaare, die sie kitzelten. Sie legte die Hände an ihre Brüste und stellte sich vor, es seien seine, die die zarten Spitzen massierten.

Sie öffnete die Augen und kehrte in die Realität zurück. Da stand sie allein in einem fremden Badezimmer, spielte mit den harten Knospen und war völlig erregt. Entsetzen packte sie. Noch nie hatte sie so etwas getan. Noch nie hatte sie so gefühlt. Sie nahm die Hände von ihren Brüsten und beschloss, endlich unter die Dusche zu gehen.

Ihre Hände zitterten, als sie den Wasserhahn aufdrehen wollte. Wie konnte sie diesen Mann nur so sehr begehren? Einen Mann, den sie kaum kannte.

Samantha erbebte. Ihr blieb nur eine Woche. Sieben Tage Freiheit, bevor sie sich mit ihrem ungeliebten Verlobten traf. So hatte sie sich ihr Leben nicht vorgestellt, doch die Zukunft ihres Vaters stand auf dem Spiel. Und da ihr Leben nur noch aus dieser einen Woche bestand, wollte sie das Beste daraus machen. Ihre Chance stand draußen vor der Tür.

Bevor sie ihm jedoch in die Arme fiel, musste sie duschen. Nein, erst etwas trinken, dachte sie und ließ Wasser in ein Zahnputzglas laufen. Mit etwas Glück wüsste sie in ein paar Stunden, wie leidenschaftlich Sex sein konnte. Samantha warf einen Blick in den Spiegel und erschrak. Das Glas fiel ihr aus den Händen ins Waschbecken. Wie sah sie bloß aus? Dreckig, ungepflegt und alles andere als verführerisch.

Ohne Vorwarnung wurde die Tür aufgerissen, und sie war nicht mehr allein. „Was war das?"

Der Griff nach dem Handtuch kam zu spät. Der Liebhaber ihrer Träume stand in der Tür und starrte auf ihren fast nackten Körper. Sie blickte an sich hinab. Ihre seidige, sexy Wäsche, einziges Eingeständnis an ihre Weiblichkeit unter den konservativen Kostümen, die sie bei der Arbeit trug, zeigte mehr, als sie verbarg. Viel mehr, als sie diesen Fremden zum gegenwärtigen Zeitpunkt sehen lassen wollte.

„Nun?"

Sie antwortete nicht. Kein Wort kam ihr über die Lippen. Verzweifelt versuchte sie, ihre Blöße zu bedecken. Sie drehte sich, um das Handtuch vom Haken zu holen. Er stieß einen Pfiff aus, als er ihren Stringtanga sah.

„Solche Dinger sollten verboten sein."

Verlegen legte sie die Hände auf ihren Po. In diesem Moment merkte sie, dass sie absolut nicht zur Verführerin geboren war. Im Gegenteil, die Situation war ihr peinlich. Sie war so unerfahren in solchen Dingen, obwohl sie natürlich schon Beziehungen gehabt hatte. Doch ein Abenteuer für eine Nacht hatte es nie gegeben, und wahrscheinlich würde es das auch nie.

Sie hatte ihre Chance vertan, und ihr Ego war ziemlich angeschlagen. Reife Leistung für einen Abend.

Er ging an ihr vorbei. Sein männlicher Duft wirkte wie ein Aphrodisiakum auf ihre Sinne. Als ob das nötig wäre. Sein Anblick allein genügte, sie zu erregen.

Er nahm das Handtuch vom Haken und reichte es ihr. „Bitte schön", knurrte er.

Verwirrt wegen seines harschen Tonfalls drehte sie sich um und sah ihn an. Seine Augen wirkten noch dunkler aus zuvor. Seine Wangen waren stark gerötet und seine vollen Lippen bildeten eine schmale Linie.

„Hier." Er wedelte mit dem Handtuch vor ihren Augen herum. „Oder ich kann für nichts mehr garantieren."

„Sofort, Sir." Ihr Blick glitt an ihm hinab und blieb auf der deutlichen Ausbuchtung in seiner Jeans hängen. Zufrieden lächelte sie. Noch war nichts verloren. Ihre Verführungstechnik konnte vielleicht verbessert werden, aber sie hatte noch nicht alles verpfuscht. Dieser Mann begehrte sie, daran bestand kein Zweifel. Ihrem Glück stand also nichts mehr im Weg.

In aller Ruhe nahm sie das Handtuch und wickelte es sich um den Körper. „Fertig", sagte sie schließlich und lächelte ihn verführerisch an.

„Jetzt kann es losgehen", murmelte er.

Samantha schluckte. „So?" Ihre Stimme zitterte ein wenig, wie sie verärgert feststellte. „Jetzt schon?"

Sie hätte es vorgezogen, ihn zuerst ein wenig besser kennenzulernen, und sie hätte gern geduscht. Offensichtlich hielt er dies nicht für erforderlich. Sie wurde nervös.

Doch als er den Arm nach ihr ausstreckte, legte sie ihre Hand in seine große, warme Handfläche. Ihn zu berühren bereitete ihr ein größeres sinnliches Vergnügen, als sie sich vorgestellt hatte. Nur mit Mühe unterdrückte sie die Gedanken an das, was kommen würde. Er umschloss mit seinen langen Fingern ihre schmale Hand. Finger, die ohne Zweifel sehr zärtlich sein konnten.

„Nun?", fragte er.

„Was heißt, nun?" Er erwartete doch nicht von ihr, dass sie den ersten Schritt unternahm? Sie leckte sich über die Lippen und fühlte sich plötzlich unbehaglich in dem kleinen Bad.

„Können wir weitermachen, bevor dies hier zu einer Sauna wird?"

Anscheinend hielt der Mann nichts von einem Vorspiel. Samantha hoffte, dass er zumindest ein Freund des Nachspiels war, denn so wie die Dinge sich entwickelten, würde dies nicht die langsame, lustvolle Erfahrung werden, die sie sich vorgestellt hatte.

„Ich glaube nicht ..."

„Na gut. Dann fange ich eben an. Ich heiße Ryan", sagte er und schüttelte ihre Hand. „Und du?"

2. KAPITEL

Ryan stand in der Tür und konnte es selbst nicht fassen, dass er in das Bad gestürmt war, ohne vorher anzuklopfen. Doch als er das Klirren von Glas hörte, dachte er, es sei etwas Schreckliches passiert. Stattdessen stand sie halb nackt da und starrte ihn an, weil er in ihre Privatsphäre eingedrungen war.

„Mein ... Name?" Sie wirkte verunsichert.

„Ja. Ich habe so ziemlich alles von dir gesehen, Süße." Und er wusste, wie ihre Brustspitzen sich aufstellten, wenn ihr kalt war. Unwillkürlich wanderte sein Blick zu ihren Brüsten, die jetzt von einem flauschigen Handtuch bedeckt waren. „Ich glaube nicht, dass es ein Verstoß gegen die guten Sitten wäre, wenn du mir deinen Namen nennst."

Sie wurde rot. „Sam ..." Sie hielt nachdenklich inne. „Einfach Sam."

Ihre Hand lag immer noch in seiner, und er streichelte mit dem Daumen über ihre Haut. Sie schien nichts dagegen zu haben, oder aber sie war zu durcheinander, um es überhaupt zu bemerken. Egal, ihm gefiel die Berührung.

„Sam." Er ließ den Namen auf der Zunge zergehen, spielte in Gedanken damit. Sam. Dann dachte er an ihre herrlichen Brüste und die festen Spitzen. Ein männlicher Name passte nicht dazu, und er schüttelte den Kopf. „Passt mir irgendwie nicht. Ist das die Abkürzung für Samantha?", fragte er.

Sie holte tief Luft. „Ja. Aber der passt mir nicht."

Er lächelte. Ihm gefiel diese Frau, auch wenn er sie nicht ganz verstand. „Darf ich fragen, weshalb nicht?"

„Ich habe Urlaub, und ich möchte zumindest diese eine Woche die Menschen vergessen, die mich so nennen."

Sie war also auf der Flucht. Genau wie er auch. Deshalb konnte er ihren Wunsch nur zu gut verstehen. Ihm selbst bot die Familie den besten Zufluchtsort für eine Atempause. Doch die wohnte zu weit weg, um sie spontan zu besuchen. Seine Schwester lebte mit ihrer Familie einige Stunden entfernt. Und als sein erster Neffe geboren wurde, den er leider viel zu selten sah, hatte auch seine Mutter das Hotel verlassen und war in die Nähe ihrer Tochter Kate gezogen.

Deshalb suchte er ab und zu bei Bear Zuflucht. Er betrachtete die Frau, deren Hand er immer noch hielt. Woher kam sie? Und wovor lief sie davon? „Und wenn die Woche vorüber ist?", fragte er.

Sie zuckte mit den Schultern. „Dann geht das normale Leben weiter."

„Als Samantha."

„Richtig." Sie zog ihre Hand zurück und schlang ihre Arme um ihren Körper. „Seit Jahren habe ich keinen Urlaub gemacht. Deshalb habe ich mir diese eine Woche gegönnt, bevor ich am nächsten Wochenende an einer Konferenz teilnehme."

„Jeder, der in diese Gegend kommt, ist wegen einer Konferenz hier. Arizona ist mittlerweile das, was früher Florida war." Aus diesem Grund war er auch so erfolgreich.

Mitte der fünfziger Jahre hatte sein Vater das Land billig kaufen können. Nach dessen Tod hatte Ryan einen kleinen Teil davon für mehr Geld, als er sich je erträumt hätte, verkauft und damit die Frühstückspension seiner Familie vergrößert. Das „The Resort", eine Ferien- und Konferenzanlage, hatte sich als Goldmine erwiesen und die Mackenzies – Ryan, seine Mutter und seine Schwester – zu Millionären gemacht.

Er hatte allerdings nicht die Absicht, Samantha jetzt schon davon zu erzählen. „Okay, *Sam.*" Sie nickte zustimmend. „Da wir das jetzt geklärt haben, können wir weitermachen." Impulsiv führte er ihre Hand an seine Lippen und hauchte einen Kuss auf ihr Handgelenk. Ihr Herz pochte laut.

Dann entriss sie ihm ihre Hand. „Oh nein, das können wir nicht. Ich habe dich gerade erst kennengelernt und habe nicht die Absicht, sofort in dein Bett zu springen."

„Das ist gut, denn ich kann mich nicht erinnern, dich dazu eingeladen zu haben." Er lachte herzlich. „Aber glaube mir, sobald es so weit ist, wirst du es merken."

„Oh …" Sie starrte ihn peinlich berührt an.

Ryan hatte noch nie eine Frau kennengelernt, die so widersprüchlich war. Vor einigen Minuten hatte sie seinen Körper noch begutachtet wie ein Stück Fleisch in einem Delikatessengeschäft. Ihre Wäsche war so aufreizend, dass ein Mann sofort an Sex denken musste. Und doch hielt sie das Handtuch mit eisernem Griff fest. Er verscheuchte die Erinnerung daran, wie sie ohne Handtuch aussah. Im Moment jedenfalls.

Was für eine Frau war Samantha? Die Unschuldige oder die Verführerin? Ihm gefielen die Gegensätze in ihrem Charakter, und er wollte, dass sie in seiner Nähe blieb.

Nachdem er hauptsächlich Frauen kennengelernt hatte, die nur hinter seinem Geld her waren, bot Sam eine faszinierende Abwechslung. Aber bevor er sie verführte, wollte er sicher sein.

„Eigentlich wollte ich dir nur vorschlagen zu duschen." Er trat zurück und ging zur Tür.

„Ryan, warte."

Er drehte sich um.

„Tut mir leid. Für mich ist das alles neu ... ich nehme an, das hast du gemerkt, so wie ich falsche Schlüsse ziehe und drauflosrede und ..."

Er kehrte in das kleine Badezimmer zurück und brachte sie mit seiner Anwesenheit zum Schweigen. Die Versuchung, sie in die Arme zu schließen, war groß, und er begann zu schwitzen ... was nicht an der Hitze im Bad lag. Impulsiv streckte er die Hand aus und wickelte sich eine Strähne ihres schwarzen Haares um den Finger.

„Was ist neu?", fragte er.

„Das hier. Was zwischen uns passiert."

„Geschieht denn etwas zwischen uns?" Er musste einfach wissen, was sie wollte, bevor er sich einen weiteren Schritt vorwagte.

Ihre Blicke trafen sich. „Das weißt du doch genau." Ihre faszinierend blauen Augen wirkten ehrlich und ernst.

Er bewunderte ihren Mut, offen auszusprechen, dass es zwischen ihnen knisterte.

„Und was sollen wir dagegen tun?" Er kitzelte sie mit der Haarsträhne am Kinn. „Sam?" Er flüsterte ihren Namen. Plötzlich erschien es ihm wichtig, die Wünsche der Frau zu respektieren.

Sie erbebte innerlich und seufzte. „Ich weiß es nicht." Sie beugte sich vor und war ihm so nah, dass kaum ein Stück Papier zwischen sie passte.

Die Sprache ihres Körpers war eindeutig, und Ryan hatte die Antwort darauf. Er wollte die kleine Lücke zwischen ihnen schließen, ihre Lippen schmecken und ihre Geheimnisse kennenlernen. Ganz sicherlich hatte diese faszinierende Frau viele. Aber ihre Antwort genügte ihm noch nicht.

Er sah in ihre sanften Augen. Sie begehrte ihn, aber es gab Dinge, die sie dringender benötigte. Zum Beispiel eine Dusche und etwas Zeit für sich.

„Denk darüber nach … und lass es mich dann wissen." Er streckte sich und ließ die Haarsträhne los. Dabei berührte er mit den Fingerspitzen ganz zart ihre Schulter. „Die Autovermietung schickt einen Ersatzwagen. Deinen Koffer stelle ich in das Zimmer nebenan. Komm nach unten, sobald du geduscht und dich umgezogen hast."

Sie lächelte. „Danke. Du bist ein sehr netter Mann, Ryan."

Er verzog das Gesicht. Er war nicht nett, er war scharf auf sie. Deshalb wunderte er sich, warum er sich zurückhielt. Ohne Zweifel würden einige zärtliche Worte und liebevolle Berührungen genügen, um sie in sein Bett zu bekommen.

Stattdessen ging er hinunter in die gut besuchte Kneipe, wo ihn ausgelassene Männer und ein größeres Problem erwarteten.

„Was soll das heißen, dass Theresa unbedingt mit mir sprechen will?" Ryan sah über Zees Schulter hinweg zu der einzigen Kellnerin, die nervös eine Papierserviette in Stückchen riss. „Warum arbeitet sie nicht?"

„Während du oben warst, hat sie einige Gläser an die Tische gebracht. Und fallen lassen", murmelte Zee.

„Wie ist das passiert?"

„Hardy hat die Hand auf ihren Po gelegt, und das mochte sie nicht." Der alte Mann kicherte, wurde dann aber sofort ernst.

„Ihre Mama hat sich den Oberschenkel gebrochen, als sie aus der Badewanne stieg. Deshalb sind Theresas Gedanken nicht bei der Arbeit."

Ryan fluchte. Er wusste, dass er die Kellnerin nicht hier beschäftigen konnte, wenn sie zu Hause dringend benötigt wurde. Selbst wenn die Kneipe voll war. „Ich werde mit ihr reden. Sonst noch etwas?"

„Hardy ist hinter der Bar und verwässert die Drinks. Earl kippt mehr runter, als er verträgt, und das Gepäck der sexy Lady steht dort drüben in der Ecke", informierte ihn Zee.

„Und du?"

„Ich bin Türsteher. Frauen mit zu kleinen Brüsten lasse ich nicht herein." Der alte Mann grinste.

„Keine Diskriminierung, Zee", warnte Ryan lachend.

„Soll ich der Lady das Gepäck bringen?"

„Nein danke, das übernehme ich selbst." Ryan traute Zee nicht über den Weg. Die Versuchung, einen Blick auf Samanthas fantastischen Körper zu werfen, war groß. Ryan konnte es verstehen. Er selbst würde auch gern noch einmal den herrlichen Anblick genießen. Doch das Lokal war gut besucht, und die Verpflichtung seinem Freund gegenüber ließ es nicht zu, dass er seine Arbeit vernachlässigte. Und wenn Samantha eine typische Frau war, dann würde es einige Zeit dauern, bis sie sich zurechtgemacht hätte.

Was ihm nur recht war, da er erst seine Libido unter Kontrolle bekommen musste. Er machte sich an die Arbeit.

Keine fünfzehn Minuten später erschien die Frau, die für seinen erregten Zustand verantwortlich war, in der Bar. Er hätte es wissen müssen. Seine Samantha war keine typische Frau.

Sie setzte sich auf einen freien Barhocker und stützte die Arme auf der Theke ab. Lauter Münzen mit dem Gesicht von Abraham Lincoln lagen unter der Glasscheibe des Tresens. Sam – der Name gefiel ihr, und sie beabsichtigte, dabei zu bleiben – mochte das altmodische Ambiente der Bar.

Sie war New Yorks elegante Restaurants gewöhnt und genoss es, sich in dieser gemütlichen, rustikalen Atmosphäre zu entspannen. *Entspannen* war relativ, da Ryan nur wenige Meter von ihr entfernt am anderen Ende der Theke stand und sich mit einer jungen Frau unterhielt. Die weiße Schürze ließ darauf schließen, dass sie die Kellnerin war. Sie schien unglücklich zu sein.

Obwohl Sam kein Wort der Unterhaltung hören konnte, spürte sie, dass es ernst war. Ryan schüttelte den Kopf, ging an die Kasse und gab der Frau Geld, das sie offensichtlich nicht annehmen wollte. Ryan weigerte sich, es zurückzunehmen. Die junge Frau schlang schließlich die Arme um seinen Hals und drückte ihn fest an sich.

Was sich zwischen den beiden abspielte, war augenscheinlich geschäftlich, trotzdem verspürte Sam einen Anflug von Eifersucht, als die Frau Ryan berührte. Sekunden später kümmerte Ryan sich wieder um das Geschäft. Er zapfte Bier und servierte es lächelnden Frauen.

Sam hätte die ganze Nacht dasitzen und ihn beobachten können. Er bewegte sich schnell und sicher, bediente, räumte ab, wischte über Tische und öffnete Flaschen, als habe er das schon sein ganzes Leben lang getan. Es ist eben sein Job, dachte sie.

Nicht das erste Mal wurde ihr bewusst, dass sie nichts über den Mann wusste, den sie als Liebhaber auserkoren hatte, außer dass er sie mit seinem feurigen Blick erregte. Trotzdem vertraute sie ihm irgendwie.

Ryan konnte ihre Leidenschaft wecken. Seine Berührung entfachte ein Feuer in ihr, und seine Stimme erregte ihre Sinne. Wenn sie Spaß, Aufregung und heiße Nächte haben wollte, dann war sie hier richtig. *Denk darüber nach … und lass es mich wissen.* Sehnsucht vermischte sich mit Angst. Sie musste nur diese Angst überwinden, um den ersten Schritt zu tun. Der Gedanke an Tom und ein Leben in getrennten Betten oder Schlafzimmern, falls sie das erreichen konnte, machte ihr die Entscheidung leicht.

„He, Süße, kann ich dir einen Drink spendieren?"

Es war einer der alten Männer, die sie umzingelt hatten, als sie den Fuß in diese Kneipe setzte. „Sicher."

„Ryan", rief der Mann. „Zwei Tequila. Und vergiss die Zitrone nicht."

Ryan drehte sich zu ihnen um und runzelte die Stirn. Er erledigte einige andere Bestellungen, dann kam er zu ihnen. Sam wurde nervös. Ihre Kehle war trocken. Sie wusste, was sie wollte. Doch wie sollte sie es ihm sagen?

Er blieb direkt vor ihr stehen und stützte sich mit den Händen auf der Theke ab. Selbst seine dunkel behaarten Arme reizten sie. Wie würde es sein, wenn sie seinen Körper berührte? „Tequila."

Sie zuckte lässig mit den Schultern, obwohl sie sich alles andere als das fühlte. „Das ist es, was der Herr bestellt hat."

„Für dich bin ich Zee, Honey. Und gib uns nicht dieses verwässerte Zeug, das Bear mir immer einschenkt", warnte er Ryan.

Ryan sah sie an. „Willst du wirklich Tequila?"

„Warum nicht?"

„Hast du je einen getrunken?"

Sie schüttelte den Kopf.

„Das habe ich mir gedacht." Trotzdem bereitete er zwei Tequila zu.

„Wer ist Bear?", fragte Sam.

„Der Kerl, dem diese Kneipe gehört", erklärte Ryan.

„Dein Chef also."

„Ihm gehört der Laden, und ich kümmere mich darum." Ryan stellte ihnen die Gläser hin, zusammen mit einem Salzstreuer und Zitronenscheiben. „Prost", sagte er und wandte sich dann den Gästen zu, die neben Sam saßen.

Seit ihrer Ankunft hatte sich die Zahl der Gäste vervierfacht, und Ryan arbeitete ganz allein und ohne Pause. „Er sieht überarbeitet aus."

Zee nickte. „Und unterbezahlt."

„Halt den Mund, Zee." Ryan warf dem alten Mann einen warnenden Blick zu.

Sie legte den Kopf zur Seite. „Schwere Arbeit ist nichts, dessen man sich schämen müsste."

„Er hat seiner Kellnerin heute Abend freigegeben", erklärte Zee.

„Ich dachte, ich hätte sie vorhin noch gesehen", erwiderte Sam.

„Stimmt. Aber ihre Mutter ist gestürzt. Deshalb hat Ryan sie nach Hause geschickt. Er hat sie sogar für den heutigen Abend bezahlt … nur das Trinkgeld wird ihr fehlen.“

Das erklärte die Szene, deren Zeuge sie geworden war. Eine Umarmung aus Dankbarkeit. Sam war erleichtert.

Sie blinzelte und sah zu Ryan. „Das war sehr nett von ihm“, murmelte sie. Sie war nicht nur über einen sehr erotischen Mann gestolpert, nein, er spielte auch noch den edlen Ritter, wie sie erfreut feststellte.

„Der Junge hat ein Herz aus Gold. Hatte er schon immer.“

Ryan blieb vor ihnen stehen. „So viel Lob von dir bin ich gar nicht gewöhnt“, lachte er. Beim Anblick seiner strahlenden Augen und seiner sinnlichen Lippen verspürte Sam sofort wieder ein erregendes Ziehen im Körper. Eine völlig neue Erfahrung. Sie erschauerte und rieb sich mit den Händen über ihre nackten Arme.

Zee schaute auf die noch vollen Gläser. „Willst du den ganzen Abend davor sitzen, Honey? Oder wollen wir endlich trinken?“

Sam hatte schon im College beobachtet, wie man Tequila trank, aber sie hatte noch nie einem achtzigjährigen Mann dabei zugesehen. Zee gab eine perfekte Vorstellung ab. „Bist du sicher, dass er das verträgt?“, fragte sie Ryan, als Zee sich mit dem Ärmel über den Mund wischte.

„Besser als du.“

Sie nahm die Herausforderung an. Wie der alte Mann leckte sie über ihren Handrücken, streute Salz auf die Haut, leckte wieder, trank den Schnaps und griff nach einer Zitronenscheibe.

„Nicht schlecht für das erste Mal“, lobte Zee und füllte die Gläser.

Sams und Ryans Blicke trafen sich in dem Moment, als sie die saure Frucht an die Lippen führte … denn sie hatte gerade einen Schluck Leitungswasser, gefärbt mit Lebensmittelfarbe, hinuntergeschluckt. Und er wusste es. Mit einem Augenzwinkern gab er ihr zu verstehen, dass sie das Spiel mitspielen sollte.

Ein weiteres Merkmal seines edlen Charakters. Ryan, wie auch immer er mit Nachnamen heißen mochte, war ein sexy, hart arbeitender, sexy, anständiger, sexy Kerl. Der perfekte Mann für ihre Zwecke. Sam gefiel, was sie sah und hörte. Sie hätte keinen besseren als Ryan finden können.

Aber zunächst musste er sich um die Bar kümmern, und so wie es aussah, konnte er Hilfe gebrauchen.

Das Fass war leer. Die Damen im „The Hungry Bear" überraschten Ryan immer wieder. Im „The Resort" wurde hauptsächlich erstklassiger Wodka ausgeschenkt, während bei Bear Dunkelbier getrunken wurde. So unterschiedlich können Frauen sein, dachte Ryan, als er ein neues Fass holte.

Ein blumiger Duft hüllte ihn ein, und er spürte, dass er nicht mehr allein im Lagerraum war. Er hob den Kopf. Ohne sich umzudrehen, wusste er, wer es war. Samantha.

„Was machst du hier?", fragte er. Sie bot eine Ablenkung, an der er sich im Moment nicht erfreuen konnte. Vielleicht später, wenn das Lokal geschlossen war. Falls sie bereit war. Aber nicht jetzt.

„Ein Paar ist gerade gekommen und hat ein Bier verlangt. Da das Fass leer war und ich hinter der Bar keine Flaschen entdecken konnte, bin ich ..."

„Du hast dich um die Bar gekümmert?"

„Es war sonst niemand da", verteidigte sie sich.

„Ich habe Zee gebeten, ein Auge darauf zu halten."

„Zee meint, er sei betrunken."

Diese Bemerkung löste die Spannung, und sie brachen beide in Lachen aus. „Du passt gut auf ihn auf", bemerkte sie anerkennend. Aber nicht nur Anerkennung sprach aus ihrem Blick. Da war noch etwas anderes. Er fühlte sich unbehaglich.

„Irgendjemand muss es tun ... er ist Bears Vater. Vor einigen Jahren hat er seine Frau verloren und sucht seitdem immer ein wenig Ablenkung und Aufmerksamkeit. Vielen Dank übrigens, dass du dir Zeit für ihn genommen hast."

Es gab nicht viele Menschen, die ihre Zeit einem alten, einsamen Mann opferten. Bears Kunden kümmerten sich Bear zuliebe um ihn und weil sie ihn seit ewigen Zeiten kannten, so wie auch Ryan. Samantha hatte es jedoch für einen Fremden getan.

„Wie lange waren sie verheiratet?"

„Mehr als fünfzig Jahre."

„Wow! Eine lange Zeit."

„Für die beiden nicht. Sie haben sich wirklich geliebt." Ryan überlegte, wann er zum Fürsprecher der Ehe geworden war. Nicht, dass er etwas dagegen hätte, selbst eines Tages zu heiraten. Im Gegenteil. Er hatte nur nicht daran geglaubt, je eine Frau zu finden, die es wirklich ehrlich und ernst meinte. Eine Frau, für die es sich lohnte, dieses Risiko einzugehen. Er schaute Samantha an. Bis heute?

Ryan wollte die Chance haben, dies herauszufinden.

„Warum sollte man sich auch aus einem anderen Grund als Liebe an jemanden binden? Sonst kann man ja den Kopf gleich in die Schlinge stecken."

Sie räusperte sich. „Können wir nicht über etwas anderes reden?"

„Warum? Hast du ein Problem mit dem Thema Hochzeit?", fragte er leichthin. Wenn alles so lief, wie er es sich vorstellte, würde er später noch viel Zeit haben, ihr Geheimnisse zu entlocken. Anscheinend gab es einige. „Sag Zee das nicht, sonst hält er dir einen Vortrag über Traditionen, Respekt und Liebe."

Sie lächelte. Ein Lächeln, das ihn seiner Sinne beraubte. Es war gefährlich, noch länger allein mit ihr im kühlen und einsamen Lagerraum zu bleiben.

„Er ist harmlos … und süß." Sie schloss die Tür hinter sich und ging auf ihn zu. Als sie ganz nah bei ihm stand, holte sie tief Luft: „So wie du", murmelte sie. Ihre Stimme zitterte ein wenig vor Nervosität.

Er hob ihr Kinn mit dem Zeigefinger. „Darling, ich bin alles andere als süß." Kalt, zurückhaltend, desinteressiert. Das jedenfalls waren die Adjektive, mit denen die Damen im „The Resort" ihn beschrieben, wenn er ihre Annäherungsversuche rigoros abwehrte. Doch er hatte gelernt, dass er in dieser Hinsicht nicht freundlich sein durfte.

„Warum überlässt du es nicht mir, das zu beurteilen." Sie legte die Hände auf seine Schultern und drückte ihn zurück an die Wand. Dann nahm sie all ihren Mut zusammen und lehnte sich an ihn.

Sie küsste ihn. Hart und schnell, als wollte sie verhindern, dass Vernunft die Oberhand gewann. Er hatte nichts dagegen. Auch als sie mit den Händen unter sein Hemd glitt, wehrte er sich nicht. Sie hatte den ersten Schritt unternommen, und er würde dafür sorgen, dass sie es nicht bereute. Weder den Kuss noch das, was folgen würde. Er war scharf auf sie und wollte mehr.

Allerdings bekam er keine Chance. Sie löste sich von ihm, bevor er impulsiv handeln und sich das nehmen konnte, was er wollte. Und was sie ihm noch vor einigen Sekunden angeboten hatte.

Aus großen Augen sah sie ihn an. „Ich weiß nicht, was in mich gefahren ist, dass ich mich dir einfach an den Hals werfe."

Ihre Unsicherheit rührte ihn. „Das weiß ich auch nicht, aber habe ich mich beschwert?"

Sie lächelte. „Du meinst, es hat dir gefallen?"

Er hielt sie am Arm fest und drückte ihn sanft. „Hast du das nicht gemerkt? Meine Technik muss grausam sein." Mit dem Daumen zeichnete er kleine Kreise auf ihr Handgelenk.

Er trat einen Schritt auf sie zu, und als sie nicht zurückwich, schloss er sie in die Arme. Sie legte den Kopf in den Nacken und sah ihm in die Augen.

„Du kannst mir vertrauen, Süße."

„Ich weiß." Ihr strahlendes Lächeln beruhigte ihn, und er küsste sie ganz zart. Sie erwiderte den Kuss und entspannte sich in seinen Armen. Sein Kuss wurde immer heißer, immer fordernder, und ihr leises Stöhnen erregte ihn noch mehr.

Ihre sommerliche Bluse war bereits über ihre Schultern gerutscht. Impulsiv griff er nach den Trägern ihres Tops und schob sie zusammen mit der Bluse so weit hinunter, dass ihre Brüste entblößt waren. Gierig nahm er eine der herrlich harten Knospen zwischen die Lippen. Sie stieß einen kleinen heiseren Schrei aus. Aufstöhnend bog sie sich ihm entgegen, damit er die dunklen Spitzen besser erreichen konnte.

Ryan war kurz davor, völlig die Kontrolle über sich zu verlieren. Noch ein paar Sekunden länger und die Gäste, die in der Kneipe saßen, wären ihm egal. Er würde ihr und sich selbst die Kleidung vom Körper reißen und in sie eindringen. Sie war so heiß und willig. Er musste unbedingt aufhören, wollte sie aber noch nicht loslassen.

Es blieb ihm jedoch keine andere Wahl, und so hob er den Kopf. „Hältst du mich immer noch für harmlos?", fragte er schwer atmend.

„Nein, aber du schmeckst so süß." Sie lächelte verlegen. „Ich wusste nicht, wie ich mich dir nähern sollte … aber ich bin froh, dass ich es getan habe."

Er hatte recht gehabt. Einen Mann zu verführen, war etwas Neues für sie. Er fragte sich, welche Geheimnisse sie noch in sich bewahrte. Sie hatte bereits zugegeben, dass sie für kurze Zeit aus ihrem normalen Leben ausgeschert war. Und wenn man bedachte, wie unerfahren und unschuldig sie zu sein schien, musste er sich fragen, warum sie ausgerechnet ihn verführen wollte. All die unbeantworteten Fragen erhöhten die Faszination, die sie auf ihn ausübte.

Er sah ihr in die Augen. Sie glänzten eigenartig. Eine Mischung aus Leidenschaft und Ungläubigkeit. Ryan verstand sie. Er selbst hätte nie geglaubt, dass sie so eine hocherotische Kombination abgeben würden. Diese Frau war voller Widersprüche. Er hatte ihr anfängliches Zögern gespürt und war sicher gewesen, dass sie sich zurückziehen würde. Stattdessen war sie zu ihm gekommen. Zu Ryan, dem Barkeeper.

Wenn ihn seine Ahnung nicht täuschte, dann war ihr dieses heiße, unerhörte Verlangen ebenso neu wie … nein. Nein. Er schüttelte den Kopf. Dieses Begehren war nichts Neues für ihn. Er hatte schon häufig eine Frau leidenschaftlich begehrt. Doch nie war es so schnell gegangen.

Er presste ihren Körper fest an seinen, damit sie den Beweis seines Verlangens spüren konnte. Ihre Reaktion zeigte ihm, dass sie seine Erregung genau fühlte.

Sie hatte ihre noch feuchten Haare zu einem Zopf geflochten. Er spielte mit dem Ende. „Es ist noch nass."

„Ich wollte keine Zeit mit dem Föhnen vergeuden."

Während er mit ihren Haaren spielte, wanderte sein Blick über ihr Gesicht, verweilte auf ihren Lippen und richtete sich dann auf die Ader an ihrem Hals, wo ihr Puls heftig pochte. Zärtlich küsste er die Stelle. Dann sah er in ihre großen Augen. „Wo wirst du übernachten?", fragte er.

Sie räusperte sich. „Dort, wo ich willkommen bin."

Sie war hier willkommen. Der Gedanke schockierte ihn, aber er stellte fest, dass er es ernst meinte. Wenn sie bei ihm blieb, bekäme er die Chance, sie besser kennenzulernen. Er wollte mehr über sie erfahren, und er wollte in dieser Nacht mit ihr schlafen.

Er beugte den Kopf. „Oben steht ein Doppelbett", flüsterte er ihr ins Ohr.

Es war doch nur logisch, dass er ihr ein Bett anbot. Er wollte sie in seiner Nähe haben, und sie brauchte einen Platz, wo sie bleiben konnte. Es würde ihm schwerfallen, auf Distanz zu bleiben. Sie glaubte vielleicht, dass sie mehr von ihm haben wollte, doch in ihren Augen spiegelte sich Unsicherheit wider. Sie wusste, dass die Chemie zwischen ihnen stimmte, doch gefühlsmäßig war sie noch nicht so weit.

Wenn viel zu gewinnen war, konnte Ryan sehr geduldig sein. „Nun?", fragte er.

„Ich …" Er biss zärtlich in ihr Ohrläppchen, und sie erbebte. „Ich muss nächsten Donnerstag im Hotel sein", brachte sie hervor. „Meine Konferenz beginnt Freitagmorgen um acht."

Ein lautes Klopfen an der Tür unterbrach sie, bevor die Situation außer Kontrolle geraten konnte. „Ich bin vielleicht alt, aber mein Erinnerungsvermögen ist noch ganz gut. So lange kann es nicht dauern", schrie Zee. „Draußen sitzen durstige Gäste."

Sam wurde rot, und Ryan nahm ihr Gesicht zwischen seine Hände. „Er irrt sich."

„So?" Ihre Stimme klang sehnsuchtsvoll.

Ryan nickte. „Es wird die ganze Woche dauern. Dafür werde ich sorgen", erwiderte er.

Dann drehte er sich um und verließ den Lagerraum. Er ließ ihr Zeit, sich zu sammeln, und hoffte, dass sonst niemand gemerkt hatte, wie lange er weg gewesen war. Oder dass er das Bier vergessen hatte. Oder dass er Samantha so sehr begehrte, dass er kaum laufen konnte.

Diese Frau, ihre Ernsthaftigkeit und Verletzlichkeit, ließen ihn das erste Mal seit Jahren an eine Zukunft denken. Zwischen ihnen stimmte nicht nur die Chemie. Es war mehr. Seine Gefühle waren in Aufruhr geraten. Deshalb hatte er sie eingeladen, die Woche bei ihm zu verbringen.

Noch nie war die Zeit als Barkeeper so vielversprechend gewesen. Als Ryan zurück in den Schankraum kam, fragte er sich, ob es jemandem auffallen würde, wenn er die letzte Runde früher als normal ankündigte.

3. KAPITEL

*S*am wischte den Tisch ab und steckte das Trinkgeld ein, das neben dem Glas gelegen hatte. Sie hatte sich schnell an die neue Aufgabe gewöhnt und erledigte ihren Job als Kellnerin gut. Es machte ihr Spaß, die Gäste zu bedienen, und diese wiederum schienen sich gern mit ihr zu unterhalten.

„He, Schatz, noch eine Runde für den Tisch in der Ecke."

Sam verdrehte die Augen. Wo nahm Zee nur seine Energie her. Sie selbst wurde langsam müde. Sie bückte sich hinter der Bar und holte Ryans Spezialdrink für Zee hervor.

„Alles okay?"

Ihr Herz machte einen Satz, als sie die tiefe, heisere Stimme vernahm. „Ja, mir geht es gut."

„Du hattest einen anstrengenden Marsch hierher." Sein Blick verweilte auf ihren Leinenschuhen. Seine Fürsorge erstaunte sie. Der Mann brauchte eine Kellnerin, oder er hätte den Laden schließen können, trotzdem hatte er Theresa nach Hause geschickt. Und jetzt machte er sich Sorgen wegen der paar Schrammen an ihren Füßen.

Raue Schale, weicher Kern, dachte Sam. Etwas, das ihr an Ryan gefiel.

„Sag den Jungs, dass dies die letzte Runde ist", ordnete er an.

Sie hätte ihn vor Erleichterung am liebsten geküsst. Doch in Anbetracht der vielen Gäste beherrschte sie sich. Während sie die letzten Getränke servierte, wurde sie zunehmend nervöser. Eine ganze Nacht lag noch vor ihnen, und allein der Gedanke daran erregte sie.

Schließlich schloss sie hinter dem letzten zahlenden Gast die Tür. Sie hörte, dass Ryan bereits die Stühle auf die Tische stellte. Sie wagte nicht, ihn anzusehen. Die Erinnerung daran, wie sie sich im Lagerraum an ihn herangemacht hatte, war ihr peinlich.

„Und dann habe ich auch noch zugestimmt, die Woche in seinem Bett zu verbringen", murmelte sie vor sich hin.

In der Kneipe war so viel zu tun gewesen, dass es außer einigen intensiven Blicken und gelegentlichen Fragen wegen einer Bestellung kein persönliches Wort zwischen ihnen gegeben hatte. Wenn sie natürlich hier blieb, würde sie ihm früher oder später in die Augen sehen müssen.

Wem wollte sie eigentlich etwas vormachen? Wenn sie blieb, würde sie mehr sehen als nur die dunklen von langen Wimpern umrahmten Augen. Sie würde alles von Ryan sehen.

Nun, sie wollte eine heiße Affäre. Sie wollte Leidenschaft und Erregung kennenlernen. Und er hatte auf Anhieb bewiesen, dass er ihr alles geben konnte. Die Erinnerung daran ließ ihr Herz schneller schlagen, und sie spürte, dass sie mehr als bereit war, ihren sündigen Vorsatz in die Tat umzusetzen.

Obwohl sie Tom nicht liebte und sie die Verlobung nur wegen ihres Vaters einging, bekam sie ein schlechtes Gewissen. Sich einem Mann an den Hals zu werfen, während sie mit einem anderen verlobt war, machte ihr mehr zu schaffen, als sie sich eingestehen wollte. Allerdings nicht genug, um sie an ihren Plänen zu hindern. Sie spürte, dass diese Entscheidung mehr mit Ryan zu tun hatte als mit ihrem Wunsch, einmal über die Stränge zu schlagen. Sie wollte diese eine Woche mit *diesem* Mann.

Tom würde es nie erfahren. Wahrscheinlich wäre es ihm sowieso egal. Jeder von ihnen würde eine bestimmte Funktion im Leben des anderen ausüben. Sie wäre die Trophäe an seinem Arm, und er würde ihr das Geld geben, damit sie die Schulden ihres Vaters bezahlen konnte. Sie war die Einzige, die keine Vorteile aus dem Handel zog.

„Außer dass es mich zu dir geführt hat", murmelte sie. Ihr Blick glitt zu Ryans breitem Rücken. Sie beobachtete das Spiel seiner Muskeln, während er arbeitete. Stark und selbstbewusst wie er war, würde er wahrscheinlich nur ungern erfahren, dass sie zumindest theoretisch einem anderen Mann gehörte.

Sie fuhr mit dem Daumen über den Ringfinger, wo normalerweise ihr Verlobungsring steckte. Ihr selbst gefiel der Gedanke nicht, dass Männer Frauen wie ihr Eigentum betrachteten. Und für einen Mann wie Ryan könnte so ein kleines Detail – ihre bevorstehende Hochzeit – heikel sein. Da sie ihn jedoch nie wieder sehen würde, sah sie keinen Grund, die einmalige Chance auf eine heiße Affäre zu vertun.

„Sammy Jo, lass uns noch einen trinken, bevor Hardy mich nach Hause fährt." Sie verdrehte die Augen. Sie hätte Zee nie erlauben dürfen, diesen lächerlichen Namen zu benutzen.

„Sammy Jo?"

„Samantha Josephine", erklärte Zee. „Wenn du eine Frau kennenlernen willst, musst du nur die richtigen Fragen stellen."

„Sammy Jo." Ryan stützte sich auf seinem Besen ab und betrachtete sie. Sein heißer Blick glitt über ihren Körper und verweilte an Stellen, die er in der Öffentlichkeit nicht betrachten durfte. Stellen, die er früher am Abend gesehen hatte. Und sie hatte den Eindruck, dass er sich an viel mehr erinnerte, als er momentan sehen konnte. „Sammy Joe", wiederholte er. Seine Stimme klang verführerisch heiser. „Das gefällt mir."

So wie er den Namen aussprach, gefiel es ihr auch. Sie zwang sich, den Augenkontakt zu ihm abzubrechen, und wandte sich Zee zu. „Tut mir leid, aber heute gibt es nichts mehr." Noch ein Glas Wasser konnte sie einfach nicht trinken. Sosehr sie den alten Mann mochte und seine Gesellschaft genoss, für diesen Abend hatte sie ihn genug an der Nase herumgeführt.

Mit einem gezwungenen Lächeln sah sie Zee an und täuschte einen Schluckauf vor.

Ryan kicherte. Zee grinste. „Ich habe doch gesagt, dass ich dich unter den Tisch trinke. Dann also gute Nacht. Bis morgen." Er verließ die Bar, sein Fahrer folgte ihm auf den Fersen.

Ryan schloss die Tür hinter ihm und legte den Riegel vor. Von jetzt an würde Sam das klickende Geräusch eines Riegels immer mit diesem Mann und dieser Nacht in Verbindung bringen.

„Endlich allein." Er lächelte sie an und winkte sie zu sich. „Komm her … Sammy Jo."

Seine dunklen Augen glänzten vor zügelloser Begierde. Automatisch bewegte sie sich in seine Richtung. Sein heißer Blick weckte eine unglaubliche Sehnsucht nach Sex in ihr.

Drei, vier Schritte und sie war bei ihm. Er nahm ihr Gesicht zwischen seine Hände und küsste sie. Mit der Zunge glitt er zwischen ihre geöffneten Lippen. Sam erwartete einen harten, fordernden Kuss, so wie die vorherigen.

Doch er küsste sie unsagbar zärtlich, erforschte die Tiefe ihres Mundes und knabberte sanft an ihrer Unterlippe, bis sie fast aufschrie vor Begierde, so unerwartet süß und erregend war dieser Kuss. Schließlich hob er den Kopf und blickte ihr tief in die Augen.

Sie war völlig außer Atem und hatte einen Kloß im Hals. Sie schluckte. „Wofür war das?", fragte sie.

„Ich wollte sichergehen, dass du dich erinnerst, warum." Sie musste nicht fragen „Warum was?" Warum sie sich über ihn hergemacht hatte. Warum sie zugestimmt hatte, bei ihm zu bleiben. Warum sie ihre Meinung nicht ändern sollte. Sie wusste es bereits. Er war die Antwort auf alle Fragen. Seine unglaubliche Männlichkeit und seine erotische Ausstrahlung. Nur er war in der Lage, sie dermaßen zu erregen. Sie war in den Westen gekommen, um eine leidenschaftliche Affäre zu erleben, aber selbst in ihren wildesten, erotischsten Träumen hatte sie sich nicht einen Mann wie Ryan vorgestellt.

Er umfasste ihre Taille und hob sie auf einen der Barhocker. Dank ihres lockeren Tops spürte sie seine Hände auf ihrer nackten Haut. Die Berührung weckte in ihr das Verlangen nach mehr. Doch statt mit den Händen weiter über ihre nackte Haut hinauf zu ihren Brüsten zu gleiten, nahm er ihre Füße und zog ihr die Leinenschuhe aus. Sanft massierte er ihre schmerzenden Fußsohlen.

Sie lehnte sich gegen die Bar und seufzte zufrieden. „Hm, das tut gut."

„Ich könnte mir einige Dinge vorstellen, die noch besser sind, aber ich glaube, im Moment brauchst du dies am meisten."

„Du bist gut über jemanden im Bilde, den du gerade erst kennengelernt hast." Sie dachte immer noch an seinen leidenschaftlichen Kuss und nicht an ihre schmerzenden Füße.

„Du bist leicht zu durchschauen."

„Ich weiß nicht, ob mir das gefällt."

Ryan hatte ihr den zweiten Schuh ausgezogen und massierte hingebungsvoll auch den anderen Fuß.

„Du hast mich heute Abend überrascht", sagte er.

„Du bist wohl nicht daran gewöhnt, von einer Frau angefallen zu werden." Sam gab sich keiner Illusion hin. Er hatte sie vielleicht ermutigt, aber sie war letztendlich diejenige gewesen, die sich an ihn herangemacht hatte.

Er lachte. „Ich meine etwas anderes. Deine Hilfe heute Abend. Du bist eingesprungen, als ich dringend jemanden brauchte. Das hat mir gefallen."

Er wanderte mit seinen Händen über ihre Waden hinauf zu ihren Oberschenkeln. Sie erstarrte, doch unter seiner kontinuierlichen Massage entspannte sie sich schnell und genoss seine Berührungen.

„Ich kann dir Theresas Lohn zahlen", sagte er.

„Du hast Theresa schon Geld gegeben", erinnerte sie ihn.

„Ihre Familie braucht das Geld, und Bear wird nichts dagegen haben. Aber du musst auch nicht umsonst arbeiten. Es ist nicht viel, aber ..."

Sam konnte sich kaum auf etwas anderes konzentrieren als auf das Gefühl seiner Hände auf ihrer nackten Haut. Er glitt weiter hinauf. Wo würde er als Nächstes landen? Doch trotz des prickelnden Gefühls und der wachsenden Begierde erkannte sie, was für ein besonderer, fürsorglicher Mann Ryan war ... und wenn sie wollte, gehörte er ihr für die Dauer ihres Aufenthalts.

Aber sie musste zu erkennen geben, was sie von ihm wollte ... Geld bestimmt nicht. „Ich will dein Geld nicht, Ryan."

Er murmelte etwas, was sie jedoch nicht richtig verstand. Es klang so ähnlich wie „Dann wärst du die Erste". Er schob ihren Rock höher, und sie atmete schneller.

„Warum nicht?", fragte er. „Du hast es verdient."

„Ich möchte kein Geld für etwas, das ich gern getan habe. Es hat mir Spaß gemacht, dir zu helfen."

„Ich bin sicher, dass du heute Abend eine Menge Trinkgeld kassiert hast", meinte er.

„Für den ersten Abend war es nicht schlecht", erwiderte sie grinsend.

„Du bist eine fantastische Frau, Sammy Jo." Langsam strich er mit den Fingerspitzen über ihren seidigen Slip. Sie erschauerte heftig und stöhnte leise bei der ersten intimen Berührung.

„Zeigst du so deine Dankbarkeit?", fragte sie, als er mit dem Daumen behutsam den überaus sensiblen Punkt zwischen ihren Schenkeln berührte und sanft massierte.

„Nein, Liebling, das tue ich, weil es dich erregt, und das gefällt mir." Sie war enttäuscht, als er seine Hand fortzog und auf ihren Oberschenkel legte. Sie merkte jedoch, dass er genauso aufgewühlt war wie sie.

„Ich möchte nur nicht, dass du zu erschöpft bist von der Arbeit in der Bar. Ich habe nämlich noch etwas mit dir vor." Er küsste sie zärtlich auf die Lippen, bevor er sich niederbeugte und ihr die Schuhe wieder anzog.

„Geh schon hoch. Ich komme nach, sobald ich hier mit dem Aufräumen fertig bin."

Sam blinzelte. Ihr Verstand war nicht mehr in der Lage, seine Worte zu begreifen. Sie war erregt und wollte ihn unbedingt haben. Sie wollte mit ihm schlafen, allerdings nicht hier in der Bar. So war sie mehr als dankbar, dass er die Führung übernahm. Sie winkte ihm zu und stieg die Treppe hinauf.

Ryan hatte recht. Sie war völlig erschöpft. Wie es aussah, würde er noch einige Zeit zum Aufräumen benötigen. In der Zwischenzeit würde sie sich ein wenig ausruhen. Danach wäre sie in der richtigen Stimmung.

Ryan eilte die Treppe hinauf. Wann hatte das letzte Mal eine Frau sein Bett gewärmt? Sam gefiel ihm nicht nur äußerlich. Er mochte auch ihr Wesen. Sie war weder eingebildet noch habgierig, sondern bescheiden und liebenswert. Und sie gab anderen Menschen unglaublich viel. Nicht nur Ryan, als er Hilfe brauchte, sondern auch Zee und den anderen Stammgästen, die Lobeshymnen auf die neue Kellnerin gesungen hatten. Sie passte in diese Kneipe, was ihn überraschte, denn er hätte seinen letzten Dollar darauf verwettet, dass sie aus einer ganz anderen Welt stammte.

Er öffnete die Tür zum Schlafzimmer. Der Raum erstrahlte im Kerzenlicht. Die Frau war einfach unglaublich. Sie musste sich noch einmal hinuntergeschlichen und die roten Kerzenständer geholt haben, während er aufräumte. Dicke weiße Kerzen flackerten in der Dunkelheit und verbreiteten eine erotische Atmosphäre.

Ryans Blick ging direkt zum Bett, um zu sehen, welche Überraschung ihn dort erwartete. Samantha lag vollständig bekleidet auf der Bettdecke, das Kopfkissen im Arm … und war fest eingeschlafen.

Er ließ seinen Blick über sie schweifen. Gleichmäßig hob und senkte sich ihre Brust im Schlaf. Ihr Gesicht schimmerte im Kerzenschein. Aufmerksam betrachtete er das feine Profil, das hohe Jochbein und die vollen Lippen. Lippen, die zum Küssen wie geschaffen waren. Doch heute Nacht würde er sie nicht mehr schmecken. Er war froh darüber, dass sie eingeschlafen war, denn er hatte sich vorgenommen, die Sache langsam angehen zu lassen und erst die unterschwelligen Zeichen zu lesen, die sie setzte. Nicht die offensichtlichen wie einen romantisch erleuchteten Raum.

Er ließ sich neben sie auf das Bett fallen und strich ihr eine Haarsträhne aus dem Gesicht. Sie seufzte leise und rückte näher an ihn heran. Interessant, wie sie sich instinktiv zu ihm drehte. Selbst im Schlaf. Sein Herz machte einen Sprung.

Schlafend sah sie noch verlorener aus als in dem Moment, als sie den Fuß in die Kneipe gesetzt hatte. Ihre Bemühungen, ihn zu verführen, ließen darauf schließen, dass sie ein sexuelles Abenteuer als Antwort auf ihre Probleme suchte. Es wäre einfach, der Versuchung einfach zu erliegen und zu nehmen, was sie bot. Wenn er es jedoch tat, würde er sie nie wiedersehen.

Er wusste nicht, warum er sich dessen so sicher war. Es war einfach so. Und er wollte Samantha nicht verlieren, bevor er sie richtig kennengelernt hatte. Im Moment würde er sich einfach um sie kümmern und ihr Zeit lassen, Vertrauen zu ihm zu fassen. So schwer es ihm fiel, Sex mit ihr war im Augenblick tabu.

Sie murmelte etwas im Schlaf. Träumte sie schlecht? Ryan drückte ihr einen zärtlichen Kuss auf die Stirn und ignorierte das lustvolle Ziehen in seinen Lenden. Sosehr er sie begehrte, mehr noch wollte er ihr helfen, die Probleme aus dem Weg zu räumen, vor denen sie fortlief.

Normalerweise war er nicht der edle Ritter, der sich in erster Linie für die Probleme irgendeiner Frauen interessierte. Aber *diese Frau* wollte er beschützen. Er wollte sich um Samantha kümmern. Ryan fragte sich jetzt nicht, warum. Er hatte eine Woche Zeit, es herauszufinden.

Als seine innere Uhr ihn früh am nächsten Morgen weckte, merkte er, dass er nicht viel geschlafen hatte. Wie sollte er auch. Samantha hatte sich eng an ihn geschmiegt und hielt den Beweis seiner Erregung in der Hand.

Allen guten Vorsätzen zum Trotz begehrte er sie. Er war eingeschlafen mit der Vorstellung, sie zu besitzen, und als er aufwachte, war seine Begierde noch größer gewesen. Die erotische Episode am vergangenen Abend, nachdem er das Lokal geschlossen hatte, ging ihm nicht aus dem Kopf. Er erinnerte sich noch gut an ihre feuchte Hitze und stellte sich vor, wie herrlich es sein würde, in sie einzudringen. Sie stöhnte leise im Schlaf. Vorsichtig löste er sich von ihr und rollte sich aus dem Bett.

Er warf noch einen Blick auf sie. Sam war auf seine Seite des Bettes gerutscht und hielt ein Kissen im Arm. Sein Kissen. Und, verdammt, sie sah aus, als gehörte sie dahin.

Ryan schüttelte den Kopf. Eine kalte Dusche würde zumindest zeitweise sein Problem lösen. Und er würde einen klaren Kopf bekommen, um sich auf die Woche mit Samantha gedanklich einzustellen.

Sam wartete, bis sich die Badezimmertür hinter Ryan schloss, bevor sie sich auf den Rücken rollte und die Augen öffnete. Ein erregend männlicher Geruch stieg ihr in die Nase. Im gleichen Moment hörte sie, dass in der Dusche das Wasser lief. Ryans Duft, Ryans Dusche. Der Ryan, dem sie nicht in die Augen sehen konnte, als sie heute Morgen erwachte, die Hand um seinen … seinen … Es war ihr peinlich, darüber nachzudenken.

Sie setzte sich auf und sah sich im Zimmer um. Durch die Jalousien fiel Sonnenlicht. Die Kerzen, die sie in der Nacht angezündet hatte, waren gelöscht worden. Sie warf einen Blick auf den Wecker. Normalerweise stand sie um sieben Uhr auf, doch heute war es wesentlich später. Anscheinend hatten Barkeeper einen anderen Rhythmus. Spät ins Bett, spät aus dem Bett. Zumindest für eine Woche würde sie sich diesem Rhythmus anpassen müssen. Solange sie mit Ryan zusammen war.

Sie krümmte sich innerlich, als sie an die vergangene Nacht dachte. Sie war eingeschlafen, bevor er zu ihr ins Bett gekommen war. Und als sie heute Morgen erwachte, hatte sie Angst gehabt, den ersten Schritt zu tun, zumindest bewusst. Unbewusst hatte sie ihn offenbar getan, so wie er sich angefühlt hatte, und sie hatte damit gerechnet, dass Ryan sie sofort verführen würde. Anscheinend hatte er jedoch andere Pläne.

Sie sollte dankbar sein, dass sie geschlafen hatte, statt sich lächerlich zu machen. Sam warf die Decke zur Seite. Wenn sie angezogen und aus der Wohnung verschwunden war, bevor er mit dem Duschen fertig war, hätte sie etwas Zeit nachzudenken. Ihr Verstand arbeitete besser, wenn sie an der frischen Luft war. Dort würde sie herausfinden, wie sie mit einem Mann wie Ryan umgehen musste.

Sie holte ein geblümtes Sommerkleid aus ihrer Tasche und legte es auf das Bett. Lauschend legte sie den Kopf zur Seite. Das Wasser lief noch. Und sie hörte Musik.

Der Refrain des Liedes erfüllte das Schlafzimmer. Sie musste lächeln. Er mochte also Musik, wenn er duschte. Wieder etwas, was sie über ihn gelernt hatte. Sie bewegte ihre Hüften im Rhythmus der Musik, während sie langsam ihr Top auszog. Dann schüttelte sie ihre langen Haare.

Das quietschende Geräusch einer Tür schreckte sie in ihrem Tanz auf, und sie wirbelte herum. Ihr Blick fiel auf Ryan. Mit nacktem Oberkörper, nur ein Handtuch um die Hüften gewickelt, stand er in der Tür.

„Du hast Rhythmusgefühl", stellte er lächelnd fest.

Das Blut stieg ihr in die Wangen. Wassertropfen schimmerten auf seiner gebräunten Haut. Sie sehnte sich danach, mit den Fingerspitzen darüber zu streichen. „Das Wasser läuft noch", erwiderte sie geistlos.

„Ich habe meinen Rasierer vergessen. Er ist neu." Er trat an die Kommode, während sie nach ihrer Kleidung griff. Der Mann sieht mich immer im schlimmsten Moment, dachte sie und beeilte sich, das Kleid über ihre nackten Brüste zu ziehen.

Angezogen, aber immer noch fassungslos, drehte sie sich zu ihm um. Sein Blick war unergründlich, aber eines erkannte sie – heißes Verlangen.

Sie schluckte und zwang sich zu einem Lächeln. „Hast du alles, was du brauchst?", fragte sie. Es fiel ihr nicht leicht, den Blick auf sein Gesicht zu heften, weg von dem Handtuch, unter dem seine Erregung deutlich sichtbar wurde.

„Nicht alles", murmelte er.

Sie leckte sich über die Lippen. Was sollte sie darauf antworten?

„Ich dachte, ich lade dich gleich zu einem ordentlichen Frühstück ein. Im Kühlschrank ist nichts Anständiges mehr", sagte er.

Sie blinzelte. Die Situation war absurd, aber unglaublich intim. Beinahe nackt teilten sie eine Morgenroutine, obwohl sie praktisch Fremde waren.

Ihr Verstand und ihr Herz wehrten sich gegen das Wort „Fremde". Auch wenn sie sich gestern erst kennengelernt hatten, waren sie sich absolut nicht mehr fremd. Sie fühlte sich wohl in seiner Gegenwart, sicher in seinen Armen. Der Gedanke erschütterte sie zutiefst.

Wahrscheinlich würde sie keinen Bissen essen können, trotzdem begrüßte sie die Idee, von dieser Bar und aus der kleinen Wohnung fortzukommen.

Sie trug keinen BH. Es sei denn, sie hatte noch einen angezogen, als er nach unten gegangen war. Ryan umklammerte das Lenkrad. In ihm steckte immer noch der Schock vom Morgen. Er war aus dem Badezimmer gekommen und hatte Samantha beinahe nackt vorgefunden. Ihr Körper hatte im Sonnenlicht geglänzt, die dunklen Haare waren ihr über die Schultern auf die weiße Haut des Rückens gefallen. Und als sie sich umdrehte … in dem Moment hätte er fast all seine guten Vorsätze über den Haufen geworfen.

Er hatte nur noch den einen Gedanken gehabt, sie auf das Bett zu werfen und mit ihr zu schlafen. In einem Restaurant zu frühstücken, an einem genügend großen Tisch, erschien ihm die beste Möglichkeit, der sexuellen Spannung zwischen ihnen zu entgehen. Er hatte sich getäuscht.

In ihrem leichten Sommerkleid hatte sie ihm gegenübergesessen, und er hatte an nichts anderes als an ihre vollen Brüste denken können. Selbst jetzt, als er durch die Landschaft fuhr, ging ihm der Anblick nicht aus dem Kopf. Sie hatte ihn gebeten, ihr ein wenig von der Gegend zu zeigen, bevor sie zur Bar zurückkehrten. Auch das hatte er für eine gute Idee gehalten. Doch egal, was sie taten, seine Gedanken gingen immer in dieselbe Richtung. Selbst der Anblick der gigantischen Felsformationen konnte ihn nicht von Samantha ablenken.

Er musste für Abstand sorgen. Er wollte jeden Moment in dieser Woche genießen, doch er würde die Hände nicht länger bei sich behalten können, wenn sie ihn ständig in Versuchung führte. Selbst die anmutigen Bewegungen ihrer Hände erregten ihn. „Ryan! Halt an!"

Er trat so fest auf die Bremse, dass sie in die Gurte flogen. Gott sei Dank befanden sie sich auf einer wenig befahrenen Straße. Mit quietschenden Reifen kam der Wagen zum Stehen. Ryan wusste nicht, was ihn nervöser machte: Ihr herrlicher Duft, der ihn in dem engen Wagen einhüllte, oder der Gedanke an ihren fantastischen Körper und was er gern damit anstellen würde.

Er warf einen besorgten Blick auf Samantha.

„Entschuldige", sagte sie. „Ich dachte nicht, dass du es so wörtlich nimmst."

„Wenn jemand im Wagen ‚Stopp' schreit, gehe ich davon aus, dass es ihm schlecht geht, oder …" Er schüttelte den Kopf. „Egal. Was ist los?"

„Was ist das für ein kleines Dorf dort drüben?", fragte sie. Sie deutete auf den malerisch gelegenen Ort in der Ferne.

„Das ist ein kleiner Ort namens Cave Cove. Eine Touristenfalle. Man kann dort Puppen, T-Shirts, Türkisschmuck und viele andere Dinge kaufen, die typisch für die Indianer sind und die die Touristen so gern als Andenken mit nach Hause nehmen." Der Ort brachte der Wirtschaft Geld und bot den Einheimischen Arbeit. Ryan selbst ging dort nicht einkaufen, aber wenn seine Mutter und Schwester zu Besuch waren, erstanden sie in den kleinen Geschäften immer einzigartige Stücke.

Er legte einen Gang ein und wollte weiterfahren, als er ihre warme Hand auf seinem Arm spürte.

„Könnten wir dorthin fahren?"

„Wenn du einkaufen willst, so gibt es ein elegantes Einkaufszentrum in Scottsdale." Er hasste es, doch zusammen mit ihr würde er es ertragen.

„Ein großes geschlossenes Einkaufszentrum? Mit Klimaanlage, sodass ich anfange zu frieren?" Sie rieb sich über die Arme bei dem Gedanken. „Teure Geschäfte und gelangweilte Verkäuferinnen? Nein danke. Davon habe ich zu Hause genug." Angeekelt rümpfte sie die Nase.

Er wettete, dass sie das hatte. Was er bisher an Kleidung bei ihr gesehen hatte, war feinste Designerware, ähnlich den Stücken, die es in der Boutique in seiner eleganten Ferienanlage zu kaufen gab. Kein Zweifel, dass sie teure Geschäfte aufsuchte, egal, wo sie einkaufen ging.

Er sah sie an. Shopping war offensichtlich nicht ihr Lebensinhalt.

„Bist du sicher, dass du nach Cave Cove möchtest?", fragte er.

„Ich würde mich wirklich gern einmal umsehen. Bitte." Aus großen Augen sah sie ihn flehend an.

Er lachte. „Okay. Meinetwegen."

„Gibt es dort auch diese kleinen Indianerpuppen? Ich habe mir nämlich vorgenommen, so eine zu kaufen, während ich hier bin."

„Die gibt es dort." Seine Schwester besaß eine ganze Sammlung davon. Falls er Samantha je mit nach Sedona nehmen sollte, seine Schwester und seine Mutter würden sie sofort mögen.

Wow! Seine Gedanken bewegten sich schon wieder in eine gefährliche Richtung. Es war eine Sache, über eine lebenslange Bindung nachzudenken, eine völlig andere Geschichte aber war es, Samantha damit in Verbindung zu bringen. Obwohl die weiblichen Mitglieder seiner Familie sie sicherlich akzeptieren würden. Genauso umgekehrt.

Wieder sah er sie an. Sie hatte ihre Sonnenbrille auf den Kopf geschoben. Eine unbewusst erotische Bewegung.

Sie legte ihre Stirn an das Fenster und schaute sehnsüchtig zu dem malerischen Ort. „Es ist unglaublich schön hier", sagte sie ruhig.

„Ja, nicht wahr?" Er selbst liebte diese Gegend. Hier war er aufgewachsen. Damals war die Familie nicht reich gewesen. Der Reichtum kam erst später, und so wusste Ryan zu schätzen, was er hatte. Erneut betrachtete er Samantha. Und wenn er gefunden hatte, was er wollte, ließ er es nicht los.

„Friedvoll", sagte sie. „Keine Wolkenkratzer, kein Smog, keine Autos Stoßstange an Stoßstange, kein Gehupe."

„Wie in … New York?"

Sie lachte. „Warum fragst du nicht einfach, woher ich komme?"

„Wohnst du dort?"

„Ich arbeite da. Ich lebe in New Jersey, vierzig Minuten Fahrzeit jeden Tag."

„Warum nimmst du den Stress auf dich?"

„Ich weiß nicht. Ich bin dort geboren und aufgewachsen. Wahrscheinlich bin ich deshalb geblieben. Und New York ist für Finanzberater der beste Platz. Was ist mit dir?"

„Ich bin aus Arizona."

„Also hast du auch Familie hier?"

Er nickte. „Mutter und Schwester, Schwager und einen sechs Monate alten Neffen."

Sie sah ihn nicht gern als Mann mit Familie, Menschen, die

ihn liebten und sich um ihn kümmerten. Irgendwie machte ihn das zu real, zu unvergesslich.

„Hast du Familie?", fragte er.

„Nur meinen Vater. Meine Mutter ist vor einigen Jahren gestorben und …"

„Was und?", fragte er, als sie schwieg.

„Dad wird damit nicht gut fertig. Er ist Börsenmakler und arbeitet für eine große Firma in der Stadt." Und Sam, in ihrem Bemühen, den Eltern zu gefallen, hatte beruflich eine ähnliche Richtung eingeschlagen, damit ihr Vater stolz auf sie sein konnte. Eigentlich war dies nicht ihr Berufsziel gewesen, doch mittlerweile machte ihr die Arbeit Spaß, und sie war erfolgreich.

Sie seufzte. „Zuerst hat er seine Kunden vernachlässigt, dann hat er versucht, die Verluste auszugleichen. Ich habe erst kürzlich davon erfahren. Im letzten Jahr ist er riskante Geschäfte eingegangen und hat viel Geld verloren. Sein Chef war nicht begeistert, als mehrere seiner Kunden abwanderten. Seine eigene finanzielle Lage ist bedrohlich, und je schlimmer es wurde, desto weniger Zeit verwendete er darauf, den Markt zu beobachten …" Sie brach ab und sah ihn an. „Komisch, es fällt mir leicht, mit dir darüber zu sprechen."

„Dann erzähl weiter." Er legte seine Hand auf ihren Arm. Ein Gefühl der Wärme ging durch ihren Körper.

„Willst du wirklich noch mehr hören?"

„Ja."

„Er ist daran fast zerbrochen. Ich hätte es kommen sehen müssen, habe ich aber nicht." Und wenn sie an die Lösung der Probleme dachte, wünschte sie, sie wäre aufmerksamer gewesen. „Ich war so sehr mit meinem eigenen Leben und meinem Job beschäftigt, dass ich nicht merkte, was los ist. Als ich endlich aufwachte, hatte er fast sein ganzes Vermögen und die meisten Kunden verloren."

Er nahm ihre Hand und drückte sie sanft. „Du kannst sein Leben nicht kontrollieren."

„Nein, aber ich glaube, er kann es auch nicht. Zuerst dachte ich, es läge an seiner Trauer und dass er irgendwann wieder zu sich kommen würde. Aber jetzt denke ich, er wird einfach älter, vergesslicher, weniger genau. Wenn er besser aufgepasst hätte …"

„Du bist nicht verantwortlich für die Taten deines Vaters."

Sie zog die Augenbrauen hoch. Wenn er wüsste. „Ich habe meiner Mutter versprochen, dass ich mich um ihn kümmern werde", erklärte sie. Das Problem war, dass ihre sterbende Mutter sich vorgestellt hatte, dass Sam ihm beibrachte, wie man die Waschmaschine bediente, aber nicht, dass sie ihr eigenes Leben aufgab, um das Haus und das Ansehen ihres Vaters in der Gemeinde zu retten.

„Außerdem habe ich immer das getan, was man von mir erwartet hat", murmelte sie. Alles, um die Zuneigung ihrer Eltern zu gewinnen. Sie hatte sie bekommen, als ihre Mutter starb. Sie liebte ihren Vater und wollte ihm helfen. Doch sie würde teuer dafür zahlen müssen.

„Ich kann solch ein Versprechen verstehen", sagte Ryan. „Ich habe meinem Vater dasselbe versprochen."

Zu real, zu unvergesslich. Sie schnappte nach Luft. Heute Morgen hätte sie verschwinden sollen, bevor sie ihn noch besser kennenlernte, bevor sie ihn noch mehr mochte.

Doch da es dafür jetzt zu spät war, wollte sie, dass er sie verstand. „Dann weißt du also, dass solch ein Versprechen das ganze Leben ändern kann …" Sie unterbrach sich, bevor sie zu viel preisgab.

Diese Woche ist nicht die Realität, rief sie sich in Erinnerung. Es war nur eine winzige Zeitspanne, die allein Ryan und ihr gehörte. Es bestand kein Anlass, ihn über ihr wirkliches Leben ins Bild zu setzen, als sei er jemand, dem sie sich anvertrauen konnte. Jemand, der auch noch da war, wenn alles gesagt und getan war. Denn egal, wie sehr sie ihn mochte, egal, wie sehr er ihr gefiel, sie musste ihn verlassen. So schmerzlich es auch werden würde.

Auch ihm würde es wehtun, und der Gedanke bekümmerte sie am meisten. Sie fror plötzlich.

Er ahnte, dass die Unterhaltung beendet war, und respektierte ihr Schweigen. Still legte er einen Gang ein und fuhr weiter.

Ihre Hand lang immer noch in seiner, seine Berührung wärmte und tröstete sie. „Tut mir leid mit deiner Mutter", sagte er, den Blick auf die Straße gerichtet. „Und ich weiß, dass die Lösung der Probleme deines Vaters schwierig für dich sein wird. Aber denk daran, du kannst nicht dein Leben aufgeben, weil er Probleme mit seinem hat."

Sie sah aus dem Fenster, unfähig, ihn anzusehen. Obwohl er wusste, dass sie nächste Woche zu der Konferenz abreiste, ahnte er nicht, wie endgültig der Abschied werden würde.

*R*yan fuhr in den Ort hinein und parkte in einer kleinen Seitenstraße direkt vor einem Laden, der mit fröhlich bunten Aushängeschildern zum Eintreten einlud. Der Wagen kam gerade zum Stillstand, da sprang Sam schon hinaus und bestaunte die Auslagen in dem Schaufenster. Dann schlenderte sie Hand in Hand mit Ryan durch den Ort und sah sich in verschiedenen Geschäften um. An seiner Seite zu sein, verlieh ihr ein Gefühl der Wärme und des Glücks, das sie bisher nicht gekannt hatte.

Da sie als Einzelkind aufgewachsen war, gab es keine Brüder oder Schwestern, mit denen sie laufen und spielen konnte, während ihre Eltern Hand in Hand spazieren gingen. Immer hatte sie sich als Außenseiter in ihrer eigenen Familie gefühlt. Bis jetzt.

Alte Straßenlaternen säumten die engen Straßen, Bänke luden zum Verweilen ein. Der Ausflug war eine gute Idee gewesen. Eine angenehme Flucht vor der prickelnd sexuellen Spannung, die ständig unter der Oberfläche brodelte und zu explodieren drohte. In Cave Code gab es alle nur erdenklichen Souvenirläden. Hier war sie in der Lage, sich zu entspannen und den Tag mit Ryan zu genießen, ohne sich bedrängt zu fühlen.

Aufgrund der frühen Stunde herrschte noch kein geschäftiges Treiben, die Straßen und Läden waren menschenleer. Sam entdeckte einen kleinen Juwelier, der im Schaufenster wunderschönen Türkisschmuck ausgestellt hatte. Sie blieb stehen.

Er zog sanft an ihrer Hand. „Lass uns weitergehen. Es gibt massenweise Geschäfte mit denselben Schmuckstücken in all den kleinen Seitenstraßen."

Ein großes rotes Plakat fiel ihr ins Auge. „Aber hier gibt es dreißig Prozent Preisnachlass."

Er lachte. „Jeder Juwelier bietet dreißig Prozent. Konkurrenzkampf. Anders könnten sie sich nicht halten. Es ist ein Trick, um Leute wie dich ins Geschäft zu ziehen."

„Ich möchte aber gern hineingehen", erwiderte sie starrköpfig.

„Okay, wenn du unbedingt willst. Denk aber daran, dass wir keine Zeit mehr haben, noch ein wenig durch die Landschaft zu fahren, wenn du deine ganze Zeit hier verbringst."

Sie runzelte die Stirn. „Wird es dir schon langweilig?"

„Habe ich das gesagt?" Er machte ein beleidigtes Gesicht.

„Es ist allgemein bekannt, dass Männer nicht gern einkaufen gehen."

„Ich bin stolz darauf, zu diesen Männern zu gehören. Aber nicht heute. Komm." Ohne ihre Hand loszulassen, führte er sie in den Laden.

Kleine Glöckchen erklangen, als sie eintraten. Es duftete nach Lavendel. Sam bekam eine Gänsehaut. Ryan zog sie enger an sich und legte seinen Arm um ihre Taille. Ein merkwürdiges Gefühl, das sie nicht benennen konnte, ergriff sie. Als sei sie an einem Wendepunkt in ihrem Leben angekommen.

Sie schüttelte den lächerlichen Gedanken ab, trat an einen Schaukasten und betrachtete die Ringe. Einer fiel ihr ganz besonders ins Auge. Ein schmaler Silberreif, über Kreuz mit Türkisen besetzt …

„Haben Sie etwas entdeckt, was Ihnen gefällt?", hörte sie eine weibliche Stimme fragen.

Sam blickte auf. Wegen der eigenartigen Atmosphäre in dem Laden hatte sie eine geheimnisvoll aussehende Frau erwartet, eingehüllt in Schleier und umgeben von einer mystischen Aura. Stattdessen wurden sie von einer schicken älteren Dame begrüßt.

Als sie nicht direkt antwortete, drückte Ryan ihren Arm. „Schatz?"

Es verwirrte sie, dass er diesen Kosenamen in der Öffentlichkeit benutzte. „Ja. Entschuldigung." Sie tippte auf den Glaskasten. „Der dort. Mit dem X."

Die silberhaarige Dame lächelte. „Ah, der Kuss." Sie zog eine schwarze Samtschachtel aus dem Schaukasten. „Ich würde gern sagen, es ist ein Unikat, aber ich bestelle jedes Mal einen nach, wenn ich diesen Ring einem verlobten Paar wie Ihnen verkauft habe."

Sam wartete darauf, dass Ryan die Frau korrigierte. Als er es nicht tat, begann sie selbst. „Wir sind nicht …"

„Natürlich kaufen wir ihn trotzdem", unterbrach er sie. Sam legte den Kopf zur Seite und warf ihm einen fragenden Blick zu. Sie sah in seine Augen. Augen, die ernst, beruhigend und liebevoll blickten. *Liebevoll?*

Sam wäre am liebsten aus dem Laden gestürmt. Doch Ryan hielt sie mit starker Hand fest. Sie schluckte und wagte noch einen Blick in sein Gesicht. Er zwinkerte ihr zu und beugte sich hinab, um ihr ins Ohr zu flüstern. „Diese Woche gehört den Träumen. Lass mich dich verwöhnen."

Sie wusste nicht, ob sie lachen sollte, weil er scherzte, oder weinen, weil sie wünschte, sie wäre frei für ihn.

Anscheinend sah die Verkäuferin ihr Schweigen als Unentschlossenheit an. Sie sagte: „Sie können sicher sein, solange Sie diesen Ring tragen, bleiben Sie zusammen. Jedes andere Paar, das diesen Ring gekauft hat, kann Ihnen das bestätigen."

Wieder überkam Sam dies merkwürdige Gefühl, und sie zitterte. „Was macht Sie so sicher, dass wir verlobt sind?", fragte sie. Sie trug keinen Ring.

„Ich erkenne die Zeichen. Die Nähe …" Sie deutete auf Ryans Hand, die besitzergreifend auf Sams Schulter lag. „Die Art, wie er Sie ansieht, wenn er meint, Sie würden es nicht merken. Die Art, wie Sie sich an ihn schmiegen … zwei Hälften, die ein Ganzes ergeben."

„Sie sehen nicht aus wie eine Wahrsagerin", murmelte Sam.

Ryan lachte. „Willst du nun den Ring, Sammy Jo, oder nicht?"

Ohne auf ihre Antwort zu warten, zog er seine Kreditkarte aus der Tasche. Sam warf einen Blick darauf. Sie konnte gerade noch seinen Nachnamen lesen, Mackenzie, bevor er sie der sichtlich erfreuten Dame reichte. *Wieder etwas, was ich über ihn erfahren habe*, dachte sie, und behielt auch diese Information in Erinnerung.

„Einen Moment, bitte", sagte Sam zu der Verkäuferin. Sie zog Ryan in eine andere Ecke des Ladens. „Hör mal …"

„Hast du deine Meinung geändert?"

„Nein, aber …"

„Du möchtest ihn natürlich zuerst probieren. Ich hätte daran denken sollen."

„Nein, ich meine …" Sie wusste nicht, wie sie sich ausdrücken sollte, ohne ihn zu verletzen, aber sie wusste, er war Barkeeper und … „Du hast nicht einmal nach dem Preis gefragt."

„Das muss ich nicht. Ich habe den Glanz in deinen Augen gesehen, als du den Ring entdeckt hast."

„Aber, Ryan …"

Er schenkte ihr ein so verführerisches Lächeln, das ihr heiß wurde und sie nicht mehr klar denken konnte.

„Außerdem gibt es dreißig Prozent Preisnachlass", erinnerte er sie. „Wie teuer kann er schon sein? Sammy Jo, ich möchte ihn dir gern schenken."

Sie fing an, sich an ihren neuen Spitznamen zu gewöhnen. Er gefiel ihr, besonders wenn er über *seine* Lippen kam. Sie schaute ihm in die Augen und merkte, wie viel es ihm bedeutete. Sie brachte es nicht fertig, ihm den Wunsch auszuschlagen. Zumindest konnte sie den Ring probieren. Vielleicht passte er gar nicht. Sie hatte ziemlich schmale Finger, und ein Silberring konnte nicht so einfach geändert werden. Dann hätte sie eine Entschuldigung, das Geschenk abzulehnen, ohne ihn zu verletzen.

Sie gingen zurück an den Tresen. Der Ring lag auf einem schwarzen Samttuch. Sie sah sich um, doch die Verkäuferin war im Hinterzimmer verschwunden und hatte sie allein gelassen. „Sehr vertrauensselig", murmelte Sam.

„Wir sind hier nicht in der Stadt, Liebling."

Er nahm den Ring und hob ihre Hand. „Wann immer du auf diesen Ring siehst, denk an mich, an diese Woche und was sein könnte."

Bevor sie protestieren konnte, schob er den Ring über den Ringfinger ihrer linken Hand, nahm ihr Gesicht zwischen seine Hände und küsste sie. Sie legte den Kopf zurück und seufzte leise, als seine Lippen sanft über ihre glitten. Zärtlich biss er in ihre Unterlippe, und sie öffnete den Mund, um seine Zunge hineinzulassen. Sam wusste nicht mehr, wo Fantasie begann oder Realität aufhörte. Solange Ryan sie in den Armen hielt, sie berührte, küsste und behandelte, als liebte er sie, war ihr alles andere egal.

Er hob den Kopf und lächelte. Sie sah in seine Augen, und ihr Herz machte einen Sprung. Sie würde seinen Stolz mehr verletzen, wenn sie das Geschenk ablehnte, als wenn sie ihn dafür bezahlen ließe. „Danke", murmelte sie.

„Gern geschehen." Er hob ihre Hand. „Er passt perfekt."

Sie sah verwundert auf ihre Hand. „Ja, manchmal hat man Glück."

„Ja." Durchdringend sah er sie an. Sie war hingerissen von der Intensität des Blickes. Einen Augenblick später war dieser intensive Moment vorbei. „Können wir gehen?", fragte er.

„Wie lange brauchen wir zurück zur Bar?", fragte sie.

„Eine halbe Stunde. Warum?"

„Ich sterbe vor Hunger."

„Das kann doch nicht dein Ernst sein. Du kannst schon wieder essen?"

„Worauf sollte ich sonst Hunger haben?" Sie lachte, doch als sie in seine dunklen Augen sah, erstarb das Lächeln auf ihren Lippen. Sie wusste genau, worauf er Hunger hatte. Ihr Körper reagierte sofort. Die Knospen ihrer Brüste wurden hart, und sie verspürte ein lustvolles Ziehen im Unterleib. Unsägliches Verlangen überkam sie.

„Im Kühlschrank steht noch Zees unnachahmliches Chili. Magst du es gern scharf?" Seine Stimme klang rau.

Sie schluckte. „Sehr", erwiderte sie, froh, dass sie sich in der Öffentlichkeit befanden.

„Weißt du, was mir am meisten an dir gefällt?"

„Mein großes Herz?"

Er nahm ihre Hand. Wie ein Stromschlag fuhr die Berührung durch ihren Körper. „Dein noch größerer Magen."

Sie lächelte. „Essen ist sehr wichtig. Ohne kann man nicht überleben, weißt du?"

Er kicherte. „Ich weiß."

Sie wartete, während er den Beleg unterschrieb und die Karte wieder einsteckte. Dann gingen sie zurück zum Wagen. Der Ring schmückte ihren Finger, ihre Hand lag in seiner.

Wenn sie mit Ryan zusammen war, war sie glücklich, doch sie wusste, dass dieses Glück nicht von Dauer war. Deshalb musste sie sich immer wieder in Erinnerung rufen, dass die Zeit, die sie miteinander verbringen konnten, nur Fantasie war. Wie sonst sollte man die Vorhersage einer geheimnisvollen Frau nennen, die niemals wahr werden würde?

Sie stand hinter der Bar, füllte Holzschalen mit Chips und bereitete alles für den Abend vor. Die Lady ist heißer als der Dip, den sie zu den Chips auf den Tischen verteilt, dachte Ryan. Doch Gott sei Dank wusste sie es nicht. Es war bereits Samstag. Die Zeit verging viel zu schnell.

Der vergangene Abend war typisch für einen Freitag in „The Hungry Bear" gewesen – hektisch, laut, verrückt. Samantha hatte sich nicht beschwert, sondern sich tüchtig ins Zeug gelegt und gearbeitet, bis geschlossen wurde, während Ryan sie die ganze Zeit beobachtet und bewundert hatte. Sie trug ein langes, bis an die Knöchel reichendes Kleid, das jede Kurve ihres Körpers betonte.

Nicht zu wissen, ob sie einen BH unter diesem luftigen Etwas trug, machte ihn fast verrückt. Die Männer in der Kneipe waren nicht blind, und Samantha war neu im Geschäft. Das allein weckte das Interesse der männlichen Gäste. Er fragte sich, ob sie auch beobachteten, wie sich Samanthas Brüste hoben und senkten, während sie arbeitete. Er hatte die halbe Nacht damit verbracht, sich an seinen Vorsatz zu erinnern, Zurückhaltung zu üben.

Was nicht einfach war. Jedes Mal berührte sie ihn wie zufällig, wenn sie an ihm vorbeiging, und ihr verführerischer Pfirsichduft stieg ihm in die Nase.

Und dann war sie eingeschlafen, bevor er überhaupt die Treppen hinaufgekommen war. Ryan konnte es verstehen. Für jeden war es anstrengend, die ganze Nacht auf den Beinen zu sein, und für jemanden, der es nicht gewohnt war, natürlich besonders.

Als er am Samstag gegen Mittag erwachte, schlief Samantha immer noch tief und fest. So hatte er die Zeit genutzt, in sein Hotel zu fahren, um nach dem Rechten zu sehen. Er war gerade rechtzeitig zurückgekehrt, um die Bar zu öffnen.

Sie hatte nicht gefragt, wo er gewesen war, und er hatte sich nicht verpflichtet gefühlt, es ihr zu erklären. Wieder etwas, das Samantha ihm gab. Bedingungsloses Vertrauen und Verständnis. Er fragte sich, wie sie die Wahrheit aufnehmen würde.

Sie würde ihm verzeihen. Obwohl ihn zunächst ihr Körper und ihr hübsches Gesicht interessiert hatte, reizte ihn jetzt mehr ihr liebenswertes Wesen. Sie verstand ihn. Vom ersten Moment an.

So wie er sie verstand. Die müde Frau, die in der Bar ausgeholfen hatte, die feinfühlige Frau, die ihm vertraute, die Frau mit tiefen familiären Empfindungen und Werten. Das alles hatte größten Eindruck auf ihn gemacht. Nicht, dass er vergessen hätte, wie sich ihr Körper anfühlte oder wie leidenschaftlich sie auf seine Berührung reagierte. Aber das Innere reizte ihn viel mehr als die Verpackung.

Seit dem Ausflug fühlte er sich noch mehr zu ihr hingezogen. Immer war Samantha bei ihm … in seinen Gedanken, seinen Träumen … seiner Zukunft?

Den ganzen vergangenen Abend spürte er, dass sie seine Nähe suchte. Ihre Hüfte berührte wie zufällig seine, ihr Duft hüllte ihn ein. Wie sollte er Abstand halten, wenn sie mit diesen unschuldigen Berührungen nicht aufhörte?

Ryan hielt es keine Minute länger aus. Er trat hinter sie und legte die Arme um ihre Taille.

„Oh!" Sie fiel gegen seine Brust. „Schleich dich nicht so an mich heran."

„Warum nicht? So habe ich dich wenigstens in meinen Armen."

Sie drehte sich um und schlang die Arme um seinen Hals. „Dazu musst du dich nicht von hinten anschleichen."

Ihm gefiel der Gedanke. „Ich habe Theresa angerufen. Sie kann heute Abend auf keinen Fall kommen."

„So?" Sie langte in die Schale mit den Chips, nahm einen, biss hinein und hielt ihm den Rest vor den Mund.

Er aß ihn, leckte das Salz von seinen Lippen und schließlich auch von ihren Fingern. Sofort glänzten ihre Augen vor Verlangen. Er grinste. „Jetzt leide ich also wieder an Personalmangel."

Sie trat etwas zurück und hielt ihm ihre Hände entgegen. „Was ist das, wenn nicht zwei willige Hände?" Sie glitt mit eben diesen Händen unter sein Hemd und legte sie auf seine Brust. Sie schien sich immer wohler in seiner Gegenwart zu fühlen. Und er hatte Spaß an ihrer ungezwungenen Art.

„Du hast Urlaub", stellte er fest. Ihre warmen Hände auf seiner Brust erregten ihn ungemein.

„Und was versteht man unter Urlaub?"

„Eine Pause vom Alltagsleben. Eine Zeit, in der man tun und lassen kann, was man will."

„Genau." Sanft fuhr sie mit ihren Fingernägeln über seine Haut. „Hier zu arbeiten ist etwas anderes als mein alltäglicher Job." Sie schob sein Hemd hoch und küsste seinen Bauch. „Und dich zu berühren ist etwas, das ich sonst auch nicht tue." Sie leckte mit der Zunge über seine nackte Haut. „Es sei denn, du magst es nicht."

Sie fragte so, als wüsste sie es wirklich nicht. Mit jeder Sekunde machte es ihm diese Frau schwerer, das Versprechen einzuhalten, das er sich selbst gegeben hatte. Er wusste nicht, wie lange er noch die Hände von ihr lassen konnte.

„Oh doch, ich mag es."

Er begehrte sie, seit er sie kennengelernt hatte, doch die Gefühle, die sie jetzt in ihm weckte, waren einfach unglaublich. Wenn er die Bar nicht in fünfzehn Minuten aufschließen müsste, würde er wahrscheinlich die Kontrolle über sich verlieren. Aber wenn er das erste Mal mit ihr schlief, sollte es nicht auf einem Tisch in der Kneipe sein. Er dachte eher an ein weiches Bett und viel, viel Zeit.

Er glitt mit den Händen durch ihre Haare und hob ihren Kopf, bis ihre Lippen nur wenige Zentimeter von seinen entfernt waren. Nur ein Kuss. Ein kurzes Schmecken ihrer schimmernden Lippen. Er beugte den Kopf und küsste sie … genau in dem Moment klopfte jemand laut an die Tür.

„Mach auf." Als er keine Antwort bekam, schrie Zee: „Verdammt, Ryan, ich habe meinen Schlüssel verloren."

„Der alte Mann weiß, dass uns Personal fehlt. Wahrscheinlich will er helfen."

Ihr Gesicht war dunkelrot geworden. Schnell zog sie sein Hemd zurecht. „Er hätte vorher anrufen können", murmelte sie.

Er warf ihr einen amüsierten Blick zu. „Wir öffnen sowieso in einigen Minuten", erinnerte er sie.

„Ich gehe nach oben, um abzuwaschen", sagte sie. „Ich komme gleich zurück."

Er ließ Samantha Zeit, nach oben zu verschwinden, bevor er Zee antwortete. „Einen Moment, ich komme schon." Er steckte sein Hemd zurück in die Jeans. Noch immer hämmerte Zee gegen die Tür.

„Wir haben noch geschlossen. Auch für dich."

Zee ignorierte ihn und trat ein. „Ich kenne dich schon, seit du ein kleiner Junge warst, Ryan. Also komm mir nicht mit diesem Quatsch."

Ryan verdrehte die Augen. Der alte Mann war der beste Freund seines Vaters gewesen und gehörte zur Familie, solange Ryan sich zurückerinnern konnte. Das gab ihm aber noch lange nicht das Recht, sein Sexleben zu stören und ihn in den Wahnsinn zu treiben. Allerdings gehörte die Kneipe seinem Sohn, wodurch er eher Anspruch darauf hatte, hier zu sein, als Ryan. Außerdem liebte Ryan den alten Kauz wie seinen eigenen Vater.

Er folgte Zee zu einem Barhocker und setzte sich.

„Wo ist deine Freundin?", fragte Zee.

„Du hast sie vertrieben."

„Ha! Vielleicht ist sie klug geworden und in ein Hotel gegangen."

Ryan stützte sich auf den Ellenbogen ab. „Wenn du irgendetwas wissen möchtest, dann frag einfach."

„Das habe ich getan. Wo ist deine Freundin?"

„Oben."

„Das habe ich mir gedacht." Zee schlug Ryan auf die Schulter. „Haben dein Daddy und ich euch Jungs denn gar nichts beigebracht? Zuerst mein Sohn und dann du."

„Was habe ich denn getan?"

„Zu meiner Zeit hat ein Mann eine Frau erst geheiratet, bevor er mit ihr ins Bett stieg. Ich sehe ja ein, dass die Zeiten sich etwas geändert haben, aber wie wäre es zumindest mit einer kleinen Romanze, bevor du mir ihr schläfst?"

„Ich schlafe nicht mit ihr." Noch nicht. Er hatte neben ihr geschlafen, etwas, was Zee allerdings auch nicht billigen würde. Ryan stöhnte laut. Er war fünfunddreißig. Sein eigener Vater war vor zwölf Jahren gestorben, und Zee war eingesprungen, ohne zu fragen, und hatte ihn durch das Leben begleitet. Immer war er da gewesen, wenn Ryan einen väterlichen Rat benötigte.

Er erinnerte sich nicht, jetzt darum gebeten zu haben, aber er respektierte Zee genug, um zuzuhören und über die Worte des alten Mannes nachzudenken.

„Ich will keine Einzelheiten hören", schimpfte Zee. „Ich sehe so schon genug." Sein Blick verweilte für einen kurzen Augenblick auf Ryans Gesicht. „Wisch dir den verdammten Lippenstift vom Mund."

Ryan stieß einen Fluch aus und rieb sich mit einer Papierserviette über die Lippen.

Zee schüttelte den Kopf. „Ich will nur, dass du mit deinem Kopf denkst und nicht mit deinem … Na, du weißt, was ich meine."

„Du hast dich klar ausgedrückt."

„Ist sie gut?"

Ryan musste herzhaft lachen. „Das ist der alte Zee, den ich so gut kenne."

Der alte Mann griff nach einer Schale mit Chips. „Da du sie noch nicht vor die Tür gesetzt hast, muss sie es sein."

„Ein Gentleman genießt und schweigt. Deine Lebensphilosophie."

„Nein, die deines Vaters. Ich habe immer viel zu viel erzählt."
Er grinste. „Hast du Sammy Jo schon die Wahrheit gesagt?"

„Nein." Die Antwort brachte Ryan einen erneuten Schlag auf die Schulter ein. „Sie ist aus New Jersey", sagte er. Als erklärte das alles.

Zum ersten Mal dachte er daran, dass Samantha in einigen Tagen nicht nur zu ihrer Konferenz abreisen würde, sondern auch zu ihrer Familie, die sie brauchte. Eine merkwürdige Leere überfiel ihn. Irgendwann, bald, müsste er sich damit auseinandersetzen.

Zee zuckte mit den Schultern. „Leben wir nicht im Zeitalter der Flugzeuge?"

„Traumtänzer", erwiderte Ryan. Er wollte weder über eine Wochenendbeziehung nachdenken, noch wollte er mit Zee über seine Gefühle für Samantha sprechen. „Ich habe die Frau vor weniger als achtundvierzig Stunden kennengelernt." Komisch, er hatte das Gefühl, sie schon viel länger zu kennen. „Ich kenne sie kaum." Und doch war er vertrauter mit ihr als mit jeder anderen Frau, die er kannte, obwohl sie nicht einmal miteinander geschlafen hatten.

„Warum redest du nicht offen mit ihr? Hast du Angst, dass sie abhaut, wenn sie erfährt, dass du für einen Normalsterblichen viel zu reich bist?"

„Im Gegenteil, ich fürchte eher, dass sie es nicht tun wird."

„Aha." Verständnisvoll legte Zee den Arm um Ryans Schulter. „Ich habe mir schon gedacht, dass du deshalb nie eine von den Schwimmbadschönheiten genommen hast. Was allerdings keine Entschuldigung dafür ist, dass du mir nie eine von ihnen vorgestellt hast. Aber ich verzeihe dir."

Ryan grinste. „Jetzt geht es mir schon besser."

„Wann reist sie ab?"

Ryan runzelte die Stirn. „Viel zu früh." Es sei denn, sie änderte noch ihre Meinung. Er sprang vom Barhocker. „Vergiss es", sagte er zu dem alten Mann, der es nur gut mit ihm meinte.

„Werde ich … falls du es auch schaffst, wenn sie erst mal weg ist."

Er wollte gerade etwas darauf antworten, als er Samanthas Schritte auf der Treppe hörte. Als er sich zu ihr umdrehte, stand sie schon neben ihm. Sie trug ein helles T-Shirt und enge Jeans. Ihre Haare fielen ihr über die Schultern, ein sanftes Lächeln erhellte ihr Gesicht. In dem Moment wusste Ryan, dass er diese Frau nur sehr schwer würde vergessen können.

Sam schlug die Hände zusammen. Der Ring schimmerte an ihrem Finger, ein zarter Wink, wie nah Ryan und sie sich gekommen waren. Ihr Ausflug hatte ihr keine Zeit zum Nachdenken gelassen. Auch seine Abwesenheit tagsüber nicht. Sie wusste immer noch nicht, wie sie sich verhalten sollte. Im Gegenteil. Der Mann gefiel ihr von Stunde zu Stunde besser, dabei sollte er nur ein heißes Abenteuer in ihrem Leben sein.

Ein Leben, das bisher langweilig gewesen war. Sie war fast dreißig, hatte keinen besonders aufregenden Beruf. Und die Männer, mit denen sie sich bisher getroffen hatte, waren so uninteressant gewesen, dass sie in ihr kaum Lust auf Sex geweckt hatten. Sie hatte sich mit Freunden und Kollegen getroffen. Einmal hatte sie sogar mit einem Mann geschlafen. Sie hatte gehofft, mehr für ihn empfinden zu können, doch die Romanze war schnell beendet. Doch selbst damals hatte sie nicht so eine Vertrautheit verspürt wie mit Ryan.

Sicher, sie war auf der Suche nach einer aufregenden Affäre gewesen, doch ihre Gefühle sollten nicht ins Spiel kommen. Und was hatte sie gefunden? Auf jeden Fall Freundschaft. Zuneigung? Ihre Blicke trafen sich, und er zwinkerte ihr zu, bevor er seine Unterhaltung mit Zee fortsetzte. Tausend Schmetterlinge flatterten in ihrem Bauch. War es noch mehr? Sie wagte nicht, daran zu denken.

Jedes Mal, wenn sie Ryan ansah, geschah etwas mit ihr. Sie war nach Arizona gekommen, um Leidenschaft zu erleben. Sie hatte sie erfahren, ohne überhaupt mit ihm zu schlafen. Was würde erst geschehen, wenn sein Körper endlich eins mit ihrem wurde?

Heiße Begierde schoss durch ihren Körper. Wie war das möglich? Wie konnte ihr Körper sich mit solch einer Intensität nach ihm sehnen?

„He, alles okay?" Sie spürte Ryans warme Hand auf ihrem Arm und zwang sich zu einem Lächeln.

„Könnte nicht besser sein. Die Kneipe wird in weniger als fünf Minuten geöffnet. Ich habe meine Leinenschuhe an und melde mich zur Arbeit."

„Das habe ich nicht gemeint."

„Ich weiß, was du gemeint hast." Sie legte ihren Zeigefinger auf seine Lippen. Die Flamme der Leidenschaft, die so heiß brannte, würde bald gelöscht werden.

Wie aber sollte sie den Rest ihres Lebens ohne ihn verbringen, wenn es nicht dazu kam?

5. KAPITEL

*I*n aller Ruhe hatte Ryan die Stühle auf die Tische gestellt und dann mit Hingabe die Glasscheibe auf der Theke poliert. Jetzt trocknete er die letzten Gläser so langsam ab, dass er fast umfiel vor Langeweile. Er schaute auf seine Uhr. Sicherlich war Samantha mittlerweile eingeschlafen.

Nur wenn sie fest schlief, konnte er es wagen, sich bis auf die Boxershorts auszuziehen und sich neben sie ins Bett zu legen. Ansonsten würde er über sie herfallen, so sehr begehrte er sie. Doch schlafend war sie für ihn tabu.

Nichts würde er lieber tun, als sie mit erotischem Geflüster und intimen Berührungen zu wecken. Leider war sie noch nicht so weit. Auch wenn sie ihn freizügig berührte … mit Hand und Zunge, in ihren Augen konnte er die Unsicherheit sehen.

In den letzten Jahren war Ryan sehr wählerisch in Bezug auf Frauen gewesen, doch er kannte sich aus. Eine erfahrene Frau, die wusste, was sie wollte, würde nicht zögern zu nehmen, was sie begehrte. Samantha aber tat es. Er glaubte immer noch, dass sie Sex als Lösung für ihre Probleme zu Hause ansah … welche Schwierigkeiten auch immer es sein mochten. Nur wenn er so lange wie möglich in der Bar herumhing, konnte er dafür garantieren, dass er ihr nicht zu nah kam.

Er bückte sich, um einen Lappen unter der Theke zu verstauen, als ihm ein Umschlag mit Theresas Namen ins Auge fiel. „Trinkgeld" stand unter dem Namen. Ryan holte tief Luft. Gerade als er dachte, Samantha zu kennen, überraschte sie ihn aufs Neue. Fürsorge gehörte genauso zu ihrem Wesen wie Sinnlichkeit.

Oh ja, in der Bar herumzulungern war das Sicherste.

Sam setzte sich im Bett auf. Schon das dritte Mal erwachte sie durch die Sonnenstrahlen, die sich ihren Weg durch die Jalousien bahnten. Aus dem Badezimmer drangen Countrymusik und das Rauschen des Wassers. Wieder lag sie allein im Bett.

Es war zum Lachen. Sie war hierhergereist, um einen Mann

zu verführen. Seit drei Tagen hatte sie nun Ryan für sich, und er hatte bisher keine Anstalten gemacht, mit ihr zu schlafen.

Oh, er schlief neben ihr im Bett. Aber das war auch alles. Er arbeitete abends so lange, dass sie es nicht schaffte, wach zu bleiben, bis er heraufkam, sosehr sie sich auch bemühte. Und der Gipfel war, dass er morgens grundsätzlich vor ihr aufwachte, obwohl sie eigentlich keine Langschläferin war.

An seinem Interesse für sie hegte sie keine Zweifel. Seine glühenden Blicke und Berührungen zeigten eindeutig, dass er sie begehrte. Sie warf einen Blick auf die geschlossene Badezimmertür und knabberte nervös an ihrer Unterlippe. Ihr Körper schmerzte fast vor Sehnsucht nach ihm. Sie hielt es nicht länger aus. Sie musste ihn haben, bevor sie die Nerven verlor.

Ihr einziger Wunsch war eine heiße Affäre mit einem sexy Mann gewesen. Stattdessen hatte sie Ryan kennengelernt. Einen sensiblen, fürsorglichen Mann. Einen Mann, der ihr das Gefühl gab, etwas Besonderes zu sein. Aber wahrscheinlich war alles nur eine Illusion. Sobald sie sich der Leidenschaft hingegeben und ihre Begierde gestillt hatten, würde das Feuer in ihnen ganz schnell erlöschen.

Sie zählte darauf. Denn sie musste wie geplant nach Hause zurückkehren und die Zukunft ihres Vaters sichern. Aber zuerst wollte sie sich alles nehmen, was Ryan zu bieten hatte. Für eine Frau, die dieses Abenteuer sorgfältig geplant hatte, war ihre Nervosität einfach lächerlich.

Sie sprang aus dem Bett und warf einen Blick in den Spiegel. Mit den Fingern ordnete sie ihre zerzausten Haare. Dann nahm sie all ihren Mut zusammen und begab sich zum Badezimmer. Schlimmstenfalls warf er sie hinaus. Aber welcher Mann würde eine willige Frau aus seinem Bett oder, in diesem Fall, aus der Dusche werfen? Sie drückte die Klinke hinunter und trat ein.

Der Duschvorhang blockierte die Sicht. Das hatte jedoch den Vorteil, dass Ryan sie auch nicht sehen konnte. Leise zog sie sich aus und verdrängte die Zweifel, die sie an ihrem Vorhaben zu hindern versuchten. Samantha Reed war immer ein gutes Mädchen gewesen. Und gute Mädchen verführten keinen Fremden.

Heißer Dampf erfüllte die Luft, begleitet von einem würzigen Duft, den sie nie vergessen und immer mit Ryan in Verbindung bringen würde. Nachdem sie ein paar Nächte dicht bei ihm verbracht hatte, war ihr der Duft vertraut und lieb geworden. Und er gab ihr Mut. Vielleicht verführte Samantha Reed keinen Mann, den sie gerade kennengelernt hatte. *Sam* würde es tun. Und Ryan war kein Fremder, sondern ein Teil von ihr.

Sie putzte sich rasch die Zähne und trank einen kleinen Schluck Wasser gegen die Trockenheit in ihrer Kehle. „Hast du etwas gegen Gesellschaft?", fragte sie und schob den Duschvorhang ein wenig zur Seite.

Eigentlich wollte sie ihm ins Gesicht sehen. Stattdessen richtete sie ihren Blick auf einen anderen Körperteil und schluckte. Keine Beschreibung wurde dem gerecht, was sie sah. Adjektive wie prächtig und riesig fielen ihr ein. Es war nicht zu übersehen, dass er erregt war …

Sein Räuspern unterbrach ihre Gedanken. „Ich habe gefragt, ob du hier bist, um zu staunen oder um zu spielen?"

Sie sah ihm in die Augen. Sie blitzten amüsiert, aber sie erkannte auch das Verlangen darin. Nackte, hemmungslose Begierde. In diesem Moment erkannte Sam, dass sie nicht nur wilde Leidenschaft gesucht hatte, sondern auch noch etwas viel Wichtigeres.

Einmal in ihrem Leben wollte sie um ihrer selbst willen begehrt werden. Weil sie eine sinnliche Frau geworden war und nicht mehr das gehorsame Mädchen, das sie ihr Leben lang gewesen war. Nicht weil sie damit ihrer Firma diente oder ihrem Vater aus der Misere half oder noch schlimmer, weil sie ein hübsches Bild am Arm ihres Verlobten abgab. Sie wollte einen Mann, der Samantha Josephine Reed begehrte, die Frau, die sie war.

Bei Ryan fand sie es. Er bot ihr alles, was sie gesucht hatte. Und dafür würde sie ihm ein Leben lang dankbar sein.

Das Wasser lief über seinen gebräunten Körper. Sein Anblick allein genügte, um sie zu erregen. „Ich will spielen", antwortete sie.

„Gott sei Dank."

Er war nicht länger der edle Ritter. Er war ein leidenschaftlicher Mann. Und seit sie sich kennengelernt hatten, wartete er auf diesen Augenblick.

Er streckte die Hand nach ihr aus und zog sie unter die Dusche. Ihre Haut war weiß, unberührt von den Sonnenstrahlen. Die dunklen Spitzen ihrer Brüste und die noch dunkleren weichen Haare zwischen ihren Schenkeln boten einen aufregenden Kontrast zu ihrer hellen Haut. Er stöhnte leise, dankbar für ihren Mut. Er hatte seine Zweifel gehabt, dass dieser Moment je kommen würde.

Er hatte sich getäuscht. Obwohl ihm ihre Nervosität nicht entging, ihre Angst, ihn anzusehen, und ihr leichtes Zittern, als sie seine Hand nahm, spürte er auch eine gewisse Sicherheit. Sie schmiegte sich sofort an ihn, als er die Arme um ihre Taille legte und sie unter den Wasserstrahl zog. Seine Lippen verschmolzen mit ihren, ihre Brüste, ihr Bauch und ihre Oberschenkel drängten sich an seinen steinharten Körper. Sie rieb sich an ihm, krallte sich an ihm fest und erwiderte leidenschaftlich seinen Kuss.

Sie schnurrte wie eine kleine Katze, die endlich nach Hause gefunden hatte. Ihr leises Stöhnen und Seufzen erregte ihn, und der Beweis seiner Erregung pulsierte an ihrem Bauch.

Es gab zwei Möglichkeiten, ihre Leidenschaft zu befriedigen. Hart und schnell oder sanft und ausgiebig. Er wäre ein Narr, wenn er das erste Mal nicht zu einem unvergesslichen Erlebnis machen würde, doch wenn sie sich weiter so an ihm rieb, würde genau das passieren. Er war kurz davor, die Kontrolle über sich zu verlieren.

Er sah sich um. Sein Freund Bear stand nicht auf Luxus, und die Dusche bot nicht die Annehmlichkeiten wie die in Ryans elegantem Hotel. Allerdings war eine Brause mit Massagedüsen vorhanden. Einem erfinderischen Mann musste das genügen.

Er legte die Hände auf ihre Schultern und sah sie an. Ihre blauen Augen schimmerten dunkel vor Erregung. „Du willst also spielen."

„Ja", erwiderte sie atemlos.

„Schön."

Er nahm die Seife und schäumte seine Hände ein. Dann kniete er sich nieder und begann, ihre Beine ganz langsam einzuseifen. Als er zu ihren Oberschenkeln kam, schnappte sie nach Luft und verlor fast das Gleichgewicht. „Halt dich an meinen Schultern fest", sagte er.

„Ich bin nicht sicher …"

„Ich aber." Er legte den Kopf zurück. „Vertraust du mir?"

„Ja", entgegnete sie, ohne zu zögern.

„Dann halt dich fest … damit wir spielen können."

Sie klammerte sich an seine Schultern, und er fuhr fort, ihre Oberschenkel einzuseifen bis hinauf zu den feuchten Löckchen zwischen ihren Schenkeln.

„Oh Ryan." Sie erbebte heftig, als seine zärtlichen Berührungen intimer wurden.

Er unterdrückte seine eigene Begierde und liebkoste sie mit quälender Zartheit. Sie stöhnte und krallte ihre Fingernägel in seine Schultern. Ihr Körper begann zu zucken, während er sie weiter dort streichelte und reizte, wo sie es am meisten ersehnte. Ihre Bewegungen steigerten sein eigenes Verlangen, doch noch wollte er nicht an sich denken.

Er zog die Hand zurück, ohne auf ihren enttäuschten Aufschrei zu achten, und seifte ihren Körper weiter ein. Als er zu ihren Brüsten gelangte, vergaß er fast seinen Plan und verweilte dort. Er umfasste ihre Brüste und rieb mit dem Daumen aufreizend langsam über die kleinen, harten Knospen. Dann beugte er den Kopf und strich mit der Zungenspitze erst über die eine, dann über die andere aufgerichtete dunkle Spitze, bis sie seinen Namen schrie und mit der Hand den Beweis seines Verlangens umschloss.

Er griff nach ihrem Handgelenk und stoppte ihre Bewegungen.

„Hat deine Mutter dir nicht beigebracht zu teilen?", fragte sie.

„Sie hat es versucht." Er hob ihre Haare und küsste zärtlich ihren Nacken. „Ich bin auch dafür, aber nur, wenn wir uns abwechseln. Und jetzt bin ich an der Reihe. Zuerst einmal müssen wir den Schaum abspülen."

Sie lächelte. „Ich dachte, wir wollen spielen?" Glücklich stellte er fest, dass sie jetzt völlig entspannt war.

„Oh, das werden wir." Vorsichtig hob er ihr Bein an und stellte es auf den Rand des Duschbeckens. Dann nahm er die Brause und stellte einen leicht pulsierenden Strahl ein.

Sie riss die Augen auf.

„Du hast gesagt, du vertraust mir."

„Das tue ich."

„Immer noch?"

Sie nickte. „Du hast es verdient … wenn ich bedenke, dass du jede Nacht neben mir geschlafen hast, ohne mich zu berühren."

Wenn sie wüsste, wie schwer ihm das gefallen war. Diese unschuldige Ahnungslosigkeit war auch etwas, das er an Samantha liebte. Ihr war nicht bewusst, welchen Reiz sie auf ihn ausübte und wie sehr sie ihn erregte.

Er richtete den Strahl auf ihre Beine und spülte den Schaum ab. Langsam arbeitete er sich höher. Er wollte sie nicht erschrecken. Als er in der Mitte ihrer Schenkel angelangt war, sagte er: „Vielleicht hältst du dich jetzt besser an mir fest."

In dem Moment, als sie sich an seinen Schultern festklammerte, hielt er den massierenden Strahl an ihre intimste Stelle. Sie stöhnte vor Wonne, als sie die warmen pulsierenden Ströme spürte. Ihre Reaktion erregte ihn aufs Äußerste, doch er zwang sich zu warten.

Behutsam spreizte er ihre Schenkel noch ein wenig mehr und berührte mit der Fingerspitze den empfindsamsten Punkt. Sanft rieb er ihn, während er den massierenden Wasserstrahl weiter auf ihren Schoß gerichtet hielt. Sie stöhnte laut, als er mit dem Finger ganz in sie eindrang. Seine Liebkosungen wurden intensiver, und sie drängte ihm ihren Schoß entgegen.

Ihre Bewegungen waren so erotisch, dass er selbst sich kaum noch beherrschen konnte. Verdammt, er wollte in sie eindringen, sie spüren … In dem Moment schlugen die Wogen der Lust über ihr zusammen. Die Ekstase war so überwältigend, dass Samantha ihre Fingernägel in sein Fleisch krallte und laut schrie. Der unglaublich lustvolle Klang löste bei ihm einen Höhepunkt aus, einen, den er nicht erwartet und sich nie hätte vorstellen können. Er war nicht einmal in ihr gewesen.

Sie ließ sich gegen ihn fallen. Ryan legte die Brause auf den Boden, schloss Samantha in seine Arme und lehnte sich mit ihr gegen die Wand.

Sie sagte nichts, sondern schmiegte sich einfach an ihn.

„Warum bist du so still?"

„Bin ich das?", murmelte sie. „Ich habe nur gerade an ein bestimmtes Klischee gedacht."

Ihren herrlichen Körper zu spüren bereitete ihm unendliche Lustgefühle. „Welches?", fragte er.

Sie lachte leise. „Nette Männer befriedigen erst die Frau und denken erst dann an sich selbst."

Er schloss sie fester in seine Arme und vergrub seinen Kopf in ihrem feuchten Haar. Verdammt, er liebte sie. Aber er wusste, dass sie das nicht hören wollte.

Eingewickelt in ein flauschiges Handtuch, legte Sam sich zu Ryan ins Bett.

Sie sah ihn an, diesen ganz besonderen Mann, dem sie Dinge erlaubt hatte, die sie nie für möglich gehalten hätte. „Ich möchte, dass du weißt …" Verlegen hielt sie inne. Ihre Wangen brannten, doch sie musste es ihm sagen. Obwohl sie schon einige Zeit miteinander verbracht hatten, waren so intime Themen bisher nicht zur Sprache gekommen.

„Ich möchte, dass du weißt, dass ich nicht mit jedem Mann …" Wieder unterbrach sie sich. Technisch gesehen hatten sie nicht zusammen geschlafen … noch nicht. „Dass ich nicht jeden Mann verführe." Hatte sie ihn verführt oder er sie? „Mit einem Mann dusche …" Was sie getan hatten, konnte man eigentlich nicht duschen nennen. „Ich schlafe nicht mit jedem Mann."

„Liebling, das habe ich auch nie geglaubt. Ich würde sogar fast meinen, dass es das erste Mal war, dass du mit einem Mann … geduscht hast." Er grinste, und auch sie konnte sich ein Lächeln nicht verkneifen. Ryan hatte so eine charmante Art, dass sie sich völlig entspannte.

„Es hat mir Spaß gemacht", gab sie zu.

Er rollte sich auf sie. „Das habe ich gemerkt."

„Da ist noch etwas."

Er stützte sich auf den Händen ab, um sie ein wenig von seinem Gewicht zu befreien. „Das überrascht mich nicht."

„Es ist … sicher."

Er hob die Augenbrauen. „Du meinst, wir brauchen keine Kondome?"

„Doch. Nein. Ich meine, doch wir brauchen sie. Was ich sagen wollte ist … es ist sicher im medizinischen Sinne." Ein vorehelicher Bluttest hatte dies bewiesen. „Nicht, was die Verhütung betrifft." Dumm, sie wusste es. Sie hatte sich zwar vorgenommen, mit einem Mann zu schlafen, aber vergessen, für Kondome zu sorgen.

Er lächelte. „Du brauchst dir meinetwegen auch keine Gedanken zu machen, außer …"

„Was?"

„Ich habe nichts hier."

„Das ist kein Problem. Doch, ist es, aber …"

„Wir werden in die Stadt fahren müssen."

Es gab noch etwas, das anders als erwartet war. Obwohl sie nicht miteinander geschlafen hatten, war sie sexuell vollkommen befriedigt. Das hieß aber nicht, dass ihr Verlangen nach ihm nachgelassen hätte. Im Gegenteil. Sie zog an ihrem Handtuch, bis sie nackt unter ihm lag. Er lachte. Selbst sein Lachen erregte sie. Zärtlich streichelte er über ihre Brüste. „Langsam, Liebling."

Es war Sonntagnachmittag. Die Zeit lief ab. Es blieben nur noch wenige Tage. Mit dem Daumen zeichnete er kleine Kreise um ihre dunklen Knospen, die sich sofort aufrichteten. Ein lustvolles Ziehen ging durch ihren Körper bis hinunter zu ihrem Schoß. Und ihr Verlangen nach mehr wuchs.

Sie hatte weniger als vier volle Tage, um diesen Mann aus ihren Gedanken zu vertreiben, damit sie mit ihrem Leben fortfahren konnte. Allein.

„He, Süße, noch eine Runde, bitte."

Sam musterte die Männer an dem Ecktisch. Sie tranken schon seit Stunden. Wie lange würden sie noch durchhalten? Mit jedem Bier wurde ihr Mundwerk lockerer und die Hände mutiger. Als wenn sie meinten, das ordinäre Gerede und Betatschen würde sie anmachen. Einzig ihr Magen reagierte darauf. Er drehte sich ihr um. Die letzten Abende hatten aber gezeigt, dass diese Typen nicht das normale Publikum im „The Hungry Bear" waren.

Sie zwang sich zu einem Lächeln. „Ich komme gleich." Sie schlug eine Hand fort und ging zu Ryan an die Bar.

Kurz nach ihrer Episode unter der Dusche – sie hatten kaum im Bett gelegen – musste Ryan schon wieder aufstehen, weil Zee ihn um einen dringenden Gefallen gebeten hatte. Er war gerade rechtzeitig zurückgekehrt, um die Kneipe zu öffnen. Sam hatte die Zeit für einen Spaziergang genutzt. Allein mit ihren Gedanken, hatte sie versucht, sich selbst davon zu überzeugen, dass sie Ryan verlassen konnte, ohne unter Liebeskummer zu leiden. Es war ihr nicht gelungen.

Sie sah ihn an. Wie gewöhnlich trug er seine verwaschenen Jeans und ein weißes T-Shirt. Ein gewöhnliches Outfit, wenn Ryan ein gewöhnlicher Mann wäre. Aber er war es nicht. Ihr Herzschlag beschleunigte sich. „Noch fünf Bier für den Ecktisch", sagte sie.

„Wenn die so weitermachen, werfe ich sie gleich hinaus." Er schob ihr eine Haarsträhne hinter das Ohr. Die zärtliche Geste rührte sie. „Alles in Ordnung mit dir?"

„Es ging mir nie besser. Mir gefällt der Job. Man trifft viele interessante Menschen. Und es ist eine gute Übung."

„Wozu brauchst du Übung?" Er lehnte sich über die Theke. Sie kam ihm auf halbem Weg entgegen und spürte seinen heißen Atem auf ihrer Wange. „Dein Körper scheint auch so zu wissen, was gut für ihn ist."

Sofort wurde ihr heiß. Sein verführerisches Grinsen zeigte ihr, dass er genau das beabsichtigt hatte. Er wusste, wie er sie erregen konnte.

„Ich war heute Nachmittag in der Drogerie", flüsterte er ihr ins Ohr. Die Bemerkung ließ ihr Blut in Wallung geraten.

Er richtete sich auf und arbeitete weiter, als sei nichts Ungewöhnliches zwischen ihnen geschehen. Das heiße Verlangen in seinen Augen bewies ihr das Gegenteil. Er füllte fünf Gläser und stellte sie auf ihr Tablett. „Ich nehme an, wenn man den ganzen Tag hinter einem Schreibtisch sitzt, hat man nicht viel Bewegung", meinte er.

„Genau. Das einzige ist der Weg vom Bahnhof zum Büro und zurück."

Er schob ihr das Tablett zu. „Nach einem Tag im Büro sehnt man sich bestimmt nach einem langen Spaziergang."

„Ja."

„Du hast erwähnt, dass du Finanzberaterin bist, aber ..."

„Ich glaube, ich gehe jetzt besser. Die Herren werden unruhig." Sie schnitt ihm absichtlich das Wort ab. Er hatte bisher nicht viele Fragen gestellt, und sie wollte nicht, dass er jetzt damit anfing. Er war ihr Liebhaber, basta. Wenn sie aber zu vertraut miteinander wurden ... was dann?

Der Themenwechsel schien zu funktionieren. Er schaute zu den wartenden Männern und runzelte die Stirn.

„Das gibt Falten, selbst bei Männern." Sie fuhr mit der Fingerspitze über seine Stirn, bis er sie am Handgelenk festhielt.

„Warum weichst du persönlichen Fragen aus?"

Er sah nicht nur gut aus, sondern war auch noch scharfsinnig. Nahmen denn seine Tugenden überhaupt kein Ende? „Es würde alles zwischen uns nur komplizieren, meinst du nicht auch?"

Er sah sie lange an, bevor er antwortete. „Es ist schon kompliziert", murmelte er. „Aber du hast recht ... die Gäste werden ungeduldig." Er nahm ein Tuch und wischte über die Theke.

Sie sehnte sich danach, etwas zu sagen, damit die plötzliche Kälte verschwand. Aber was? *Ich bin Finanzberaterin und mit einem anderen Mann verlobt? Ich habe mich an den Meistbietenden verkauft? Sosehr ich dich mag, mein Lebensweg ist schon entschieden?* Irgendwie glaubte sie nicht, dass er diese Antworten gern hören würde, so wie sie nicht gern darüber nachdachte.

Sie nahm das Tablett und entfernte sich. Ryan beobachtete ihren hastigen Rückzug, bewunderte die wiegenden Bewegungen ihrer Hüften und wünschte, sie wären zuvor nicht unterbrochen worden.

Seit dem Gespräch über ihren Vater hatte Samantha eine Grenze gezogen, die sie nicht überschreiten wollte. Jedes Mal, wenn er weitere persönliche Fragen stellte, wich sie aus. Vielleicht hielt sie es für das Beste, auf Distanz zu bleiben, weil ihre gemeinsame Zeit fast vorüber war. Vielleicht war es an der Zeit, ihr zu zeigen, dass das Ende der Woche nicht das Ende ihrer Beziehung bedeuten musste. Er schüttelte den Kopf.

„Wenn du möchtest, dass eine Frau dir vertraut", sagte Zee, „dann musst du ihr auch vertrauen."

Ryan stimmte ihm zu, aber Samantha war noch nicht so weit. Was anfänglich eine unschuldige Täuschung gewesen war, spielte nun eine große Rolle. Egal, welchen Grund sie hatte, auf Distanz zu gehen, er wollte nicht, dass sich die Situation durch sein Geheimnis noch zuspitzte.

Er beobachtete sie bei der Arbeit. Komisch, von ihren Gefühlen gab sie nichts preis, aber sexuell hatte sie sich geöffnet. Wer hätte gedacht, dass sie zu ihm unter die Dusche steigen würde? Nach dieser Erfahrung wusste er, dass er die Hände nicht länger von Samantha lassen konnte. Sobald er die Kneipe geschlossen hatte, würde er mit ihr ins Bett gehen. Heiß und willig, warm und feucht, pulsierend …

„Sie macht sich gut als Kellnerin", unterbrach Zee Ryans erotische Träume.

Samantha ging um den Tisch herum und stellte ein Bier vor jeden Gast. Sie lachte und scherzte mit ihnen und verwies sie mit einem Kopfschütteln in ihre Schranken. Sie hatte schnell gelernt, wie man mit übereifrigen Männern umging … nur der Mann, den sie zuletzt bediente, bereitete ihr Schwierigkeiten.

Seine Hand verweilte an ihrer Hüfte, obwohl sie sich heftig dagegen wehrte. Sollte er eingreifen?

Er gab ihr eine Sekunde, mit der Situation allein fertig zu werden. Eine Sekunde zu viel, dachte er, als er merkte, dass der Kerl sich streckte und die Hand an ihre Brust legte. Ryan lief um die Bar herum zu Samantha.

Anscheinend hatte sie mehr gelernt, als er für möglich gehalten hatte. Sie war schneller als er. Als er den Tisch erreichte, hatte sie dem Gast das Bier schon über die Hose gekippt.

„Wirf ihn raus, Ryan." Sie starrte den Mann an, der mit einer Papierserviette über seine nassen Jeans wischte.

„Zee ..." Ryan deutete auf den Betrunkenen.

Der alte Mann verstand. Er packte den aufdringlichen Kerl beim Kragen und beförderte ihn und seine Freunde an die frische Luft.

Als Ryan sicher war, dass sie fort waren, wandte er sich Samantha zu. Er nahm ihre Hand und stellte entsetzt fest, dass sie immer noch zitterte. „Samantha ..."

Sie schüttelte den Kopf. „Es ist alles in Ordnung." Doch ihre Blässe sagte ihm das Gegenteil. „Du hättest hören sollen, was er gesagt hat. Er war so primitiv und benahm sich ... ach, ich weiß nicht, als hätte er Anspruch auf mich. Als meinte er, nur weil ich ihm Bier bringe, würde ich ihn auch gern in anderer Hinsicht bedienen." Sie rieb ihre Hände an ihren Jeans, als könnte sie so die Erinnerung an den unangenehmen Zwischenfall wegwischen. „Nur weil ich als Kellnerin arbeite, heißt das nicht, dass ich jedem Mistkerl zu Diensten bin."

Sie stieß die Worte so wütend hervor, dass Ryan es für unangebracht hielt, sie daran zu erinnern ... verdammt, eigentlich wusste er gar nicht, womit sie ihren Lebensunterhalt verdiente. Er wusste nur, dass sie etwas mit Finanzberatung zu tun hatte. Auf jeden Fall servierte sie normalerweise keine Getränke in einer Dorfkneipe. Aber sie respektierte diejenigen, die es taten, wodurch sie in seinem Ansehen noch ein wenig stieg.

Er schaute auf die Uhr. Noch fünfundvierzig Minuten. „Okay, Leute. Ich weiß, dass es noch nicht so weit ist, aber wir machen Schluss für heute." Aufgrund des unangenehmen und lauten Zwischenfalls protestierte kaum jemand.

Sie sah ihn an. „Du musst meinetwegen nicht früher schließen. Ich habe doch gesagt, dass ich okay bin."

Er war es aber nicht. Er strich ihr zärtlich über die Wange, bevor er eine Haarsträhne hinter ihr Ohr steckte. „Ich schließe", sagte er bestimmt. „Wenn nicht deinetwegen, dann meinetwegen."

„Aber Bear …"

„Im Moment bin ich für die Kneipe verantwortlich. Ich denke, dann kann ich mir auch das Recht herausnehmen, jetzt schon zu schließen."

„Wer bin ich, dass ich mich mit dem Chef anlegen würde." Ihre Wangen bekamen langsam wieder etwas Farbe.

Er nahm ihr Gesicht zwischen die Hände. „Du hast dich gut allein verteidigt. Aber du sollst wissen, dass ich nicht zugelassen hätte, dass er sich an dir vergreift."

„Ich weiß. Er hat es auch nicht getan. Er hat mich einfach … maßlos beleidigt."

Eine Dame wie Samantha, die aus einer ganz anderen Welt kam – glaubte Ryan zumindest – war bestimmt nicht an die rohen Worte eines Betrunkenen gewöhnt. „In einigen Minuten haben wir geschlossen, und dann ist der Vorfall vergessen." Dafür würde er sorgen.

Zee kehrte zurück. „Alles okay, Kleines?"

Sie lächelte den alten Mann strahlend an. „Ja. Und vielen Dank."

„Solch ein Volk verkehrt hier normalerweise nicht. Tut mir leid …"

Sie winkte ab und nahm seine knochige Hand in ihre. „Ich weiß, Zee. Du musst dich nicht entschuldigen. Keiner von euch." Sie schloss Ryan in ihren Blick mit ein.

Ryan, der Barkeeper. Plötzlich gefiel ihm sein Spiel überhaupt nicht mehr. Im Gegenteil, sein Magen drehte sich um bei dem Gedanken, dass sie die Wahrheit immer noch nicht kannte.

Zee wandte sich an Ryan. „Ich gehe jetzt und überlasse euch den Rest." Der alte Mann warf Ryan einen vielsagenden Blick zu, bevor er zur Tür ging. „Oh …" Er drehte sich noch einmal um. „Hast du immer noch vor, morgen nach Sedona zu fahren, um deine Mutter zu besuchen?", fragte er Ryan.

„Nein, das verschiebe ich um ein paar Tage." Es machte keinen Sinn, seine Mutter und seine Schwester mit Samantha im Schlepptau zu besuchen. Noch kannte er nicht die Antworten auf die Fragen, die seine Familie stellen würde.

„Okay. Sag mir Bescheid, wann du fährst. Vielleicht komme ich mit."

Ryan lächelte. „Sie würden sich bestimmt freuen."

„Vielleicht hat Sammy Jo auch Lust mitzukommen."

Ryan verdrehte die Augen, dann legte er den Arm um Samanthas Schulter. Sie schmiegte sich an ihn, und er fand Trost in ihrer Nähe.

Er unterdrückte einen Fluch. Denn wenn sich sexuelle Begierde mit Liebe und anderen, nie gekannten Gefühlen vermischte, dann befand er sich in Schwierigkeiten.

6. KAPITEL

*D*ie kleine Wohnung hatte einen winzigen Balkon mit Blick auf die Hauptstraße. Sam hatte ihn gar nicht bemerkt, als sie hier ankam, da sie andere Dinge im Kopf hatte – wie zum Beispiel Gott zu danken, dass sie den Marsch durch die Wüste unversehrt überstanden hatte. Auch später war er ihr nicht aufgefallen. Grund dafür war der sexy Mann, der ihr den Atem nahm. Doch jetzt hatte sie ihn entdeckt und beschloss, dort Zuflucht zu suchen.

Sie setzte sich auf die Liege und zog die Beine hoch. Die Straße lag im Dunkeln. Nur gelegentlich sah man die Lichter eines Wagens. Die Luft war mild, es wehte eine leichte Brise. Sam war glücklich. Nicht einmal der Vorfall des Abends schmälerte das schöne Gefühl des Friedens, den sie hier gefunden hatte.

Einen Frieden, den sie nicht verspüren sollte. Nicht, solange sie den Mann anlog, den sie immer mehr respektierte. Sie wich persönlichen Fragen aus und stellte auch ihm keine. Wie sollte sie weiterleben, wenn sie ihn noch besser kennenlernte? Wie sollte sie aus seinem Leben verschwinden, wenn sie doch mehr und mehr das Gefühl hatte, dass dieser Mann viel besser zu ihr passte als der, zu dem sie schon bald zurückkehren würde?

Im Leben muss man Entscheidungen treffen, dachte sie. Und sie hatte es an dem Tag getan, als sie Toms Ring über den Finger streifte. Es war unwichtig, dass die Sorge um die Zukunft ihres Vaters sie zu diesem Entschluss getrieben hatte, oder das Versprechen, das sie ihrer sterbenden Mutter gegeben hatte. Sie selbst war verantwortlich dafür. Doch bevor sie sich dieser Entscheidung stellte, wollte sie das Leben ein einziges Mal in vollen Zügen genießen.

Eine Tür fiel ins Schloss. Sie war nicht mehr allein. Er trat zu ihr auf den Balkon und füllte den winzigen Platz mit seiner Anwesenheit aus. Groß, stark, tröstlich. Das war Ryan. Sekunden später verspürte sie schon Begierde. Sie verzog die Lippen zu einem Lächeln. Das erste in der letzten Stunde, und sie war froh über diesen Stimmungswandel.

In Ryans Gegenwart fühlte sie sich wohl. Er setzte sich neben sie auf die Liege und zog sie auf sich. Mit gespreizten Beinen saß sie auf seinem Schoß und schlang die Arme um seinen Nacken.

Warum soll ich mich dagegen wehren, dachte Sam und schmiegte sich an ihn. Er verspürte ein lustvolles Ziehen in den Lenden, als sie über seinen Schoß rutschte, bis der Beweis seiner Männlichkeit zwischen ihren Schenkeln lag. „Ich habe heute Abend zu heftig reagiert", murmelte sie.

„Weil du das Bier über ihm ausgekippt hast? Nein, der Kerl hat es verdient."

„Das meinte ich nicht. Ich war zu empfindlich."

„Wenn dich jemand betatscht, nachdem du Nein gesagt hast, ist es nur richtig, dass du empfindlich reagierst."

„Wahrscheinlich. Aber ich wusste, dass ich keine Angst haben musste. Wir waren schließlich nicht allein. Die Kneipe war gut besucht." Und Ryan war in der Nähe gewesen. Er hätte sofort eingegriffen.

„Die Atmosphäre in einer Kneipe ist eben eine andere als die, die ich gewöhnt bin."

Er schob ihr T-Shirt hoch und strich über ihren Bauch.

„Ich war einfach nicht darauf vorbereitet. Ich hätte es sein müssen." Als sie nach oben gekommen war, hatte sie sich umgezogen. Sie trug jetzt keinen BH mehr, sondern nur noch ein weites T-Shirt. Sanft strich er mit dem Daumen über die zarten Knospen ihrer Brüste.

Sie seufzte und versuchte, sich auf die Unterhaltung zu konzentrieren, was ihr jedoch schwerfiel bei seinen liebevollen Berührungen. „Aber ein Fremder, der mir solche, wie er meint, erotischen Sachen ins Ohr flüstert und seine Hände auf meinen Po legt ..." Sie sprach nicht weiter, denn in dem Moment wurde ihr eines bewusst: In ihrer Ehe würde auch ein Fremder sie berühren.

Seine Hände würden auf ihrem Bauch liegen, nicht Ryans. Hoffentlich gibt es wenigstens kein Liebesgeflüster, dachte sie und schüttelte sich angewidert. Oje, wie hatte sie dieser Ehe zustimmen können? Wie konnte sie überhaupt noch daran denken, ihn zu heiraten, jetzt, da sie Ryan kannte? Sie erschauerte.

Er hielt mit seinen erregenden Berührungen inne. „Was ist los?" Sie legte den Kopf zurück, damit sie ihm ins Gesicht sehen konnte. Plötzlich verstand sie, was in seinen Augen zu lesen war.

„Was auch immer du gerade denkst, lass es."

„Auch wenn es stimmt?"

Sie wich seinem Blick nicht aus. „Es stimmt nicht." Dieser Mann war kein Fremder mehr für sie, seit er sie das erste Mal in die Arme genommen hatte.

Zwischen ihnen gab es eine Verbindung, die sie nicht verstehen und nicht erklären konnte. Nur eines wusste sie genau, er spürte es auch.

Sie lachte. Es war ein heiseres, verführerisches Lachen, was ihn unglaublich erregte. Seine Jeans spannte sich bereits über dem harten Beweis seiner Erregung.

Er zog sie noch enger an sich und spürte, dass sie unter dem großen T-Shirt nur einen winzigen Slip trug. Er stieß einen tiefen Seufzer aus. Langsam zog er ihren Kopf zu sich und küsste sie. Ihr Duft hüllte ihn ein und steigerte seine Erregung.

Leidenschaftlich erwiderte sie seinen Kuss. Sie drängte sich ihm entgegen, sehnte sich nach Erfüllung. Sie griff nach dem Saum ihres T-Shirts.

Zu schnell, dachte er. Wenn sie so weitermachte, würde ihm keine Zeit bleiben, all das zu tun, was er mit ihr vorhatte. „Sam …" Sein Griff nach ihrem T-Shirt kam zu spät. Sie hatte es sich schon über den Kopf gezogen und zur Seite geworfen, bevor er sie daran hindern konnte.

„Du lieber Himmel", murmelte er. Nur noch mit einem winzigen Slip bekleidet, saß sie auf ihm. Sie drängte ihm ihre herrlichen Brüste entgegen. Und als er den leidenschaftlichen Ausdruck in ihren Augen sah, interessierte es ihn nicht mehr, dass ihr T-Shirt über den Balkon geflogen war.

Er nahm ihre Hände und küsste sie zärtlich. „Ich halte es nicht länger aus."

Ihre Augen funkelten. „Verlange ich das von dir?"

Ryan nahm ihre Worte als Einladung. Er zog den Slip über ihre Beine. Erwartungsvoll hielt sie die Luft an. Irgendwann würde er demjenigen danken, der ihr den Wagen vermietet hatte, aber im Moment konnte er an nichts anderes als an Sex denken.

Er schob sie auf seine Knie, damit er sie besser ansehen konnte.

„Ryan ..." Selbst die Art, wie sie seinen Namen aussprach, erregte ihn. „Ich glaube, ich war zu ... stürmisch." Sie deutete über den Balkon. „Ich hätte das nicht tun sollen."

„Hat dir schon einmal jemand gesagt, dass du unzusammenhängendes Zeug redest, wenn du nervös bist?" Er musste lächeln, als er merkte, dass ihr ihre aufreizende Position bewusst geworden war.

Sein Körper reagierte mit unglaublicher Lust. Er begehrte diese Frau, die so viel unschuldige Freude in sein Leben brachte.

„Nein. Das heißt, ich bin nur nervös, wenn ich ..." Sie deutete auf ihren herrlich nackten Körper. „Ich meine, ich bin nur nervös ... wenn ich bei dir bin ... so." Sie versuchte, ihre Blöße mit den Händen zu bedecken. „Ich denke ..."

Er glitt mit den Fingern von ihren Hüften zu ihren Oberschenkeln. Sie schnappte nach Luft. „Denk nicht nach, Sammy Jo." Sie riss ihre großen Augen noch weiter auf. „Und bleibe vor allem so sitzen." Er drückte ihre Beine ein wenig weiter auseinander und beugte den Kopf, um ihr heißes, feuchtes Fleisch zu liebkosen.

Wenn ich jetzt sterben würde und in die Hölle käme, dachte er, wäre es mir egal. Denn in diesem Augenblick war er dem Himmel so nah, wie ein Sterblicher nur sein konnte.

Ganz automatisch spreizte sie die Schenkel und schob ihm ihren Schoß entgegen. Sie lag mittlerweile auf der Liege, und er kniete zwischen ihren Beinen. In ihren wildesten Fantasien – und seit sie Ryan kennengelernt hatte, gab es viele davon – hatte sie sich nicht ausgemalt, dass es so sein könnte.

Ihre Haut prickelte an den Stellen, an denen er sie mit seinem Schnurrbart rieb. Ihr Körper bebte, und sie rang nach Atem, so unglaublich intensiv war das Gefühl.

„Rasier nie deinen Schnauzer weg", murmelte sie. „Jedenfalls nicht, solange ich hier bin." Eine kleine Stimme erinnerte sie daran, dass es nicht mehr lange sein würde. Energisch schob sie den unangenehmen Gedanken beiseite.

„Würde mir nicht im Leben einfallen, mein Liebling", antwortete er. Und dann glitt er mit den Lippen über die empfindsame Haut ihrer Schenkel bis hinauf zum Zentrum ihrer Lust.

Sie schloss die Augen und begann instinktiv, sich zu bewegen. Sie fühlte sich wie elektrisiert, selbst die kleinste Berührung sandte Ströme pulsierender Hitze durch ihren Körper. Eine nie gekannte Lust bemächtigte sich ihrer, das Gefühl war unglaublich.

Wellen der Erregung ergriffen sie jedes Mal, wenn er mit der Zunge den sensibelsten Punkt berührte. Sie drängte sich ihm entgegen, wollte mehr …

„Ryan?"

Er unterbrach das erregende Spiel mit seiner Zunge und sah sie an. Die Leidenschaft, die sie in seinen Augen sah, ging ihr durch und durch. Sie erbebte, als er die Hand auf ihren Venushügel legte und mit einem Finger in sie eindrang. Sie stöhnte laut und atmete schwer. Verwirrt stellte sie fest, dass er sie die ganze Zeit betrachtete. Es war ihr jedoch nicht peinlich, sondern erregte sie nur noch mehr.

Seine Augen waren vor Leidenschaft verdunkelt und glänzten. Sie bog sich ihm entgegen, als sie merkte, dass sie sich dem Höhepunkt näherte. Sie wollte warten, sie wollte ihn in sich spüren, sie wollte … schreien. Und sie tat es in dem Moment, als die Ekstase sie überwältigte. Nur langsam ebbte der Sturm der Gefühle ab.

Irgendwann hatte sie die Augen geschlossen. Als sie sie wieder öffnete, stand er neben der Liege und zog sie in seine Arme. „Wohin gehen wir?", fragte sie.

„Hinein. Du hast alle aufgeweckt, und ich war nicht einmal in dir. Ich kann es nicht riskieren, dass die Nachbarn gleich kommen und fragen, ob etwas passiert ist."

Sie lächelte. Es war das Lächeln einer befriedigten Frau. „Wie weit entfernt sind sie?"

„Etwas mehr als eine Meile." Er legte sie mitten auf das große Bett. „Aber ich traue dir einiges zu."

Bevor sie etwas erwidern konnte, begann er sich auszuziehen. Sprachlos sah Sam ihn an.

Was war nur mit ihr los? Schließlich war sie nicht das erste Mal mit einem Mann zusammen. Aber dieser Mann war Ryan. Als er sich zu ihr aufs Bett legte, hieß sie ihn mit offenen Armen willkommen.

Denn er würde ihr alles geben, was sie sich von dieser Woche erhofft hatte.

Und mehr, sagte ihre innere Stimme. Zufrieden schmiegte Samantha sich an ihn. Er rollte sie auf den Rücken und setzte sich rittlings auf sie. Ihre Hände hielt er mit einer Hand über ihrem Kopf fest.

Sie schaute in seine dunklen Augen, und wieder überkam sie ein wildes Verlangen. Sein Atem ging schnell, als sei er derjenige gewesen, der gerade …

Sanft küsste er ihre Brüste, und sie seufzte. Mit der Hand glitt er zwischen ihre Schenkel und wusste, dass er sie feucht und bereit erleben würde. Sie hob die Hüften an, als er begann, sie zu liebkosen. Ein leises Stöhnen kam ihr über die Lippen.

„Ich möchte mir Zeit lassen", murmelte er, während er sie weiter erregte. „Und warten."

„Warum?"

Er lachte leise. „Ich möchte, dass du diesen Abend nie vergisst."

Sie löste ihre Hand aus seinem Griff und ließ sie zwischen seine Schenkel wandern. Es war ungeheuer erregend, ihn so hart und pulsierend unter den Fingerspitzen zu fühlen. Auf der Spitze seiner Männlichkeit spürte sie einen kleinen Tropfen.

Ihre Gedanken wirbelten um Leben, Liebe und Babys. *Ryans Leben, seine Liebe, seine Babys.* Alles war möglich, doch nicht für sie. Zu einer anderen Zeit hätte sie vielleicht alle Vorsicht vergessen und ihren Gefühlen freien Lauf gelassen. Doch in ihrer Situation durfte sie sich das nicht erlauben.

Sein Stöhnen brachte sie zurück in die Wirklichkeit. „Ryan?"

Kleine Schweißperlen glänzten auf seiner Stirn. „Tut mir leid, Liebling, aber ich kann nicht länger warten."

„Ich habe dich auch nicht darum gebeten zu warten." Sie lächelte, als er ihre Hand wieder zusammen mit der anderen über ihrem Kopf festhielt. „Aber du musst mir schon vertrauen, wenn du an die kleine Schachtel dort drüben willst."

Er grinste. „Du fasst mich nicht an?"

„Nicht wenn es nicht nötig ist."

Er ließ ihre Hände los, um nach der Packung mit den Kondomen zu greifen. Sie nahm ihm das Kondom aus der Hand und riss die Folie mit den Zähnen auf. Alle Hemmungen, die sie vielleicht am Anfang verspürt hatte, waren verschwunden. Bei ihm konnte sie frei sein und sich so geben, wie sie war. Wahrscheinlich würde sie dieses Gefühl der Vertrautheit nie wieder erleben.

„Du hast versprochen, mich nicht anzufassen." Amüsiert sah er sie an.

Sie schüttelte den Kopf. „Ich habe gesagt, dass ich dich nur berühren werde, wenn es nötig ist. Und jetzt ist es notwendig."

Vorsichtig zog sie ihm den Schutz über, wobei sie mit den Fingerspitzen länger als notwendig bei ihm verweilte und ihn sanft massierte.

Einen Moment später war er schon in ihr. Ihr Herz raste, und aufstöhnend bog sie sich ihm entgegen, um ihn ganz in sich aufzunehmen. Ihre Körper passten perfekt zusammen, bewegten sich im selben Rhythmus. Sie gehörten zusammen.

Lieber Himmel, dachte sie, jetzt bin ich in Schwierigkeiten. Ihre Augen wurden feucht. Kullerte da etwa eine Träne über ihre Wange? Oh nein. Nein, nein, nein.

„Sam?"

Sie zwang sich, die Augen zu öffnen und ihn anzusehen. „Ja?"

Er wischte mit dem Daumen die Träne von ihrer Wange und leckte sie von seinem Finger. „Salzig", stellte er fest. „Habe ich dir wehgetan?"

„Oh nein", erwiderte sie ehrlich. Sie hob die Hüften, damit er weiter in sie eindringen konnte. Ein unglaubliches Glücksgefühl durchströmte sie, als sie ihn tief in sich spürte. „Wie könnte mir das wehtun?" Wie könnte etwas, das dieser Mann tat, ihr wehtun?

„Oh Liebling, nein, das kann es wirklich nicht." Seine Bewegungen wurden schneller, und er verlor sich ganz in ihr.

Samantha klammerte sich an ihm fest, drängte sich ihm entgegen und empfand wie zuvor heiße Wogen des Glücks. Es war mehr, als sie von diesen Ferien erwartet hatte. Weit mehr als nur Spaß und Spiel … und Sex.

Seine Stöße wurden härter. Als sie kurz davor war zu explodieren, verlangsamte er seine Bewegungen plötzlich. „Hör nicht auf", flüsterte sie. Nur wenn er weitermachte, würde sie mit dem Herzen denken können, statt den Verstand einzuschalten. Und Sam wollte sich in seiner Umarmung verlieren, wollte ihm alles geben, wollte alles nehmen, ohne sich von irgendwelchen Gedanken stören zu lassen.

„Gleich …" Er bedeckte ihre Brüste mit seinen Händen und rieb und liebkoste die harten Knospen.

„Oh Ryan, bitte …"

„Ja, Liebling, ja …" Er nahm die dunklen Spitzen zwischen seine Lippen und saugte daran. Aufstöhnend bäumte sie sich ihm entgegen, um ihn ganz in sich aufzunehmen. Seine Bewegungen wurden wieder schneller, und Sam schwamm in einem Meer der Lust, das jeden Gedanken auslöschte, bis sie mit einem plötzlichen Aufschrei darin versank.

Sie atmete schwer, und ihr Körper zitterte noch, als sie schließlich die Augen öffnete und den Mann ansah, mit dem sie nicht nur Sex gehabt hatte, sondern den sie liebte, aber nicht haben konnte.

„Du bist unglaublich … schön."

Sie wusste, dass er nicht nur die äußerliche Schönheit meinte. Warum hörte er nicht auf damit, bevor es zu ernst zwischen ihnen wurde?

Sie zwang sich zu einem Lachen. „Ich wette, das sagst du allen Frauen, nachdem du mit ihnen geschlafen hast."

Ungläubig sah er sie an. „Richtig", knurrte er. „Und alle Frauen, mit denen ich zusammen war, haben an die anderen gedacht, während ich noch in ihnen war."

Sie zuckte innerlich zusammen, als sie sah, wie sehr sie ihn verletzt hatte. Dabei hatte sie nur sich selbst schützen wollen. Er zog sich langsam zurück.

„Ryan, warte." Sie krallte sich an ihm fest. „Tut mir leid. Bitte … Vergiss, was ich gerade gesagt habe. Lass uns dort weitermachen, wo wir gerade …" Sie ließ ihren Blick über ihre Körper schweifen. Noch spürte sie ihn in sich, und wildes Verlangen überkam sie. Heiße Begierde gepaart mit Gefühlen, die sie nicht benennen wollte. „Oh, ich weiß überhaupt nicht mehr, was ich rede. Ich weiß nur eins, ich möchte dich spüren."

„Du redest schon wieder zusammenhangloses Zeug", sagte er und grinste. Erleichtert stellte sie fest, dass er ihr nicht böse war. „Das gefällt mir."

„Warum?"

„Weil du gesagt hast, du bist nur nervös, wenn du mit mir zusammen bist … so wie jetzt. Deshalb entschuldige ich die Anspielung auf andere Frauen."

Teils war sie froh, dass das Thema für ihn so schnell erledigt war, teils hätte sie aber auch gern gehört, dass es keine anderen Frauen gab. Jedenfalls keine, die ihm etwas bedeutete. Aber sie hatte kein Recht, etwas zu fordern, was sie selbst nicht zu geben bereit war.

„Entspann dich, Liebling. Ich bin dir nicht mehr böse." Er küsste sie lang und leidenschaftlich, als wollte er es ihr beweisen.

Schließlich löste er sich von ihr und erhob sich. „Ich bin gleich zurück, dann können wir dort weitermachen, wo wir aufgehört haben."

Als er fort war, rollte Sam sich unter der Decke zusammen. Kaum lag er jedoch wieder neben ihr, schmiegte sie sich an ihn und genoss seine Wärme.

„Danke", murmelte sie.

„Wofür?"

„Dafür, dass du nicht ärgerlich bist, dafür, dass du da bist … dafür, dass du einfach du bist."

Er küsste sie zärtlich. „Ich könnte dasselbe sagen. Du bist eine ganz besondere Frau, weißt du das?"

„Nein, ich bin …"

„Doch, das bist du", entgegnete er mit fester Stimme. „Ich habe noch nie eine Frau wie dich kennengelernt."

„Ryan, hör auf. Du weißt nicht, was du …"

„Du hast recht. Jedes Mal, wenn ich dir zu nahe komme, entziehst du dich mir. Ich rede jetzt nicht von Sex." Er stieß einen frustrierten Seufzer aus. „Aber dieses Mal …" Sie legte ihm einen Finger auf den Mund.

Ihr Herz kämpfte mit dem Verstand. Sie wollte Ryan ausreden lassen, wollte hören, was er zu sagen hatte, und seine Nähe einfach genießen. Doch das wäre zu egoistisch, da sie am Ende doch von ihm fortgehen musste. Wenn sie die Wahl hätte, würde sie den Rest ihres Lebens in seinem Bett verbringen.

Der Gedanke brachte sie zurück in die Realität. Es ging hier nicht nur um ihr Leben. Es ging in erster Linie um ihren Vater. Sie brauchte Geld, damit seine Rechnungen bezahlt werden konnten und seine Zukunft nicht länger gefährdet war. Tom zu heiraten war die einzige Lösung … auch wenn sie Ryan liebte. Oh Gott.

Sie wurde mit der Situation nicht mehr fertig. Sie ließ ihre Hand hinuntergleiten und umschloss ihn, erstaunt darüber, wie hart und erregt er schon wieder war. „Ich habe dich nicht aussprechen lassen. Du hast etwas gesagt von ‚dieses Mal …'?", sagte sie mit belegter Stimme.

Seine Augen glänzten vor Verlangen, aber auch Erschrecken. „Ich weiß, was du vorhast."

Sie wusste es auch. Sie wollte ihn sexuell reizen, um ihn von seinen Gedanken abzulenken. Es war kein faires Spiel, aber die einzige Möglichkeit, ihn zu schützen. Sie zwang sich zu einem Lächeln. „Das hoffe ich."

„Sam …"

Sie brachte ihn zum Schweigen, indem sie ihn streichelte, bis er stöhnte und sie auf sich zog. Sie spürte seine pulsierende Härte an ihrem Schoß, und ihre Erregung wurde so stark, dass sie an nichts anderes mehr denken konnte, als ihn endlich in sich zu spüren.

„Ich möchte mit dir schlafen."

Er lächelte. „Das klingt so überrascht."

Ihr Ziel war es gewesen, ihn abzulenken und sie beide zu erregen. Sie hatte dieses Ziel erreicht, doch statt sich gut zu fühlen, empfand sie eher Schmerz wegen all der Dinge, nach denen sie sich vergeblich sehnte.

Da sie nicht länger darüber nachdenken wollte, schloss sie die Augen und verlor sich völlig in dem Mann, den sie liebte, aber bald verlassen würde.

7. KAPITEL

Mit den ersten Sonnenstrahlen erwachte Ryan. Die Nacht war kurz gewesen. Doch er beklagte sich nicht darüber. Die nackte Frau, die sich an seinen ebenfalls nackten Körper schmiegte, war es wert gewesen. Er streckte sich und rollte sich vorsichtig aus dem Bett. Nachdem er seine Jeans angezogen hatte, lief er die Treppe hinab nach draußen. Die Sonne lockte, doch ihre Wärme war nicht dieselbe, die er bei Sam gefunden hatte. Er kümmerte sich nicht darum. Die freie Natur bot ihm das, was er im Moment am nötigsten brauchte.

Viel Platz zum Nachdenken.

Er setzte sich auf die Veranda vor Bears Bar und starrte auf die menschenleere Straße. Konnte ein Mann eine Frau so sehr brauchen, dass sein Leben ohne sie sinnlos war? Ryan war bisher nicht der Meinung gewesen, jedenfalls nicht bis zu dem Tag, an dem er Sam kennengelernt hatte. Nachdem er mit ihr eins geworden war und ihren heißen, feuchten Körper gespürt hatte, hatte er seine Meinung geändert. Und jetzt wusste er nicht, wie er damit umgehen sollte. Im Moment konnte er nur genießen. Doch er hatte ihren besorgten Blick gesehen. Lieber hätte er Leidenschaft oder Glück als Sorgen in ihren wunderschönen Augen entdeckt.

Und dann ihre Worte. Andere Frauen? Er lachte laut auf. Seit er Samantha kannte, hatte er keinen Gedanken mehr an irgendeine andere Frau verschwendet. Seit er sie geliebt hatte, wollte er keine andere mehr. Doch sie hatte ihm klar zu verstehen gegeben, dass es anders besser für ihn wäre.

Mittwoch. Es blieben nur noch wenige Tage.

Verdammt.

Er wusste, dass die Mauer, die sie um sich herum errichtet hatte, ihrem Schutz diente. Jedes Mal, wenn er auf das „andere" Leben zu sprechen kam, verschanzte sie sich hinter dieser Mauer. Anscheinend wollte sie nicht mehr von ihm als hemmungslosen Sex.

Ryan machte sich nichts vor. Von Anfang an hatte er gespürt, dass sie eine ganz besondere Frau war, und er war das erste Mal in seinem Leben bereit, sich nicht nur sexuell mit einem weiblichen Wesen einzulassen, sondern an eine feste Beziehung zu denken. Die meisten Frauen würden für einen Ring alles tun. Sie würden ihn zu Liebeserklärungen und Eheschwüren drängen. Samantha war anders.

Statt zu versuchen, ihm Versprechen zu entlocken, versteckte sie sich hinter Sex. Was nicht unbedingt schlecht war. Den meisten Männern würde es gefallen, mit Samantha zu schlafen. Auch ihm gefiel es, aber es störte ihn, dass ausgerechnet sie ihm in anderer Hinsicht aus dem Weg ging.

Er verschränkte die Hände hinter dem Kopf und lehnte sich zurück. Aus dieser Position heraus konnte er die Unterseite des Balkons sehen, und die Erinnerung an Samantha, die ihr T-Shirt über das Geländer warf, wurde wieder wach. Er erhob sich, um nach dem Shirt zu suchen.

„Wo kann es nur sein?", fragte er sich laut.

„Suchst du das hier?" Zees Lachen durchbrach die Stille des frühen Morgens.

„Ich hätte es wissen müssen." Ryan riss dem alten Mann das T-Shirt aus den Händen. „Schläfst du eigentlich nie?"

„Nein. Vor allem dann nicht, wenn ich denke, du könntest Hilfe nach einem Abend wie dem gestrigen gebrauchen. Aber erzähl, wie ist sie?"

Er warf einen Blick hinauf zu dem geschlossenen Fenster und versuchte, sich Samantha nicht so vorzustellen, wie er sie zuletzt gesehen hatte. Nackt, das dunkle Haar wild zerzaust. „Sie schläft noch."

„Du hast sie geschafft, nicht wahr?"

„Nicht jetzt, Zee."

Der alte Mann folgte Ryan auf die Veranda und lehnte sich gegen das Geländer. „Hast du dich also endlich verliebt. Was ist das für ein Gefühl?"

„Schrecklich", murmelte Ryan, dankbar, dass ihm jemand zuhörte.

Zee grinste. „Erzähl das Bear nicht. Ich möchte endlich Enkel auf meinem Schoß haben. Kinder von dir wären genauso gut, also sag der Lady die Wahrheit und leb danach glücklich bis in alle Ewigkeit mit ihr."

„Ich komme nicht einmal so weit, ihr meinen vollständigen Nachnamen zu nennen."

Zee zuckte mit den Achseln. Dann legte er eine Hand auf Ryans Schulter. Etwas, was er so oft in den vergangenen Jahren getan hatte. „Vielleicht bist du einfach nicht hartnäckig genug. Wenn du etwas wirklich willst, dann musst du dich auch darum bemühen. Wenn du das nicht tust, dann willst du sie auch nicht richtig."

Ryan dachte über den Ratschlag nach, während er das T-Shirt in die Bar brachte. Dann setzte er sich zu Zee auf die Veranda.

„Hast du schon aufgeräumt?", fragte der alte Mann.

„Noch nicht."

„Okay, bleib du hier draußen. Ich werde dafür sorgen, dass Hardy und Earl kommen. Sie haben sowieso nichts zu tun und werden mir gern einen Gefallen tun."

„Ich kann nicht zulassen, dass du meine Arbeit übernimmst."

„Entweder du akzeptierst meine Hilfe, oder ich werde Bear erzählen, dass du überall in der verdammten Bar Damenwäsche verstreut hast. Wenn auf mich eine verführerische Frau warten würde, dann säße ich nicht hier draußen in der Sonne. Ich wäre oben und würde etwas ganz anderes tun." Der alte Mann kicherte.

„Okay, ich werde mich revanchieren."

„Stell mich der nächsten Frau vor, die du kennenlernst im „The Re…"

„Wo gabelt er die Frauen auf, Zee?"

Beim Klang von Samanthas sexy Stimme, drehte Ryan sich um. Sie stand in der Tür.

„Oh, hallo, Sammy Jo." Nach der kurzen Begrüßung wurde der Mann schweigsam. Ungewöhnlich schweigsam. Es war das erste Mal, dass Ryan Zeuge von Zees Sprachlosigkeit war. Doch er wusste, dass der Mann nur sein Geheimnis wahren wollte.

„Ich möchte Einzelheiten wissen", sagte Samantha. Ihre Augen blitzten. „Ich möchte wissen, wo und wann." Sie fragt aus Neugierde und aus Eifersucht, dachte er. Hoffte er.

„Einzelheiten?", fragte Zee.

Es passte nicht zu Zee, dass er sich dumm stellte. Ryan hatte ein schlechtes Gewissen, dass er den alten Mann in diese Situation gebracht hatte. „Er möchte, dass ich ihm die erste gut aussehende Frau vorstelle, die uns heute bei unserer Fahrt über den Weg läuft", erwiderte er für Zee.

„Fahrt? Wohin?"

„Irgendwohin, wo wir uns entspannen können, weg von der Bar, hinaus in die freie Natur und das schöne Wetter genießen." Er wusste schon, wohin er mit ihr fahren würde. Nachdem Zee seine Hilfe angeboten hatte, hatte Ryan entschieden, dass Samantha mal etwas anderes sehen sollte als immer nur die Bar und die kleine Wohnung darüber.

Sie hatte schließlich Urlaub. Ganz abgesehen davon konnte auch er eine Atempause gebrauchen.

Sam war gar nicht bewusst gewesen, wie dringend sie für kurze Zeit aus der kleinen Wohnung fort musste, bis Ryan den Vorschlag machte. Sie war allein wach geworden und hatte sich unsicher gefühlt. Für sie war die Nacht traumhaft gewesen. Aber war sie das auch für Ryan?

Sie biss sich nervös auf die Unterlippe und erinnerte sich daran, wie oft und ausgiebig sie sich geliebt hatten.

„Was muss ich mitnehmen?", fragte sie.

„Nur dich."

Sie schaute in sein ernstes Gesicht. Keine Spur von Zweideutigkeit in seiner Stimme. In dem Moment wusste sie, dass sich etwas zwischen ihnen geändert hatte. „Okay." Ihre Kehle war plötzlich trocken. „Wann fahren wir? Nachdem wir aufgeräumt haben? Ich habe schon angefangen, als du dich draußen mit Zee unterhalten hast, aber ich bin nicht sehr weit gekommen."

„Zee kümmert sich heute um alles."

Sie stellte fest, dass Zee ungewöhnlich ruhig war. Keine Scherze, nichts. Ein merkwürdiges Gefühl überfiel sie.

„Jetzt sagt mir endlich, was los ist", forderte sie die beiden Männer auf.

„Nichts. Die Nacht war nur zu kurz." Dieses Mal sah er ihr tief in die Augen und die Leidenschaft flackerte wieder auf. Die letzte Nacht stand zwischen ihnen. Nackte Körper, heißer Sex und ein Höhepunkt, den sie niemals vergessen würde.

Anscheinend hatte er es auch nicht vergessen. Das bedeutete, dass ihn irgendetwas anderes quälte. Erst jetzt wurde ihr bewusst, wie sehr sie sich davor fürchtete, dass er sich von ihr abwenden könnte.

Erleichtert atmete sie auf.

Zee räusperte sich. „Macht euch jetzt fertig. Earl, Hardy und ich werden aufräumen."

„Bist du sicher, dass wir nicht helfen sollen? Wir könnten auch etwas später fahren."

„Zee und ich haben ein Abkommen getroffen. Wir können also los", sagte Ryan lächelnd.

Sie ging zurück in die Bar und trat auf das T-Shirt, das ihr zuvor gar nicht aufgefallen war, so eilig hatte sie es gehabt, zu ihm nach draußen zu kommen. Sie hob es auf.

„Wir können es nicht zur Gewohnheit werden lassen, dass du deine Kleidung hier herumliegen lässt, Sammy Jo." Sie spürte seinen warmen Atem an ihrem Ohr.

„Nein, das können wir nicht", stimmte sie zu. Sie drehte sich zu ihm um. „Hör zu, Ryan. Du musst nicht meinen, du seist verpflichtet, mich durch die Gegend zu kutschieren, solange ich hier bin. Ich kann mich um mich selbst kümmern. Ich langweile mich schon nicht. Ich könnte sogar früher ins Hotel fahren … und falls kein Zimmer frei ist, könnte ich mir ein anderes suchen …" Er legte seine Finger auf ihren Mund, um sie zum Schweigen zu bringen.

„Es ist alles in Ordnung, hörst du? Ich möchte es so. Und du fährst erst in der allerletzten Minute zu dieser Konferenz."

Sie war erleichtert. „Es ist nur, dass du so …" *Sprich es aus, Sammy Jo.* Es gab sowieso zu viel Ungesagtes zwischen ihnen, jedenfalls von ihrer Seite. „Du schienst plötzlich so weit weg zu sein, als ich nach draußen kam. Ich dachte … nun, du weißt, was ich gedacht habe."

Er legte die Hände auf ihre Schultern. „Ich war mir nicht sicher, wie du heute Morgen reagieren würdest. Deshalb wollte ich dir etwas Zeit allein geben."

„Und was ist, wenn ich gar nicht allein sein möchte?" Schon bald war ihre Beziehung zu Ende. Samantha schluckte.

„Dann musst du es auch nicht." Er beugte den Kopf und küsste sie leicht. „Können wir jetzt aufbrechen?" Er nahm ihr das T-Shirt aus der Hand.

Sie schaute ihn an und lächelte. „Ich bin so weit. Ich weiß zwar nicht, was du vorhast, aber in dem Lagerraum habe ich einen alten Picknickkorb gesehen. Soll ich etwas einpacken?"

„Bist du sicher, dass du lieber auf einer Wiese als im Restaurant essen möchtest?"

„Hm. Viel freier Platz oder überfülltes Restaurant? Menschenmenge oder du und ich? Wenn ich so darüber nachdenke, ist ein Restaurant doch besser."

Er lachte und nahm ihre Hand. „Na dann los. Lass uns einiges einpacken und dann verschwinden."

Sam folgte ihm und packte den Korb. Sie war entschlossen, das Beste aus der Zeit zu machen, die ihr noch mit ihm verblieb.

Nachdem sie ein schönes, schattiges Plätzchen unter einem riesigen Baum gefunden hatten, holte Ryan den Picknickkorb aus dem Wagen, während Samantha eine große Decke ausbreitete. Es wehte ein leichter, warmer Wind. In Ruhe verspeisten sie ein Putensandwich, dazu Chips und Cola. Er spürte, dass sie sich endlich entspannte. Er selbst genoss etwas, was bisher fremd für ihn gewesen war. Angenehmes Schweigen mit der Frau an seiner Seite. Er hatte sich nicht vorstellen können, dass es je so etwas für ihn geben würde.

Die Chips knackten, als sie hineinbiss. Sie schaute ihn an und zuckte mit den Schultern. „Was soll's. Chips knacken nun mal."

Er lachte. Verdammt, er fühlte sich so wohl in ihrer Gegenwart. Krümel waren auf ihr gelbes Top gefallen, und er streckte die Hand aus, um sie zu entfernen. Dabei berührte er ihre Brüste, und die Knospen wurden sofort hart.

Sie schnappte nach Luft.

„Tut mir leid."

„Das glaube ich nicht."

Er grinste. „Recht hast du." Er holte noch eine Cola aus dem Korb. „Möchtest du?"

„Nein danke." Sie legte ihr Kinn auf die Knie und schaute in den blauen Himmel. „Das ist hier wirklich der Himmel auf Erden."

Er rückte näher zu ihr. „Dir gefällt es also?"

„Aber ja, natürlich." Sie legte sich auf den Rücken. Er folgte ihrem Beispiel. Ihre Arme berührten sich. Keiner zog ihn fort.

„Es ist so schön hier, dass ich schon darüber nachdenke umzuziehen."

„Meinst du das ernst?"

„Nein", erwiderte sie schnell. „Aber ein Mensch darf doch träumen, oder?"

„Nichts dagegen zu sagen." Solange er sie davon überzeugen konnte, dass Träume auch Wirklichkeit werden konnten. Aber um das zu erreichen, musste er erst einmal wissen, warum sie so in sich gekehrt war, wenn er persönliche Fragen stellte.

„Wo genau sind wir hier?"

„Ein verlassenes Stück Land." Land, das ihm gehörte, aber das wollte er ihr jetzt noch nicht verraten.

„Und das große Hotel dort in der Ferne?"

„Das ist ‚The Resort'."

„Du machst Witze!"

„Nein, warum?"

„Dort findet die Konferenz statt, zu der ich muss", murmelte sie. Ihre Stimme klang plötzlich merkwürdig angespannt. Anscheinend behagte ihr der Gedanke an die Konferenz nicht.

Das gefiel ihm. Dass allerdings die Konferenz ausgerechnet dort stattfand, war eine andere Geschichte. Sobald sie dort eingetroffen war, würde sie herausfinden, dass ihm die Anlage gehörte.

Er überlegte, wie er die unerwartete Neuigkeit verwerten und zu seinem Vorteil nutzen konnte. Er würde sich etwas einfallen lassen. Je länger er darüber nachdachte, desto weniger konnte er sein Glück fassen.

Wenn sie „The Hungry Bear" verließ, würde sie nicht gänzlich aus seinem Leben verschwinden. Als Eigentümer des Hotels hatte er Zugang zu sämtlichen Informationen und würde schnell herausfinden, wo er sie finden konnte. Auf keinen Fall wollte er sie aus den Augen verlieren.

„Die Konferenz ist im ‚The Resort'?"

„Ja." Sie rutschte ein wenig näher zu ihm, legte sich auf die Seite und schmiegte sich rücklings an ihn.

Ihr kleiner Po stieß gegen seine Lenden. Er schluckte und unterdrückte die aufkommende Leidenschaft. Zuerst brauchte er noch einige Informationen von ihr. In der nächsten Woche wurden mehrere Konferenzen in seinem Hotel abgehalten.

„Lass mich raten", sagte er. „Du verkaufst Versicherungen."

Sie lachte. „Ryan, du weißt doch bereits, dass ich Finanzberaterin bin. Es ist ein Seminar über Risikomanagement und Investitionen."

„Ich wusste, dass in diesem hübschen Kopf auch Verstand steckt. Du triffst dort also Kunden und Vorgesetzte?"

„Ja, beides. Morgens und nachmittags besuche ich Fortbildungsseminare, damit ich bessere und sicherere Investitionen für meine Kunden tätigen kann. Abends wird mein … Chef mich und einige größere Kunden zum Essen ausführen."

Er legte sein Kinn auf ihre Schulter. „Erzähl mir, hast du als kleines Mädchen schon von diesem Job geträumt?"

„Nein, natürlich nicht. Ich wollte Tänzerin werden. Als sich herausstellte, dass ich völlig untalentiert bin, habe ich davon geträumt, einfach nur zu heiraten. Liebe, eine Märchenhochzeit und ein glückliches Leben."

„Und wann hast du dann beschlossen, doch noch einen Beruf zu ergreifen?"

„Als ich begriff, dass eine kluge Frau sich nicht darauf verlassen sollte, dass sie von einem Mann versorgt wird. Außerdem habe ich schon in der Schule festgestellt, dass ich gut mit Zahlen umgehen kann. Als junges Mädchen habe ich mit Aktien jongliert. Mein Vater hat mir das Geld dazu gegeben. Ich habe eine hübsche Summe gemacht. Es stellte sich heraus, dass ich mit Risiken gut umgehen konnte."

Er grinste und dachte daran, wie viel sie gemeinsam hatten. Er war das Risiko eingegangen, das ganze Geld der Familie zu investieren, um aus der kleinen Frühstückspension eine große Hotel- und Freizeitanlage zu bauen. Er hätte alles verlieren können.

Samantha schien es als größtes Risiko anzusehen, zu viel von sich preiszugeben. Immerhin hatte sie begonnen, sich ein wenig zu öffnen.

Er wusste, dass er ihr Herz bereits gewonnen hatte, ihr Vertrauen aber noch nicht.

„Erzähl mir von deinen Träumen, Ryan."

„Willst du sie wirklich wissen?"

„Ich habe dir von meinen erzählt, deshalb ist es nur fair. Außerdem, Träume sind nichts anderes als Fantasievorstellungen, und wir haben schon viel Fantastisches geteilt."

Ja, das hatten sie. Allein bei der Erinnerung daran bekam er Lust auf sie. Er wollte wieder mit ihr schlafen, aber der Zeitpunkt war ungünstig. Wenn er die Unterhaltung jetzt unterbrach, verschloss sie sich vielleicht wieder. „Okay."

Er hatte bisher seine Träume nie mit jemandem geteilt, und er wusste nicht, wo er beginnen sollte. Als er viele Hektar von dem Land seines Vaters verkauft hatte, um das Hotel zu bauen, hatte er ein Versprechen gegeben, das er nie vergaß. „Ich möchte ein Haus auf einem großen Stück Land bauen", sagte er jetzt. „Auf diesem Land."

„Das verstehe ich."

Sein Vater hatte gewünscht, dass sich die Familie hier ausbreitete. Seine Schwester hatte einen Anteil des Landes bekommen, konnte hier jedoch nicht leben. Er selbst hatte bisher keinen Grund gehabt, ein Haus für sich allein zu bauen. In letzter Zeit hatte er sich sogar Gedanken gemacht, ob er es überhaupt schaffen würde, den Namen Mackenzie weiterzugeben. Bis diese Frau in Bears Bar gekommen war. Jetzt dachte er erneut über seine Zukunft nach.

„Ein großes Haus?"

Immerhin war sie interessiert. „So groß du möchtest."

„Hm. Eine Ranch?", murmelte sie und verlor sich ganz offensichtlich in Träumereien. „Kinder?"

„Ein oder zwei." Mit dunklen Haaren und blauen Augen.

„Zwei. Nein, drei. Einzelkind zu sein ist nicht schön. Zwei Jungen und ein Mädchen, die durch ein Haus rennen, das in Sonnengelb, Weiß und Rotbraun gehalten ist."

„Meine Lieblingsfarben", sagte er. Glücklicherweise konnte sie sein Grinsen nicht sehen.

„Schön eingerichtet. Aber gemütlich. Ein Haus, in dem man wirklich leben kann."

„Bist du in solch einem Haus aufgewachsen?"

Sie erstarrte. Als habe die Frage sie aus ihren Träumen gerissen und daran erinnert, dass sie zu weit gegangen war. „Ich ..."

Er streichelte über ihren Arm. „Erzähl weiter", flüsterte er.

„Ich ... ich bin in einem wunderschönen Haus aufgewachsen, aber es stand voller Dinge, die nur zum Anschauen waren. Nicht zum Anfassen. Meine Mutter liebte schöne, kostbare Dinge, und mein Vater liebte es, sie damit zu verwöhnen."

Sie lachte, doch es war ein gezwungenes Lachen. „Anders gesagt, er liebte sie. Für mich war nicht viel Platz."

Ryan verstärkte seinen Griff um ihren Arm, als könnte er ihr damit Sicherheit geben oder die Liebe, die ihr bisher gefehlt hatte. „Ich bin sicher, dass deine Eltern dich geliebt haben", sagte er.

„Natürlich haben sie es getan. Aber ich stand immer an zweiter Stelle."

Er dachte an seine Schwester und den Spaß, den sie zusammen gehabt hatten. Er erinnerte sich daran, wie sehr seine Eltern sich geliebt hatten. Aber diese Liebe hatte auch die Kinder mit eingeschlossen.

Er wusste nicht, was er sagen sollte, doch er wollte ihr irgendwie zeigen, dass sie nie wieder einsam sein musste.

„Und du willst wirklich drei Kinder?", fragte er und streichelte sie dabei zärtlich.

„Ja." Sie drehte sich um. Er rechnete fast damit, dass sie sich von ihm entfernen würde, stattdessen sah sie ihn an und schmiegte ihren Körper an seinen. Sie nahm sein Gesicht zwischen ihre Hände. „Müssen wir uns unbedingt weiter unterhalten? Oder hast du vielleicht eine andere Idee?", fragte sie.

Das war für ihn das Zeichen, dass sie noch nicht bereit war, sein Geheimnis zu hören.

„Oh, es gibt viele andere Dinge, die wir tun können."

„Der Gedanke gefällt mir", murmelte sie.

Er nahm ihre Hände und führte sie an seine Lippen. Liebevoll küsste er ihre Finger und den Ring, den er ihr am ersten Tag gekauft hatte. Solch ein einfacher Ring für einen Menschen mit einem komplizierten Leben, dachte er. Aber es war die Einfachheit, die Samantha glücklich machte.

Er grübelte über die Ironie des Schicksals nach, eine Frau gefunden zu haben, die die kleine Geste liebte und nicht die große Show, und fragte sich, wie sie reagieren würde, wenn er ihr verriet, wie viel mehr er ihr schenken konnte.

Er musste es ihr sagen. Sobald die Woche vorüber war und er sich wieder auf eigenem Terrain befand. Eine Frau, die an den wichtigen Dingen im Leben hing, würde sicherlich verstehen, dass er seinen Reichtum nicht erwähnt hatte, weil er sie zuerst richtig kennenlernen wollte.

Eines wusste er sicher: Er selbst bedeutete ihr mehr als alles, was er ihr kaufen könnte.

Er rollte sich auf den Rücken und zog sie auf sich, sodass sie seine Härte zwischen ihren Schenkeln spüren konnte.

„Hast du jemals Sex im Freien gehabt?" Ihre Augen glänzten.

Er lachte. „Gehört der Balkon dazu?"

Sie schüttelte den Kopf. „Ich fürchte nicht."

„Dann ist die Antwort nein."

„Das könnten wir ändern." Sie lächelte ihn verführerisch an. Ihr Blick erregte ihn unglaublich. Und ihre aufreizenden Bewegungen brachten ihn fast um den Verstand. Für eine Frau, die anfänglich so schüchtern gewesen war, hatte sie sich geradezu unheimlich verändert.

Seine Jeans spannten sich, und er seufzte. „Der Gedanke ist sehr verführerisch, aber ich muss leider Nein sagen."

„Weil wir keine Kondome dabeihaben? Wir können uns auch anders amüsieren."

Sosehr er sie auch begehrte, er wollte nicht, dass sie ihre Gefühle wieder hinter Sex versteckte. „Es gibt etwas, was ich noch lieber tun würde."

Sie zog erwartungsvoll die Augenbrauen hoch. „Und das wäre?"

„Dich halten." Er zog sie fest in seine Arme. Sie wollte protestieren, doch er verschloss ihre Lippen mit einem zärtlichen Kuss.

„Zumindest weiß ich, dass du mich begehrst", flüsterte sie.

„Das ist im Moment nicht wichtig."

„Was dann?"

„Mit dir zusammen zu sein, solange wir noch Zeit haben."

Sie erwiderte nichts darauf. Was hatte er erwartet? Eine Liebeserklärung? Ihre Beteuerung, dass sie ihn nicht verlassen würde?

Je länger sie in seinen Armen lag, desto entspannter war sie.

„Du machst mich glücklich, Ryan." Sie löste sich aus seiner Umklammerung und legte sich auf den Rücken. Dabei griff sie nach seiner Hand und drückte sie.

Die Worte kamen von Herzen. Er nahm sie als Geschenk. Zärtlich strich er ihr eine Haarsträhne aus dem Gesicht. „Ich versuche es."

Sie lächelte, und er führte ihre Hand an seine Lippen, küsste jeden Finger und erneut den Ring, der sie für immer miteinander verband. Ob sie es wusste oder nicht.

Zwei Tage waren vergangen, seit er sie so zärtlich in den Armen gehalten hatte. Andere Männer hätten die Situation ausgenutzt, um schnellen Sex zu haben. Ryan nicht. Ryan, der Mann, den sie liebte. Verdammt. Warum war er nur so liebevoll? So unwiderstehlich? Warum war es so schwer, ihn zu verlassen?

Die letzten achtundvierzig Stunden hatten sie mit Gesprächen und Zärtlichkeiten verbracht. Ohne Sex. Nachdem er sie zurückgewiesen hatte, unternahm sie keinen neuen Versuch, ihn zu verführen. Und er hatte es auch nicht getan. Der edle Ritter, den sie am ersten Abend kennengelernt hatte, war zurückgekehrt. Und sie liebte ihn dafür.

Sam wirbelte zwischen den Tischen herum, bediente die Gäste und nahm Bestellungen entgegen. Doch selbst die laute Gruppe an der Bar konnte sie nicht von dem Kampf ablenken, den sie in ihrem Inneren mit sich ausfocht. Was war sie ihrem Vater wirklich schuldig? Und wichtiger noch, was war sie sich selbst schuldig?

Obwohl Ryan nie von der Zukunft gesprochen hatte, hatte er es erreicht, dass sie sich grundlegende Gedanken über sich selbst machte. Und was sie entdeckte, erstaunte sie. Nie hätte sie geglaubt, dass sie so hemmungsloser Leidenschaft fähig wäre. Bei Ryan konnte sie wild und leidenschaftlich sein, ohne dass es ihr peinlich war.

Okay, vielleicht schämte sie sich ein wenig wegen der roten Flecken und Kratzspuren auf seiner Schulter und seinem Rücken. Und wegen ihrer lauten Schreie, die wahrscheinlich in ganz Arizona zu hören gewesen waren. Aber mit diesem Schnurrbart tat er wirklich erstaunliche Dinge. Allein der Gedanke daran weckte heißes Begehren in ihr. Sie schüttelte den Kopf, um die erregenden Gedanken zu vertreiben.

Er hatte sie auch die Bedeutung von Liebe gelehrt. Liebe, von der sie geglaubt hatte, sie existiere nur in Märchen. Die Liebe, die eine Frau, wenn sie Glück hatte, vielleicht einmal in ihrem Leben erfuhr und nur mit sehr viel Glück halten konnte.

Nun, Sam hatte diese Art von Liebe gefunden. Allerdings wusste sie nicht, ob Ryan genauso empfand. Obwohl er sich wie ein Mann verhielt, der verliebt war. Aber wie viel war Wirklichkeit und wie viel Fantasie?

Auch wenn er sie ermutigt hatte, sich ihm zu öffnen, zog er selbst sich jedes Mal zurück, wenn sie glaubte, den Weg in sein Herz gefunden zu haben. Was war der Grund dafür?

Ihre Zeit war fast vorüber. Morgen würde Sam „The Hungry Bear" verlassen. Hoffentlich mit mehr Würde als bei ihrer Ankunft.

Sie bediente die Gäste an dem kleinen Tisch in der Nähe der Tür und verdrückte sich dann nach draußen, um frische Luft zu schnappen. Sie liebte diese kühle Nachtluft.

„He, Sammy Jo." Ryans Stimme zerriss die Stille der Nacht und unterbrach ihre Grübeleien.

Gut so, dachte sie. Ihre Gedanken waren nämlich in eine gefährliche Richtung gewandert. Sie hatte sogar schon eine Auflösung ihrer Verlobung in Betracht gezogen. Niemand würde auf die Idee kommen, dass die gute, artige und vernünftige Samantha Reed über etwas Derartiges überhaupt nachdachte. Nun, sie selbst hätte es auch nicht für möglich gehalten, dass sie einen völlig Fremden verführen würde. Aber genau das hatte sie getan.

Und sie hatte sich Hals über Kopf in ihn verliebt. Doch würde sie den Mut haben, sich von ihren Gefühlen leiten zu lassen? Die Konsequenz war, dass sie die Verlobung mit Tom lösen musste, das Versprechen brechen, das sie ihrer Mutter gegeben hatte, und, was am wichtigsten war, ihren Vater im Stich lassen, der auf sie zählte. Würde sie damit nicht alle Wertvorstellungen über den Haufen werfen, die man ihr von klein auf beigebracht hatte?

Wie sieht es denn mit den Wertvorstellungen deines Vaters aus, der diese Ehe zulässt? fragte eine kleine Stimme.

„Was machst du ganz allein hier draußen?", fragte Ryan.

„Eine kleine Pause. Die steht einer Kellnerin doch zu, oder?"

Er schwang sich auf das Geländer, das die Veranda umgab. „Meiner ja."

„Wer kümmert sich um die Bar?"

„Was meinst du wohl?"

Sie lächelte.

„Was machst du noch?"

„Hm. Ich denke einfach nach." Ihr Blick wanderte über seinen Körper, den sie so gut kannte. „Hat es einen bestimmten Grund, dass du jeden Abend bei der Arbeit die gleiche Art von Kleidung trägst?"

Er sah an sich hinab. Das weiße T-Shirt straffte sich über seiner breiten Brust, und seine verblichenen Jeans spannten sich über seinen muskulösen Oberschenkeln.

Er zuckte mit den Schultern. „Wie fast jeder Mann hasse ich es, einkaufen zu gehen."

Sie lachte.

„Und?"

„Und was?"

„Was geht dir noch durch den hübschen Kopf? Du gehst doch nur an die frische Luft, wenn du Zeit zum Nachdenken brauchst."

Sie verfluchte seine Scharfsicht. „Ich habe überlegt, wie ich es Zee sagen soll", redete sie sich heraus, da sie ihm ihre tatsächlichen Gedanken nicht anvertrauen wollte.

„Was willst du mir sagen, Kleines?" Die Tür ging auf, und der alte Mann trat auf die Veranda.

„Jetzt haben wir ja eine richtige Versammlung hier", murmelte Ryan.

Sam blickte von Ryan zu Zee, den beiden Menschen, die sie in den wenigen Tagen so lieb gewonnen hatte. „Wie ich …" Sie räusperte sich. „Wie ich mich verabschieden soll."

Ryan runzelte die Stirn. Er wandte sich an Zee und fragte: „Wer kümmert sich um die Bar?"

Zee antwortete nicht. Vielleicht weil er in Gedanken auch bei ihrer Abreise war. Sam drehte den Ring an ihrem Finger, ohne Ryan anzusehen.

„Ist dir je der Gedanke gekommen, dass wir vielleicht einmal allein sein wollen, Zee?"

„Wenn Sammy Jo möchte, dass ich gehe, dann wird sie es schon sagen."

Ryan verdrehte die Augen.

Sam hatte in ihrem Leben noch keinen Mann wie Zee kennengelernt. Trotz seines Alters besaß der Mann eine scharfe Zunge und einen noch schärferen Verstand. Sie hatte den Verdacht, dass Ryan sich auf Zees Weisheit mehr verließ, als er zugeben wollte. Sie freute sich darüber. So gab es auf jeden Fall jemanden, der sich um ihren sexy Barkeeper kümmerte, wenn sie verschwunden war.

Sie streckte die Hand nach Zee aus.

Er wandte sich an Ryan. „Hast du schon einmal daran gedacht, dass ich mich vielleicht allein von Sammy Jo verabschieden möchte? Außerdem sitzen in der Bar durstige Gäste. Geh hinein."

Sam sah in Ryans ernstes Gesicht, und das Herz wurde ihr schwer. Sie wussten beide, dass sie noch die ganze Nacht vor sich hatten. An Morgen wollte sie noch nicht denken.

„Du hast gehört, was Zee gesagt hat, Ryan." Sie zwang sich zu einem Lächeln. „Geh hinein. Bitte."

„Ihr scheint euch beide gegen mich verschworen zu haben", schimpfte er, als er sich erhob und hineinging. Die Tür fiel hinter ihm zu.

„Er ist ein guter Junge, Sammy Jo."

„Ich weiß."

„Und du bist eine feine Lady. Ich wusste es von dem Moment an, als du in die Kneipe kamst. Frag mich nicht, warum. Aber in meinem Alter kann ich meinem Instinkt vertrauen."

„Du bist sehr weise."

„Und ihr seid beide jung. Und dumm. Ihr meint, ihr hättet alle Zeit der Welt, nur weil ihr jung seid." Er blickte in den sternklaren Himmel und zuckte mit den Schultern. „Vielleicht habt ihr sie ja, vielleicht aber auch nicht. Aber wenn du mich fragst, so ist es eine Schande, sie zu verschwenden."

„Das Leben ist nicht immer so einfach, Zee."

Er legte seine Hand über ihre. „Dann hast du selbst Schuld.

Jeder Mensch muss irgendwann Entscheidungen treffen. Ich bin sicher, du triffst die richtige."

Sie seufzte und wünschte, das Richtige für sie würde nicht so viel Kummer für andere bedeuten. „Was auch immer passiert, ich bin froh, dass ich dich kennengelernt habe", sagte sie.

Er lächelte. „Ich auch. Bear hat angerufen. Er kommt morgen zurück, mit seiner Freundin. Meinst du, ich werde bald Großvater?"

„Ich hoffe es für dich."

„Glaubst du, dass du lange genug hier bist, um meinen Sohn kennenzulernen?"

„Ich glaube, du willst nur wieder darauf zurückkommen, was ich eigentlich vorhabe."

Er kicherte. „Du bist nicht dumm. Zumindest weiß ich, dass Ryan eine Frau gefunden hat, die ihn nicht wegen irgendeines anderen Kerls sitzen lässt."

Wenn du dich da nicht täuschst, dachte Sam und musste sich beherrschen, um nicht in Tränen auszubrechen.

Ryan saß auf der Bettkante und reckte sich. Er war völlig erschöpft.

„Anstrengende Nacht?", fragte Sam. Sie schaute gerade in dem Moment aus dem Badezimmer, als er sich auf die Matratze fallen ließ.

Gut. Er würde also nicht so schnell zu ihr kommen. Sie wusste, dass sie die Nerven verlieren würde, falls er jetzt ins Bad käme.

„Das musst du fragen?"

„Nein." Sie verstand ihn nur zu gut. Eine harte Woche lag hinter ihr. Die Nächte in der Bar hatten sie körperlich erschöpft. Heute Abend war es nicht anders gewesen. Trotzdem wollte sie heute noch einmal diese hemmungslose Leidenschaft, diesen Rausch der Ekstase erleben.

Es war ihre letzte gemeinsame Nacht, und egal, wie müde er war, sie würde ihn noch einmal verführen und ihn in sich spüren. Mit etwas Glück würde sie diese Nacht unvergesslich für ihn machen.

„Die Bar war voll heute Abend", rief sie aus dem Badezimmer. „Voller als sonst?"

„Etwa gleich. Bear kann sich nicht über mangelnden Umsatz beklagen."

Sie ließ Wasser in das Waschbecken laufen. „Ich kann dich so schlecht verstehen", rief sie. „Aber ich komme gleich."

„Lass dir Zeit."

Sie wusch sich das Gesicht mit kaltem Wasser und putzte sich die Zähne, bevor sie sich aus- und dann wieder anzog. Es dauerte lange, bis sie das raffinierte Kleidungsstück angezogen hatte, das sie für diese spezielle Nacht und nur für ihn ausgewählt hatte.

„Zu diesem verdammten Ding hätte man eine Gebrauchsanweisung mitliefern müssen", murmelte sie. Sie wusste nicht, ob sie es wirklich wagen würde, das Badezimmer so gekleidet zu verlassen. Verzweifelt wünschte sie, sie könnte einfach das Nachthemd anziehen, das im Nebenzimmer lag. Stattdessen schloss sie den letzten Haken und holte tief Luft.

Sie hatte dieses aufreizende Wäschestück aus einer Laune heraus gekauft und impulsiv in den Koffer gepackt. Aber nicht eine Sekunde lang hatte sie die Absicht gehabt, sich einem Mann in diesem verführerischen Etwas aus Seide und Spitze zu zeigen.

Das hatte sich geändert, als sie Ryan kennenlernte. Er hatte ihr ganzes Leben verändert. Im Moment jedoch musste sie nur dafür sorgen, dass er beschäftigt war und nicht ins Badezimmer lugte.

„Hör dir nur an, wie wir über die Geschäfte des Tages sprechen", rief sie. „Wir klingen schon wie ein lang verheiratetes Paar."

Schweigen.

„Oh. Ich sollte mit einem Mann, den ich gerade eine Woche kenne, keine Scherze über die Ehe machen." Schweigen. Vielleicht war er eingeschlafen. Nein, so viel Glück konnte sie nicht haben. „Okay, Ryan, ich habe verstanden." Sie nahm ihren ganzen Mut zusammen und betete, dass er sie nicht für verrückt hielt. Falls er überhaupt noch wach war.

Da er immer noch schwieg, bezweifelte sie, dass er wach war, was sie jedoch nicht davon abhielt, weiter unzusammenhängendes Zeug zu reden. Aber nur so fand sie den Mut, zu ihm zu gehen. „Ich weiß, mit dir sollte ich nicht über die Ehe sprechen, schließlich bist du nur mein ..."

Das Wort blieb ihr im Hals stecken bei dem Anblick, der sich ihr bot.

Er lag auf dem Bett. Nackt bis auf eine knappe Unterhose, die Arme hinter dem Kopf verschränkt, lächelnd. „Was bin ich, Liebling?"

Ryan hätte sich fast verschluckt, als Samantha eintrat. Sie trug einen sexy Stringbody aus schwarzer Spitze, mit einem Push-up-BH, der ihre Brüste aufreizend anhob, einem netzartigen Mittelteil, das ihren Körper mehr zeigte als verhüllte und einem winzigen, transparenten Dreieck über den kleinen schwarzen Löckchen. Ihr Anblick machte ihn verrückt. „Meine Güte, das kann nicht wahr sein."

Damit hatte er genau das Falsche gesagt. Sie floh ins Badezimmer. Er sprang in einem Satz aus dem Bett und hinter ihr her. Bevor sie die Tür zuschlagen konnte, hatte er sie am Handgelenk gepackt. „Du warst so mutig, es anzuziehen, jetzt lauf nicht vor mir davon."

„Ich weiß nicht, was ich mir dabei gedacht habe", murmelte sie. „Ich sehe idiotisch aus."

Ungläubig hob er die Augenbrauen. Er wusste, wie viel Mut es sie gekostet haben musste, diesen unglaublich erotischen Body anzuziehen, doch er konnte nicht glauben, dass sie nicht wusste, welche Wirkung sie damit auf ihn ausübte. „Es gibt viele Worte, mit denen ich beschreiben könnte, wie du aussiehst, Sam. *Idiotisch* gehört aber nicht dazu."

„Wirklich nicht?", fragte sie leise. „Wie denn?"

Er ließ sie los und setzte sich auf die Bettkante. „Komm zu mir, dann sage ich es dir."

Sie trat einen Schritt vor. Ryan lehnte sich zurück auf die Ellenbogen und musterte sie. Lange Beine, seidige Haut und versteckte Geheimnisse, die er enthüllen und entdecken sollte. Er schluckte. „Du siehst ... sexy aus."

Zögernd trat sie noch zwei Schritte vor. Ihre Zehennägel waren rot lackiert. Lustig, er hatte es bisher nicht bemerkt.

„Wie noch?"

„Heiß", flüsterte er. „Verdammt heiß."

Ihre Schüchternheit schien zu verfliegen, als sie noch näher zu ihm kam. Näher, aber noch nicht nah genug. Sie schüttelte ihre schwarze Mähne.

„Wild", fuhr er fort. „Scharf …" Ihre blauen Augen wurden dunkel vor Leidenschaft. Jedes Wort brachte sie ein Stück näher zu ihm. „Verführerisch, begehrenswert …" Er streckte die Hand nach ihr aus. „Erotisch, sinnlich …" Sie verflocht ihre Finger mit seinen, und er zog an ihr, bis sie auf ihn fiel. „Und du gehörst mir."

Ihr süßer Duft hüllte ihn ein. Mit den Händen fuhr er durch ihre Haare und zog ihren Kopf zu sich, damit er sie küssen konnte.

Er stöhnte, als sie ihre Lippen öffnete und leidenschaftlich seinen Kuss erwiderte. Als sie nach langer Zeit den Kopf hob, rang er genauso nach Luft wie sie.

„Du hast meine Frage noch nicht beantwortet."

„Ich erinnere mich an keine Frage." Sie sah ihn so verwirrt an, dass er ihr glaubte.

„Ich bin dein was?"

Das Blut stieg ihr in die Wangen. „Ich dachte, du schläfst."

Er grinste. „Pech gehabt." Er schlang den Arm um ihre Taille und fühlte die kühle Seide auf ihrer heißen Haut. Er legte die Hand auf ihren Po. „Was bin ich? Dein …?" Er ließ nicht locker.

„Liebhaber", murmelte sie, ohne ihn dabei anzusehen.

Er schluckte. Natürlich hatte er es die ganze Zeit gewusst, doch es so offen zu hören, gefiel ihm nicht. Er hatte alles getan, sie davon zu überzeugen, dass sie hervorragend zusammenpassten, dass sie zusammengehörten. Die letzten zwei Tage hatte er sich sexuell zurückgehalten, um das emotionale Band zwischen ihnen zu stärken … jedenfalls so weit es möglich war. Aber er wollte nicht die letzte Chance vertun, mit Samantha zusammen zu sein. In dieser Bar, dieser kleinen Wohnung, wo sie hingehörte.

„Ja, das bin ich", erwiderte er. Aber er wollte noch viel mehr werden.

Er strich mit der Hand über ihre Hüften und glitt mit einem Finger unter die seidige Wäsche. Sie hielt den Atem an. „Hast du dies Teil immer im Gepäck, wenn du verreist?", fragte er lächelnd.

„Ich habe es in einem Laden entdeckt und ..." Sie errötete erneut. „Ich war neugierig."

„Worauf?"

„Wie es sein würde, so etwas anzuziehen. Ob ich mich wirklich sexy fühlen würde. Und all das, was du vorhin gesagt hast. Eigentlich hatte ich nicht vor, mich jemals so einem Mann zu zeigen."

Es war absurd, aber ihm gefiel ihre Antwort. Nur für ihn hatte sie ihre Meinung geändert und dieses sehr verführerische Teil angezogen. Etwas an ihrer Antwort beunruhigte ihn jedoch.

„Willst du damit sagen, dass du dich noch nie so gefühlt hast?" Er berührte sie zärtlich und ließ sie nicht aus den Augen. Sie stöhnte leise. „Du bist so verdammt leidenschaftlich, dass es mir schwerfällt, das zu glauben."

„Oh Ryan." Waren das Tränen, die in ihren Augen glitzerten? „Glaubst du mir, wenn ich dir sage, dass ich so nur bei dir gefühlt habe?"

„Und ist das schlimm?" Er leckte die Träne mit der Zungenspitze von ihrer Wange.

„Nein, es ist einfach nur so", murmelte sie.

„Da du die Erfahrung jetzt gemacht hast, was hältst du davon, wenn wir dich aus diesem Kleidungsstück herausschälen?"

Seine Frage hatte den gewünschten Effekt. Sie lächelte erleichtert. „Ich bin gespannt, ob du das schaffst."

Den Rücken zu ihm gewandt, setzte sie sich ans Kopfende des Bettes. Er folgte ihr. Ein kleines, weißes Schildchen fiel ihm ins Auge.

Er nahm das Schild und warf einen Blick darauf, bevor sie sich zu ihm umdrehte. „Hm. Ganz schön teure Nummer."

„Wie bitte?"

Er lachte. „Du hast vergessen, das Preisschild abzumachen."

Sie bedeckte ihr Gesicht mit den Händen. „Oh nein", rief sie. „Ich schaffe es nicht einmal, einen Mann richtig zu verführen."

„Glaube mir, mein Liebling, du hast mich genau richtig verführt. Es gibt da nur ein Problem."

Fragend sah sie ihn an.

„Du hast viel Geld für etwas ausgegeben, das ich dir jetzt vom Körper reißen werde."

„Oh, wirklich?" Sie streckte die Hand aus und berührte den Beweis seiner Leidenschaft. Langsam streichelte sie ihn. „Wenn du mich fragst, dann hat es sich gelohnt", schnurrte sie.

Er hielt ihre Hand fest. „Nicht wenn du so weitermachst." Er biss die Zähne zusammen und unterdrückte die Wellen der Lust, die zu schnell über ihm zusammenzuschlagen drohten.

Ihr leises Lachen erregte ihn noch mehr.

„Hexe", sagte er, und sie lächelte. „Du bist mir eine, Sammy Jo." Diese Frau in seinen Armen verzauberte sein Herz, seinen Körper, seine Seele. Er schob ihr die Spaghettiträger über die Schultern.

Unter den sexuellen Anzüglichkeiten, dem Flirt und der Verführung lagen tiefe Gefühle. Sam wusste es. Sie wettete, Ryan wusste es auch. Der Gedanke erschreckte sie nicht so sehr, wie er sollte angesichts der vielen Probleme, die noch aus dem Weg zu räumen waren.

Voller Leidenschaft sah er sie an. „Fordere nie einen Mann heraus, der scharf auf dich ist."

Sie grinste. „Bist du das denn?"

Mit einem Finger strich er über die Spitze, die ihre Brüste bedeckte. „Ich weiß es nicht, Liebling. Sag du es mir."

Sie wagte einen Blick nach unten. Unter ihrem heißen Blick schien sein Verlangen noch zu wachsen. „Du bist es." Sie fuhr sich mit der Zungenspitze über die Lippen.

Er stöhnte laut. „Mach das noch einmal."

Sie leckte ihre Lippen, und Ryan fuhr mit der Fingerspitze über ihren feuchten Mund. Liebevoll leckte sie auch seine Finger. Allein diese Berührung verursachte ein lustvolles Ziehen zwischen ihren Schenkeln.

Er legte seinen nassen Finger auf den hauchdünnen Stoff, der ihre zarten Knospen bedeckte. Sie stöhnte. Er rieb die Spitzen, bis sie hart wurden. Und je intensiver er die Spitzen rieb, desto heißer wurde ihr. Sie presste die Schenkel zusammen.

Sie war an einem Punkt angelangt, wo sie mit allem einverstanden war, was er tat oder sagte. Er schob den Body über ihre Brüste und nahm die dunklen Knospen zwischen seine Lippen. Mit der Hand streichelte er sanft ihre Brust, während er mit dem Mund daran saugte.

In diesem Moment wusste sie, dass sie zu ihm gehörte. Die Erkenntnis machte sie so frei, wie sie die ganze Woche nicht gewesen war – oder sogar in ihrem ganzen Leben. Er knabberte zärtlich an den Spitzen und liebkoste sie mit der Zunge, bis sie es vor Verlangen nicht mehr aushielt. Sie wollte ihn endlich in sich spüren.

Sie griff nach seiner Hand und führte sie zwischen ihre Beine. Kaum hatte er ihren empfindsamsten Punkt berührt, brach eine Welle der Ekstase über sie herein und brachte ihren Körper zum Erbeben. Als die Woge der Lust verebbte, spürte sie, dass ihre Sehnsucht nach ihm immer noch nicht gestillt war.

„Sammy Jo?", fragte er mit heiserer Stimme.

Sie öffnete die Augen. „Ja?"

„Möchtest du mich noch?"

Sie nickte, und in Sekundenschnelle hatte er die Haken und Ösen ihres raffinierten Bodys geöffnet. Er zog ihn ihr vom Körper, einen Moment später flog sein Slip auf den Boden. Schneller, als sie es je für möglich gehalten hatte, schützte er sich, und dann spürte sie endlich seinen Körper auf dem ihren. Er war warm, stark und hart und gab ihr alles, was sie begehrte, wovon sie jedoch nie zu träumen gewagt hatte.

Er hob ihre Hüften an und drang sanft in sie ein. Sie stöhnte auf, als er sie mit seiner Leidenschaft mitriss. Sie umklammerte ihn, als wollte sie ihn nie mehr loslassen. Er gehörte zu ihr, er war ein Teil von ihr geworden. Sie wusste nicht, wann das passiert war, es war ihr auch egal.

Das war also Liebe. Es war unbeschreiblich. Sie befeuchtete

ihre Lippen und küsste ihn. Langsam, erotisch, sodass er sie schmecken konnte.

Er stöhnte laut. „Liebling, du machst mich verrückt. Ich wünschte, ich könnte warten, aber ich …" Wieder stöhnte er. „Ich kann nicht."

„Dann komm", murmelte sie.

Mit einem Aufschrei warf er den Kopf zurück, worauf sich jeder Muskel in seinem wundervollen Körper anspannte und seine ungeheure körperliche Kraft verriet. Im gleichen Moment begann auch Samantha die Wellen der Ekstase zu verspüren. In diesem Moment vereinten sich nicht nur ihre Körper, sondern auch ihre Herzen und Seelen. Sie brauchte ihn so sehr, und anscheinend fühlte er genauso.

Schweigend lagen sie nebeneinander. Nur das Trommeln des Regens auf dem Dach unterbrach die köstliche Stille. Samantha schmiegte sich an ihn.

„Wie heißt du eigentlich mit Nachnamen?", fragte sie leise.

Ihre Frage überraschte ihn. Bisher hatte sie sich immer gescheut, persönliche Fragen zu stellen.

Er spielte mit ihren Haaren und kitzelte sie damit an der Wange. „Mackenzie."

„Und wer hat dir den Namen Ryan gegeben?"

Er zuckte mit den Schultern. „Meine Mutter mochte den Namen Ryan. Mein Vater hat mich Mac genannt. Es war einfach so. Kein besonderer Grund."

Er spürte, dass sie lächelte. „Mir gefallen beide."

Da er die Gelegenheit nicht versäumen wollte, sagte er: „Jetzt bist du an der Reihe, Sammy Jo."

Sie seufzte. „Samantha Josephine … Reed."

„Ziemlich lange Vornamen."

„Ja, alte, klassische Namen, das jedenfalls meinten meine Eltern. Das Image ist für meine Familie sehr wichtig. Das ist auch der Grund, weshalb mein Vater so unter seinen Problemen leidet." Sie räusperte sich. „Jedenfalls werde ich von allen Samantha genannt."

„Nur von mir nicht."

Sie lachte. „Nein, von dir nicht."

Wenn das Image für ihre Familie und Freunde so wichtig war, dann hatte sie vielleicht Probleme mit seinem Job als Barkeeper. Er glaubte nicht eine Sekunde daran, dass sie ihn nicht so akzeptierte, wie er war. Aber vielleicht würde es schwer werden, ihrem Vater ihre Beziehung zu erklären.

Ihm musste sie nichts mehr beweisen. Er liebte sie und war sicher, dass auch sie ihn liebte. Er musste nur endlich mit der Wahrheit herausrücken. „Sam?"

Sie legte sich auf ihn. „Bis zum Sonnenaufgang haben wir noch etwa eine Stunde. Willst du die Zeit wirklich mit Gesprächen verbringen?"

Ihr warmer Körper sprach eine eigene Sprache. Erneut überkam ihn heftiges Verlangen. „So schwer es mir auch fällt, ja."

„Aber ich nicht. Ich brauche diese Zeit mit dir. Ohne Druck, ohne … nur wir zwei." Sie küsste ihn auf die Wange und dann auf den Mund. „Ich brauche dich, Ryan."

Er stöhnte. Wie sollte er dieser Frau widerstehen.

Wenn sie hätte warten wollen, dann hätte er gewartet. Er wusste, wo er sie finden konnte.

9. KAPITEL

*E*s dämmerte schon fast, als Ryan einschlief. Sam schlich auf den Balkon, um den Sonnenaufgang über den in der Ferne liegenden Bergen zu beobachten. Doch selbst die Schönheit der Landschaft konnte ihr Interesse nicht wecken. Immer wieder sah sie hinein zu dem schlafenden Mann.

Er hatte reden wollen. Sie hatte ihn daran gehindert. Sie hatte keine andere Wahl gehabt. Sie hatte ein Leben vor sich. Ryan und sie hatten eine Woche miteinander verbracht. Eine unglaublich schöne Woche, die sie niemals vergessen würde. Konnte es mehr geben? Sie wusste es nicht, denn sie hatte ihn nicht ausreden lassen. Und sie selbst musste sich erst einmal um ihre eigenen Probleme kümmern.

Dank Ryan war sie jetzt bereit dazu. Er hatte ihr die Frau gezeigt, die sie wirklich war, die sie bisher aber nicht gekannt hatte.

Ihr Leben lang war sie auf der Suche nach etwas gewesen, was nicht erreichbar war. Sie hatte alles getan, um zuerst ihren Eltern und dann Tom zu gefallen. Ihre eigenen Wünsche hatte sie ständig in den Hintergrund gestellt. Ohne es zu merken, war ihr Leben leer und unerfüllt gewesen.

Aber sie war nicht mehr das kleine Mädchen, das Zuneigung suchte. Als ihr Vater in Schwierigkeiten geriet, war es selbstverständlich für sie gewesen zu helfen. Jeder hatte erwartet, dass sie sich opferte. Nicht einmal sie selbst hatte ihre Entscheidung je infrage gestellt. Bis Ryan ihr gezeigt hatte, was sie alles aufgab.

Sie schuldete Mr Ryan Mackenzie so viel, mehr, als sie ihm je würde zurückgeben können. Nicht nur, weil er ihr eine Woche voller Leidenschaft und Liebe geschenkt hatte. Er hatte ihr gezeigt, wer sie war.

Und deshalb war ihr jetzt eines klar, dass sie Tom unmöglich heiraten konnte.

Es wäre ein Betrug an ihr selbst und schlimmer noch, sie würde Ryan und ihre gemeinsame Zeit verraten. Und das würde sie niemals tun. Sie konnte es nicht. Sie respektierte ihn viel zu sehr, als dass sie alles fortwerfen könnte, was er ihr gegeben hatte.

Durch ihn war ihr Selbstwertgefühl gestärkt worden. Sie hatte gelernt, dass sie sich für niemanden verkaufen konnte, auch für ihren Vater nicht.

Was ist mit deinem Vater? fragte ihr Gewissen. Würde sie es wirklich übers Herz bringen, ihn im Stich zu lassen? *Du bist nicht für deinen Vater verantwortlich, Sam.* Ryans Worte kamen ihr in den Sinn. Er hatte recht. Ihr Vater war ein Elternteil, sie war das Kind. Mit dem Alter wurden diese Rollen oft vertauscht. Das bedeutete aber noch lange nicht, dass sie ihr Leben opfern musste.

Du kannst nicht den Rest deines Lebens aufgeben, nur weil er Probleme mit seinem hat. Auch damit hatte Ryan recht. Sie würde alles mit ihrem Vater besprechen, und gemeinsam würden sie eine Lösung finden, mit der beide leben konnten. Sie würde ihm helfen, doch zunächst einmal musste sie ihm und Tom sagen, dass es keine Hochzeit geben würde.

Ihr wurde übel, als sie daran dachte, was sie erwartete. Ein wütender und gedemütigter Verlobter, ein Vater, der sich verraten fühlte, und Arbeitslosigkeit. Denn sobald die Verlobung gelöst war, würde Tom, der gleichzeitig ihr Chef war, sie entlassen. Und dann?

Toms Leben würde weitergehen, er würde eine andere junge Frau finden, die er herumzeigen konnte, und einen kompetenten Finanzberater. Was ihren Vater betraf, so würde sie mit seinem Arzt sprechen und herausfinden, ob er in der Lage war zu arbeiten. Eines wusste sie auf jeden Fall: Ihr Vater würde ihr verzeihen. Schließlich hatten ihre Eltern sich sehr geliebt. Er würde verstehen, dass sie dasselbe verdiente. Der Ehe mit Tom hatte sie nur zugestimmt, weil sie ihrer Mutter ein Versprechen gegeben hatte.

Durch Ryan hatte sie nun erfahren, was sie wirklich vom Leben wollte. Sie würde nie jemanden so sehr lieben, wie sie Ryan liebte. Und wenn er sie nicht wollte, dann blieb sie lieber allein, als sich mit weniger zufriedenzugeben. Leise ging sie zurück ins Schlafzimmer.

Warum tat es so weh, das Richtige zu tun? Obwohl sie plante zurückzukommen, wusste sie nicht, was sie nach ihrer Rückkehr erwartete. Sie packte ihren Koffer und blieb noch einmal vor dem Bett stehen. Sie blickte auf den Mann hinab, der nackt auf der Decke lag und schlief.

Sie hasste es, ihn auf diese Weise zu verlassen. Sie hasste es, ihn überhaupt zu verlassen, aber sie hatte keine andere Wahl. Zu viele Probleme waren noch ungelöst. Wenn sie blieb, wäre sie versucht, sich einfach in seine Arme zu werfen und ihm ihre Liebe zu gestehen. Sie würde sich mit ihren Problemen nicht auseinandersetzen, sondern sie zunächst einmal verdrängen. Und sie würde ihm zuhören müssen.

Entweder würde er ihr sagen, dass es für ihn eine fantastische Woche und nichts weiter war, oder er würde sie bitten, bei ihm zu bleiben. Ihr Herz schlug schneller bei dem Gedanken.

Solange sie jedoch noch verlobt war, hatte sie kein Recht, ihn zu fragen, was er wollte.

Sie beugte sich hinab und küsste ihn leicht auf die Lippen. „Ich liebe dich", flüsterte sie zärtlich.

Er bewegte sich, legte einen Arm über das Gesicht, wachte jedoch nicht auf. Würde er verstehen, warum sie sich davonschlich? Oder würde er sie dafür hassen?

Eine Träne lief ihr die Wange hinab. Sie wischte sie mit dem Handrücken ab. Dann nahm sie ihre Tasche und huschte aus dem Zimmer hinunter in die Bar. Leise schloss sie die Tür hinter sich. Zumindest wusste sie, wo sie ihn finden konnte.

Anscheinend hatte er Samantha unterschätzt. Das war Ryan sofort klar, als sie den Raum verließ und er Minuten später die Kneipentür und das Geräusch eines Motors hörte. Er musste nicht erst aus dem Fenster sehen, um zu wissen, dass sie mit ihrem Mietwagen davonfuhr.

Sie gehen zu lassen, war das Schwerste gewesen, das er je getan hatte. Aber er hatte kein Recht gehabt, sie zu halten, wenn sie so offensichtlich fort wollte. Er schwang die Beine aus dem Bett und seufzte. Er hatte fest damit gerechnet, dass sie noch einige Stunden zusammen verbringen würden. Doch sie hatte sich davongeschlichen, ohne sich zu verabschieden.

Ihm blieben nur ihre geflüsterten Worte, die er gar nicht hören sollte. „Ich liebe dich auch, Liebling." Ryan sprach die Worte das erste Mal laut aus.

Dann beugte er sich vor und griff nach dem Telefon.

Samantha betrat die großzügige Lobby des Luxushotels „The Resort". Überall wuchsen Pflanzen, weiche Sessel luden zum Verweilen ein. Sie stellte ihr Gepäck auf dem Terrakottaboden ab. Ein Page kümmerte sich darum. Das Hotel strahlte Wärme aus, war geschmackvoll dekoriert und bot jeglichen Luxus, den man sich denken konnte. Ihr Verlobter hatte sie oft genug daran erinnert, dass es sich um ein First-Class-Hotel handelte.

„Kann ich Ihnen helfen?" Ein junger Mann, gut aussehend und bestimmt nicht viel älter als zwanzig, begrüßte sie mit einem freundlichen Lächeln.

„Mein Name ist Samantha Reed. Ich nehme an der Konferenz teil, die morgen beginnt." Sie schaute auf die Uhr und runzelte die Stirn. „Ich bin früh, mein Zimmer ist wahrscheinlich noch nicht fertig, aber vielleicht könnte ich zumindest mein Gepäck irgendwo abstellen." Sie hatte Ryan so eilig verlassen, dass sie nicht daran gedacht hatte, dass ihr voraussichtlich noch kein Zimmer zur Verfügung stehen würde.

Sie ignorierte den Schmerz in der Brust bei dem Gedanken an Ryan und konzentrierte sich stattdessen auf ihren leeren Magen. „Außerdem habe ich Hunger. Gibt es ein Restaurant, in dem ich frühstücken könnte?"

Der junge Mann sah von seinem Computer auf und strahlte sie an. „Es ist schon alles für Sie vorbereitet, Miss Reed. Ihr Zimmer ist fertig."

Sie blinzelte überrascht. „Muss eine ruhige Woche sein, wenn Sie um diese Zeit schon Zimmer fertig haben."

„Ich … äh … ja. Einige Gäste sind früh abgereist." Eifrig gab er Informationen in den Computer ein.

Sie blickte sich um, während sie wartete. Das Hotel war in den Farben Sonnengelb, Weiß und Rotbraun gehalten, so wie sie

Ryan ihr Traumhaus beschrieben hatte. Ihr gemeinsames Traumhaus, dachte sie und spürte, dass ihr Tränen in die Augen traten.

Offensichtlich konnte sie den Barkeeper nicht vergessen. Selbst dieses luxuriöse Hotel erinnerte sie an Ryan.

„Miss Reed?" Die Stimme des jungen Mannes unterbrach ihre Gedanken. „Wenn Sie hier bitte unterschreiben würden …"

Sam unterschrieb und nahm die weiße Karte in Empfang, die als Schlüssel diente.

„Zimmer 315A. Nehmen Sie den Fahrstuhl dort drüben in der Ecke. Ihr Gepäck wird sofort gebracht." Er deutete auf die Aufzüge in einer Nische zwischen einigen kleinen Geschäften. „Unten gibt es ein Restaurant, das geöffnet hat. Falls Sie irgendetwas brauchen, können Sie gern fragen."

„Vielen Dank …" Sie lehnte sich ein wenig vor, um den Namen auf seinem Schild zu lesen. „Joe. Da wäre noch etwas." Sie fragte nicht gern, aber sie musste es wissen. „Ist Mr Tom Webber schon angekommen? Dieselbe Konferenz."

Der Angestellte gab den Namen in seinen Computer ein. „Ja, er ist gestern am späten Abend eingetroffen. Er hat das hier für Sie hinterlassen."

In ihrem Magen rumorte es vor Nervosität. „Danke." Es war eine Einladung zu einer Cocktailparty am späten Nachmittag mit einer handgeschriebenen Notiz, dass er sie fünfzehn Minuten vorher abholen würde. So konnten sie gemeinsam ankommen, Arm in Arm. Eine Zurschaustellung auf Befehl, Teil ihrer Verpflichtung als seine zukünftige Frau.

Entweder musste sie Tom vor der Party reinen Wein einschenken oder als glückliches Paar auftreten, wie er es geplant hatte, und anschließend mit ihm reden. Der Gedanke machte sie krank.

Sie schaute auf ihre Uhr. Es war zu früh, ihren Verlobten zu wecken, egal wie schnell sie diesen Albtraum hinter sich bringen wollte. Nun, sie könnte sich in der Zwischenzeit um andere Dinge kümmern. Zumindest ihr Vater war ein Frühaufsteher. Sie beschloss, ihn über ihre Entscheidung zu informieren, bevor Tom wegen Nichteinhaltung eines Versprechens und der sich daraus ergebenden Konsequenzen wütete.

Auf ihrem Weg zum Fahrstuhl kam ihr der Gedanke, dass Tom ihre Entscheidung vielleicht besser aufnahm, als sie fürchtete.

Tom war ein gut aussehender Mann, der keine Schwierigkeiten hatte, hübsche Frauen auf sich aufmerksam zu machen. Hier ging es nicht um Liebe, und es gab viele Frauen, die besser aussahen als sie, Frauen, die gewillter und fähiger waren, die Rolle der Ehefrau eines reichen Mannes zu spielen.

Nicht, dass sie glaubte, irgendetwas könnte ihre Stellung in Toms Firma retten. Im Geschäft war er rücksichtslos, und das Privatleben würde nicht anders aussehen. Samantha beschloss, ihm mit ihrer eigenen Kündigung zuvorzukommen.

Ihr Zimmer befand sich am Ende eines sehr langen, eleganten Korridors. Wunderschöne Messingwandleuchter erhellten den Gang. Wenn sie sich nicht irrte, befand sich auf dieser Etage auch der Pool, allerdings am anderen Ende. Die Zimmertüren lagen plötzlich weiter auseinander. Als sie die Nummer 315A erreichte, bemerkte sie, dass es auch 315B gab. Zwei Zimmer mit Verbindungstür, dachte sie und ihr Magen verkrampfte sich.

Sie hoffte, dass Tom nicht auf die dumme Idee gekommen war, einige intime Stunden mit seiner Verlobten zu verbringen. Bisher war er damit zufrieden gewesen, sich in der Öffentlichkeit Händchen haltend mit ihr zu zeigen. Sie betete inständig, dass sich das nicht geändert hatte. Es würde die Geschichte nur noch komplizieren.

Sie öffnete die Tür mit ihrer Karte und betrat das Zimmer. Suite, dachte sie, als sie ihren Blick durch den geräumigen Raum gleiten ließ, der nicht anders als luxuriös bezeichnet werden konnte. Keine Annehmlichkeit fehlte.

Sie stand mitten in einem riesigen Wohnzimmer mit einer kleinen Kochnische. Ihr Blick fiel auf die gemütliche Couch, Tische, Telefon, Videorekorder und einen großen Fernseher. Irgendetwas war hier falsch gelaufen. In dem Moment, als der junge Mann ihr sagte, ihr Zimmer sei fertig, hätte sie es wissen müssen.

Neugierig wie sie war, beschloss sie, sich erst einmal genauer umzusehen, bevor sie den Irrtum aufklärte. Eine Tür führte zum Badezimmer. Sie warf einen Blick hinein. Heller Marmor, extravagante Sanitäreinrichtungen, Whirlpool. In der Dusche entdeckte sie sogar Massagedüsen in der Wand.

Wow! Sie und Ryan könnten in einer Dusche wie dieser ein herrliches Abenteuer erleben. Allein die Vorstellung, was er mit diesen unterschiedlichen Massagebrausen alles anfangen konnte, erregte sie. Ihr wurde heiß, als sie sich an das erste Mal in der alten Dusche über der Bar erinnerte. Sie schlang die Arme um ihren Körper, aber es war nicht dasselbe, als wenn er sie umarmte. Sie vermisste ihn.

Die extravagante Einrichtung war beeindruckend, doch in Bears Kneipe war sie glücklicher gewesen. Weil Ryan bei ihr gewesen war. Diese Suite und all der Luxus bedeuteten ihr nichts ohne ihn.

Sie setzte ihre Besichtigungstour fort und entdeckte zwei weitere Türen. Eine, nahm sie an, würde ins Schlafzimmer führen, die andere möglicherweise zu ihrem Verlobten. Sie erschauerte bei dem Gedanken. Keine Geräusche drangen aus dem Nebenraum zu ihr. Falls er wirklich dort sein sollte, schlief er noch tief und fest.

Sam nahm das Telefon und wählte die Nummer der Rezeption. Sie erklärte Joe ihre missliche Lage.

„Ich versichere Ihnen, dass es sich wirklich um keinen Irrtum handelt, Miss Reed."

„Ich war schon auf vielen Konferenzen, Joe, und ich weiß, dass meine Firma keine Suite wie diese für einen Angestellten reserviert." Ein sehr einfaches Zimmer war wahrscheinlicher.

„Ich werde es überprüfen." Sam hörte das Klicken der Computertasten, bevor Joe wieder ans Telefon kam. „Nun, Sie haben recht."

„Ich wusste es."

„Es ist geändert worden."

„Von wem?", fragte sie, obwohl sie die Antwort bereits kannte. Aber sie weigerte sich, diese Suite zu nutzen und damit Tom verpflichtet zu sein. Schließlich wollte sie die Verlobung lösen.

„Einen Moment, ich werde nachschauen."

Sam trommelte mit den Fingernägeln auf der Tischplatte herum. Wie die Dinge aussahen, würde sie die Ausgaben aus eigener Tasche bezahlen müssen. Und sie konnte es sich nicht erlauben, Geld für solch eine Suite zu verschwenden. Solange sie keinen neuen Job hatte, musste sie ihr Geld sehr sorgfältig einteilen, denn sie wollte auf ihre Ersparnisse nur im Notfall zurückgreifen.

Was wäre sie für eine Finanzberaterin, wenn sie sich selbst nicht an die Ratschläge hielt, die sie anderen gab? Sparen für die Zukunft war immer ihre Devise gewesen. Schade, dass ihr Vater nie zugehört hatte. Dann wäre sie jetzt nicht in dieser Situation.

Falsch. Wenn sie sich von Anfang an durchgesetzt hätte, wenn sie die Situation besser im Griff gehabt hätte, befände sie sich nicht in dieser Lage. Sie konnte nicht ihren Vater dafür verantwortlich machen, dass sie wieder die brave Tochter gespielt hatte, die nie an sich selbst dachte. Es wurde Zeit, dass sie die Verantwortung für ihre eigene Rolle in diesem Schlamassel übernahm.

„Miss Reed? Unser Haus selbst hat den Wechsel veranlasst", informierte Joe sie.

„Sind Sie sicher? Aber warum …"

„Tut mir leid, ich muss jetzt auflegen. Falls Sie irgendwelche Fragen haben, kommen Sie zur Rezeption." Es klickte, und dann folgte das Freizeichen.

Die Verbindung war unterbrochen. „Der Service eines Luxushotels …" Zumindest wusste sie, dass Tom nicht im Raum nebenan war. Sie knallte den Hörer auf. Laut.

Wenn nicht Tom für diese fantastische Unterkunft gesorgt hatte, wer war es dann gewesen? Und vor allem, warum?

Ein Klopfen an der Tür unterbrach ihre Gedanken.

„Ihr Gepäck", rief eine Stimme.

Großartig. Ihr Koffer würde jetzt in diese Suite gestellt, was die Sache noch komplizierter machte. Sie nahm ihr Gepäck entgegen und gab dem Pagen ein Trinkgeld. Dann rief sie erneut an der Rezeption an. Wiederum versicherte ihr Joe, dass alles in

Ordnung sei. Er hörte nicht auf ihre Einwände und behauptete, dass keine anderen freien Einzelzimmer zur Verfügung ständen.

Sam warf die Arme in die Luft. „Was wird noch alles passieren?"

Sie versuchte, ihren Vater zu erreichen. Der Anrufbeantworter meldete sich, und sie hinterließ eine Nachricht mit der Bitte um Rückruf. Dann wählte sie die Nummer der Telefonzentrale und bat darum, mit Tom Webbers Zimmer verbunden zu werden. Eine freundliche Stimme informierte sie darüber, dass er mit Kunden zum Frühstück und Lunch verabredet war, dass er sich jedoch am Abend mit allen in der Lobby treffen würde.

„Ich hätte es wissen müssen!", rief sie verzweifelt aus. Sie warf sich auf die Couch und legte die Beine hoch. Ihr Geständnis würde noch warten müssen. Und ein anderes Zimmer hatte sie auch noch nicht.

Schließlich und endlich lag ein ganzer Tag vor ihr. Ein Tag, den sie mit Ryan hätte verbringen können, wenn sie nicht so verdammt stur gewesen wäre, so … Das Telefon unterbrach ihre Gedanken. „Hallo?"

„Hallo, Sammy Jo."

Ihr Herz begann wild zu schlagen. „Ryan? Bist du es?" Dumme Frage, doch sie war so erleichtert, seine Stimme zu hören, dass sie fast geweint hätte.

„Nennt dich sonst noch jemand Sammy Jo … außer Zee? Und der ist draußen und wäscht mein Auto."

„Wäscht dein … er ist achtzig Jahre alt. Willst du, dass der Mann einen Herzanfall bekommt?"

„Es war ein Witz, Samantha."

„Oh." Sie lachte. Gleichzeitig wischte sie sich eine Träne von der Wange. „Aber ich meine es ernst. Niemand außer dir nennt mich Sammy Jo."

„Richtig so", murmelte er. „Und vergiss das nie."

Er war nicht ärgerlich. Das hätte sie an seiner Stimme gehört. Zumindest glaubte sie es, obwohl sie nicht sicher sein konnte. „Ryan?"

„Was ist, Liebling?"

„Ich … ich bin froh, dass du angerufen hast." Sie hielt inne und lauschte seinen gleichmäßigen Atemzügen. Der Klang beruhigte sie und drang bis zu ihrem Herzen vor. „Und es tut mir leid, dass ich heute Morgen einfach so gegangen bin. Aber ich muss mich hier um einige Dinge kümmern, und ich wusste nicht, wie ich mich verabschieden sollte. Jetzt tut es mir leid, denn wir hätten noch viel Zeit miteinander verbringen können. Bist du böse auf mich? Natürlich würde es mich nicht wundern, aber …"

„Du redest schon wieder wie ein Wasserfall", unterbrach er sie.

Sie lächelte und stellte sich sein markantes Gesicht vor. Endlich löste sich das Gefühl der Beklemmung, das sie verspürte, seit sie ihn verlassen hatte. „Ich weiß."

„Weil du nervös bist."

„Ja."

„Du weißt, dass ich etwas dagegen unternehmen kann." Seine tiefe, heisere Stimme brachte ihre Nerven zum Vibrieren. Seine Zweideutigkeiten erregten sie, seine Stimme beruhigte sie, und ein einfacher Anruf von ihm war wie eine Berührung.

Sie drückte den Hörer in ihrer Hand. „Und was wäre das?"

„Vertrau mir, Liebling."

„Das tue ich."

Dieses einfache Eingeständnis machte ihn verrückt. Er ließ sich in die Kissen sinken und wünschte, er wäre nicht allein. Ihre Stimme am Telefon zu hören reichte ihm nicht.

Doch es gab noch Arbeit in der Kneipe, und Ryan gehörte nicht zu denjenigen, die einfach alles stehen und liegen ließen. Erst einmal musste aufgeräumt werden. Er würde auch Zee nicht um Hilfe bitten. Der alte Mann hatte für heute seinen wöchentlichen Besuch auf dem Friedhof geplant, um das Grab seiner Frau zu besuchen. So war er also allein, bis Bear in ein paar Stunden zurückkehrte.

Sei erfinderisch, Mackenzie. „Okay, Liebling. Entspann dich und erzähl mir, wo du bist."

Sie seufzte. „In meinem Zimmer."

Er lachte. „Das weiß ich. Schließlich habe ich dich angerufen. Beschreibe es mir."

„Nun, irgendjemand ist hier ein Fehler unterlaufen, denn im Moment bin ich in einer Suite. Sie ist unglaublich. Die Farben, traumhaft schön. Es ist so wie in meinem Traum. Erinnerst du dich, was ich dir erzählt habe?"

Als ob er das je vergessen könnte. Ein Haus, Kinder, ihre und seine. Wie eine Wolke hüllte ihn ihre sanfte Stimme ein. Sie war glücklich in seinem Hotel, in der Suite, die sich an seine eigene anschloss. Es war die Suite, in der seine Schwester vor ihrer Hochzeit gelebt hatte.

„Und, Ryan?"

„Ja?"

„Du solltest das Badezimmer sehen. Die Farben sind himmlisch. Und es gibt einen Whirlpool." Sie sprach jetzt ganz leise, und der heisere Klang rief ihm den Moment in Erinnerung, als er sie das erste Mal gesehen hatte. Schmutzig von ihrem Marsch durch die Wüste und trotzdem unwiderstehlich.

„Und weißt du was? Die Dusche ist ein Traum." Sie hielt einen Moment lang inne. „In den Wänden sind Massagedüsen, und die Brause kann man in die Hand nehmen."

Er stöhnte. Ein lustvolles Ziehen ging durch seine Lenden. Er stellte sie sich in der Badewanne vor, nackt, entspannt, die Haut voller Seifenschaum, die Beine …

„Bist du noch da?", fragte sie.

Er räusperte sich. „Ja. Ich dachte, ich sollte mir Mühe geben, deine Nervosität zu vertreiben."

„Du kümmerst dich um mich und ich mich um dich." Kurze Pause. „Darin waren wir doch ganz gut, oder?", fragte sie schließlich.

„Das weißt du genau. Hast du heute Morgen schon etwas gegessen?" Er wechselte auf ein ungefährliches Thema. Nur so konnte er seine Gedanken von Samantha ablenken, einer Massage unter der Dusche und Sex.

„Bisher habe ich nicht gefrühstückt, aber ich sterbe vor Hunger. Was ist mit dir? Bist du hungrig?"

„Und wie." Aber er dachte dabei nicht an ein Frühstück. Er schaute auf seine Uhr. Noch ein paar Stunden, dann war das Versteckspielen vorbei. „Was hast du für heute geplant?", fragte er und bewegte sich damit wieder auf sicherem Boden.

„Nun, um vier gehe ich zu einer Cocktailparty. Eine Pflichtübung. Und dann … gibt es noch einige persönliche Dinge, die ich erledigen muss."

Zu diesem Zeitpunkt wäre er schon dort, wo er hingehörte, und hätte die Situation besser unter Kontrolle. Und sich selbst auch. Bisher hatte er es geschafft, die Wahrheit vor Sam zu verbergen. Er hatte Joe, seinem jüngsten, aber eifrigsten Angestellten, einen Bonus versprochen, wenn er dafür sorgte, dass Samantha wie eine Prinzessin behandelt wurde. Allerdings durfte er nicht verlauten lassen, wer sie auf den Thron gesetzt hatte.

Das war Ryans Angelegenheit. Noch an diesem Abend wollte er ihr die Wahrheit sagen.

„Und du?", fragte sie.

„Ich werde später das Übliche tun."

„Klingt gut. Schade, dass ich nicht bei dir bin."

Du wirst es sein, mein Schatz. Ganz bestimmt. „Ich muss noch aufräumen … bevor Bear kommt."

„Jetzt habe ich ihn gar nicht kennengelernt."

Ihre traurige Stimme rührte ihn. „Vielleicht eines Tages."

„Ja. Vielleicht." Obwohl er es hasste, dass er immer noch den Eindruck vermittelte, als seien die Dinge zwischen ihnen unsicher, hatte er keine andere Wahl. Das Telefon war für so große, persönliche Enthüllungen nicht erfunden worden. „Ich muss jetzt an die Arbeit, Liebling."

„Leb wohl, Ryan."

Er wartete, bis sie den Hörer aufgelegt hatte. Erst dann hängte er ein. Er ging ins Badezimmer und stellte sich unter die kalte Dusche. Das eiskalte Wasser würde helfen, sein Verlangen zu unterdrücken. Wenn auch nur kurzfristig.

Samantha hatte gar keine Ahnung, was sie in ihm bewegte, und das nicht nur körperlich. Ihre Beziehung ging weit über Sex hinaus. Er sah sich selbst jetzt mit anderen Augen, hatte gemerkt, dass er zu wirklicher Liebe fähig war. Aber noch wichtiger war, auch sie hatte mit jedem Tag mehr über sich selbst gelernt.

*S*am saß kerzengerade auf der Couch. Wegen der erotischen Fantasien, die sie gerade erlebt hatte, klopfte ihr Herz. Die empfindsamsten Teile ihres Körpers kribbelten bei dem Gedanken an Ryans Hände und seinen sinnlichen Lippen auf ihrer Haut. Sie schlang ihre Arme um die Taille, um das Zittern und die Sehnsucht nach etwas, was sie nicht haben konnte, zu stoppen.

Sie war glücklich über Ryans Anruf, doch er hatte mit keiner Silbe erwähnt, dass er sie wiedersehen wollte. Das tut weh, gestand sie sich ein, doch sie würde lernen müssen, damit umzugehen.

Zunächst einmal musste sie sich aber um nahe liegende Dinge kümmern. Am wichtigsten war es, aus diesem goldenen Käfig hinauszukommen, den sie sich nicht erlauben konnte. Sie stand auf und griff nach ihrer Tasche. Dabei fiel ihr Blick auf Ryans Ring an ihrer linken Hand.

Sie musste ihn vom Finger ziehen und Toms Ring aufsetzen … zumindest bis sie sich offiziell von ihm getrennt hatte. Obwohl sie Ryans Ring am liebsten nie wieder abgenommen hätte, würde es ihren Verlobten demütigen, wenn sie ihn trug. Sie liebte Tom zwar nicht, und sicher liebte auch er sie nicht, aber sie hatten ein Abkommen. Seit sie Ja gesagt hatte, hatte er ihre Angelegenheit mit Vernunft und Respekt behandelt. Und das konnte er jetzt auch von ihr erwarten.

Ihre Hände zitterten, und als sie den Ring über den Finger streifte, musste sie an die Worte der Verkäuferin in dem Souvenirladen denken. *Solange Sie diesen Ring tragen, gehören Sie zusammen.* Bedeutete das, das sie den Zauber durchbrach, wenn sie den Ring abnahm?

„Welchen Zauber?" Sam schüttelte den Kopf über solch dumme Gedanken. Sie hatte an solch einen Unsinn nie geglaubt und würde auch jetzt nicht damit anfangen.

Sorgfältig verstaute sie den geliebten Ring in ihrer Tasche, dann steckte sie Toms auffälligen Dreikaräter an den Finger. Er fühlte sich kalt an, und sie erschauerte. Schließlich verließ sie die Suite und ging hinunter in die Lobby.

An der Rezeption war Joe mit einem anderen Paar beschäftigt, und so wartete sie, bis er fertig war.

„Guten Tag, Miss Reed."

Sie lächelte den freundlichen jungen Mann an. „Hallo, Joe."

„Was kann ich für Sie tun?"

„Nun, wie ich schon am Telefon sagte, gibt es ein Problem mit dem Zimmer, ich meine mit der Suite."

„Gefällt sie Ihnen nicht?"

„Oh doch, sehr gut sogar. Wem würde sie nicht gefallen. Es ist nur so, dass für mich ein normales Zimmer reserviert wurde. Ich weiß nicht, wer das geändert hat, aber es ist ein Fehler. Einer, den ich mir nicht erlauben kann. Sehen Sie also bitte nach, ob Sie nicht ein Standardzimmer für mich haben."

Er schüttelte den Kopf. „Ich sagte Ihnen schon, dass wir keine Einzelzimmer mehr verfügbar haben."

Vor Frust hätte sie am liebsten laut geschrien. „Heute Morgen haben Sie gesagt, dass einige Gäste sehr früh abgereist seien."

„Ja, aber die Zimmer sind schon wieder belegt. Ich kann Ihnen aber sagen, dass Sie dieses Zimmer …"

Er musste ihren warnenden Blick gesehen haben, denn er fing an zu stottern. „Die Suite kostet Sie nicht mehr als das Standardzimmer, das Sie unbedingt haben möchten." Er strahlte sie an. „Zufrieden?"

Sie schlug mit der Hand auf den Tresen. „Oh nein." Aber es war nicht Joes Fehler. „Tut mir leid. Sie können ja nichts dafür. Falls ein Zimmer frei wird, dann sorgen Sie bitte dafür, dass ich es bekomme. Okay?"

„Ja, Miss Reed."

„Schön."

Sein Blick fiel auf ihre Hand. Ihre linke Hand. „Der Ring ist wunderschön."

„Danke", murmelte sie.

„Ich wusste schon immer, dass Mr Mackenzie einen ausgezeichneten Geschmack hat. Ich verehre ihn, wissen Sie. Ich möchte so viel wie möglich von ihm über das Hotelmanagement lernen und dann ..."

Hatte sie richtig gehört? Ihr Verstand arbeitete auf Hochtouren.

„Joe?", unterbrach sie seinen Monolog.

„Ja?"

„Sagten Sie Mackenzie?" Was bedeutete das schon. Sicherlich gab es in Arizona häufig diesen Namen. Der Staat war groß. Es hatte nichts zu sagen. „Sie meinen doch nicht Mr Ryan Mackenzie, oder?"

Er lachte. „Oh, er hat gesagt, dass Sie sehr scharfsinnig sind und einen Sinn für Humor besitzen. Natürlich ist es Ryan Mackenzie. Der Chef hat gesagt, ich soll mich um Sie kümmern, bis er zurück ist, aber er hat nicht gesagt, dass er Ihnen in der Zwischenzeit einen Heiratsantrag machen wird. Aber ..." Er hielt ihre linke Hand hoch. „Ganz offensichtlich hat er es getan."

„Der Chef?"

Joe blinzelte und antwortete nicht. Anscheinend wusste er nicht, ob sie einen Witz machte oder ob er unbesonnen gehandelt hatte. Samantha wollte ihm keine Schwierigkeiten machen, aber sie musste die Wahrheit wissen.

Sie zwang sich zu einem Lächeln. „Schon gut, Joe. Ich habe einen Witz gemacht. Natürlich kenne ich Mr Mackenzies Stellung hier genauso gut wie Sie."

Er atmete erleichtert auf. „Ich wusste es. Ich meine, ich bin nicht dumm. Ich werde niemals so ein Hotel besitzen wie er, ich könnte mir nie erlauben, so etwas Großes zu kaufen, aber ich werde mich hocharbeiten ..."

Sam tätschelte Joes Hand. „Ich bin sicher, dass Sie es schaffen werden." Sobald er gelernt hatte, was Diskretion bedeutete und Schweigen wert war.

„Und was das Zimmer betrifft, so werde ich das mit Mr Mackenzie klären", fügte sie hölzern hinzu, bevor sie sich umdrehte und sich entfernte.

Geschockt und enttäuscht ging sie durch die Lobby und ließ sich in einen weichen, großen Clubsessel fallen.

Er hatte gelogen. Ihr sexy Barkeeper war gar keiner. Oh ja, sexy war er, aber er war kein Barkeeper. Sie war wütend und fühlte sich betrogen.

Obwohl sie das zur Heuchlerin machte, denn sie selbst hatte in dieser Woche auch nicht die ganze Wahrheit gesagt. In Anbetracht der Tatsache, dass sie wünschte, er würde ihre Lüge verstehen und verzeihen, konnte sie ihm seine kaum vorhalten. Aber es gab da einen Unterschied: Sie hatte ihn am Ende für immer gewollt, während sie für ihn nur eine Affäre geblieben war.

Seine Lüge hatte einem Zweck gedient, das war ihr jetzt klar. Die Woche war Fantasie gewesen und mehr nicht. Während sie sich ihm geöffnet und einen Teil ihrer Seele offenbart hatte, die keiner kannte, hatte er ihr sein wirkliches Ich vorenthalten.

Während sie auf eine gemeinsame Zukunft gehofft hatte, hatte er nur Spaß am Sex mit ihr gehabt. Die Ironie lag klar auf der Hand. Er hatte in der Woche all das bekommen, was sie selbst bei ihrer Ankunft gewollt hatte.

Und jetzt? Für Ryan war die Konferenz und ihr Aufenthalt in seinem Hotel eine Möglichkeit, mit ihr zusammen zu sein, bis sie nach Hause reiste. Bis dahin wollte er den Sex mit ihr genießen. Was war die Woche denn anderes gewesen als ein Fest der sinnlichen Liebe?

Sind die Gefühle wirklich einseitig gewesen? fragte ihr Herz. Was ist mit dem Ring, Sammy Jo? fragte ihr Verstand. Oh, wie musste Ryan insgeheim gelacht haben, weil sie fürchtete, dieses Silberschmuckstück könnte ihn in den Ruin treiben. Ich bin eine wirklich preisgünstige Affäre gewesen, dachte sie bitter.

Und seine Träume? Der Wunsch, ein Haus zu bauen? Das Gerede über Kinder? „Du hast davon gesprochen, Sammy Jo." Er hatte von Anfang an gesagt, dass sie sich Fantastereien hingaben, und die hatten irgendwann ein Ende.

Wenn sie abreiste, würde er ihr sicherlich zum Abschied winken und sich für die schöne Zeit bedanken. Warum auch nicht? Sie hatte sie ihm bereitwillig geschenkt.

Sam wusste nicht, was mehr schmerzte, ihr Magen oder ihr Herz. Es sah so aus, als würde sie ihre Verlobung lösen und dann allein sein.

Sie verbarg ihr Gesicht in ihren Händen. Sie hatte alles bekommen, was sie gewollt hatte. Und mehr nicht.

Ryan schritt durch die Lobby seines Hotels. Da er nicht riskieren wollte, Samantha über den Weg zu laufen, hatte er noch bei Bear geduscht, sich rasiert und umgezogen. Bei seiner Ankunft im „The Resort" hatte er sein Gepäck im Büro verstaut, seine Angestellten überprüft und sich dann so rar wie möglich gemacht.

Jetzt, um kurz vor vier am Nachmittag, musste er sicher sein, dass alles lief wie geplant. „Alles vorbereitet, Joe?" Ryan lehnte sich an die Rezeption, ohne die Fahrstühle dabei aus den Augen zu lassen. Von hier konnte er Samantha entdecken, bevor sie ihn sah.

„Ich habe alles so gemacht, wie Sie mir telefonisch aufgetragen haben, Mr Mackenzie."

Nachdem er eine Woche lang einfach Ryan gewesen war, erschien es ihm merkwürdig, mit vollem Namen angesprochen zu werden.

Der Name war aber nicht das Einzige, was ihn befremdete. In seiner Kleidung – schwarze Hose, weißes Hemd und Sakko – fühlte er sich eingeengt und unwohl.

Zum ersten Mal beneidete er Bear um dessen ungezwungenes Leben. Lag es daran, weil sein bester Freund eine Frau gefunden hatte, die bereit war, in ihrem Leben einiges zu ändern, um mit ihm zusammen zu sein? Oder war es, weil auch für Ryan die Zeit gekommen war, nicht länger ein Leben im Hotel zu führen, sondern sich ein Heim zu schaffen? Beides wahrscheinlich, dachte er.

Bear würde niemals Zee verlassen, so wie Zee niemals woanders als in Arizona leben wollte. Es hatte einige Zeit gedauert, bis Bears Freundin, jetzt seine Verlobte, eingesehen hatte, dass einer von ihnen ein Opfer bringen musste, wenn sie zusammenleben wollten. Bei Ryan war es ähnlich.

Mit einem Hotel dieser Größenordnung, einer Schwester, die zwei Stunden entfernt wohnte, und einer Mutter, die nicht mehr in der Lage war, die Verantwortung für die Anlage zu übernehmen, konnte er nicht derjenige sein, der aus Arizona fortzog. Also musste Samantha diejenige sein, die alles aufgab. Aber auch sie hatte einen Vater, um den sie sich kümmern musste, und einen Job, den sie nicht einfach aufgeben konnte.

Er wandte sich an Joe. „Die Blumen?", fragte Ryan.

„Alles geregelt, Sir. Sie werden in die Suite gebracht, sobald Miss Reed zur Cocktailparty geht."

„Dinner?"

„Ich habe mich darum gekümmert." Das Lächeln des jungen Mannes wurde immer strahlender. Seinem Boss zu gefallen, war das Wichtigste für ihn.

„Champagner?"

„Steht kalt."

Ryan war nie ein romantischer Mann gewesen. Er war es immer noch nicht, und es war auch nicht nötig, Samantha mit seinem Reichtum zu beeindrucken. Er musste ihr lediglich erklären, warum er die Wahrheit bis jetzt verschwiegen hatte.

Blumen, Champagner, alles war unwichtig. Wichtig waren allein ihre gemeinsame Zukunft und ihre Liebe.

Da sie von ihm nichts erwartete, wollte er ihr alles geben, was er hatte. Und wenn er ehrlich mit sich selbst war, dann konnte es nicht schaden, etwas Romantik in die Beziehung zu bringen, genau wie Zee ihm geraten hatte. Sie würde den Weg zur Wahrheit ebnen.

Hinein in eine gemeinsame Zukunft. „Der Ring? Ist er geliefert worden?", fragte Ryan. Er hatte einen guten Freund, einen Juwelier in der Stadt, gebeten, ihm zu helfen.

„Er ist wunderschön. Und passt hervorragend zu ihr. Sie haben einen ausgezeichneten Geschmack, Mr Mackenzie, wenn ich das so sagen darf."

Ryan hatte von dem Ring gesprochen, der geliefert werden sollte, nicht von dem, den Samantha im Moment trug. „Übertreiben Sie nicht, Joe." Der Junge war ein größerer Schmeichler, als er gedacht hatte. Obwohl seine Begeisterung und seine harte Arbeit lobenswert waren, ging er manchmal zu weit. Wenn er glaubte, er könnte bei Ryan etwas für sich erreichen, indem er von dem Türkisring schwärmte, dann musste er noch viel lernen.

Nicht, dass Ryan der Ring nicht gefiel. Er bedeutete ihm viel, doch das konnte der Junge nicht wissen. „Ich werde selbst bei Jim noch einmal anfragen", murmelte er. Wenn sein Freund versprach, das Päckchen würde hier sein, dann konnte er sich eigentlich darauf verlassen. Ein kurze Nachfrage konnte trotzdem nicht schaden.

Was war schließlich ein Heiratsantrag ohne Ring?

„Äh, Mr Mackenzie?"

„Ja?"

„Miss Reed kommt." Der Junge deutete mit dem Kopf zum Fahrstuhl.

Schnell verbarg Ryan sich hinter einer Marmorsäule. Es hing zu viel von dem Überraschungsmoment heute Abend ab. Ihm durfte jetzt kein Fehler unterlaufen. Von seinem Standort aus konnte er beobachten, wie Samantha durch die Lobby ging.

Ihr Anblick versetzte ihn in Staunen. Die Frau, die sich der Rezeption näherte, ähnelte überhaupt nicht seiner Samantha. Nachdem er sie eine Woche lang in kurzen Röcken, Jeans, leichten Sommerkleidern oder nackt gesehen hatte, war ihr jetziges Outfit fast ein Schock für ihn.

Sicher, das Seidenkleid betonte ihre Figur, aber es bedeckte mehr, als das es zeigte. Es war am Hals hochgeschlossen und hatte lange Ärmel. Ihre dunklen Haare, die einen aufreizenden Kontrast zu der hellen Seide boten, hatte sie zu einer eleganten Frisur hochgesteckt.

Sie wirkte königlich, kühl und distanziert. Alles Worte, mit denen er die meisten weiblichen Gäste seines Hotels beschrieb, die er jedoch nie mit der Samantha in Verbindung gebracht hatte, mit der er eine Woche im Bett verbracht hatte. Bis jetzt. Ryan wettete, dass sie unter diesem Kleid keine sexy Seidenwäsche trug.

„Entschuldigen Sie bitte."

Ein etwas älterer Mann mit einer tiefen Stimme trat hinter Samantha an die Rezeption.

„Ja bitte, Sir?", sagte Joe.

„Meine Verlobte erwartet einen Anruf von ihrem Vater. Lassen Sie sie bitte auf der Cocktailparty im großen Bankettsaal ausrufen, sobald der Anruf kommt."

„Mit Vergnügen, Sir."

Ryan unterdrückte ein Lächeln. Zumindest umschmeichelte Joe auch die Gäste.

„Und wie ist der Name Ihrer Verlobten?"

Der Mann lachte. „Es ist diese junge Lady hier, Miss Reed", sagte er stolz und griff nach Samanthas Hand.

Es war wie ein Schlag in die Magengrube. Während seiner Jugend war Ryan in Kneipenschlägereien verwickelt gewesen, aber dies hier tat viel mehr weh.

„Aber ... aber ...", stotterte Joe und warf seinem Boss einen verwirrten Blick zu. Ryan legte den Finger auf die Lippen, um dem Jungen zu verstehen zu geben, dass er ihn nicht verraten, sondern weitermachen sollte.

Seine Samantha trug einen großen Brillantring am Ringfinger der linken Hand. An dem Finger, an dem zuvor Ryans Ring gesteckt hatte. Zeichen seiner Zuneigung.

Wozu brauchte sie seinen kleinen Silberring, wenn sie diesen im Gepäck versteckt hatte? Außerdem, was wollte sie von einem armen Barkeeper, wenn ein reicher Mann auf sie wartete? Jetzt verstand er, warum sie persönlichen Fragen aus dem Weg gegangen war.

Ryan musterte den anderen Mann und wünschte, er könnte ihn irgendwie kritisieren. Doch der Kerl war gut gekleidet und nicht irgendein aufgeblasener Playboy, den man häufig mit jungen Frauen zusammen sah. Das Einzige war das Alter.

Es gab nur zwei Möglichkeiten. Entweder sie hatte sich mit Ryan, dem Barkeeper, amüsiert und eine Woche hemmungslosen Sex genossen, bevor sie einen älteren Mann heiratete. Oder sie hatte gewusst, dass er Ryan Mackenzie war, und es auf seinen Reichtum abgesehen. Zee hatte ein großes Mundwerk, und

Ryan hatte ihn nicht schwören lassen, sein Geheimnis nicht zu verraten.

Er wusste nicht, welche Möglichkeit schlimmer war.

Sie hatten sich ein paar Schritte von der Rezeption entfernt, als Samantha sich noch einmal umdrehte. „Joe?"

„Ja, Miss Reed?"

„Ist Mr Mackenzie schon zurückgekehrt?"

Der junge Mann öffnete und schloss den Mund. Ryan hielt den Atem an, bis Joe endlich sagte: „Nein, noch nicht." Der Junge verdient eine Belohnung, dachte er.

„Danke", murmelte Sam.

Mit geballten Fäusten beobachtete er, wie sich das Paar entfernte. Jetzt hatte er seine Antwort.

Die letzte Woche ging ihm durch den Kopf. Sam war am ersten Abend zu ihm in den Lagerraum gekommen und hatte mit ihm geflirtet, bis er sie gebeten hatte zu bleiben. Sie war nicht sofort mit ihm ins Bett gesprungen, doch sie hatte ihn geneckt und gereizt, bis es um seine Beherrschung geschehen war.

Der Sex mit ihr war unglaublich gewesen. Doch jeder Versuch, sich ihr auch gefühlsmäßig zu nähern, war niedergeschmettert worden. Selbst an dem Tag, als sie ihre Träume teilten, hatte sie versucht, sich zurückzuziehen. Erst ganz zuletzt hatte er einen kleinen Blick in ihre Seele werfen dürfen. Das hatte er jedenfalls gedacht.

Aber eine Frau, die die ganze Zeit wusste, dass sie mit einem anderen Mann verlobt war, war nicht fähig zu teilen. Am wenigsten ihr Herz. Wahrscheinlich war Ryan für sie nur die bessere Partie. Deshalb hatte sie sich an ihn herangemacht.

Warum sollte sie einen alten, konservativen … langweiligen Mann heiraten, wenn sie einen jungen, feurigen bekommen konnte? Himmel, die Leidenschaft zwischen ihnen war so heiß gewesen, dass sie beide an dem Feuer fast verbrannt wären. Und zum Schluss hatte sie ihm gesagt, was er hören wollte. „Ich liebe dich."

Wenn sie wirklich nur auf Sex aus gewesen wäre, hätte sie diese drei kleinen Worte vor ihrer Abreise nicht gesagt. Oder war das alles Berechnung gewesen? Sie hatte seinen Appetit geweckt und gesagt, was er hören wollte, damit er entsprechend reagierte.

Und er hatte reagiert.

Er ignorierte sein Herzklopfen. Und er ignorierte die warnende Stimme, dass irgendetwas an der Sache nicht stimmte. Dass seine Samantha keine Frau war, die ihn absichtlich verletzte. Er ignorierte alles. Denn trotz allem, was er in all den Jahren als Besitzer dieses Hotels erlebt hatte, war er genau auf die Art von Frau hereingefallen, die er immer gemieden hatte.

Samantha verkörperte genau die Frau, die in diesem Hotel wohnte. Der einzige Unterschied war, dass sie ihn hatte zum Narren halten können. Er wollte es nicht glauben, aber er konnte einfach nicht leugnen, was er gesehen hatte.

Außerdem hatte sie nach ihm gefragt. Sie wusste, wer er war. Wie lange schon?

„Joe?"

„Ja, Sir?" Der Junge sah aus, als wollte er ihn trösten. Es machte ihn verrückt. Er brauchte kein Mitleid.

„Bei Ihren Gesprächen mit Sam … Miss Reed, haben Sie da zufällig auch über das Hotel gesprochen?"

Der Junge dachte nach. „Ja, Sir."

Er verspürte Hoffnung. „Und Sie haben ihr gesagt, dass mir das Hotel gehört?"

Joe runzelte die Stirn. „Lassen Sie mich nachdenken. Nein, Sir. Sie hat ein wenig gescherzt, und ich wusste zuerst nicht, ob ich etwas Falsches gesagt hatte. Ihre genauen Worte waren, glaube ich: ‚Ich kenne Mr Mackenzies Stellung hier genauso gut wie Sie.'"

„Verstehe." Er verstand nur zu gut.

„Soll ich … haben Sie Ihre Pläne für heute Abend geändert?"

„Nein." Ryan schlug mit der Hand auf den Tisch. „Lassen Sie alles, wie es ist." Warum sollte er sich die Mühe machen und jetzt noch etwas ändern?

Eine ganze Woche lang hatte er ein schlechtes Gewissen gehabt, weil er ihr die Wahrheit verheimlicht hatte. Verglichen mit Samanthas Lüge war seine winzig klein. Nein, er würde seinen

Plan nicht ändern. Es würde ihm Genugtuung verschaffen, ihr Gesicht zu sehen, wenn sie das Zimmer voller Blumen betrat.

Sie sollte glauben, dass ihr Plan aufgegangen war und sie alles bekam, was sie wollte. Geld und einen jungen Liebhaber.

Und vor allem wollte er ihren Gesichtsausdruck sehen, wenn ihr der Boden unter den Füßen weggerissen wurde.

Erst dann würde sie wissen, wie es war, auf den Wolken zu schweben und von dort brutal auf die Erde zu stürzen. Und er wollte ihre Erklärung hören. Auch wenn es keinen Unterschied mehr machte.

Samanthas Füße schmerzten vom langen Stehen in den hohen Pumps. Sobald sie in ihr Zimmer kam, würden die Schuhe im Müll landen. Ebenso ihr Kleid, in dem sie aussah, als habe sie es aus dem Kleiderschrank ihrer Mutter genommen, um ein Mal große Dame zu spielen.

In gewissem Sinne hatte sie das auch. Tom mochte es, wenn sie sich klassisch kleidete. Obwohl er gern eine junge, hübsche Frau an seiner Seite hatte, schätzte er konservative Eleganz. Er wollte von anderen Männern beneidet werden. So hatte sie die letzten sechs Monate damit verbracht, Kleidung zu kaufen, die ihm gefiel.

Das hatte endlich ein Ende.

Sie trat aus dem Fahrstuhl und riss sich die Schuhe von den Füßen. In Strümpfen über den weichen Teppichboden des Korridors zu laufen, erschien ihr wie der Himmel auf Erden. Genauso hatte sie sich gefühlt, als sie Tom in der Hotelbar zurückließ.

Sie wollte Ruhe, er noch einen Drink in der Bar nehmen. Sie hatte ihm erklärt, dass sie das, was sie ihm sagen wollte, lieber unter vier Augen tun wollte. Er aber war dabei geblieben, dass sie zu hübsch war, um sich in einem Hotelzimmer zu verstecken. Schließlich hatte Sam nachgegeben und eine Ecke gefunden, wo sie in Ruhe mit ihm sprechen konnte.

Tom hatte die Neuigkeit wie erwartet gelassen hingenommen. Er war ein zivilisierter Mensch und kein Freund von hässlichen Szenen in der Öffentlichkeit. Aber er hatte sie ruhig daran erinnert, dass der Ruf ihres Vaters auf dem Spiel stand. Daraufhin hatte sie ihn genauso ruhig gefragt, warum er für eine Frau ein Vermögen bezahlen wollte, wenn andere ihn mit Kusshand nehmen würden.

Das Telefonat mit ihrem Vater hatte sie ebenfalls hinter sich gebracht. Komisch, aber er hatte fast erleichtert geklungen. Vielleicht hatte sie ihn unterschätzt. Sie hatte ihm versprochen, eine andere Lösung zu finden und dass sie darüber sprechen würden, sobald sie wieder zu Hause war. Bevor er auflegte, hatte er ihr noch gesagt, wie sehr er sie liebte. Sie war überglücklich gewesen. Sie musste ihr Leben also nicht opfern, um seine Liebe zu gewinnen.

Jetzt musste sie nur noch dem Mann gegenübertreten, den sie liebte. Auch wenn es kein Happy End geben würde, wollte sie mit ihm sprechen, bevor sie ihr weiteres Leben plante.

Sie hatte ihr Zimmer erreicht und sehnte sich danach, endlich das schreckliche Kleid ausziehen zu können. In einer Hand hielt sie ihre Schuhe, mit der anderen öffnete sie die Tür. Die Suite war dunkel, nur im Schlafzimmer brannte ein kleines Licht. Sie konnte sich nicht erinnern, die Lampen im Wohnzimmer ausgeschaltet zu haben, aber wahrscheinlich hatte das Zimmermädchen das getan.

Sie ließ ihre Pumps fallen und ging durch die Dunkelheit zum Schlafzimmer, zog den Reißverschluss ihres Kleides auf und ließ es im Laufen auf den Boden fallen. Freiheit hatte sich noch nie so gut angefühlt. Als sie das Schlafzimmer erreichte, schaltete sie das Licht ein.

Ihr stockte der Atem, als sie ein Geräusch hörte, und sie wirbelte herum.

„Verdammt, ich habe dich schon wieder unterschätzt." Sie glaubte zu hören, dass er etwas von Dessous murmelte, war sich aber nicht sicher.

„Ryan!" Erleichtert atmete sie aus. Bei seinem Anblick vergaß sie alles außer ihrem klopfenden Herzen und der schieren Freude, in seiner Nähe zu sein. Sie wollte sich in seine Arme stürzen, doch sein harter Gesichtsausdruck ließ sie abrupt innehalten.

Plötzlich fühlte sie sich verletzlich und allein, etwas, was in seiner Gegenwart nie der Fall gewesen war. Sie schlang die Arme um ihren Körper, um sich so gut wie möglich zu bedecken.

„Hast du jemand anderen erwartet?", fragte er.

Verwirrt über seinen schroffen Ton, betrachtete sie sein Gesicht und sagte das Erstbeste, was ihr in den Sinn kam. „Du hast dich rasiert."

Er legte die Hand über die Lippen, wo sein Schnurrbart gewesen war. „Ich hatte meine Gründe."

„Verstehe." Sie verstand überhaupt nichts, aber eine böse Ahnung überfiel sie. Wie ein Fremder stand er vor ihr. Der fehlende Schnurrbart war nicht das Einzige, was ihn von dem Barkeeper unterschied, den sie kannte.

Du kanntest ihn nicht wirklich, sagte sie sich plötzlich. Sein männlicher Duft war derselbe, auch die Wirkung, die er auf ihren Körper hatte. Sex war anscheinend doch alles gewesen, was sie miteinander geteilt hatten.

Ihr klopfendes Herz sagte etwas anderes.

Er streckte die Hand aus und spielte mit dem dünnen Träger ihres BHs, wobei er mit den Fingerspitzen über ihre Haut glitt. Sie erbebte unter seiner Berührung, doch seine Hände fühlten sich genauso kalt an, wie seine Stimme geklungen hatte.

„Ich dachte, diese verführerische Wäsche und deine Haare, die dir jetzt so herrlich über die Schultern fallen, seien vielleicht … eine Verkleidung."

„Für was?"

„Für eine Verführung. Du bist gut darin." Er spielte mit ihr, allerdings war das ein Spiel, das ihr überhaupt nicht gefiel.

„Wen sollte ich verführen?", fuhr sie ihn an.

„Das wollte ich von dir wissen." Er ließ den Träger los und ging ans Fenster.

Erst jetzt sah sie sich im Zimmer um. Herrliche Blumensträuße schmückten den Raum. Ihr Herz machte einen freudigen Sprung. Hoffnung keimte in ihr auf.

War er verärgert, weil sie seine Bemühungen, eine romantische Atmosphäre zu schaffen, nicht sofort bemerkt hatte? Vielleicht wollte er sich so bei ihr entschuldigen. Wenn das so war, dann hatte sie ihm schon längst vergeben.

Sie hoffte von ganzem Herzen, dass sie eine Chance hatten, neu zu beginnen.

Sie ging zu ihm und berührte ihn leicht an der Schulter. „Ryan."

Er erstarrte.

„Tut mir leid, dass ich es nicht früher bemerkt habe. Ich hatte so viel im Kopf, aber … die Blumen sind wunderschön. Hast du das alles für mich arrangiert?"

„Ja."

„Danke." Sie schlang die Arme um seine Taille und spürte einen Moment lang seine Muskeln.

Im nächsten Augenblick hatte er sie schon von sich gestoßen. „Lass das!"

„Was …" Sie starrte ihn fassungslos an. „Was hast du?"

„Ich hätte nie gedacht, dass du so bist wie alle anderen. Ach, noch viel schlimmer. Da." Er öffnete eine kleine Schmuckschachtel. „Das habe ich auch für dich gekauft."

Ein wunderschöner Brillantring funkelte auf schwarzem Samt. „Ryan, er ist fantastisch …"

„Und größer als der da." Grob zog er an ihrer Hand und sah auf den Silberring mit dem Türkis.

Seine Augen blitzten vor Verwirrung, dann folgte Wut.

Sie verstand seine Reaktion nicht. Sie hatte Ryans Ring sofort, als sie die Bar verließ, wieder angesteckt. Sie wollte etwas von dem Ryan tragen, den sie kennengelernt hatte, auch wenn er sich als ein ganz anderer Mann erwiesen hatte. „Ich liebe diesen Ring", sagte sie. „Ich dachte, du auch."

„Du bist gut, Sammy Jo. Besser, als ich gedacht habe." Er ließ das Kästchen zuschnappen und steckte es in seine Tasche. „Eines möchte ich noch gern wissen. Hättest du Ja gesagt?"

„Natürlich, aber …"

„Natürlich. Noch eine Frage: Was hättest du mit dem Verlobten Nummer eins getan?"

*S*ams Knie wurden weich, und sie ließ sich auf einen Sessel fallen. „Ich wollte es dir sagen. Heute Abend, nachdem …"

„Nachdem …?"

„Nachdem ich die Verlobung mit Tom gelöst habe. Das ist gerade eben geschehen. Es ist vorbei. Nicht, dass da je etwas gewesen ist, aber es war … notwendig."

„Und das ist es jetzt nicht mehr?"

„Nein."

Ryan stürmte zu ihr und stützte sich mit beiden Armen auf den Lehnen ab. Noch nie hatte sie ihn so wütend gesehen, nicht einmal an dem Abend, als der betrunkene Kerl in der Bar ihr gegenüber unverschämt geworden war. Sie schluckte, weil sie Angst hatte, zu lange gewartet zu haben, und es jetzt keinen Weg mehr zurück gab. Er würde ihre Erklärungen nicht hören wollen.

Aber auch er hatte ihr einiges nicht erzählt, deshalb müsste er sie eigentlich verstehen. „Ich hätte es dir sagen sollen, aber Tom … die Verlobung ist nicht länger nötig, weil …"

„Ich auch reich bin", stieß er hervor. „Und von mir kannst du nicht nur Geld bekommen, du hast auch einen Mann, der vom Alter her zu dir passt und mit dem du fantastischen Sex haben kannst, stimmt's? Nun, Sammy Jo, du hättest es fast geschafft."

Sam starrte ihn an. Als ihr die Bedeutung seiner Worte klar wurde, empfand sie nur noch Wut. Wie konnte er es wagen, so von ihr zu denken? Sie hatte ihm mehr von sich preisgegeben als je einem Menschen zuvor. Und war er nicht selbst unehrlich gewesen?

Sie sah ihm in die Augen. Statt Zorn spiegelte sich jetzt jedoch die gleiche Enttäuschung wider, die sie selbst empfand. Wirklicher Schmerz. Wenn er zu diesem Gefühl noch fähig war, dann empfand er auch noch etwas für sie.

Sie streckte die Hand nach seiner aus, doch er riss sie fort. Sie versuchte zu verbergen, wie sehr diese Geste sie schmerzte.

„Hast du wirklich geglaubt, ich hätte gewusst, dass dir diese Hotelanlage gehört? Von Anfang an?"

Er nickte. „Auf jeden Fall ziemlich schnell. Ich bin sicher, Zee oder wer auch immer es dir gesagt hat, hat es gut gemeint."

Sie verschränkte die Arme über der Brust. „Hast du schon einmal etwas von Loyalität gehört, Ryan Mackenzie? Zee behandelt dich wie seinen eigenen Sohn, trotzdem glaubst du, er hätte dich verraten. Und nach dem, was wir beide miteinander hatten ..." Sie boxte ihm in die Brust. „Anscheinend war es doch nicht so toll zwischen uns, wenn du so von mir denkst."

Sie zwang sich weiterzusprechen. „Es kann gar nichts Großartiges gewesen sein, wenn man bedenkt, dass wir *beide* gelogen haben."

Kalter Schweiß stand ihr auf der Stirn. Sie erhob sich und ging ins Badezimmer, um ihre Blöße ein wenig zu bedecken.

Seine Worte folgten ihr. „Ich habe deine Geschäftstüchtigkeit überschätzt, Samantha. Du hättest den einen nicht verlassen sollen, solange du den anderen noch nicht sicher hast."

„Du arroganter, abscheulicher, selbstgerechter ..."

„Gute Wortwahl, aber du solltest dich jetzt schnellstens um deine erste Wahl kümmern, bevor er einen Ersatz gefunden hat."

„Vielleicht ..." Der Rest des Satzes ging unter, da er mit einem lauten Knall die Tür hinter sich zuschlug. „... werde ich das tun", murmelte sie, obwohl sie genau wusste, dass dies niemals der Fall sein würde.

Sam wartete keine Sekunde. Kaum war die Tür ins Schloss gefallen, da packte sie die wenigen Sachen, die sie aus dem Koffer geholt hatte, wieder ein. Hier konnte sie nicht länger bleiben. Nicht wenn der Mann, den sie liebte, glaubte, sie hätte ... Sie hätte sich dem reicheren Mann verkauft.

Tränen liefen ihr über die Wangen. Würde sie jemals wieder aufhören können zu weinen? Sie hatte sich rettungslos in Ryan verliebt, während es für ihn nur fantastischer Sex gewesen war. Das hatte er laut zugegeben.

Während sie sich eine Jeans und ein T-Shirt anzog, gestand sie sich das Offensichtliche ein. „Es ist vorbei." Der Schmerz war unerträglich. Noch einmal sah sie sich in der Suite um. Nicht weil sie den Duft der vielen Blumen in Erinnerung behalten wollte, sondern nur um sich zu vergewissern, dass sie nichts vergessen hatte. Sie nahm eine rote Rose, um sie auf das Kopfkissen zu legen.

Dann dachte sie an den Ring. Er war ein Symbol, das so viel ausdrückte, genauso wie Ryans Bemühungen, diese romantische Atmosphäre zu schaffen.

„Oh Gott." Sam schloss die Augen und sah Ryan und sein schmerzerfülltes Gesicht vor sich.

Er war kein rachsüchtiger Mann. Das wusste sie. Er hatte all diese Bemühungen nicht auf sich genommen, nachdem er von ihrer Verlobung gehört hatte, sondern davor. Er hatte ihr einen Brillantring gekauft und die Atmosphäre für einen romantischen Heiratsantrag geschaffen. Und dann hatte er die Wahrheit erfahren.

Zumindest verließ sie das Hotel jetzt in der Gewissheit, dass sie ihm mehr bedeutet hatte als nur ein sexuelles Abenteuer.

Sie nahm einen Stift und ein Blatt Papier und schrieb eine Notiz für Ryan. Zusammen mit einer roten Rose legte sie das Papier auf das weiße Kopfkissen.

Vielleicht würde er sich eines Tages mit Freude und nicht mit Bitterkeit an diese Woche erinnern. An Liebe, nicht an Schmerz.

Vielleicht würde sie selbst es eines Tages auch schaffen.

Ryan setzte sich auf einen der Barhocker in Bears Kneipe. Er betrachtete die bunten Schnapsflaschen auf den Regalen und überlegte, welcher ihn am schnellsten betrunken machen würde.

„Ein Tequila würde dir jetzt bestimmt guttun", schlug Zee vor.

„Wo ist Bear?"

„Was meinst du wohl? Richtet sich mit seiner neuen Familie

in meinem Haus ein. Das Apartment über der Kneipe ist zu klein für drei. Du hast mir gar nicht erzählt, dass ich so schnell Großvater werde." Der alte Mann strahlte vor Aufregung.

„Ich habe es Bear versprochen."

„Also bist du doch noch zu etwas zu gebrauchen. Bear wird rechtzeitig hier sein, wenn der Betrieb beginnt." Zee schenkte ihnen beiden einen Drink ein. „Hier. Ich glaube, den kannst du gebrauchen."

„Stimmt."

„Wenn du Sammy Jo wehgetan hast, dann bekommst du Ärger mit mir."

Ryan verdrehte genervt die Augen. Zee kannte die Frau erst seit einer Woche und liebte sie schon. Allerdings konnte Ryan das nur zu gut verstehen.

Zee lehnte sich über den Tresen. „Schneid mir keine Grimassen. Sie ist ein gutes Mädchen und verdient es nicht, angelogen zu werden."

„Ach, wirklich?" Ryan kippte den Tequila hinunter. Er verschluckte sich fast, als er statt des bitteren, harten Schnapses, gefärbtes Wasser schmeckte.

„Was für den einen gilt, gilt für den anderen noch lange nicht, ist es so?", fragte der alte Mann.

„Du wusstest es?"

„Ich bin vielleicht alt, aber ich bin nicht dumm. Und du musst dich nicht betrinken, sondern reden."

„Was würdest du sagen, wenn ich dir erzählte, dass Sammy Jo einen reichen Verlobten hat, der im ‚The Resort' auf sie gewartet hat?"

Zee verzog keine Miene. „Ich würde sagen, es gibt eine Erklärung dafür."

Ryan schnaubte verächtlich.

„Und wie lautete die Erklärung?"

„Weiß ich nicht. Ich habe sie mir nicht angehört."

Zee setzte sich neben ihn auf einen Barhocker. „Wenn jemand lügt, dann hat er Gründe dafür. Hast du ihr erzählt, dass du der Besitzer der Hotelanlage bist?"

Ryan sah den Mann an, der für ihn wie ein Vater war. „Sie wusste es schon."

Ryan musste Zee nicht fragen, ob er derjenige gewesen war, der Sam informiert hatte. Er wusste, dass der alte Mann ihn nicht verraten hatte.

Genauso wie er in dem Moment, als er die Tür hinter sich zuschlug, wusste, dass er übertrieben reagiert hatte. Aber es kam nicht jeden Tag vor, dass man die Frau, die man heiraten wollte, mit dem Ring eines anderen Mannes am Finger erwischte.

Es war ungeheuer demütigend gewesen, auf diese Art und Weise die Wahrheit zu erfahren.

„Und du meinst, sie wollte sich an den Meistbietenden verkaufen?"

„Zuerst habe ich das geglaubt."

„Erzähl mir nicht, dass du ihr das vorgehalten hast."

„Jetzt schenk mir endlich einen richtigen Schnaps ein, oder ich sage überhaupt nichts mehr." Ihm war plötzlich klar, dass er sich wie ein Idiot benommen hatte. Er hatte die Frau, die er liebte, eine Hure genannt. Auch wenn er diesen Ausdruck nicht benutzt hatte. Wie sollte er damit leben?

„Du hattest deine Gründe, ihr nicht die Wahrheit zu erzählen. Meinst du nicht, dass sie ihre hatte?"

Ryan schnappte sich eine Flasche Whiskey und schenkte sich ein Glas voll ein. Bevor er antwortete, kippte er den Schnaps in einem Zug hinunter. „Wahrscheinlich."

„Und die Zeichen müssen doch vorher schon da gewesen sein."

„Ja. Sie ist immer auf Distanz geblieben. Aber dass ein anderer Mann im Spiel ist? Verdammt, nein."

„Dann überlege dir, welche Gründe sie gehabt haben könnte. Das kannst du aber nicht, wenn du dich sinnlos betrinkst." Zee nahm die Flasche und stellte sie unter die Bar. „Damit zahle ich dir zurück, dass du mir jeden Abend dieses verwässerte Zeug zu trinken gegeben hast. Und jetzt lasse ich dich allein. Vielleicht wirst du dann endlich vernünftig und fährst zu ihr."

Eigentlich wusste Ryan genau, dass Sam keine Frau war, die ihm absichtlich wehtat. Aber was wusste er sonst noch von ihr? Sie war geradewegs aus der Wüste gekommen. Sie hatte wunderschöne blaue Augen, in denen man versinken konnte. Ihre Mutter war vor drei Jahren gestorben, und sie redete wie ein Wasserfall, wenn sie nervös war. Sie war Finanzberaterin und hatte leidenschaftlichen, hemmungslosen Sex mit ihm gehabt. Ihre Familie bestand nur noch aus ihrem Vater, der bis über beide Ohren verschuldet war.

Das war es. Der Vater brauchte Geld. Was hatte Samantha noch wegen der Verlobung gesagt? *Nicht, dass da je etwas war, aber sie war ... notwendig.*

Zee hatte recht. Es hatte Anzeichen gegeben. Sie hatte ihrer sterbenden Mutter das Versprechen gegeben, sich um den Vater zu kümmern.

„Verdammt." Sie wollte den reichen alten Mann heiraten, um ihrem Vater zu helfen. Bevor es jedoch dazu gekommen war, hatte sie Ryan kennengelernt und sich in ihn verliebt, obwohl sie ihn für einen einfachen Barkeeper hielt. Die Liebe war wichtig gewesen und nicht das Geld, trotz der Zwangslage ihres Vaters. Dass Ryan reich war, hatte sie erst erfahren, nachdem sie Bears Bar verlassen hatte, um sich von ihrem Verlobten zu trennen. Ja, er war jetzt sicher, dass es so gewesen sein musste.

Hoffentlich war es nicht zu spät. Fluchtartig verließ er die Bar und fuhr in Rekordzeit zurück zum „The Resort". Er musste Samantha finden. Er wusste zwar nicht, ob er noch eine Chance hatte, so, wie er sich benommen hatte, doch zumindest musste er es versuchen.

Als er vor ihrer Suite stand, klopfte er nicht an, sondern öffnete die Tür einfach mit einer Karte.

„Sam?"

Schweigen.

Sie war fort.

Ein Anruf an der Rezeption bestätigte, dass sie abgereist war. Niedergeschlagen ging er ins Schlafzimmer und setzte sich auf das Bett. Er verfluchte seine eigene Dummheit. Als seien seine

Anschuldigungen nicht schon schlimm genug gewesen, hatte er sie auch noch verlassen und ihr gesagt, sie solle zurück zu ihrer ersten Wahl.

Ihm fielen ihre letzten Worte ein. *Vielleicht werde ...* Mehr hatte er nicht gehört, aber er ahnte jetzt den Schluss. Was bedeutete, dass sie vielleicht mit dem anderen Mann noch im Hotel war.

Er griff nach dem Telefon. Doch Joe, der Einzige, der den Mann identifizieren konnte, hatte frei. Ryans Blick fiel auf das Kopfkissen.

Sein Magen verkrampfte sich, als er den Zettel nahm. *Ryan, ich wäre für immer mit dir glücklich gewesen, auch in einem kleinen Apartment über der Bar.* Klarer konnte sie sich nicht ausdrücken. Sie liebte Ryan, den Barkeeper, und nicht den Hotelbesitzer und Idioten, der er geworden war.

„Sie sehen nicht gut aus, Mr Mackenzie. Ich meine, Sie sehen müde aus heute Morgen."

„Nach einer schlaflosen Nacht würden Sie genauso aussehen, Joe." Und nach den unruhigen Träumen und erotischen Erinnerungen, dachte Ryan.

„Oh."

„Haben Sie den älteren Herrn von gestern Abend gesehen. Der mit Miss Reed zusammen war?", fragte Ryan.

„Heute Morgen auf dem Weg zum Frühstück."

„War er allein?"

„Nein, Sir. Er hatte eine fantastisch aussehende junge Frau am Arm."

Blond? Brünett? Samantha? Ryan hätte den jungen Mann, der plötzlich so diskret war, am liebsten geschüttelt.

„Sie sind noch im Frühstücksraum."

Mit klopfendem Herzen ging Ryan in Richtung Restaurant. Bevor er eintreten konnte, wurde er ans Telefon gerufen.

„Was gibt es, Kate?" Selbst als Ryan mit seiner Schwester sprach, ließ er den Eingang des Restaurants nicht aus den Augen.

Kurz nachdem er aufgelegt hatte, kam der Mann, nach dem er suchte, aus dem Restaurant. An seinem Arm eine hübsche, rothaarige junge Frau. Rothaarig. Erleichtert atmete Ryan auf. Es war nicht Samantha.

Das bedeutete aber, dass er nicht wusste, wo sie sich aufhielt. Zu Hause wahrscheinlich, dachte er.

Er ging zurück an die Rezeption und sah die Wochenendbuchungen durch. Manchmal war es ein großer Vorteil, Besitzer der Hotelanlage zu sein.

12. KAPITEL

*S*amantha beugte sich über die Zeitung und studierte die Stellenanzeigen. Sie musste eine Entscheidung treffen, wie ihr Leben weitergehen sollte. Mit dem Herzen war sie immer noch in Arizona und bei Ryan. Doch es war vorbei.

Die Türklingel schreckte sie aus ihren Gedanken. Sie sprang auf und ging an die Sprechanlage. Es war wahrscheinlich ihr Vater. Sie hatte einige Vorschläge gemacht, und er hatte versprochen, über die verschiedenen Möglichkeiten nachzudenken und dann mit ihr darüber zu sprechen.

„Komm hoch, Dad", sagte sie in die Sprechanlage und betätigte den Türöffner.

Sekunden später klopfte es an ihrer Wohnungstür. „Sei nicht so förmlich. Komm herein", rief sie.

„Hallo, Sammy Jo."

Bei dem Klang der tiefen Stimme machte ihr Herz einen Sprung, und sie sah auf. Träumte sie? Nein, es war Ryan, der in der kleinen Diele stand. Am liebsten hätte sie sich sofort in seine Arme gestürzt.

„Wie hast du mich gefunden?", fragte sie.

„Manchmal hat es Vorteile, Hotelbesitzer zu sein."

Er lächelte, als sie ihn verwirrt ansah. „Ich habe mir deine Daten aus dem Computer herausgeholt."

„Verstehe. Und du bist hier, um …"

„Um zu erklären."

„So wie du mich hast erklären lassen?"

Er stöhnte innerlich. „Vielleicht verdiene ich es, so von dir behandelt zu werden, aber ich bin nicht den weiten Weg gekommen, um sofort wieder fortgejagt zu werden, Sammy Jo."

„Warum bist du dann gekommen?"

„Deinetwegen." Er stand jetzt so nah bei ihr, dass alles andere aus ihrem Bewusstsein verschwand. Das Hupen der Autos draußen, das Summen der Klimaanlage. Sie nahm nur noch seinen männlichen Duft wahr. „Ich habe dir etwas versprochen und es nicht gehalten."

Sie bemerkte den erotischen Unterton in seiner Stimme. Ihr Körper reagierte sofort darauf. „Was hast du mir versprochen?"

„Ich habe gesagt, dass wir alle zwölf Kondome benutzen werden. Es sind noch einige übrig." Er schenkte ihr sein umwerfendes Lächeln.

Leider waren sie über den Punkt hinaus, wo sexuelle Anzüglichkeiten die Spannung zwischen ihnen lösen konnte. „Interessant, dass du gerade darauf zu sprechen kommst, Ryan. Anscheinend hatte ich recht. Sex war das einzig Ehrliche zwischen uns. Alles andere war eine Lüge."

„Das stimmt nicht."

„Nein? Ich erkenne dich nicht einmal, so wie du angezogen bist." Sie griff an den Kragen seines teuren Hemdes. „Vor mir steht ein Fremder. Selbst der Schnurrbart ist weg."

„Alles Äußerlichkeiten, Sammy Jo. Du versuchst damit nur, dich selbst zu schützen." Er hielt sie an den Handgelenken fest. „Das ist aber nicht nötig."

Stimmte es, was er sagte? Versuchte sie wirklich, sich vor dem Mann zu schützen, der ihr bis zu dem Tag, als er ihre Täuschung entdeckte, nur Freude und Glück geschenkt hatte? Ja. Denn sie hatte Angst. Woher sollte sie wissen, was zwischen ihnen Wirklichkeit und Fantasie war?

Er strich ihr eine Haarsträhne hinter das Ohr. Dabei glitt er zärtlich mit den Fingerspitzen über ihren Nacken. Sie schloss die Augen.

„Du bist also meinetwegen gekommen", sagte sie schließlich.

Verdammt, er liebte diese Frau und schuldete ihr mehr, als er ihr bisher gegeben hatte. Zumindest hatte sie eine Erklärung verdient. Was dann passierte, war ihre Entscheidung.

„Das ‚The Resort' war früher eine kleine Frühstückspension", begann er langsam.

„Wirklich?"

Er nickte. „Sie gehörte meinem Vater, ebenso wie das Land ringsherum. Die Hotelanlage war ein Traum von ihm. Doch bevor er ihn erleben konnte, starb er an einem Herzanfall. Ich habe seinen Traum verwirklicht und das Hotel gebaut. Der Zeitpunkt war günstig, und das Hotel florierte."

„Sei doch nicht so bescheiden. Dein Vater wäre bestimmt sehr stolz auf dich."

„Auf das Geschäft, ja. Aber nicht, wie ich mit meinem plötzlichen Reichtum umging."

Er schämte sich heute noch dafür, wie er mit Geld um sich geworfen hatte und wie schnell er seine Wurzeln vergessen hatte.

„Die weiblichen Gäste warfen sich mir an den Hals, und das ist mir zu Kopf gestiegen. Als ich endlich merkte, dass die Frauen nicht mich, sondern nur mein Geld liebten, war der Schaden schon angerichtet."

Neugierig sah sie ihn an. „Wer hat dir wehgetan, Ryan?"

„Das ist das Merkwürdige. Es war keine bestimmte Frau. Keine bedeutete mir genug." *Bis du kamst.* Er nahm ihre Hand und küsste ihre Fingerspitzen. „Die Tatsache, dass diese Frauen eine Affäre mit mir hatten, während ihre Männer im Hotel ihren Geschäften nachgingen, machte mich fertig. Als ich dich kennenlernte und du den Mann mochtest, für den du mich hieltst, wollte ich dir nicht sagen, wer und was ich wirklich bin. Und irgendwann war es dann zu spät. Du hattest dich emotional zurückgezogen."

Er trat ans Fenster und schaute hinaus in den Park. Alles, was gesagt werden musste, hatte er gesagt. Jetzt lag die Entscheidung bei ihr.

Wie beim ersten Mal musste sie zu ihm kommen.

Sam stellte sich hinter ihn. Er hatte etwas geschafft, was sie nicht mehr für möglich gehalten hatte. Zorn und Kränkung waren verschwunden, stattdessen empfand sie noch mehr Liebe für diesen ganz besonderen Mann.

„Mich trifft genauso viel Schuld, Ryan." Er drehte sich um und sah sie an. „Und was nun?" Sie streckte die Hände nach ihm aus. „Du könntest den Abstand zwischen uns verringern." Wenn er sie nur in den Armen hielt, dann wäre alles in Ordnung. Worte würden folgen.

Er wirkte so ernst, wie sie ihn noch nie gesehen hatte. „Eine Frage noch."

Sie zog ihre Arme zurück und ballte die Hände zu Fäusten. „Ja?"

„Vertraust du mir?" Eine Frage, die sie sich in der einen Woche häufig gegenseitig gestellt hatten. Aber jetzt hatte sie eine ganz besondere Bedeutung.

Konnte sie ihm trotz der Lügen vertrauen, trotz der furchtbaren Dinge, die er ihr an den Kopf geworfen hatte?

„Ob ich dir vertraue?", wiederholte sie die Frage. „Mit meinem Leben."

Kaum hatte sie die Worte ausgesprochen, da zog er sie schon in seine Arme und drückte sie an sich. Endlich war sie wieder dort, wo sie hingehörte.

Sie küsste ihn mit einer Leidenschaft, die sie nie zuvor empfunden hatte.

„Bedeutet das, dass du mir *verziehen* hast?", fragte er einen Moment später.

Sie legte den Kopf zurück und sah ihm in die dunklen Augen. „Ich denke, wir müssen einander verzeihen."

„Ich liebe dich, Sammy Jo. Ich liebe dich wirklich. Und wenn du Geld brauchst, um deinem Vater zu helfen, dann gebe ich es dir."

„Mein Vater …"

„Deshalb wolltest du doch einen Mann heiraten, den du gar nicht liebst."

„Woher weißt du das?"

Er grinste. „Ganz einfach, Liebling. Ich kenne dich." Er nahm ihre Hand und drehte den Ring, den sie trug. Seinen Ring. „Es hat nur eine gewisse Zeit gedauert, bis ich über den Schock hinweg war und wieder wie ein normaler Mensch denken konnte."

„Danke", flüsterte sie. „Aber Dad und ich haben eine Übereinkunft getroffen. Ich habe veranlasst, dass er sich von einem Arzt untersuchen lässt. Körperlich ist er in Ordnung. Und er hat das Ausmaß dessen erkannt, was er getan hat, und ist bereit, alles zu tun, um allein wieder auf die Füße zu kommen."

„Anscheinend hast du in kurzer Zeit alles gründlich durchdacht."

„Das habe ich dir zu verdanken. Dank dir habe ich erkannt, dass ich ihm nicht mein Leben opfern kann ... und auch nicht will."

„Ich kann deinem Vater helfen, die Schulden zu bezahlen."

Sie schüttelte den Kopf.

„Du lehnst aber nicht ab, weil du Angst hast, ich könnte sonst glauben, du bist hinter meinem Geld her, oder?"

„Ich sage Nein, weil unser Leben und unsere Liebe nichts mit seinen Problemen zu tun haben. Nur damit du es weißt, ich bin nicht darauf aus, die Hand auf dein Portemonnaie zu legen."

„Nein?"

Sie schüttelte wieder den Kopf. „Aber es gibt einige andere Stellen, wo ich gern meine Hand hinlegen würde." Sie lächelte und zog den Reißverschluss seiner Jeans auf. Sein Körper reagierte sofort mit heftiger Begierde, und er wehrte sich nicht, als sie an der Hose zog und zerrte, bis sie auf den Boden fiel.

Ihr Blick fiel auf den Beweis seines Verlangens, und sie umschloss ihn mit ihrer Hand. „Kein Slip", stellte sie lächelnd fest. „Das gefällt mir."

Er stöhnte laut. Sie hatten noch viel Zeit für ein erotisches Vorspiel. Ihr ganzes Leben lang. Aber jetzt wollte er sofort mit ihr schlafen.

Er fasste unter ihr kurzes Kleid und stellte rasch fest, dass sie nur ein winziges Höschen trug. „Und mir gefällt diese Art von Wäsche", murmelte er. „Man kann sie nämlich so schnell ausziehen." Mit einem Ruck zog er ihren Slip nach unten.

„Wow!"

„Du meinst, das war gut?"

„Beeindruckend."

„Du hast gesagt, du wärst ,für immer' mit mir glücklich gewesen, selbst in einem kleinen Apartment über der Bar. Was ist mit dem Fantasiehaus, das du beschrieben hast? Würdest du nach Arizona ziehen, Sam? Ich habe in den letzten zwei Tagen eine Liste von Firmen zusammengestellt, die dich gern einstellen würden. Ich kenne auch einige Leute, die deinem Vater helfen könnten. Was meinst du?" Gespannt wartete er auf ihre Antwort.

„Ja", flüsterte sie und stöhnte leise. „Ja."

Er legte die Hände um ihre Taille und hob sie hoch. Instinktiv hielt sie sich an seinen starken Schultern fest und umschlang ihn mit den Beinen, als er sanft in sie eindrang.

„Sieh mich an, Sammy Jo", sagte er heiser.

Sie schaute in seine dunklen Augen und entdeckte dort heiße Leidenschaft und Liebe, nichts als Liebe.

„Nur damit du es weißt, Sammy Jo. Dies hier hat nichts mit Sex zu tun, sondern mit Liebe."

„Ich weiß." Sie stöhnte laut. „Aber du kannst nicht leugnen, dass auch Sex unglaublich schön ist."

Er grinste. „Das habe ich nie getan."

„Und, damit du es weißt, Ryan Mackenzie, ich liebe dich auch."

– ENDE –

Lesen Sie auch:

Bella Andre

Nicht verlieben ist auch keine Lösung

Übersetzt von Christiane Meyer

Ab März 2015 im Buchhandel

Band-Nr. 25818

9,99 € (D)

ISBN: 978-3-95649-112-2

Marcus Sullivan hatte eine Mission.

Vor zwanzig Minuten hatte er die Verlobungsfeier seines Bruders verlassen und sich auf den Weg in das Herz des Mission Districts in San Francisco gemacht. Musik drang aus den Türen der Clubs hinaus auf die Straße – laut genug, dass die Menschen, die in der Warteschlange standen, zu tanzen begannen.

Piercings, Tattoos und leuchtend bunte Haare waren bei den Leuten, mit denen Marcus sich für gewöhnlich umgab, eher nicht zu finden. Doch die wartenden Männer und Frauen mit den Ringen durch Nasen und Augenbrauen wirkten glücklich und zufrieden.

Marcus hatte vor, in ein paar Stunden auch glücklicher zu sein als im Augenblick.

Nicht, dass ich die Chance habe, genauso glücklich zu sein wie mein Bruder Chase, der jetzt mit seiner Traumfrau verlobt ist, schoss es ihm durch den Kopf. Vor einem Monat hatte Chase Chloe im Napa Valley kennengelernt. In einer stürmischen Nacht war ihr Wagen von der Straße abgekommen und in einen schlammigen Graben gerutscht. Als Chase Chloe aus dem strömenden Regen gerettet hatte, war ihm der Bluterguss auf ihrer Wange aufgefallen und er hatte gewusst, dass ihr Problem nicht nur ein kaputtes Auto in einem Straßengraben gewesen war. Es hatte einige Tage gedauert, bis Chase ihr Vertrauen gewonnen hatte. Als sie schließlich zugegeben hatte, dass ihr Exmann ihr das angetan hatte, hatte Chase ihr die Unterstützung gegeben, die sie gebraucht hatte, um die Misshandlung bei der Polizei anzuzeigen.

Als Marcus Chloe kennengelernt hatte, hatte er sofort erkannt, wie bezaubert sein Bruder von ihr war. Er war der Überzeugung, dass sein Bruder die richtige Entscheidung getroffen hatte, als er sich in Chloe verliebt hatte. Sie war wunderschön und sie war darüber hinaus ein guter, kluger, mutiger und liebevoller Mensch. Und sie liebte seinen Bruder mit derselben Leidenschaft und Hingabe wie er sie.

Ihre ganze Familie war bei der Verlobungsfeier seines Bruders gewesen – sogar Smith, der einer der größten und meistbeschäftigten Filmstars der Welt war. Chase war der erste der Sullivan-

Geschwister, der sich verlobte, und es war für alle etwas ganz Besonderes. Vor allem für Marcus' Mutter, die zugleich froh und mehr als nur ein bisschen erleichtert war, dass eines ihrer acht Kinder endlich den großen Schritt gewagt hatte.

Marcus hatte die Feier mit seinem Bruder, seinen Geschwistern und seiner Mutter genossen. Doch während der Party hatte er das Gefühl gehabt, alle hätten ihn angestarrt und sich gefragt, warum er und seine Freundin Jill noch nicht verlobt wären. Immerhin waren die beiden schon seit zwei Jahren zusammen. Und er war während der zwei Jahre mit ihr ruhiger geworden. Viel ruhiger.

Die anderen hatten nicht gewusst, warum Jill nicht zur Verlobungsfeier gekommen war ... Und er hatte die Party von Chase und Chloe nicht ruinieren wollen, indem er ihnen sagte, was geschehen war. Im Übrigen konnte er selbst es noch immer kaum glauben.

Obwohl er mit eigenen Augen gesehen hatte, was Jill gemacht hatte.

Die Musik aus dem Club dröhnte bis hinaus auf die Straße, als Marcus an den Wartenden vorbeiging. Es kam ihm vor, als wären alle hier mindestens zehn Jahre jünger als er. Auch wenn er sich angesichts des Altersunterschiedes fehl am Platze hätte fühlen sollen, war er sich mehr als sicher, dass er das richtige Ziel ausgesucht hatte.

Er brauchte heute Nacht eine Pause vom echten Leben. Und ein Club im Mission District war kein schlechter Ausgangspunkt.

Trotz der Tatsache, dass er Anzug und Krawatte trug, ließ der Türsteher nur kurz den Blick über ihn schweifen und hakte das Absperrseil aus, um ihn hineinzulassen. Marcus war ein hochgewachsener Mann mit breiten Schultern und kräftigen Händen, die fähig gewesen waren, seine Brüder und Schwestern zu beschützen, wenn es in ihrer Kindheit und Jugend nötig gewesen war. Auch wenn er seine Größe nicht oft benutzte, um Menschen einzuschüchtern, so nutzte er dies, wenn es erforderlich war, zu seinem Vorteil.

Der düstere, treibende Rhythmus pulsierte in ihm, während er durch die Tür in den dunklen, überfüllten Club trat. Aber selbst die laute Musik und die zuckenden Lichter konnten ihn nicht von seinen Gedanken ablenken.

Deshalb war er auch nicht hierhergekommen. Er war nicht hier, um zu vergessen, was er gesehen hatte.

Nein, dachte Marcus. Sein Magen zog sich zusammen, sowie er ein Pärchen erblickte, das langsam und eng umschlungen miteinander tanzte, obwohl ein schneller Song lief. Er wollte nicht vergessen. Noch einmal würde er diesen Fehler nicht machen. Er würde nicht wieder so dumm, so blind sein.

Marcus war hier, um zwei vergeudete Jahre nachzuholen. Vor vierundzwanzig Monaten hatte er Jill an einem heißen August-abend kennengelernt. Er war Gast auf einer Wohltätigkeitsver-anstaltung ihrer Firma gewesen, und das Sullivan-Weingut hatte eine großzügige Spende an den Hilfsfonds für Kinder getätigt. In dem Moment, als er die kühle blonde Schönheit erblickt hatte, war er der festen Überzeugung gewesen, die Richtige gefunden zu haben. Er war vierunddreißig gewesen und hatte angefangen, über eine eigene Familie nachzudenken, über eine Frau und Kinder.

In Jill hatte er seine Zukunft gesehen: Ehe, Kinder, festliche Abendessen auf dem Weingut mit der perfekten Frau an seiner Seite.

Doch wie er an diesem Nachmittag hatte lernen müssen, war nicht alles so perfekt gewesen …

Marcus konnte sie stöhnen hören, während er den Schlüssel zu Jills Apartment im Schloss umdrehte. Es hätte ein Film sein können, der an den schmutzigen Stellen zu laut aufgedreht worden war, aber Marcus wusste es besser. Wenn er ganz ehrlich war, hatte er es schon seit Monaten geahnt. Jill war seit einer ganzen Weile häu-fig in Gedanken versunken und extrem launisch. Er hatte sich einreden wollen, dass es am Stress bei der Arbeit lag, dass sie we-niger Zeit für ihn hatte – ganz zu schweigen davon, dass sie immer weniger Interesse daran hatte, mit ihm zu schlafen. Doch als sie nicht einmal mehr an den Wochenenden ins Napa Valley gekommen war, um sich mit ihm gemeinsam dort zu entspannen, hatte er sich selbst eingestehen müssen, dass die Probleme tiefer gingen und es nicht nur an der Arbeit lag. Tief genug, dass er nicht nur einmal versucht hatte, mit ihr zu reden. Sie war einem Gespräch jedoch immer ausgewichen.

Er legte die Hand auf den Türknauf und hielt für den Bruchteil einer Sekunde inne, ehe er die Tür aufstieß und das Apartment seiner Freundin betrat. Das Stöhnen wurde bei jedem Schritt, den er weiter in die Wohnung machte, lauter.

„Oh ja, das ist gut! Genau da! Genau so!"

Jill war im Bett immer laut gewesen, doch bis jetzt war ihm nie aufgefallen, wie aufgesetzt und falsch es klang. Er ballte die Hände zu Fäusten, während er durch ihre Küche und den Flur entlang zu ihrem Schlafzimmer lief. Eigentlich wollte er es nicht sehen, aber er wusste, dass er es mit eigenen Augen sehen musste. Er hatte so stur an der Beziehung festgehalten … Als er nun mit anhörte, wie sie bei dem Kerl im Bett in gespielter Ekstase aufschrie, musste er sich plötzlich nach dem Warum fragen.

Er hatte sie vor langer Zeit schon gefragt, ob sie ins Napa Valley ziehen und mit ihm auf dem Weingut leben wolle, sie hatte allerdings immer einen Grund gehabt, um ihre Entscheidung hinauszuzögern. Als letzte Ausrede hatte sie angeführt, dass ihre Wohnung ein Glückstreffer sei, da sie nur knapp einen Block von ihrer Finanzplanungsfirma entfernt läge, wo sie nicht selten morgens in aller Herrgottsfrühe zur Arbeit antreten müsse. Sie hatte ihm angeboten, bei ihr in der Wohnung zu übernachten, wann immer er wolle.

Die Wahrheit war jedoch, dass Marcus sich in ihrer Wohnung nie wirklich zu Hause gefühlt hatte. Alles war in kühlem Weiß gehalten, mit Glasoberflächen, die bei jeder Berührung verschmierten. Es war kein Zuhause, in dem man sich vorstellen konnte, Kinder aufwachsen zu sehen. Als eines von acht Kindern war ihm klar, was mit Schlamm verdreckte Schuhe und schmutzige Hände für Möbel wie diese bedeuteten. Es war nicht schön, doch so war das Leben. Das echte Leben.

In seinem Haus im Napa Valley befanden sich im Gegensatz dazu große gemütliche Sofas, bunte Teppiche aus Italien und Kunstwerke, die er liebte, ob sie nun von einem berühmten Meister oder einem aufstrebenden ortsansässigen Künstler stammten.

Aber er hatte sich eine Zukunft mit Jill gewünscht und er hatte angenommen, dass es bedeutete, sich zu verbiegen und Kompromisse einzugehen, wenn er diese Zukunft wahr machen wollte.

Wie oft war er am Wochenende in die Stadt gefahren, um Jill zu sehen, wenn es ihr gerade gepasst hatte? Wie oft hatte er seinen kompletten Terminplan über den Haufen geworfen, um für sie da zu sein, wenn sie ihn gebraucht hatte?

Ihm war bewusst, dass seine Geschwister ihre ganz eigenen Meinungen über Jill hatten. Doch erstaunlicherweise hatten sie sich zurückgehalten und hatten die Nase nicht in seine Beziehung mit ihr gesteckt. Vielleicht, weil sie sich gedacht hatten, dass er am Ende doch noch zur Vernunft kommen würde. Nur Chase hatte kürzlich versucht, mit ihm über Jill zu reden. Aber zu dem Zeitpunkt war alles schon so kompliziert gewesen, dass Marcus nicht auf die Fragen seines Bruders eingegangen war.

Marcus war klar, dass er zu oft seine eigenen Wünsche hintangestellt hatte, um Jill glücklich zu machen.

Doch nie zuvor war er in eine Live-Sexshow geplatzt, in der seine Freundin die Hauptrolle spielte.

Sie ritt den Typ, als wäre er ein bockendes Wildpferd und sie eine berühmte Rodeo-Reiterin. Das Einzige, was noch fehlte, waren der Cowboyhut, die Stiefel und Zügel.

Er sah die nackte Haut, die Arme und Beine – verdammt, von der Schlafzimmertür aus hatte er freie Sicht auf alles –, aber er betrachtete sie vollkommen emotionslos, distanziert. Fast so, als würde man in einem Hotelzimmer zufällig auf den Pornokanal schalten, wenn man gerade nicht in der Stimmung war, Fremden beim schmutzigen Sex zuzuschauen.

In dem Moment entdeckte der Kerl unter seiner Freundin Marcus in der Tür stehen.

„Was zum Teufel …" Erschrocken blickte er Marcus an. Offensichtlich hatte er nicht damit gerechnet, dass jemand ins Zimmer kommen könnte.

Jill drehte sich ein Stückchen um und warf Marcus über die Schulter hinweg einen Blick zu. In gespielter Überraschung sah sie ihn mit großen Augen an. Doch er kannte sie gut genug, um sie zu durchschauen. Während ihr Lover Marcus' Erscheinen nicht erwartet hätte, hatte Jill sehr wohl damit gerechnet.

Wie lange war sie schon mit diesem Kerl zusammen?

Wie viel anderes in ihrer Beziehung war eine Lüge gewesen?

Ohne Eile zog Jill eine Decke über sich und ihren Geliebten. Marcus musste zusehen, wie sie sich voneinander trennten und nebeneinanderlegten. Er sah ihr an, dass sie sich bemühte, so verführerisch wie möglich zu wirken, während sie ihre Blöße bedeckte. Ihr Lover hingegen wollte offensichtlich so schnell wie möglich weg von hier.

„Ich verschwinde", presste der Mann hervor, während er sich über die Bettkante beugte, um seine Jeans vom Boden aufzusammeln. Aber Jill legte ihm die Hand auf den Arm, sodass er im Bett liegen blieb.

„Nein, Rocco, du musst nicht gehen."

Rocco? Seine Freundin, diese klassische Schönheit, die Frau, die er hatte heiraten und mit der er eine Familie hatte gründen wollen, die Frau, mit der er vorgehabt hatte, sich die Führung des Sullivan-Weinguts zu teilen, trieb es mit einem Kerl namens Rocco? Einem Kerl mit einem fürchterlichen Ziegenbärtchen und Piercings? Einem Kerl, der nicht älter aussah als zwanzig?

Das konnte nur ein schlechter Scherz sein.

Der Typ schaute zwischen Jill und Marcus hin und her. Er wurde blass, als sein Blick auf Marcus' Fäuste und seine breiten Schultern fiel, die den Türrahmen fast ausfüllten. Doch er blieb wie ein braves Hündchen im Bett – wie Jill es ihm gesagt hatte.

Jill stand auf, ließ die Decke fallen und schlüpfte in einen kurzen blauen Morgenmantel aus Seide, der auf einem Sessel in der

Ecke des Zimmers gelegen hatte. Sie ging zu Marcus und sagte:
„Wir sollten uns im Wohnzimmer unterhalten."

Glücklicherweise stolzierte sie an ihm vorbei, ohne ihn zu berühren. Aber sie kam ihm nahe genug, dass Marcus den Sex riechen konnte. Den Duft eines anderen Mannes an ihr.

Er wollte Rocco mit der Faust direkt ins Gesicht schlagen. Doch offensichtlich hatte Jill das hier eingefädelt. Vom Anfang bis zum bitteren Ende.

Also würde er sich stattdessen mit ihr auseinandersetzen.

Marcus ging durch den Flur zurück ins Wohnzimmer, wo Jill ihn erwartete.

Sie wirkte nicht schuldbewusst oder zerknirscht. Und zum ersten Mal seit jenem Tag im August vor zwei Jahren, als er sie am anderen Ende des Raumes erblickt und beschlossen hatte, dass sie seine Zukunft wäre, hatte er nicht einmal mehr das Gefühl, dass sie schön wäre. Ja, sie war hübsch, hochgewachsen und schlank … Aber auf ihrem Gesicht stand eine Hässlichkeit, die er sich nie hatte eingestehen wollen.

„Ich habe mich in Rocco verliebt."

Als Entschuldigung war diese Äußerung ein echter Reinfall.

In dem Wohnzimmer, in dem sie gemeinsam gegessen, Filme gesehen und gelacht hatten – Dinge, die sich jetzt falsch anfühlten –, starrte er sie stumm an. Sie fuhr abwehrend fort: „Wir wussten beide, dass unsere Beziehung nirgends hinführte."

„Ich wollte ja, dass es zwischen uns ernster wird. Ich wollte eine Zukunft mit dir. Du meintest, du bräuchtest Zeit. Die habe ich dir gegeben. Genug Zeit, um hinter meinem Rücken mit anderen herumzumachen. Mit Rocco."

Als Jill die unverhohlene Wut in seiner Stimme bemerkte, weiteten sich ihre Augen. Noch nie hatte er so mit ihr geredet, war nie der Mensch gewesen, der die Stimme erhoben hatte, um seinen Standpunkt deutlich zu machen. Durch harte Arbeit, Klugheit, Vernunft und ein bisschen von seinem Sullivan-Charme, den er einsetzte, wenn es angebracht war, war er dorthin gelangt, wo er jetzt stand. Nur in seiner Kindheit und Jugend hatte er die Fäuste benutzt, um seine Brüder und Schwes-

tern zu beschützen, wenn ein Raufbold anders nicht hatte hören wollen.

„Hör mal", sagte sie und seufzte verärgert, als wäre die ganze verfahrene Situation, in der sie steckten, allein seine Schuld. „Die Sache zwischen uns hat eine Zeit lang funktioniert. Am Anfang war es toll. Doch wenn wir uns wirklich geliebt hätten, dann wären wir schon längst verheiratet."

„Du weißt, dass ich heiraten wollte", erinnerte er sie und zog die Augenbrauen hoch.

Sie schüttelte den Kopf. „Wir waren zwei Jahre lang zusammen, Marcus. Wenn du mich ernsthaft hättest heiraten wollen, dann hättest du mein Herz im Sturm erobert, sodass ich keine andere Wahl gehabt hätte. Aber du warst immer mit deinen Geschwistern beschäftigt oder musstest deiner Mutter bei irgendetwas helfen." Ihre Miene spiegelte inzwischen nicht mehr eiskalte Berechnung wider, sondern tief empfundene Wut. „Ich habe versucht, dich zu lieben, Marcus. Ich habe es wirklich versucht. Doch ich wollte mehr. Ich wollte etwas Größeres. Etwas Aufregenderes. Und ich wollte jemanden an meiner Seite, für den ich an erster Stelle stehe. Jederzeit. Egal, was auch sonst in seinem Leben passiert. Selbst wenn seine Freunde und Familie sich uns in den Weg stellen wollen." Ihre Augen funkelten. „Ich will es so, wie es mit Rocco ist. Er findet mich sexy. Für ihn bin ich wertvoll. Ich will nicht mit Perlen behängt bei irgendeiner Veranstaltung auf deinem Weingut neben dir sitzen. Und ich will in deinem Leben nicht immer die letzte Stelle einnehmen."

Marcus starrte die Frau an, von der er dummerweise angenommen hatte, sie könnte seine Ehefrau werden, die Mutter seiner Kinder. Die Perlenkette, die er ihr geschenkt hatte, hing noch immer um ihren Hals – das Einzige, was sie getragen hatte, während sie Sex mit einem anderen Mann gehabt hatte.

Sie redete davon, dass er sich zu sehr um seine Brüder und Schwestern kümmern würde. Aber was erwartete sie von ihm? Dass er seine Familie für sie verlassen würde? Das hätte er niemals tun können und würde es auch niemals tun. Immerhin war er für seine Geschwister nicht nur der Bruder, sondern auch eine Vaterfigur. Da ihr Vater mit achtundvierzig Jahren plötzlich und unerwartet gestorben war, hatte Marcus sofort seinen Platz eingenommen und seine Mutter unterstützt. Er hatte sich um die Kinder gekümmert, von denen die jüngsten zu dem Zeitpunkt erst zwei und vier Jahre alt gewesen waren. Und er bereute keine einzige Sekunde, die er mit seiner Familie verbracht hatte.

Um nichts auf der Welt würde er sich bei Jill dafür entschuldigen, dass er sie liebte.

Vor allem nicht, wenn er im Augenblick nichts lieber täte, als ihr die Kette vom Hals zu reißen und dabei zuzusehen, wie die Perlen über den Boden rollten.

Stattdessen sagte er ruhig und kühl: „Wegen meiner Sachen schicke ich nächste Woche meine Mitarbeiterin vorbei. Sie wird sich bei dir melden, um einen Termin mit dir zu vereinbaren."

„Siehst du?" Jill kam auf ihn zu und stieß ihm den Zeigefinger gegen die Brust. Der Morgenmantel ging auf und gab den Blick auf ihre Brüste frei.

Früher einmal hatte er ihre kleinen Brüste geliebt. Sie passten zu ihr. Eine klassische Schönheit. Doch jetzt lösten sie nichts mehr in ihm aus. Weniger als nichts. Stumm schwor er sich, dass die nächste Frau, auf die er sich einlassen würde, das Gegenteil von Jill sein würde – so wild, wie Jill glatt und perfekt gewesen war.

„Darum kann ich nicht mit dir zusammen sein", schrie sie ihn beinahe an. „Wo sind deine Gefühle? Wo ist deine Leidenschaft? Ich könnte schwören, dass du mehr für deine verdammten Trauben empfindest als für mich. Und ich weiß verdammt noch mal genau, dass deine verfluchten Geschwister dir mehr bedeuten als ich."

Ihr Atem ging schwer, aber ihm kam es wie ein vollkommen sinnloser dramatischer Ausbruch vor. Verdammt, in dem Moment, als er die Tür zu ihrem Apartment geöffnet und sie beim Sex mit einem anderen Mann gehört hatte, war es schon vorbei gewesen zwischen ihnen.

„Das ist deine Chance, Marcus! Verstehst du nicht? Wenn du jetzt gehst, wenn du mir jetzt nicht versprechen kannst, dass du *zumindest versuchen wirst, mich an die erste Stelle zu setzen, wirst du mich für immer verlieren!"*

In dem Moment wurde ihm klar, dass er trotz seines Zorns, trotz seiner Wut über ihren Betrug nicht um Jill kämpfen wollte.

Marcus hatte zwei Jahre gebraucht, um sich davon zu überzeugen, dass er sie wirklich liebte ... Und nur fünf Minuten, um einzusehen, dass er sich geirrt hatte ...

Er hatte sie nie wirklich geliebt. Er hatte nur seine Vorstellung von ihr geliebt.

„Leb wohl, Jill."

Der hämmernde treibende Beat der Musik war einem langsameren melodischeren Song gewichen, als Marcus aus seinen düsteren Erinnerungen in die Wirklichkeit zurückkehrte. Er ging zur Bar und bestellte sich einen Whiskey. Ohne ihn zu schmecken, stürzte er ihn hinunter. Der Alkohol brannte höllisch in seinem Magen. Marcus stieß sich von der Theke ab.

Er hatte vorgehabt, Jill vor Chase und Chloes Verlobungsfeier am frühen Abend abzuholen. Doch schließlich war er allein gegangen. Wie dumm es gewesen war, zwei Jahre lang darauf zu warten, dass Jill eine Entscheidung traf. Darauf zu warten, dass sie „bereit" wäre, sich ganz an ihn zu binden und sich auf das Leben einzulassen, das er sich für sie erträumt hatte.

Marcus wusste, dass es die wahre Liebe gab. Er hatte sie zwischen seiner Mutter und seinem Vater erlebt. Er sah sie in jedem Blick, den Chase Chloe zuwarf, in jeder Berührung zwischen seinem Bruder und dessen Verlobten.

Das hieß jedoch nicht, dass Marcus in nächster Zeit wieder danach suchen würde. Er brauchte im Augenblick eine ausgedehnte Pause von Gefühlen. Von seinen Zukunftsplänen. Eines Tages hoffte er noch immer, die Frau zu finden, die ihm eine gute Ehefrau sein würde, eine gute Partnerin, eine gute Mutter für die Kinder, die er sich wünschte.

Aber nicht im Moment. Und auch nicht in absehbarer Zeit.

Heute Abend ging es ihm nur um das Vergnügen. Er wollte eine lange Nacht voller sorglosem Sex mit einer Frau erleben, die seine Hoffnungen und Träume nicht kannte. Mit einer Frau, die genauso wenig über seine Familie wissen wollte wie er über ihre. Mit einer Frau, die einfach mit ihm ins Hotel gehen und mit ihm schlafen wollte. Selbst wenn sie nicht einmal den Namen des anderen kennen würden, wäre ihm das recht.

Pärchen schmiegten sich in den dunklen Ecken aneinander. Marcus drang weiter in die Dunkelheit vor und stand schließlich auf einer Galerie, von wo aus man die Tanzfläche überblicken konnte. Er ließ seinen Blick über die Menge schweifen. Ein Dutzend Paare drängten sich auf der Tanzfläche aneinander. Singlemänner und -frauen flirteten an der Bar oder standen an die Wände gelehnt und unterhielten sich. Wo auch immer er hinschaute, blickten die Menschen sich begierig an und hofften darauf, dass sie heute Nacht zum Zuge kommen würden.

Marcus hatte sich geschworen, eine Frau zu finden, die ganz anders als Jill war. Eine wilde, ungezähmte Frau, mit der er einige heiße Stunden verbringen konnte, bevor er wieder in das echte Leben in den Weinbergen des Napa Valley zurückkehren würde.

Er war definitiv am richtigen Ort.

Nicola Harding stand am Fenster ihrer Penthouse-Suite, von der aus sie San Franciscos Union Square überblicken konnte. Sie beobachtete die Menschen, die auf der Straße unter ihr entlangliefen. Es war Freitag, und die Leute gingen von der Arbeit nach Hause, um sich dort fertig zu machen – entweder für einen Abend mit Freunden oder für ein Date mit, wie sie hofften, dem oder der Richtigen. Einigen von ihnen beeilten sich, andere bewegten sich langsam durch die Menschenmengen, einige lachten so laut und so fröhlich, dass sie hätte schwören können, den Klang des Lachens durch die geschlossenen Fenster ihres Penthouses zu hören.

Sie war jung und sie war alleinstehend. Sie wusste, dass sie an einem Freitagabend eigentlich mit ihnen da draußen hätte sein sollen. Sie hätte Spaß haben sollen.

Vor sechs Monaten noch hätte sie an einem Freitagabend vermutlich in einem schicken Restaurant gesessen, umgeben von

Leuten, die ihr schmeichelten und die versuchten, sie zum Lachen und dazu zu bringen, sie zu mögen. Doch sie hatte auf die harte Tour gelernt, dass diese Menschen nicht an ihr als Person interessiert waren.

Nicola Harding, die gern Monopoly spielte, die Sandburgen baute und Biografien von erfolgreichen Unternehmern las, war ein belangloser Niemand. Alle wollten nur ein Stück von *Nico*. Sie wollten vor anderen damit angeben, dass sie mit einem Popstar Zeit verbracht hatten. Sie wollten mit ihren Handys Fotos mit ihr schießen, die sie anschließend ihren Freunden schickten.

Sie trat vom Fenster zurück und drehte sich um.

Die riesige Penthouse-Suite war eigentlich viel zu groß für eine Person, aber das Plattenlabel war der Meinung gewesen, dass man sie für ihr Videoshooting und das Konzert nur hier angemessen unterbringen konnte. Niemand ahnte, wie allein sie sich fühlte – ein einzelner kleiner Mensch in einer überdimensionalen Suite, in der locker eine ganze Familie hätte leben können.

Sie spielte mit dem Gedanken, ihre ehemals beste Freundin Shelley von der Highschool anzurufen, um zu hören, wie es ihr ging und was sie so trieb. Doch sie verwarf die Idee wieder, bevor sie auch nur zum Hörer griff. Zwischen ihnen war es etwas seltsam geworden, nachdem Nicola berühmt geworden war. Und nachdem die fürchterlichen Bilder von Nicola und ihrem Exfreund aufgetaucht waren … Na ja, Nicola war klar, dass ihre Freundin nicht wissen würde, worüber sie mit ihr sprechen sollte.

Sie vermutete, dass sie inzwischen einfach zu verschieden waren. Shelley war mit ihrem Freund verlobt, einem Mann, den sie auf dem College kennengelernt hatte. Sie planten, ein Haus zu kaufen, Karriere zu machen und sich einen Hund zuzulegen. Nicola dagegen war ständig unterwegs und flog an die exotischsten Orte auf der ganzen Welt, um Interviews im Fernsehen zu geben, Fotos zu machen und Shows vor Tausenden von Fans zu spielen.

Und die Wahrheit war: Wenn sie eine Außenstehende gewesen wäre und die Artikel über sich gelesen hätte, dann wäre sie niemals auf die Idee gekommen, sich als „einsam" zu bezeichnen.

„Partygirl" traf es schon eher. Denn irgendwie wurde sie dank der Boulevardpresse, dank der Blogs, die von den Promis nicht genug bekommen konnten, und dank der Fotografen, die an jeder Ecke lauerten, auf jedem Event an der Seite eines anderen berühmten Mannes abgelichtet – egal, wie sehr sie auch versuchte, Situationen zu meiden, die die Medien falsch auslegen konnten.

Zwangsläufig wachte sie am Morgen auf, schaltete ihren Computer ein und erfuhr aus den einschlägigen Entertainment-Blogs, dass sie es nicht nur in den Top-40-Charts weit gebracht hatte, sondern auch in den Betten Hollywoods.

Ihr Plattenlabel, ihre PR-Leute und das Management hatten ihr so oft versichert, dass „jede Presse gute Presse" wäre, dass sie längst aufgehört hatte, ihnen gegenüber ihre Unschuld zu beteuern. Im Übrigen wusste sie, dass sie ihr sowieso nicht glauben würden – nicht, nachdem sie die Bilder gesehen hatten, die im vergangenen Jahr über die Feiertage durchgesickert waren. Es waren schreckliche Bilder, die immer wieder auftauchten, wenn sie gerade glaubte, dass sie endlich verschwunden wären.

Nachdem sie jahrelang darum gekämpft hatte, dass die Leute ihre Musik hörten, war sie überglücklich gewesen, als ihre Mühe sich im letzten Jahr mit einem Nummer-1-Hit ausgezahlt hatte. Obwohl alle sie gewarnt hatten, dass das Business sie durchkauen und wieder ausspucken würde, wenn sie nicht aufpasste, hatte sie geglaubt, dass bei ihr alles anders sein würde. Sie hatte geglaubt, klug genug zu sein, sich mit den richtigen Leuten zu umgeben.

Bis zu dem Tag, an dem sie dem falschen Menschen vertraut hatte.

Kenny war trotz seines Bad-Boy-Aussehens am Anfang so charmant und so nett gewesen, dass sie sich Hals über Kopf in ihn verliebt hatte. Er war einer der Tontechniker gewesen, die in dem Studio in Los Angeles gearbeitet hatten, in dem sie aufgenommen hatte. Sie war der Überzeugung gewesen, dass sie das perfekte Paar gewesen wären: das Mädchen mit der Gitarre und der Typ mit den Piercings und Tattoos.

Zuerst hatte es Blumen gegeben, tolle Abende in schicken Restaurants, sogar ein Gedicht, das er angeblich für sie geschrieben hatte. Ihr Manager und einige der Musiker, die mit ihr zusammen auf Tour gewesen waren, waren Kenny gegenüber misstrauisch gewesen und hatten Nicola davor gewarnt, sich zu schnell auf eine Beziehung mit ihm einzulassen. Aber Nicola hatte wie unzählige andere Frauen reagiert, die der Meinung waren, dass ihr Freund einfach nur „missverstanden" wäre. Ihr hatte es gefallen, dass sie die Einzige war, die hinter der Rock'n'roll-Fassade den echten Kenny, den guten Menschen, sehen konnte.

Erst als es schon zu spät gewesen war und ihr Gefühl viel zu tief, hatte sie erkannt, dass er Emotionen als Druckmittel benutzte. Und schon bald war ihr klar gewesen, dass sie ihn nur glücklich hatte machen können – und sicherstellen können, dass er sie noch immer „liebte" –, indem sie Dinge tat, die sie seiner Meinung nach unbedingt ausprobieren sollte.

Dumme Kuh.

Unzählige Male hatte sie sich anschließend gefragt, wie sie so naiv hatte sein können. Naiv genug, um tatsächlich schockiert zu sein, als ihr manipulativer Freund seine Geschichte über wilde Nächte mit einem Popstar zusammen mit einigen Fotos, die er heimlich mit dem Handy von ihr geschossen hatte, verkauft hatte.

Tja, sie hatte ihre Lektion gelernt.

Nie mehr würde sie einem anderen Menschen so leicht vertrauen. Vor allem nicht attraktiven Männern, die sie um den Finger wickeln wollten.

Nicola erhaschte in dem bodentiefen Spiegel im Wohnzimmer einen Blick auf sich selbst in ihrer Jogginghose und dem Tanktop. Was für ein Partygirl … Nach einem anstrengenden Tag, an dem sie für das Video, das sie in ein paar Tagen drehen würden, Tanzschritte geprobt hatte, sah ihr Plan vor, einige Folgen CSI zu schauen und sich dafür gemütlich unter die Decke ihres breiten, gemütlichen Bettes zu verkriechen. Eines Bettes, in dem sie sich ausstrecken konnte, wie sie wollte – weil sie während ihrer Zeit in San Francisco die Einzige sein würde, die dort lag.

Mann, bei dem Gedanke daran, allein zu schlafen, sollte sich ihr Magen nicht zusammenziehen. Immerhin schlief sie lieber allein als mit einer Ratte wie Kenny. Doch zu wissen, dass sie allein besser dran war, machte die langen Stunden einer einsamen Freitagnacht nicht leichter zu ertragen …

Sie wusste, dass sie hübsch war. Sie war zierlich und doch kurvig und hatte Beine, die für ihre Größe eigentlich ein bisschen zu lang waren. Vielleicht konnte sie mit der richtigen Frisur, Make-up und der passenden Kleidung sogar schön sein. Aber selbst wenn sie sich aufwendig zurechtmachte oder ein Outfit trug, das fast schon zu knapp war, fühlte sie sich immer noch wie das Mädchen von nebenan und nicht wie der Popstar.

Der Grund dafür war, dass sie eben das Mädchen von nebenan *war* – egal, was alle anderen in ihr sehen mochten.

Es klingelte an der Tür, und ihr fiel ein, dass sie fast die Eiskrem vergessen hätte, die sie beim Zimmerservice bestellt hatte. An einem Abend wie diesem hatte sie einfach nicht mehr die Kraft, sich Gedanken darüber zu machen, dass ein Angestellter des Hotels sie ohne Make-up sehen und das sofort per Twitter in die Welt hinausposaunen würde.

Keine Frage: Schokoladeneis war heute Abend ihr einziger Trost.

Sie öffnete die Tür. „Hallo."

Der junge Mann sah sie an und warf dann einen irritierten Blick über ihre Schulter. Offenbar suchte er die echte Nico. Schließlich schaute er sie wieder an. Irgendwann erkannte er sie scheinbar doch wieder.

„Ich bringe dir die Bestellung, Nico."

Sie trat zur Seite, damit er den Servierwagen ins Zimmer schieben konnte, auch wenn sie die Schale mit dem Eis leicht selbst hätte nehmen können.

„Es ist die Marke, um die du gebeten hast. Ein Liter."

„Danke." Sie nahm den Stift, den er ihr reichte, um die Rechnung abzuzeichnen. Ohne hinzusehen, spürte sie die Blicke des Kerls auf ihren Hüften in der eng anliegenden Jogginghose. Diese Blicke hatte sie in den vergangenen zehn Jahren, seit sie eines Tages als Teenager mit Brüsten und Hüften aufgewacht war, schon öfter von dem einen oder anderen Mann wahrgenommen.

Die anzüglichen Blicke machten ihr nichts aus. Was ihr allerdings schon etwas ausmachte, waren die Vorstellungen, die damit einhergingen. Die Kerle nahmen an, dass sie, weil sie Brüste und einen Hintern hatte, automatisch mit ihnen ins Bett hüpfen würde.

Sie war kein Flittchen – egal, was die Welt dachte.

Sie wollte ihm den Stift zurückgeben, aber er war zu beschäftigt damit, ihr auf die Brüste zu starren, um es zu bemerken.

Nicola versuchte, an jedem Ort, an dem sie war, nett zu den Angestellten zu sein. Vor noch nicht allzu langer Zeit hatte sie selbst als Kellnerin und Zimmermädchen gearbeitet, während sie darauf gewartet hatte, „entdeckt" zu werden.

Heute Abend war sie nicht mehr nett.

„Hier." Sie knallte dem Mann den Stift in die Hand, ging dann zur Tür und hielt sie für ihn auf.

Langsam kam er hinter ihr her. Sie wartete ungeduldig darauf, dass er endlich ging, als er unvermittelt sagte: „Bist du heute Abend allein?"

War das sein Ernst? Sie musste das hier ertragen, nur um ein bisschen Eis zu bekommen? Ihr Plattenlabel hätte sie eigentlich lieber mit einer Assistentin auf Tour geschickt, die ein Auge auf sie hatte, doch Nicola hasste die Vorstellung, selbst nach einem Auftritt nicht entspannen und sie selbst sein zu können. Heute Abend jedoch wünschte sie sich, sie hätte jemanden an ihrer Seite, der sich um Idioten wie diesen kümmerte.

„Ich habe schon etwas vor, danke." Der Kerl nickte, allerdings gefiel ihr der Ausdruck nicht, den sie in seinen Augen bemerkte. „Mein Freund kommt gleich vorbei", schwindelte sie.

„Tja, wenn du später dann noch Gesellschaft brauchst …"

Verdammt, sie hatte die Leute satt, die sie so belästigten!

„Ich wollte nur, dass du mir ein bisschen Eiskrem bringst. Das war alles. Ich wollte nicht, dass du jetzt oder später mit mir zusammen Zeit verbringst. Du kennst mich doch gar nicht", erinnerte sie ihn, bevor sie beschloss: „Ich werde jetzt dem Nachtmanager über dich Bescheid geben."

Sie ging zum Telefon und hatte gerade den Hörer abgenommen, als der Mann sagte: „Ich habe mir nichts dabei gedacht. Es ist nur … Du bist ganz allein und …"

Er verstummte, als ihm klar wurde, dass er sich mit seinem Geplapper keinen Gefallen tat.

„Und wenn ich allein bin? Was macht das schon?", erwiderte sie. Seine Wortwahl mochte sie ganz und gar nicht und sie reagierte extrem heftig und leidenschaftlich darauf. Es war fast schlimmer für sie, dass er ihre Einsamkeit thematisierte, als dass er sie mit Blicken beinahe auszog. „Nicht jeder muss am Freitagabend ausgehen und feiern, um glücklich zu sein."

Rückwärts ging er auf die offen stehende Tür zu und wünschte sich augenscheinlich, niemals den Mund aufgemacht zu haben.

„Ernsthaft, Nico, es tut mir leid, wenn ich dich mit dem, was ich gesagt habe, verärgert habe. Und ich … Ich brauche diesen Job wirklich. Wenn es die Möglichkeit gibt, dass du das hier einfach vergisst, wäre ich … äh … dann wäre ich dir sehr dankbar."

Sie seufzte und legte den Telefonhörer wieder zurück. Sie wusste, dass sie es sich nie verzeihen würde, wenn der Mann ihretwegen seinen Job verlor. Auch wenn er sich danebenbenommen hatte.

„Gut."

Er sprang über die Schwelle und rannte davon, und sie zögerte nicht, die Tür hinter dem sich schnell entfernenden Mann ins Schloss zu werfen.

Die Eiskrem in der Schale auf dem silbernen Servierwagen schmolz langsam vor sich hin. Aber Nicola war nicht mehr in Stimmung für das Eis.

Es war ungerecht. Die ganze Welt glaubte, dass sie wahllos mit Männern ins Bett sprang, obwohl sie in Wahrheit erst mit zwei Männern Sex gehabt hatte. Mit Brad aus der zwölften Klasse auf dem Rücksitz des Wagens seines Dads. Und dann mit Kenny, weil sie geglaubt hatte, sie würden einander lieben.

Schlimmer noch: Keiner ihrer Liebhaber war besonders gut gewesen. Brad konnte sie das verzeihen, weil es für sie beide das erste Mal und der Ort eine schlechte Wahl gewesen war.

Doch Kenny war es egal gewesen, wie es ihr dabei gegangen war. Das war ihr inzwischen klar geworden. Er hatte sich nur um sich selbst gekümmert, und sie hatte sich darauf eingelassen, weil sie die ganze Zeit über versucht hatte, ihm zu gefallen, damit er sie noch mehr „liebte".

Wenn sie zumindest jemals etwas wie echte Lust und echtes Vergnügen empfunden hätte – wenigstens ansatzweise –, wäre sie vermutlich nicht so unzufrieden mit ihrem Ruf gewesen. Dann hätte sie ihn vielleicht einfach annehmen können. Dann hätte sie sich vielleicht wie die sexy Frau fühlen können, die sie auf den Covern ihrer Alben und in ihren Musikvideos darstellte, und nicht mehr wie ein kleines Mädchen, das sich verkleidete.

Und dann hätte sie vielleicht ihre Choreographin Lori heute Abend nicht gebeten, länger zu bleiben – so lange, dass die junge Frau nicht mehr rechtzeitig zur Verlobungsfeier ihres Bruders hatte gehen können. Mit einem Mal wurde Nicola klar, dass Lori wahrscheinlich nur zugestimmt hatte, länger zu bleiben, weil Nicola ihr so einsam erschienen war. Verdammt, wenn selbst der ahnungslose Kerl, der die Eiskrem auf ihr Hotelzimmer gebracht hatte, es bemerkte, konnte es ihr vermutlich jeder ansehen.

Plötzlich durchzuckte sie eine Erkenntnis: Da sie ihren Ruf sowieso niemals loswerden würde, warum ging sie nicht da raus und verdiente ihn sich?

Nicola war schon von Kindesbeinen an sehr impulsiv gewesen. In ihrem Zeugnis hatte Jahr für Jahr dasselbe gestanden: *Nicola ist ein kluges Mädchen, aber sie handelt oft, ohne nachzudenken.*

Gut, murmelte sie im Stillen, während sie einige ihrer Kleider auf das Bett warf und über ein passendes Outfit für ihr Vorhaben nachdachte. Sie hatte ihre Lektion darüber gelernt, Idioten zu schnell zu vertrauen. Und sicherlich wünschte sie sich, eines Tages die Liebe zu finden. Die echte Liebe. Die wahre Liebe.

Doch heute Abend wollte sie etwas anders als Reue und Einsamkeit.

Sie war es leid, wie eine Nonne zu leben, hatte es satt, ständig alle davon zu überzeugen, dass sie kein wildes Partygirl war, obwohl das alle von ihr annahmen. Für eine einzige Nacht nur wollte sie wissen, was diese ganze Aufregung sollte. Sie wollte einen Mann finden, mit dem sie ihre Leidenschaft teilen konnte. Einen echten Mann, der erfahren genug war, um sie mit dorthin zu nehmen, wo sie noch nie gewesen war.

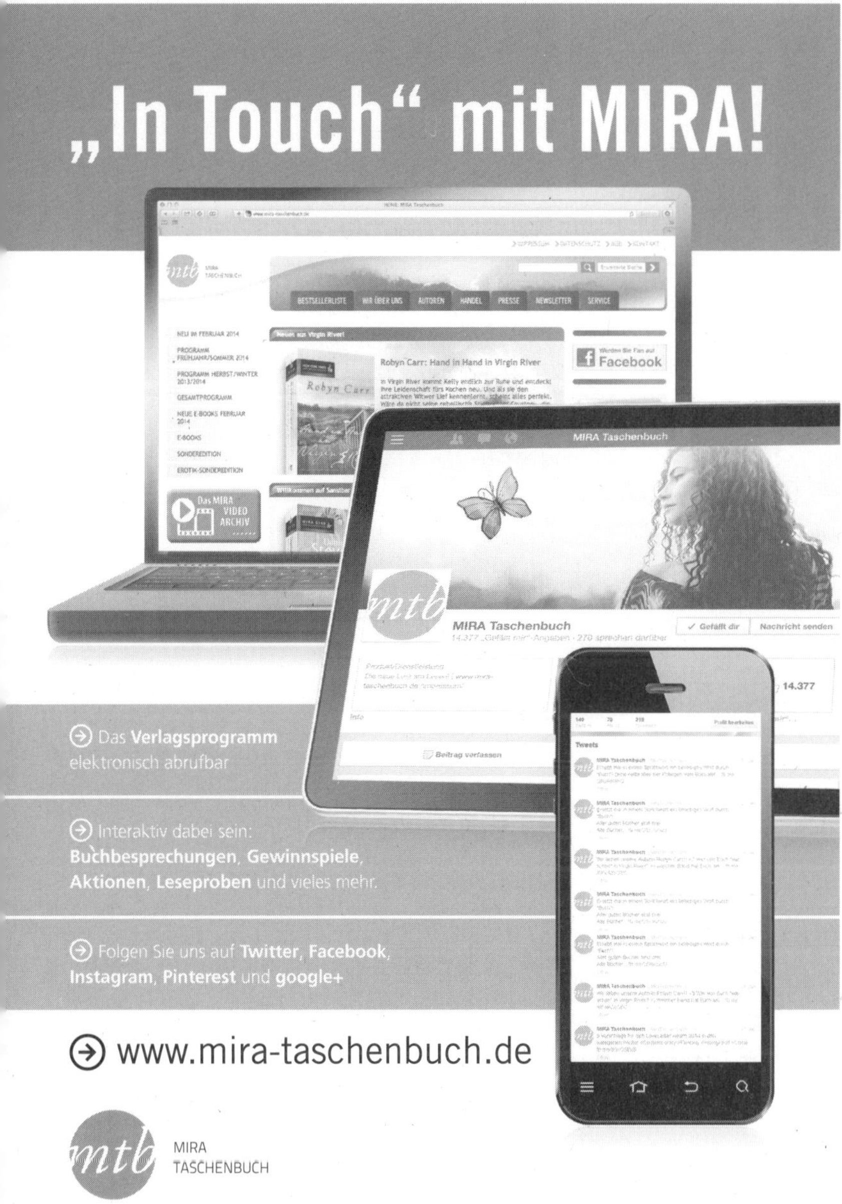
„In Touch“ mit MIRA!
Das Verlagsprogramm elektronisch abrufbar
Interaktiv dabei sein: Buchbesprechungen, Gewinnspiele, Aktionen, Leseproben und vieles mehr.
Folgen Sie uns auf Twitter, Facebook, Instagram, Pinterest und google+
www.mira-taschenbuch.de
MIRA TASCHENBUCH

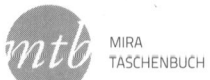

Lesen Sie auch von Jennifer Crusie:

Deutsche Erstveröffent-lichung

Band-Nr. 25739
9,99 € (D)
ISBN: 978-3-95649-001-9
304 Seiten

Jennifer Crusie
Chaos auf High Heels

„Was für einen Wein möchtest du?" „Beeindrucke mich mit deiner Expertise." „Wir nehmen Rot." „Ich bin beeindruckt."

Undercover-Agent Alec Prentice glaubt, Dennie Banks sei kriminell. Zwar ein sexy Hingucker mit toller Figur und sinnlichen Lippen, trotzdem: kriminell. Journalistin Dennie Banks dagegen denkt, Alec sei ein kompletter Trottel, neben dem ihr Yorkshireterrier Walter wie Einstein wirkt. Ständig kreuzt Alec ihren Weg im Hotel, in dem sie auf ein Interview hofft! Als hätte er nichts Besseres zu tun, als sie zu einem Glas Wein einzuladen. Aber ohne Alec kein Kontakt und ohne Kontakt kein Interview, also sagt sie Ja – zu dem Glas Wein. Dabei ist ihr sonnenklar, dass hier keiner niemandem vertrauen kann …

„Buch kaufen und schallend lachen."

The Romance Reader

Susan Mallery
Drum küsse, wer
sich ewig bindet

Justice Garrett ist zurück in
Fool's Gold! Nie hat Patience
den Jungen, der einst ihr Herz
eroberte, vergessen. Spurlos ist
er vor Jahren verschwunden.
Jetzt, als erwachsener Mann
und erfolgreicher Bodyguard,
ist er noch attraktiver als in
ihrer Erinnerung …

Band-Nr. 25812
9,99 € (D)
ISBN: 978-3-95649-103-0
eBook: 978-3-95649-394-2
384 Seiten

Kristan Higgins
Lieber für immer als
lebenslänglich

Wie peinlich! Nur mit Bauch-
weg-Unterhose bekleidet muss
Faith aus einer Bar fliehen und
läuft direkt der Polizei in die
Arme. Und der Cop, der sie
erwischt, ist ausgerechnet der
beste Freund ihres Ex, der sie vor
dem Altar hat stehen lassen …

Band-Nr. 25808
9,99 € (D)
ISBN: 978-3-95649-097-2
eBook: 978-3-95649-376-8
448 Seiten

Molly O'Keefe
Liebe, Yoga und
andere Katastrophen

Victoria hat große Pläne mit der Crooked Creek Ranch. Auf dem Land ihres verstorbenen Vaters soll etwas ganz Besonderes entstehen, eine Wellnessoase, ein Ort der Ruhe! Doch es gibt ein Hindernis: Eli Turnbull, der raubeinige, unverschämt attraktive Gutsverwalter, lässt nichts unversucht, um ihre Pläne zu sabotieren.

Band-Nr. 25799
8,99 € (D)
ISBN: 978-3-95649-086-6
384 Seiten

Wenn Victoria Ärger will, kann sie ihn haben! Eli hat sein ganzes bisheriges Leben auf der Ranch verbracht. Da sieht er doch nicht tatenlos zu, wie eine verwöhnte Städterin ein albernes Beautyspa daraus macht. Wenn er nur nicht immer dieses seltsame Herzklopfen verspüren würde, wenn sie in seiner Nähe ist …

„**Eine berührende Geschichte über die erlösende Kraft der Liebe, voller Spannung und Humor.**"

Romantic Times Book Reviews